KÖLN KRIMI
20

im Emons Verlag
Herausgegeben von Christel Steinmetz

MAF Räderscheidt, seit dreißig Jahren auf dem Kunstmarkt als Malerin, Grafikerin und Mosaiklegerin tätig. Meisterschülerin der Kölner Werkschulen, weit über zweihundert Ausstellungen, Stipendien und Veröffentlichungen. Mitbegründerin und Mitglied des ersten Sixpacks der Rosa Sitzung.
Stephan Everling, Autor, Musiker und Fotograf. Er schrieb die ersten Mottolieder zur Rosa Sitzung und übernahm die Ablauforganisation.
Beide leben und arbeiten in Köln. »Mitternachtsmosaik« ist das erste gemeinsame Buch. Informationen unter www.maf-raederscheidt.de

MAF Räderscheidt und Stephan Everling

Mitternachtsmosaik

Emons Verlag

Umschlaggestaltung: Atelier Schaller, Köln
Umschlagzeichnung: Heribert Stragholz
Druck und Bindung: Clausen & Bosse GmbH, Leck
Printed in Germany 2000
ISBN 3-89705-187-7

www.emons-verlag.de

Alle unsere Krimikunden
sind erfunden,
außer Irene Franken,
der wir danken.

Gewidmet dem Tierheim Dellbrück und allen,
die dort diese unglaubliche Arbeit verrichten.

Intro

»Scheiße«, stöhnte Dora halblaut und schmierte ihre Backe an die Bürotür. Sollte sie dieses Schlüsselloch einmal erwischen, sie würde es dem kleinen Penner schon zeigen. Sie wankte zwei Schritte zurück, richtete ihre blutunterlaufenen Augen auf die Tür, stieß einen martialischen Schrei aus und trat gegen die Klinke. Mit einem sanften Klicken schwang die Tür auf und eröffnete den Blick auf das, was Dora ihr Büro nannte.

»Du falsche Sau, du warst gar nicht zu.« Böse die Tür anfunkelnd, schwankte sie in den Raum, streifte ihren Trenchcoat ab und warf ihn dorthin, wo sie ihren Garderobenständer vermutete.

»Wie spät ist es?« fragte Maria Petronella.

»Mitternacht«, murmelte Dora und blinzelte durch das schmutzige Fenster auf den sonnenbeschienenen Hof, »wir haben den ganzen Tag schon Mitternacht, und ich glaube nicht, daß sich das heute noch ändert.«

»Du bist betrunken«, sagte Maria Petronella und sah mißbilligend auf Dora, die ihre zweihundert Pfund in den Schreibtischstuhl fallen ließ. »Und *guarda*, du bist zu fett«, kreischte sie, »hör's dir an, irgendwann bricht dieser Stuhl unter dir zusammen!«

»Klar bin ich betrunken, und klar bin ich zu fett. Was geht dich das an? Halt bloß das Maul!« Dora durchwühlte die Schubladen und plierte in die untersten Fächer.

»*Cazzo*, was suchst du?« fragte Maria Petronella und betrachtete die Fettmassen unter sich mit sichtbarem Mißtrauen.

»Was soll ich schon suchen. Ich hätte schwören können, ich hätte hier noch eine Flasche.«

»Du ekelhafte Säuferin! *Va cacare*, geh lieber arbeiten! Den ganzen Tag hängst du hier rum! Sieh dich doch einmal an! Am hellichten Tag sturzbetrunken! Du bist widerlich, und du stinkst! Bäh, *che schiffo*!«

Dora tauchte aus den Tiefen ihrer Schubladen auf und starrte Maria Petronella an, die beleidigt ihre Lippen schürzte. Sie blies einen Staubfussel von ihrer Nase, rülpste vernehmlich und steigerte sich in alkoholisierte Wut hinein. »Du blöde Kuh, was bildest du dir eigentlich ein! Denkst du etwa, nur weil du meine Großmutter bist und hier an der Wand hängst, könntest du dir alles erlauben? Du gehst mir schon lange auf den Zeiger! Jetzt kriegst du sie!«

Sie liftete ihre Massen in die Höhe, taumelte zur Wand und drehte Maria Petronella um. »Bäh!« sagte sie und streckte der Zeitung die Zunge raus, die auf der Rückwand klebte und seit 1923 »Außenminister verläßt Paris« meldete.

»*Dio cane*, das wirst du bereuen!« schrillte es gedämpft hinter dem Bilderrahmen vor. »Das ist ja wohl nicht zu glauben! Du Rabenenkelin, ich hätte dich enterben sollen, du widerliches Weibsbild, *porca miseria*!«

»Halt's Maul!« brüllte Dora, griff den Stuhl und versuchte ihn auf das Bild zu schleudern, verlor jedoch das Gleichgewicht und rollte unter den Schreibtisch. Höhnisches Gelächter erscholl von der Wand. Schwer atmend robbte Dora durch den Raum, bis sie plötzlich vor einem Paar Männerschuhe liegenblieb.

»Sind Sie die Chefin?« fragten die Schuhe.

»Wer will das wissen?« fauchte Dora. Ihr war schlecht, und wenn sie etwas haßte, dann waren es Schuhe, die ihr überflüssige Fragen stellten.

Die Schuhe lachten, daß die braunen Schnürsenkel wackelten. »Vielleicht wäre es doch gut, wenn Sie es wären, dann hätte ich nämlich einen Auftrag für Sie.«

»Moment!« Eine Ahnung von Nüchternheit überkam Dora. »Was für einen Auftrag?«

Die Schuhe wandten sich zum Gehen. »Ich möchte, daß Sie jemanden für mich finden, einen Hund, um genauer zu sein, aber vielleicht sind Sie ja auch im Augenblick zu beschäftigt?«

»Nein, warten Sie, ich hole mir gerade etwas zu schreiben!« Dora schüttelte schwer den Kopf und war bemüht, sich aufzurappeln. »Nur einen Augenblick!« rief sie, machte einen Satz vorwärts, verhedderte sich mit den Füßen in ihrem Trenchcoat und knallte gegen die Wand. »Scheiß Tequila«, sagte sie und verlor das Bewußtsein.

Intro 2

Gezauste Weiden griffen astwärts in den Schlamm. Das Gewitter war plötzlich den Park verdunkelnd aufgekommen und machte den Tag zum Winter – so kalt fuhr ihm der Wind in die Jacke. Enten und Schwäne suchten am Seeufer Schutz, die letzten Spaziergänger waren in ihre Autos hastend geflohen. Er mochte die Gewalt des Wetters. Erinnerungen kamen ihm von zu Hause, wo sie die Kerzen anzuzünden pflegten, wo die Mutter ein Gebet sprach, wenn der Donner von den Iserlohner Bergen widerhallte. Fröstelnd zog er seinen Kragen hoch, in dessen Falten sich kalte Regenwasserbäche gebildet hatten, die ihm nun den Hals hinabrannen. Er würde später ein Bad nehmen, es war genug Zeit, seinen Plan auszuführen, Zeit genug, einen Cognac, einen Kaffee zu genießen, vielleicht sogar noch einen Blick in die Post zu tun, wozu er in den Aufregungen der letzten Tage nicht gekommen war, seit er den Laden nicht mehr betreten hatte.

Der Regen ließ nach, er stellte seinen Fuß auf die Bank und zündete sich eine Zigarette an. Er hatte es geschafft und lächelte zufrieden in die nächste Böe. Besah sich seine nassen Schuhe wie mit Wehmut; er würde sich ab jetzt bessere Modelle kaufen können. Schuhe, hatte ihm Lila immer gesagt, verrieten Herkunft und Einkünfte eines Mannes. Nun, er würde die besten Schuhmacher einstellen. Mein Markenzeichen wird der handgearbeitete Schuh sein. Er zeichnete die Silhouette eines Schuhes in die Abenddämmerung. Damals, das würde vergessen sein, als Lila, seine Schwester, noch gekellnert und gehofft hatte, eine gute Partie zu machen. Zur Partie war es nicht mehr gekommen, nachdem das mit den Drogen angefangen hatte – aber jetzt, wo er mehr als nur einen Goldschimmer am Horizont sah, würden sie den Kampf gewinnen. Jetzt würde sich einiges ändern. Er reckte sich entschlossen und straffte unwillkürlich die Schultern, als ihn ein krachender Donnerschlag zum Aufbruch schreckte. Er ging am See entlang durchs nasse Gras, die Schuhe würde er gleich wegwerfen, damit fing es an, sein neues Leben. Mit gesenktem Kopf bog er in den Weg ein, der über eine kleine Holzbrücke führte, hinter der der Hauptweg zur Straße zurück von hohen Laubbäumen geschützt war. Mit tropfendem Haar schritt er weit aus, die Hände in die Jackentaschen versenkt, den Blick auf die Pfützen geheftet, die er zügig durchmaß.

So kam es, daß er sie nicht auf sich zukommen sah. Und dann, als er die hohe Gestalt bemerkte, fiel ihm zunächst der Hund auf, der ihn in seinem Graufell an eine hochbeinige, zottelige Langhaarratte erinnerte. Während er versuchte, die Rasse zu erraten, verlangsamte er seinen Schritt und stutzte. Irgend etwas stimmte nicht, der Hund, die Frau, die magere, ja, schöne Frau, die ihm entgegenging, ein kurzer Augenblick von Unsicherheit, von seinen Instinkten diktiert und schon verweht, er galt nicht mehr als Lächerlichkeit, als er das Mensch-Hundpaar zu mustern begann, neugierig von sich selbst gemacht und plötzlich unternehmungslustig.

Die Frau im grauen Mantel und graugestiefelt sah ihm entgegen, als habe sie mit ihm gerechnet, ja, ihn erwartet. Das ist mein Erfolg bei Frauen, witzelte er, kickte einen Tannenzapfen beiseite und plante, ein halbherbes Lächeln einzusetzen, vielleicht eine Wetterbemerkung, und sie würde sein Lächeln erwidern. Sie trug ihr Haar lang, und es war grau wie das einer Greisin. Ein Gesicht von herber Schönheit hob sich aus der grauweißen Mähne lustvoll getönt hervor. Ein weicher Mund, leicht spöttisch bewegt, und große, graue Augen, ernst auf ihn geheftet, so ging sie auf ihn zu, ohne ihren Schritt zu bremsen. Sie würde ihn nach der Uhrzeit, dem Weg fragen, beschwichtigte er sich und bedauerte, ihr keinen Schirm anbieten zu können.

Und plötzlich wußte er es. Lila hatte ihm Märchen der Welt vorgelesen, als er noch ein Junge gewesen war, damals schon so dick, daß die Schulkameraden ihn hänselten und demütigten, wo immer sie seiner nur habhaft werden konnten. So oft es ging, hatte Lila ihm, der es zu einer Art Kindermeisterschaft des Simulierens langwieriger Ansteckungskrankheiten gebracht hatte, Geschichten erzählt. Wann immer er an sie dachte, sah er sie an seinem Bett sitzen, wie sie mit leiser Stimme sprach, während seine Mutter mit dem Geschirr einen Klangteppich auf den Spültischen seiner Erinnerungen ausbreitete. Und da war dann die Geschichte mit dem Geist gewesen. Eine schöne Frau begegnet einem Wanderer im Regen. Eine geradezu verführerische Szene in malerischer Landschaft. Aber der Wanderer weiß sofort, daß diese Begegnung unheimlich und gefährlich ist, denn die Frau, die ihn anspricht, ist inmitten des Regens nicht durchnäßt.

Die Frau, in deren Augen er sah, in die er geradezu hineintaumelte, deren Schönheit und Würde ihn von weitem berührt hatte, schaute ihn unverwandt an. Sie mußte, um im Gewitter an dieser Stelle des Parks anzukommen, ebenso durchnäßt sein wie er selbst, aber sie war völlig trocken.

All diese Gedanken hatten für wenige Sekunden in seinem Kopf eine fassungslose Überraschung verursacht, nicht mehr, sein Körper war ihr entgegengegangen, selbstverständlich wie einer alten Bekannten in den Weg getreten, und nun sagte sie leise, aber streng seinen Namen. Es war das letzte, was er hörte. Eine schneidend kalte Hitze verwandelte seinen Brustkorb in einen schwarzen Taumel, dem er staunend folgte.

Kapitel 1

»Dora, du spinnst. Zwei Schuhe, die dir einen Auftrag geben. Erzähl doch nichts!« Fünfundvierzig sah Dora trübsinnig an, die mit ihrem Gesicht in einer Bierpfütze lag und schnaufte.

»Wenn ich's dir sage. Frag doch Maria Petronella«, nuschelte sie und pustete dabei Spritzer über die Theke.

»Die redet sowieso nicht mit mir. Die mag mich nicht.«

»Ich weiß. Keiner mag dich.« Dora hob ihr Gesicht und sah in die schummrige Kneipe. Voll war das »Alzheimer« nicht zu nennen, das übliche Volk, die Stammgäste, die wie angeklebt am Tresen sitzen und anscheinend über Nacht mit den Stühlen abgewischt und auf die Tische gestellt werden, die Alkis, denen die Leberzirrhose in den Tränensäcken geschrieben stand, die Motorradgang, die hier immer ihre Schachturniere austrug, und einiges verstreutes Jungvolk, das sich die Säufermeriten erst noch zu ertrinken hatte. Sie bat die gerade vorbeieilende Agnes: »Tuste mir noch 'nen Tequila?« Dann drehte sie ihr feuchtes Gesicht zu Fünfundvierzig und sagte: »Fünfundvierzig, du bist das dümmste Arschloch, das ich kenne.«

Fünfundvierzig seufzte mit der Miene eines Menschen, der das Leben für eine ziemlich beschissene Erfindung hält, und bestellte noch zwei Bier.

»Hier, mach erst mal de Sauerei fott«, sagte Agnes und warf Dora einen Lappen zu.

Dora begann ungewöhnlich gehorsam zu wischen und sah Agnes dabei nachdenklich an.

»Agnes, wenn dir zwei Schuhe einen Auftrag gäben, und du wüßtest nicht mehr, welchen, was würdest du tun?«

»Ich würde aufhören zu saufen und mich ins Bett legen. Dora, im Ernst, du siehst zum Kotzen aus. Warum gehst du nicht nach Hause? Weißt du eigentlich, wie spät es ist?«

»Das ist mir vollkommen scheißegal. Komm, laß die Flasche hier!« blökte sie, als Agnes ihr nachschenkte, und »Wo bleibt das Bier?«

Agnes brummte etwas Unverständliches und verschwand hinter der Zapfanlage. Dora sah Fünfundvierzig aus bösen, kleinen Augen an. Sie haßte seine Depressionen, und seine heutige war besonders weltverschlingend. Außerdem bildete das trocknende Bier eine Art Pelz auf ihrer Backe und reizte sie bis zur Weißglut.

»Ich weiß wirklich nicht, warum ich dir damals das Leben gerettet habe, wenn du mir jetzt in den Rücken fällst.«

Fünfundvierzig vergaß für einen Moment vor Verblüffung seinen Weltschmerz. »Wann bitte willst du mir das Leben gerettet haben?«

»Das war, als ... Siehst du nicht, daß ich mich unterhalte?« kreischte sie die Hand an, die ihr mit einem freundschaftlichen Klaps gerade die Schulter auskugelte.

»Ich hab gehört, du hast endlich mal wieder einen Fall«, sagte einer der Kurzhaarfuzzis, die seit einer Stunde zwei bedauerwellte Schulmädchen flachzureden versuchten. Die Tatsache, daß sie ihn doppelt sah, machte ihn ihr nicht wirklich sympathischer.

»Und«, fauchte sie über die Schulter, »stört's dich?«

»Nein, ich freue mich. Vielleicht hast du ja auch schon einen Vorschuß bekommen. 'ne Dose Schuhcreme oder ...«

Der Rest des Satzes verschwand in einem ersterbenden Seufzer, ausgelöst durch Doras Ellbogen, der sich durch die feindliche Magengrube einen Weg bis zum Rückgrat bahnte. Mit einer für ihre Masse erstaunlichen Gelenkigkeit sprang sie auf und schaffte es, ihren Gegner wild röhrend bei den Ohren zu packen und zweimal auf ihr emporschnellendes Knie zu ziehen, bevor die schachspielenden Harleyfahrer, besorgt um ihr Brett, sie überwältigten und wieder auf ihren Barhocker setzten. Mit kosenden Gurrlauten fielen die Schulmädchen über ihren Galan her und leisteten Erste Hilfe.

Fünfundvierzig empfing Dora mit wichtig emporgerecktem Kinn. »Also wann?«

»Was wann?« Dora griff schnaufend ihr Kölsch und grunzte: »Diese blöde Sau! Ich hätte ihn umbringen sollen!«

»Wann hast du mir das Leben gerettet?«

Sie sah ihn verblüfft an. Konnte dieser Mann, der in einem anderen Jahrhundert einmal seinen Doktor für Astrophysik gemacht hatte, tatsächlich so blöde sein? »Warum hältst du nicht endlich mal dein Scheiß-Maul!« sagte sie kopfschüttelnd und wälzte sich zum Klo.

Wie üblich war die Treppenbeleuchtung ausgefallen, und Dora stolperte im Dunkeln die Stufen runter. Die Tür mit der stilisierten

Frauenfigur ließ blendendes Neonlicht frei, so daß sie sich halbblind zum Waschbecken vortasten mußte. Erschöpft stützte sie sich auf die weiße Emaille und starrte in den Abfluß. Ein Würgen schüttelte sie, und sie erbrach eine Melange aus Tequila, Bier und Currywurst. Während sie den Wasserhahn aufdrehte, besah sie sich im Spiegel. Agnes hatte recht. Der Suff hatte schon lange seine Spuren in ihrem Gesicht hinterlassen und der immer schon vorhandenen Pummeligkeit eine unangenehme Schicht aufgeschwemmten Gewebes hinzugefügt, aus dem blutunterlaufene Augen müde, aber immer noch kampflustig und zu jeder Gemeinheit bereit hervorblitzten. Die farblosen Haare hingen ihr fettig, strähnig und komplett formlos vom Kopf und gaben der Verwahrlosung den letzten verfeinernden Schliff.

»Du bist wirklich zum Kotzen«, sagte Dora und drückte leicht schwankend ein Wurststückchen in den Abfluß. Dann rülpste sie und ging zur einzigen Kloschüssel. Nachdem sie sich aus ihrer Klempnermontur, die sie billig bei Humana erstanden hatte, gepellt hatte, sank sie stöhnend auf die Brille und begann mit Wonne die Unmassen Kölsch abzulassen, die sie jetzt schon eine halbe Stunde geplagt hatten.

Nie wieder würde sie von hier aufstehen, schwor sie sich, während sie ihr Gesicht in den Händen barg. Hier war ihr Hort, ihre Sicherheit, hier war sie groß. Hier ging es um die Sachen, die sie wirklich beherrschte, scheißen, pissen und manchmal auch kotzen. Hier wurde sie nicht von irgendwelchen dynamisch-jungen Drecksäcken genervt, die meinten, sie sei zu ihrem Amüsement da, nicht von Schuhen, die sie engagieren wollten. Ach ja, die Schuhe. Wie sollte sie sie bloß finden? Sie war darauf angewiesen, diese Schuhe aufzutreiben, wollte sie die nächste Miete und die letzten Deckel hier im »Alzheimer« bezahlen. Die Schuhe, oder noch besser den, der drinsteckte und am allerbesten sein Scheckbuch. Hätte da nicht dieser Hunderter mit der angehefteten Nachricht »Anzahlung« auf dem Schreibtisch gelegen, hätte sie das Ganze sowieso nicht ernst genommen und auf Maria Petronella gehört, die den lieben langen Morgen auf sie eingenörgelt und die Geschichte als »die Erfindung einer versoffenen Gossenhure« bezeichnet hatte. Man sollte sich halt keine älteren Pflegefälle ins Haus holen, und sei es als Ölgemälde, so was rächte sich immer.

Dora schreckte auf. Fast wäre sie hier in der altrosa gekachelten Kneipentoilette eingeschlafen. Sie rappelte sich hoch und montierte den Overall wieder am Körper. Immerhin war ihr jetzt besser, und die Welt drehte sich nicht mehr so um sie. Mit neuem Mut stampfte sie die Treppe hoch und setzte sich wieder auf ihren Hocker. Die Kneipe hatte sich geleert. Die Kurzhaarfuzzis waren verschwunden, und nur noch einige blutverschmierte Taschentücher zeugten von ihrem Auftritt.

»Die wollen dich anzeigen«, grinste Agnes und wedelte mit dem Wischlappen, mit dem sie das Blech der Zapfanlage polierte, in Richtung Taschentücher.

»Soll'n se doch«, nuschelte Dora und versenkte sich in ihr Kölsch. Eigentlich war ihr jetzt alles egal, und sie wollte nur noch ins Bett. Nur daß Fünfundvierzig sie so ernst und fremd anschwieg, beunruhigte sie. »Was ist los?« knuffte sie ihn in die Rippen.

»Beantwortest du mir endlich meine Frage?«

»Welche Frage?«

»Wann hast du mir das Leben gerettet?«

»Wovon zum Teufel redest du?«

»Dora! Du hast eben behauptet, du hättest mir mal das Leben gerettet!«

»Sag mal, nennst du diese Scheiße hier wirklich Leben?«

Kapitel 2

Vom Regenglanz gedoppeltes Neonflackern in scheußlich-grellen Schreckfarben ließ das Kwartier Lateng wilder und lebendiger wirken, als es wirklich war. Die Gesichter der umherirrenden Freier und Sucher waren vor Winter und Dämmerung blaß, ihre Anzüge in Asphaltfarben unscheinbar, ihre Bewegungen schleichend ratlos. Die Kakophonie aus Nachtliedern, Baßdröhnen, heiser jaulenden Saxophonen, umherziehenden Unterhaltungsgeigern mischte sich mit altvergorenen Musikboxhits, Spielautomatenklingeln und -fiepen,

Straßenlärm. Wenige lebendige Stimmen waren notwendig, um Nachtleben zu gestalten; es lebt halt in Automaten, dachte Yolanda, die Dame. Schlechtes Wetter war nicht schlecht fürs Geschäft, selbst mitten in der Woche. Nur auf der Straße fielen Mädchen andauernd wegen Erkältung aus. Ihr war das recht. Yolandas Zeiten auf der Straße waren lange vorbei. Dennoch liebte sie es in manchen Nächten, noch eine Runde lang die Distanz, die zwischen ihr und der Straße lag, abzuschreiten.

Es war der Tribut, den sie ihrer Sentimentalität zollte, nicht mehr. Ihre Mädchen brauchten sich nicht mit ungewaschenen, betrunkenen Kerlen herumzuärgern, die blieben nur einige Zeit im Geschäft, dann eröffneten sie kultivierte Lingerien, richteten sich eine Bar ein, Schmuckgalerien, ihre Angestellten jedenfalls waren frisch, unverbraucht und in dem Augenblick, da sie bei ihr zu arbeiten begannen, so gut wie saniert. Nicht, daß es keine Probleme gab, aber da waren sie nun drüber, dachte sie, während sie eine wortreiche Auseinandersetzung zwischen Kunde und Flittchen passierte. Erstaunlich, wie diese Kleinen es schafften, ohne Arbeitskleidung und Konzept überhaupt zu überleben. Aber das taten sie auch nicht immer.

Dame Yolanda kehrte langsam um und war erschöpft. Die ersten Bahnen verschwanden hier am Zülpicher Platz unter der Erde, die Tagseite der Stadt erwachte, das ermüdete sie. Mit einem undamenhaften Schwung ließ sie sich hinter das Steuer ihres Wagens sinken, mit warmer Luft und kühlem Jazz umhüllen. Eine extra Runde durch ihr Köln war sie sich schuldig, dann endlich fuhr sie zurück nach Hause.

*

»Ich hab auf dich gewartet, möchtest du noch was trinken?« Gerritt kniete auf einem Kirschbaumsessel mit geflochtener Sitzfläche und hatte den abwesenden Blick einer puzzlesüchtigen Schlaflosen. Auf ihren Knien zeichnete sich das Flechtwerk ab. Ihr Haar stand zerrauft nach allen Seiten ab, und sie trug wieder Yolandas Schlafanzug, obwohl sie ihr weiß Gott wie viele eigene geschenkt hatte.

Yolanda rang sich ein »Hallo« mit Lächeln ab und ließ ihren Gucci-Mantel zu Boden gleiten. Eine Welt voller Frauen und Männer, nichts als anspruchslose Portemonnaies. Ihr war nach Abwechslung, Greisen, Fremden, Samurais, Zwittern oder Liliputanerdompteuren, aber nicht nach prämenstruellen, schlaflosen Mädchen mit Nähebedürfnis. Doch Yolanda wußte auch, daß Schönheit ihren Preis hat, und ihre Schwäche für Luxusgeschöpfe hatte sie bereits eine Menge gekostet. Sie ergriff das Kinn der Freundin und knöpfte sie mit der anderen Hand aus ihrer Schlafanzugjacke.

»Laß uns ein Bad ein, ich komme gleich.« Ärgerlich, aber schmunzelnd legte sie die Einkünfte und ihren Schmuck in den Safe und ging ins Bad, unterwegs die äußeren Trophäen ihres Erfolges hinter sich zurücklassend.

Das Bad war der luxuriöseste Raum des Hauses, darauf hatte sie Wert gelegt, es gab so vieles, von dem sie sich reinwaschen wollte, und im Bad überkamen sie wundervolle Erinnerungen kindlicher Sauberkeit, und schon war ihr wieder nach frischen Schweinereien, und das Leben konnte weitergehen. Und Yolanda genoß. Hinter falschem Namen und echtem Schmuck war sie doch ein kleines Luder, und genau das wollte sie Gerritt einmal mehr beweisen, als sie in ihrem Lustgestammel hellhörig etwas als eindeutig unpassend entlarvte.

»Was für ein Mann soll nicht zusehen, kleine Lady, was redest du denn da?«

Gerritt tauchte tief auf aus Schenkeln und Wassern und zeigte auf die gläserne, halbverspiegelte Ankleidewand zum Nebenzimmer, wobei sie mädchenhaft gurrte, was, wie Yolanda befand, ihrer wahren Reife als zünftige Lesbe nicht mehr zu Gesicht stand, aber ganz nett hätte sein können, hätte da nicht ein ganz und gar deplazierter Schatten herumgestanden.

Also klapste sie die Geliebte in die Realität zurück und stieg verstimmt aus dem Becken. Sie warf sich ein vorgewärmtes Badetuch über und ging auf den Schatten zu, aus dem ein mickriger Mann trat. Verlegen und erregt sprudelte er Entschuldigungen und Erklärungen gleichzeitig auf die beim Liebesspiel gestörte Yol ein. Ihrem streng taxierenden Blick entging nicht, daß er, unbedrohlich hilflos bis höflich und von der geschmacklos billigen Art sich zu kleiden her, ganz gewiß nicht zu ihren Kunden gehörte. Sie blinzelte in sein semmelweich fades Haar und bedeutete ihm, mitzukommen, schob ihn in das Büro, in dem Joko, ihr Rottweiler, schlief, warf eine Kußhand der Nixe im Bad zu und glitt in ein nachtblaues Ensemble von

Dior. Stieg in Strumpf und Hackenschuh, fuhr sich mit den Händen durch den roten Pagenkopf und war inzwischen ebenso gespannt wie ärgerlich. Die Neugier siegte.

»Setzen Sie sich ruhig, da Sie sich nun einmal die Freiheit genommen haben, hier einzudringen.« Yolanda deutete auf die Sesselgruppe. Joko rührte sich nicht. Er war ein Rottweilerrüde beachtlicher Größe, wachsam und unerschreckbar, aber wenn er schlief, vermochte ihn nichts und niemand, schon gar kein Einbrecher, zu wecken. Er bellte nicht, blickte nicht gefährlich, von Knurren oder Beißen gar nicht zu sprechen. Einmal war ein nicht los zu werdender Kunde in Kokseuphorie in ihre Luxusetage zurückgekehrt, wo er sich auf einer Party fast wohlerzogen mit den anderen Gästen vergnügt hatte. Er war über die schmiedeeiserne Säule am Wintergarten herauf in ihr darüberliegendes Büro geklettert, wie später Spuren aus Fetzchen seines Seidenanzuges und seiner sonnengebräunten Haut bestätigt hatten. Gleich unter dem Fenster auf dem schwarzen Marmorboden hatte der schlafende dunkle Hund gelegen, über den er längsseits hingeschlagen war. Beim Sturz hatte er sich den Kopf an der Kante ihres Schreibtisches, dessen Platte ebenfalls aus Carraramarmor bestand, angeschlagen und war schlummernd am nächsten Morgen von der Haushälterin gefunden worden. So tief pflegte Joko zu schlafen. Aber dennoch, Jokos schnarchende Anwesenheit beruhigte sie.

Das Herrlein hatte wohl seine Erregung wieder unter Kontrolle und fing an, mit eindringlichen Gesten eine Erklärung zu begleiten, die sie gar nicht verstand.

»Wie kommen Sie in mein Haus?«

»Heute, nein, gestern nachmittag hat mich Ihre Haushälterin hereingelassen. Ich bat sie, hier auf Sie warten zu dürfen. Mein Name ist Fritsch. Dann, als sie ging, sollte ich auch gehen, aber Ihre ... Ihre ... Bekannte ließ mich im Wohnzimmer warten. Dort habe ich gelesen, gewartet und bin eingenickt. Als ich Sie kommen hörte, wollte ich zu Ihnen, doch dann habe ich Sie nicht stören wollen. Aber wissen Sie, ich muß Sie sprechen, und ich wußte nicht ...«

»Hat das nicht Zeit bis morgen?«

Er erschrak. »Nein, bitte, Sie müssen mir helfen!«

»So, ich muß.«

Fritsch gestikulierte hilflos, suchte Zigaretten, sie bot ihm ihre an.

Yolanda lehnte am Schreibtisch, ein Bein vor dem anderen ausgestellt, und vergnügte sich an so viel Tolpatschigkeit. Sie fühlte sich unterhalten. »Wollen wir einen Kaffee nehmen? Gerri wird uns Croissants besorgen, und Sie erzählen mir Ihre Geschichte, bis sie mich langweilt«, schlug sie aufgeräumt vor. In seinem billigen Jäckchen, Jeans und Mokassins wirkte er in dieser Umgebung fast exotisch, seine ganze Aufregung paßte nicht zu ihrem Stil, aber dennoch. Sie nickte ihm zu.

»Peter Fritsch, ich bin Sozialarbeiter und bei der Drogenhilfe, eine ABM-Maßnahme, sozusagen ... Eine unserer Klientinnen ist verschwunden. Zuerst dachten wir, sie sei wieder in der Szene, aber da ist sie nicht. In ihrer Wohngemeinschaft ist sie auch nicht mehr aufgetaucht. In ihrer Tasche sind all ihre Papiere, ein bißchen Geld und ... Stoff. Eine Fixerin, wissen Sie, kann alles zurücklassen, aber nicht ihren Stoff.«

»Rührend.« Yolanda straffte sich. »Und?«

»Na ja, ich habe alles durchgesehen, was da war, und in ihrem Notizbuch habe ich einen Brief an Sie gefunden.« Fritsch zog einen mehrfach gefalteten Zettel aus seiner Jackentasche. »Den wird sie erst kürzlich geschrieben haben.«

»Geben Sie her!« Yolanda entriß ihm das Blättchen, das, etwas klebrig und verascht, so gekniffelt war, daß es bereits mehrfache Risse aufwies, und entfaltete es vorsichtig.

»Liebste Yol,

zu wem kann ich gehen? Ich weiß, du willst mich nicht mehr sehen, ich verstehe deine Gründe, aber es ist wichtig, sehr wichtig. Du bist die einzige, die mir die Vorfälle erklären kann, die ich nicht verstehe. Es ist etwas Furchtbares passiert, aber ich komme da raus, vielleicht sogar sehr gut, aber du mußt mir helfen. Weißt du noch, du hast gesagt, wenn ich nichts sage, bist du immer für mich da. Jetzt sei da. Bitte, ruf an.«

Yolanda ließ den Zettel sinken und schaute lange auf den im Schlaf sich grunzend reckenden Joko. Beide Menschen schwiegen. Müde richtete sich die Dame auf, plötzlich genauso alt wie ihre überlebten Jahre. Sie streckte ihre Hand aus und berührte fast schüchtern den Arm des Mannes. »Sie hören von mir.«

»Ja, und?«

»Wie, sagen Sie, heißt diese Fixerin, die Sie suchen?«

»Lila.«

Kapitel 3

Dora war voller Haß. Sie hatte sich schon immer gedacht, daß Herrenschuhverkäufer eine besonders widerwärtige Ausprägung menschlichen Lebens sein mußten, doch das war jetzt zuviel.

»Hör mal, du Saftsack, nur, weil du heimlich schwul bist und den ganzen Tag träumst, von deinem Vater gefickt zu werden, brauchst du nicht vor mir den Macker zu spielen. Wenn du Probleme mit Frauen hast, dann regel das mit deiner Mutter, aber laß mich in Ruhe. Ich habe dir freundlich eine Frage gestellt und erwarte eine ebenso freundliche Antwort. Also?«

Es war falsch, und Dora wußte es. Einen Mann anhand seiner zugegebenermaßen recht auffälligen Schuhe zu finden, setzte jede Menge Glück und kooperative Gesprächspartner voraus. Doch bei ihrem Gang durch die exklusiven Herrenausstatter Kölns hatte sie es bisher nur geschafft, in fünf weiteren Menschen eine tiefe Abneigung gegen fette Frauen in Trenchcoats zu säen. Und dieser sechste würde sich in dieser Galerie nur zu gut machen. Dabei hätte sie ihm gleich die Registrierkasse anal einführen sollen, als er auf ihre Geschichte mit einer hochgezogenen Augenbraue und dem Spruch: »Was war denn außer den Schuhen zu sehen? Weiße Mäuse?« reagiert hatte.

»Meine Dame, Sie vergreifen sich entschieden im Ton. Ich schlage vor, daß Sie anderswo nach Ihren Schuhen suchen«, sagte er jetzt und rümpfte höchst effektvoll die Nase.

Dora unterdrückte den Wunsch, diesem Abziehbild von allem, was sie an Männern haßte, die Krawatte um einiges enger um den schleimigen Hals zu schnüren, und brachte dafür im Hinausgehen mit einem wohlgezielten Tritt eine Pyramide italienischer Maßschuhe zum Einsturz. In ihr brodelte es. Schnaufend trat sie auf die Schildergasse und blickte angewidert auf das Getümmel um sie herum. Mißmutige Menschen mit großen Einkaufstüten und quengelnden Kindern schoben sich an ihr vorbei. Auf einmal wußte sie, was in Amokläufern vorging. Schuhe kaufen, die waren einfach nur Schuhe kaufen, sagte sie zu sich und stellte sich das Gefühl vor, aus einem Schuhgeschäft heraus Fußgängerzonen mit der Pumpgun zu bestreichen. Der Gedanke beruhigte sie sichtlich, und zufrieden reihte sie sich in die Menge ein, während das Phantasieblut um sie herum spritzte und die Schreie der Verletzten eine besänftigende Melodie in ihrem Kopf bildeten.

Was hatte sie erreicht? Außer sechs wohlgeordnete Läden in ein Chaos zu verwandeln, nicht viel. War es überhaupt möglich, so ihren mysteriösen Auftraggeber zu finden? Natürlich, die Schuhe waren auffällig, hellkackfarben mit weißen Schabracken, und dann so komische Stisselchen drauf. Trotzdem, es gab Hunderte von Schuhgeschäften, die Geschmacklosigkeiten führten, und auch wenn die Schuhe teuer ausgesehen hatten, waren sie überhaupt hier gekauft worden oder vielleicht doch in Immekeppel oder Timbuktu? Zur Sicherheit hatte sie eine Phantomzeichnung angefertigt. Auch wenn sie nun wirklich keine Malerin war, sie fand die Zeichnung durchaus gelungen und die Schuhe als solche zu erkennen. Daher hielt es Dora für eine Selbstverständlichkeit, daß diese arrogante Schwuchtel in dem Laden an der Schildergasse eine Lektion verdient hatte, weil sie beim Anblick der Zeichnung gesagt hatte: »Nein, solche Schuhe führen wir nicht, solche Schuhe werfen wir weg!«

Einen Versuch mache ich noch, sagte sie sich. Da war doch dieses kleine Geschäft mit den orthopädischen Maßanfertigungen in der Gertrudenstraße, und wer sollte sich eine derartige Abartigkeit anders erdacht haben als das Frankensteingehirn eines Orthopädieschuhmachers? Mit deutlich gestiegener Laune bog sie von der belebten Einkaufsmeile in die Richmodstraße ein. Ja, diesmal würde sie alles anders machen und dem Schuhmacher jede mögliche Information mit Freundlichkeit entlocken. Schließlich war ihre geschickte Fragetechnik bisher bei allen Fällen immer ihre beste Waffe gewesen.

Die Ladentür schloß sich mit einem mißtönenden Bimmeln hinter ihr, und sie blieb erst einmal stehen. Der Geruch von Leim stieg ihr in die Nase und erzeugte wohlige Erinnerungen an was auch immer. Der ganze Raum war mit dunklem Holz getäfelt und sah aus, als wäre er seit der letzten Feier zu Kaisers Geburtstag nicht mehr gereinigt worden. Überall waren Schubladen, Lederfetzen, Werkzeuge und sorgfältig gearbeitete, aber vollkommen bizarr geformte Schuhe, die von der Kunst eines langen Handwerkerlebens erzählten. Uralte Reklamen hingen an der Wand und hätten mit dem Rest des Interieurs wohlige Nostalgie erzeugt, wenn sie nicht mit einer leicht schmierigen Patina überzogen gewesen wären, so daß man hätte meinen können, der Raum sei hartwachsversiegelt. Nun gut, sagte sich Dora, wer lang lebt, der weiß auch viel, und als der große Lederschuh sich zu bewegen begann und sie in ihm den Ladeninhaber wähnte, ging sie munter mit der Zeichnung und dem, was sie für ein freundliches Lächeln hielt, auf ihn zu.

»Guten Tag, mein Name ist Dora Langmann. Ich bin Privatdetektivin. Vielleicht können Sie mir behilflich sein. Kommen Ihnen vielleicht diese Schuhe bekannt vor?«

Der alte Mann beugte sich über das Blatt und betrachtete es. Dann sah er Dora mit verkniffenem Gesicht an, als habe er einen Mehlwurm im Mund.

»Schuhe?« fragte er.

»Schuhe«, bestätigte Dora. Sie kaute auf ihren Backen. Viel mehr würde sie nicht an schlauen Bemerkungen über ihre Zeichenkunst vertragen, und sie begann schon zu bedauern, wie wenig Arbeit der Tod dieses Männchens machen würde.

Der Schuhmacher begann zu nicken, um zu zeigen, daß er verstanden habe. »Es geht um eine Schadensersatzklage, nicht wahr?«

Ruhig, Dora, sagte sie sich und starrte auf die oberste Schublade, auf der »Einlagen 2 cm« gekrakelt stand.

»Nicht ganz«, sagte sie, »ich suche den Mann, der diese Schuhe trägt, habe aber keine Ahnung, wer das freiwillig tun würde. Haben Sie vielleicht eine Idee? Sie sehen doch sicherlich einiges an Schuhen?« Wie idiotisch, das zu einem Schuhmacher zu sagen. Wenn der keine Schuhe sehen würde, wäre er Gärtner oder so was, oder blind. Dora blickte mit leichter Mißbilligung auf den Hinterkopf des Mannes, der wieder auf die Zeichnung sah. Ein schütterer Haarkranz umschloß eine sommersprossenbefleckte Hautkappe, die hier und da mit einem leichten Grind bedeckt war. Aus ihrer Warte sah es aus wie Schusterleim mit Sägemehl, es hätten aber auch Kokosflocken sein können. Warum sagt er nichts, dachte Dora, er sagt ja gar nichts, und einen Moment lang überfiel sie Panik. Er ist tot, dachte sie, der erste Mensch seit Jahren, zu dem ich freundlich bin, und der stirbt! Ich töte mit Freundlichkeit! Doch da räusperte sich der Alte und stellte sich bequemer hin.

»Sie wollen also den Mann finden, der solche Schuhe trägt.«

»Ja«, sagte Dora gottergeben und dankbar. Er hatte es begriffen. Am Ende würde er ihr helfen können, vielleicht wußte er, wer das war, vielleicht wurde er zum Freund.

»Ich kann Ihnen da nicht helfen, ich weiß nicht, wer das ist«, sagte er und betrachtete sie über die Brille. »Diese Auskunft scheint Sie nicht glücklich zu machen, aber ich hätte da eine Idee.« Er richtete sich auf und begann in einer Schublade hinter sich zu kramen. »Mir ist so, als hätte ich mal was Ähnliches in einem Katalog gesehen, der mit der Post kam. Der müßte eigentlich hier sein. Oder nicht?«

Es sind keine Kokosflocken, dachte Dora, das muß Sägemehl sein, aber warum hat er es auf seinem Kopf? Jetzt verschwand er vor sich hin brabbelnd unter dem Tresen. Hätte nicht ein gleichmäßiges Rumpeln seine Anwesenheit verraten, Dora hätte gemeint zu träumen. Es ist mitten in Köln, anno 1997, und ich glaube es einfach nicht. Da stehe ich hier in einer Carnauba-Installation von HA Schult und lasse mir von einem Veteranen der Schlacht von Verdun Schuhkataloge raussuchen. Kann man tiefer sinken?

»Ja!« riß der Alte sie aus ihren Gedanken und knallte einen etwas verblichenen Katalog auf die Ladentheke. »Ich wußte doch, daß ich die Dinger schon einmal gesehen habe.« Er blätterte wild vor sich hin und stoppte abrupt. »Da, da sind sie!« rief er, und er hatte recht. Hellkackfarbene Schuhe mit weißen Schabracken und Stisselchen.

Dora griff nach dem Katalog. »Woher kommt der?«

»Ach, da hat ein junger Mann versucht, die Schuhfabrik seines Vaters zu übernehmen, hinten in Ehrenfeld. Wir haben uns damals totgelacht, ein Modell scheußlicher als das andere, keines paßte richtig. Er hat dann pleite gemacht, ohne irgendwas verkauft zu haben.«

»Und wie lang ist das her?«

»Warten Sie mal«, er schabte sich die Sommersprossen, »das muß in den frühen achtziger Jahren gewesen sein.«

»Und, was wurde aus ihm?«

»Keine Ahnung«, der Schuhmacher zuckte die Achseln, »ich glaube, er ging dann weg, nach Ingolstadt oder so, ich weiß es nicht mehr. Wollen Sie den Katalog mitnehmen? Vielleicht hilft er Ihnen ja weiter.«

Dora nickte resigniert. »Vielleicht. Ich probier's mal. Auf jeden Fall waren Sie sehr nett, ich möchte mich bei Ihnen bedanken.«

»Keine Ursache, beehren Sie mich mal wieder.«

»Ach, eins ist da noch«, sie drehte sich im Hinausgehen um. Da stand er inmitten seines Mülls und war sehr zufrieden mit sich. »Sagen Sie, es geht mich ja nichts an, aber kann es sein, daß Sie Kokosflocken auf dem Kopf haben?«

»Ja«, nickte er, »ich habe einen Papagei.«

Dora verließ den Laden sehr nachdenklich. Welch schönes Erlebnis. Ein freundlicher Mann mit einem offensichtlich ebenso freundlichen, kokosnußessenden Papagei, ein alter Katalog in ihrer Hand, eine Auskunft und vor allem die Sicherheit, daß es ihre Schuhe tatsächlich gab. Dann würde sie auch diesen Hund finden, wenn sie erst mal wußte, welchen eigentlich. Sie hatte nicht im Delirium gelegen, sie brauchte sich noch keine Sorgen zu machen. Und ihrem Auftrag war sie ein Stück näher. Zufrieden knüllte sie die Zeichnung zusammen. Was Freundlichkeit alles ausrichten konnte. Beseelt ging sie zum nächsten Papierkorb, um da das Knäuel loszuwerden, und schenkte einem kleinen Jungen ein zufriedenes, offenes Lächeln.

»Mami, Mami«, kreischte er und flüchtete sich hinter einen dunkelblauen Blümchenrock, »hilf mir, die Frau guckt so böse, Hilfe, ich habe Angst.«

Dora wandte sich haßerfüllt ab. Das nächste Mal würde sie ihm seinen widerlichen, kleinen Schädel spalten. Die Welt hatte sie wieder.

Kapitel 4

Ohne zu lesen, blätterte Gerritt die Zeitung durch. Ihre Laune war ihr selbst zuwider. Was tat sie hier überhaupt? Ihre Tage und Nächte zwischen polierten Flächen und Lächeln. Tierärztin hatte sie werden wollen, Schauspielerin, Malerei studiert und zuletzt sogar daran gedacht, ihre große Leidenschaft, das Kochen, zum Beruf zu erheben. Und nun war sie fünfunddreißig Jahre alt, bürstete einen dicken Hund und spielte für Yol Dankbarkeit und Kultur.

Sie mochte die Galerie sehr, deren Leitung ihr Yol anvertraut hatte. An manchen Tagen saß sie dort stundenlang, um sich Mappen durchzusehen oder eine Installation auf sich wirken zu lassen, allerdings mit dem Ergebnis, daß sie hinterher leer und deprimiert war und sich noch unmotivierter fühlte als vorher. Und die lustigen Künstlervölkchen, die Yol ihr so bildhaft originell beschrieben hatte, waren längst tot, wenn sie in ihre Galerie kamen, oder so arriviert und eitel, daß sie sich in nichts von den Leuten, die hier verkehrten, unterschieden. Den Einkauf machte die neue Kunsthistorikerin, Hanne Kremin, die sie sich von befreundeten Galeristen ausgeliehen hatte, seit der Geschäftsführer sich vor kurzem für unbestimmte Zeit selbst beurlaubt hatte. Und die Kremin, das war ihr gleich klar geworden, wollte sie nicht mehr hergeben, die war um vieles versierter als Schmachtenberg. In Gerritts Leben gab es überhaupt für alles die richtigen Leute, Helfer, Angestellte, nur sie war für sich selbst nicht die Richtige, war für niemanden richtig wichtig.

Seit ein paar Tagen war Yolanda kaum zu Hause und dort auch abwesend, zerstreut – war das ihre Schuld? Verlangte sie zuviel, wenn sie sich über Einsamkeit beklagte? Vielleicht sollte sie sich aus dem Tierheim zwei Katzen holen. Joko mochte Katzen, und eine Wohnung war einmal mehr wohnlich, wenn eine Katze darin schnurrte. Und etwas spenden wollte sie auch. Der Gedanke belebte sie geradezu, sie eilte durch die Marienburger Villa ins Büro, um dort eine Notiz zu hinterlassen und Joko zu suchen. Mißmutig stellte sie fest, daß Yol ihn mitgenommen hatte, schade, sie hätte gern einen Spaziergang mit ihm gemacht. Die Leute traten immer so achtungsvoll beiseite, wenn er gewichtig ihren Weg bahnte. Nun, dann später also, und war schon im Mantel und davon.

Zwei Katzenkörbe unterschiedlichen Gewichts in jeder Hand, diverse Futter- und Zubehörpakete unter den Arm geklemmt, kam wenige Stunden später eine vergnügte Gerritt ins Haus zurück.

»Ich habe solches Glück gehabt! Kati hat mir Minka und Petzi mitgegeben, zwei völlig verschiedene, aber liebenswerte Charaktere. Minka zum Beispiel wurde in einem Bauloch gefunden, stellt euch vor, ihre Hüfte ist kaputt, die Arme.« Begleitet von Stereomaunzen rechts und links schnatterte die frischgebackene Katzenmutter drauflos. »Und wißt ihr was?«

Sie stockte. Eine merkwürdig böse funkelnde Yolanda, deren Sekretär, die Haushälterin Schulte, alle schwiegen sie böse an, wie ihr schien.

»Ich sagte doch, ich fahr mal grad ins Tierheim ...«, sprach sie verzagt die schweigsame Schulte an, aber Yol unterbrach sie.

»Warst du vorher im Büro?«

»Ja, ich habe Joko gesucht.«

»Warst du am Safe?«

»Ich, wieso, nein, natürlich nicht.«

Yol sah sie lange an, endlich lächelte sie ein bißchen, künstlich zwar, aber immerhin.

Sie trat auf sie zu. »Das habe ich befürchtet, also niemand von uns.« Sie hockte sich auf die Treppe und stützte ihren Kopf auf beide Hände. »Verdammt, damit kann ich nicht zur Polizei, nicht mal das.«

Frau Schulte erklärte: »Der Safe ist offen und durchwühlt.« Hanseatische Gelassenheit konnte manchmal wohltuend sein.

»Und was ist drin, Geld?« fragte Gerritt.

»Geld, Schmuck und Papiere«, ergänzte Frau Schulte trocken, weil Yol nicht antwortete. Dann schwiegen alle, bis Yol endlich aufstand und dem Personal für den Tag freigab, was noch nie vorgekommen war.

Gerritt baute Katzenklos auf und füllte Futterschüsselchen, was sofort Joko auf den Plan rief, der eine gewisse Sympathie für die neuen Futterentlocker zeigte, als er beide Schalen geleert hatte. Ein sehr dicker, grauer Kater und ein sehr dünnes Kätzchen waren auf verschiedene Schränke geflohen, als sie in der fremden Umgebung auf den schleckenden, schmatzenden Hund gestoßen waren. Der Appetit schien ihnen zunächst vergangen, daher beschloß Gerritt, sie erst einmal völlig in Ruhe zu lassen. Sie holte ihre Zigaretten und suchte Yol, die in der Küche saß und Kaffee trank.

»Fehlt denn etwas?« fragte sie und setzte sich zu ihr.

»Ich glaube nicht. Bis jetzt. Vielleicht war's der Scheißkerl von heute nacht. Und ich hätte ihm seine Geschichte fast geglaubt, verdammt!«

»Unsinn, ich bin doch vorhin im Büro gewesen, weil ich Joko mitnehmen wollte. Ich könnte schwören, da war kein Chaos, und der Safe war zu. Aber warum holst du nicht die Polizei, Schatz?« Gerritt stand auf und umarmte Yolanda. Noch immer gut gelaunt, die Katzen hatten ihre Lebensfreude wieder angefacht.

Yolanda schnaubte verächtlich. »Ich und die Bullen. Mensch, Kind, wach auf!«

Gerritt schaltete den Backofen ein und öffnete die Herdklappe. High-Tech machte sie frösteln. Yol schenkte Kaffee aus, und als Gerritt keine Schokoladentorte fand, entschied sie sich für Erdnußbutterbrote und zündete Teelichter an. Yolanda blickte geringschätzig auf die zuckenden Flammen.

»Ich mag dich wirklich, aber dein Emoquatsch mit der Geborgenheit ist einfach grotesk. Aber ich weiß, du meinst das nett.« Sie lächelte Gerritt schwach zu.

Also schien Yolanda jetzt wieder lieber zu werden, Gerritt versuchte noch einmal ihr Glück. »Magst du reden?«

»Kindchen, du weißt, wie ich mein Geld verdiene, und gibst es trotzdem gern aus. Was soll ich dir da noch erzählen?«

»Na schau, da kommt so ein mickriger Heterofuzzi, um mit dir zu reden, und du denkst, er knackt gleich unseren Safe, das ist doch komisch!«

»Du darfst in der Galerie spielen gehen, was in meinem Safe ist, geht dich nichts an, klar?«

Gerritt senkte das hübsche Köpfchen, die gute Laune war dahin. Das hatte weh getan. Yolanda mochte die Macht genießen, sie später wieder aufzubauen, und fuhr sich durchs rotgesträhnte Haar.

Im Aschenbecher verglühten zwei Zigaretten. Die Nachmittagssonne war wintertief vorübergezogen. In der Küche war es fast dunkel, aber warm. Irgendwo klingelten Telefone, piepsten Faxgeräte, signalisierten Anrufbeantworter maschinelle Kompetenz. Joko schnaufte zufrieden ein Nickerchen haltend vor dem Backofen. Eine kleine dürre Katze wetzte um die Ecke; Gerritt lächelte leise.

»Und?« Ihr letzter Versuch.

»Er sucht meine Ex-Freundin, darum war er hier. Ich habe sie aber schon lange nicht mehr gesehen. Lila und ich haben uns geliebt. Dann haben wir zusammen gearbeitet, und sie hat mich betrogen. Wir haben uns also getrennt. Aber das ist Jahre her.«

Yolanda zog ihre Knie ans Kinn und umarmte sich selbst schweigend. Draußen lärmten ein paar Rabenkrähen. Die Frauen schwiegen über kalter Asche, kaltem Kaffee. Plötzlich erhob sich Yolanda.

»Sie machte ein Riesengetue um sich, war aber nur ein Junkie.«

Gerritt hob ihre Brauen, wollte nachfragen. Ihr schienen die wesentlichen Punkte in Yols Erzählung unklar. Aber Yolanda schwieg sich davon, und Gerritt wußte, niemand würde ihr fürs erste mehr entlocken können. Auch sie nicht. Wenn Yol beschloß zu schweigen oder zu *ver*schweigen, gab es dazu keine Erläuterungen. Man mußte sie einfach lassen.

Kapitel 5

Yols Leute fürs Grobe, Freddie und Erkan – manchmal nannte Gerritt sie bei sich »Maschinen«, da sie noch nie eine menschliche Regung in ihren wie in grobes Holz gehauenen Zügen hatten erkennen lassen –, waren seit gestern unterwegs, Herrn Fritsch zu finden. Warum eigentlich Fritsch und nicht Lila? Yolandas Verhalten erschien ihr unverständlich. Vielleicht aber sollte sie Yol unterstützen, die Sorgen zu haben schien. Soviel hatte Gerritt verstanden, die schon seit einiger Zeit begonnen hatte, an Türen und neben Telefonen zu lauschen. Yolanda war heute morgen einsilbig und verschlossen vor dem Frühstück zu ihren Geschäften aufgebrochen. Ihrer Unzufriedenheit mit sich selbst beschloß dann Gerritt mit einer neuen Diät zu begegnen. Uninspiriert von ungesüßtem Tee und leerem Vollkornbrot war sie mit Joko zu einem Spaziergang durch Marienburg aufgebrochen.

Bis zum Park vorbei an den schweigenden Häusern und außer von dem Kiosk an der Bahnendhaltestelle kaum Leben. Marienburg konnte trostlos sein in seinen verschwiegenen Straßen. In der Andernacher hatte einmal eine besondere Malerin gelebt, in der Lindenstraße der Intendant vom Theater, aber inzwischen erzählten ihr Häuser und Straßen nur von der Leere und der Einsamkeit hinter schweren Eingangstüren und hohen Bäumen. Der Winter im Südpark schien Gerritt bedrohlicher und kälter als anderswo.

»Ich gehöre nicht dazu«, murmelte sie sich zu bis zurück zur Pferdmengesstraße, über den Gürtel in den kleinen Souterrainladen an der Goltsteinstraße, wo sie sich drei leckere Sesambrötchen genehmigte, zum Trost. Nein, eins bekam der treu neben ihr trottende Joko.

Seit dem Besuch von Fritsch fand sie Yolanda verändert; es mußte mehr dahinterstecken als ein paar sentimentale Mumien ihrer Erinnerung. Nachdenklich faltete Gerritt den Zettel auseinander, der in ihrer Jackentasche knisterte, seit sie ihn heute nacht auf dem Büroschreibtisch gefunden hatte. Sie strich ihn immer wieder glatt und geriet ins Grübeln. Vielleicht sollte sie mal mit dieser Lila reden, ehe sie hier ihre Zukunft vertat. Kleine Stiche wie Eifersucht, Summen im Bauch, signalisierten ihr eine unbewußte Angst, deren Grund sie kaum wissen wollte. Und doch mußte sie erfahren, was sie und Yol bedrohte und was Yolanda vor ihr verbarg. Sie schien erpreßbar, verletzlich, und das kannte Gerritt nicht an ihr. Es hatte, das war ihr klar, mit dieser Lila zu tun, also wollte sie zu Lila. Im Drogenzentrum war sie nicht – das hätten sicher die »Maschinen« vermeldet, die dort nach Fritsch gesucht hatten –, und von ihrer Wohnung aus schienen keine Spuren zu ihr zu führen. Wenn sie das Gespräch mit Herrn Fritsch richtig belauscht hatte, war sie also nur über den zu manipulierenden Zufall zu finden.

Frau Schulte ergab sich einem Temperamentsausbruch, der sich in einem zweifachen »Ts, ts« ausdrückte, als sie das zweite Katzenhäufchen auf dem Wohnzimmerteppich entdeckte. Gerritt sah sich Frau Schultes Zorn nicht wirklich gewachsen und schlich ins Büro, wo sich tatsächlich noch eine Ausgabe des Kölner Branchenfernsprechbuchs fand. Unter »Detektei« war eine kleine Auswahl. Manche sahen unscheinbar aus, andere warben großtuerisch in schweren Versalien für Überwachung. Sie fuhr mit dem Finger die Nummern auf und ab, nachdenklich, ob besser jemand in der Nähe oder diskretionshalber auf der anderen Rheinseite in Frage käme, als Frau Schulte sie nachdrücklichst rief.

»Ich bin anhand der Listen, die Ihre Freundin mir gegeben hat, noch einmal alles durchgegangen, was im Safe war. Es sieht so aus, als wären die Papiere dieses ...«, sie hob kalkuliert effektvoll eine Augenbraue, »... Rottweilers das einzige, was verschwunden ist. Gehe ich recht in der Annahme, daß auch Sie die nicht haben?«

Gerritt bestätigte gern und lief ungeduldig zurück ins Büro. Ihre Nase vermeldete ihr schon Unheil, bevor sie es sehen konnte. Über die aufgeschlagenen Seiten des Branchenverzeichnisses stand Joko gebeugt und besah mit zuckender Schnüffelnase einen hellgelbgekränzten Turm aus einer breiigen, übelriechenden Masse. Mit einem tiefen Seufzer und zugehaltener Nase entsorgte die Katzenmutter das Telefonbuch.

*

Das »Vampire« war balladenschwer gefüllt mit der Stimme Marla Glens. Der Rauch griff beißend nach den Augen der Besucherin. Frauen jeden Alters und allesamt recht hergerichtet sahen halb desinteressiert, halb neugierig auf. Die Bardame schüttelte schwarzgescheitelt im Groove der Musik den Cocktailshaker und fragte kompetent und freundlich nach ihren Wünschen. Gerritt bestellte einen Daiquiri und stellte sich ans hintere Barende, von wo aus sie den ganzen Raum überblicken konnte. An den Wänden hingen lustige Vampirbilder und gemalte Spinnennetze um verrucht gedachtes Licht. Schöne Männer prosteten einander zu, im Rauchnebel waberte der Rhythmus der Musik. Keine Viertelstunde war vorüber, ihr Drink eben erst benippt, da kam lässig und wie immer mit allen flirtend Lolita eingeschwebt. Die verschiedenen Kragen von Jacken und Bluse fesch hochgeschlagen, wiegte sie ihre Hüften unter blitzendem Gürtel, gaben sich ihre in den Jeanstaschen vergrabenen Daumen herausfordernd.

Die Unwiderstehliche beugte sich über die Theke zu Gerritt: »Allein?« Das tiefe Timbre ihrer gewollt verdorbenen Stimme ließ das Fragezeichen unvergeßlich erscheinen, eine Augenbraue schnellte ein-, zweideutig hoch.

»Mal sehen. Was möchtest du trinken?«

Lolita zwinkerte: »Amaretto, heiß ...«

Beide Frauen sahen schweigend fort, Lolita begutachtete die anderen Gäste, um sich wieder und fast noch entschiedener Gerritt zuzuwenden. »Und, sie läßt dich hierher gehen?«

»Nein. Ich suche jemanden.«

»Tun wir das nicht alle?« Wieder schnellten Augenbrauen herauf, und Lippen wurden befeuchtet. Inzwischen stützte sich Lolita so auf den Tresen, daß ein tiefer Blick in ihre halb aufgeknöpfte Bluse möglich gewesen wäre, aber Gerritt haßte gestärkte, hartgebügelte Blusen und vermutete darin das Herz einer Spießerin.

»Ich weiß nicht, wie sie heißt, aber ich habe viel von ihr gehört. Sie verkehrt nicht in der Szene und ermittelt privat ...«

Lolita war Gerritts Worten bis hierher verständnislos gefolgt, jetzt huschte ein schelmisches Grinsen bis zu den Augenbrauen hoch: »Betrügt sie dich?«

»Lolita, bitte! Wo finde ich sie?«

»Wen?«

»Die dicke Detektivin mit dem Mundgeruch und dem schlechten Benehmen, die so toll sein soll.«

»Glaubst du im Ernst, ich zähle solche Damen zu meinen Freundinnen?« Lolita warf ihre blonde Haartolle zurück und verschwand im Gedrängel. Gerritt leerte ihren Drink und zahlte. Als sie sich müde erhob, nun doch ratlos, wo sie anfangen sollte zu suchen, sah sie Lolita in der Nähe des Eingangs stehen und eindringlich auf eine schweigende Frau einreden, die halb von ihr abgewandt saß. Neugierig beobachtete Gerritt, wie die Frau plötzlich aufstand und einen Geldschein auf den Tisch legte. Sie sagte etwas, wandte sich abrupt ab und ging. Gerritt war von der Autorität der hohen Gestalt beeindruckt, ihr langer Mantel wehte sie auf den Rathenauplatz hinaus, verfolgt von einer Fahne weißgrauen Haares. Gerritt drängte zum Ausgang, wo Lolita sie aufhielt: »Gehst du mit mir essen?«

»Tut mir leid, ich kann nicht.«

»Schon gut, einen Versuch bist du mir immer wieder wert.« Sie zwinkerte einer kleinen Brünetten zu. »Manchmal ist sie nachts im ›Hotel Timp‹, um ihren depressiven Kollegen dort einer Schocktherapie zu unterziehen. Sie heißt Dora, die Frau, die du suchst. Sie ist eine Säuferin und – sie ist ein Kotzbrocken.«

Gerritt warf ihr eine Kußhand zu, die Lolita brünettentechnisch nicht mehr wahrnahm, und lief hinaus. Die graue Gestalt war verschwunden. Na gut. Sie würde jetzt essen gehen, und nach einer Runde mit Joko war es Zeit für ihre erste Wache im »Timp«.

Kapitel 6

Als ihre Augen sich an den dickqualmigen, abgestandenen Rauch gewöhnt hatten und sie durch eigene Rauchaktivitäten eine Art Schutzschild erstellt hatte, schien ihr die Aktion doch sinnlos. Die Show hatte noch nicht angefangen, und im »Hotel Timp« war außer den Kellnern und einem Rudel Neugieriger aus den umliegenden Landgemeinden einfach niemand, den sie hätte ansprechen können. Sie hätte sowieso nicht Marianne Rosenbergs Organ überschreien mögen. Unter den johlenden Voyeuren waren zwar einige trunkene vollschlanke Damen, ihren Düften nach aber eher AVON-Beraterinnen als Detektivinnen. Gerritt fror noch immer. Nirgendwo ein Parkplatz und jetzt Schuhe, Strümpfe und das Haar naß. Die Kellner, sichtlich entnervt von allerhand schmierigen Nachfragen nach Sondereinlagen, behaupteten sich würdevoll. Und wieder Marianne Rosenberg. Gerritt hatte sich auf den Ausflug aus ihrem Marienburger Edelnest gefreut; sich an ausgelassene Nächte mit Raphala erinnert, und nun saß sie da und fror.

Sie stand auf, zahlte ihr kaltes Kölsch und ging hinaus. Ein eisiger Wind pfiff von der Deutzer Brücke herunter, sie kniff die Augen zu und rannte in eine Gruppe schwarzgekleideter, dohlenernster Gestalten.

»Hallöchen Gerri«, von wegen der Marienburger Aura entfliehen ... Das waren Leute, die sie oft genug in der Galerie erlebt hatte, unter ihnen Martin Augenstein, ein junger Künstler, den sie wirklich schätzte und mochte, mit seiner dünnen, hohen Gestalt, die in keiner Bewegung ihre gemessene Würde verlor, bis sie sich in Halshöhe in Zigarettenrauchwolken auflöste. Oberhalb des Dunstes gab es ein paar dunkle Maleraugen, von kleinen Spottfalten umkränzt, denen selten etwas Wesentliches zu entgehen pflegte. Den Abschluß bildete der Stern auf der schwarzen Kappe, die stets verkehrt herum auf dem dunklen Haarschopf saß. »Was treibt dich denn hierher, ich muß schon sagen, in einer solchen Nacht! In St. Maria im Kapitol ist gerade die Musikperformance von Dorothée Hahne zu Ende, wo wirklich *jeder* ist, außer dir, und die Szene ist natürlich im ›Gloria‹, heute ist die Premiere der Rosa Sitzung, aber seit du nicht mehr in Ehrenfeld wohnst, sieht man sich ja kaum noch. Wie geht es dir, du siehst völlig verwildert und erkältet aus.«

Die Dohlengestalten hatten ihre Debatte über Neue Musik unterbrochen und umringten sie so neugierig, als müßten sie sogleich mit schwarzen Mantelflügeln schlagen. Vor dieser Versammlung gab es so gar nichts, was sie hätte antworten können, egal, wie schön es auch sein mochte, Martin Augenstein wiederzusehen. So verlor sie sich in einem Geflecht wirrer Ausreden, wie immer, wenn die Unsicherheit sie zu überfrauen drohte, und Martin, der zu verstehen schien, entließ sie mit einem: »Wir sehen uns gleich im ›Gloria‹, du brauchst dringend einen Cognac, du weißt schon, aus gewärmten Gläsern! Warte auf mich, in einer halben Stunde bin ich da!«

Die Doheln verloren sich individuell im Nieselregen, wie es sich für die Melange aus Kunst- und Neue Musikanhängern gehört, um wichtig eigene Wege zu gehen. Von überall sah Gerritt solche Gestalten nun von der hellerleuchteten Kirche aus schwirrend umherhuschen, dunkel und bedeutsam allesamt. Nur die Glutfunken von Martin Augensteins Dauerzigaretten umstoben ihn noch eine Weile.

Der neue, harte Ausdruck in Yolandas Augen ließ sie nicht los. Ihre zerstreute Gleichgültigkeit in diesen Tagen und eine unelegante Fahrigkeit verhießen nichts Gutes. Wenn sie nach dem Handy griff, weil ihr irgendwas eingefallen war, sah Gerritt eine Art gierigen Ausdruck, den sie bei ihr nur beim Sex beobachtet hatte. War das nur Sorge um eine alte Ex-Freundin?

Am besten war es, sie würde das schnellstens klären. Diese dicke Detektivin, von der sie schon so wilde Geschichten gehört hatte, würde Licht in das Dunkel bringen. Ihre Beziehung und ihre Existenz hingen zu dicht beisammen. O ja, Yol war extra freundlich und großzügig zu ihr, fast betulich für ihre sonst karge Art, Gefühle zu zeigen, und dann wieder schlug sie ihr die Tür vor der Nase zu, reichte ihr kein Feuer, nein, bot ihr nicht einmal eine Zigarette an, wenn sie rauchte, vergaß das »Hallo« morgens und abends. Der kesse Vater, Kavalierin der Liebe, die sie mochte, war ein nervöser Schatten, seit dieser Fritsch dagewesen war. Bei Männern war es einfach: Die brachten einen Strauß Schnittblumen mit, und dann war klar, daß sie irgendwo eine Affäre hatten. Und bei Yolanda? War sie anders? Gerritt mußte einfach Sicherheit haben.

Im richtigen Leben gibt es nie Taxis, wenn man sie braucht, nur im Film, und das Auto stand irgendwo. Gerritt schritt aus. Einfach immer weiter durch mitternächtliches Köln. Über die Nord-Süd-Fahrt stürmte es auf sie ein, eine Welle von Frost und Aufregung und Lebendigkeit. Sie hatte über Ausstellungen, Katzen und Yolanda gar nicht bemerkt, daß dies ein Gefühl von Karneval sein konnte, so, wie es die Kölnerin kennt. Immer dann, wenn Frau die Nase endgültig voll hat von Kälte, Nässe und eisigen Füßen, kommt wie von irgendwo ein erregendes Brizzeln angeschwebt, und dann ist es wieder soweit – auch wenn einer gar nicht danach ist. Ob Dora Kölnerin ist, dachte sie und folgte dem Hoffnungsschimmer in Richtung »Gloria«.

Am Neumarkt standen Kartenvorverkaufsbusse für die Prunk-, Herren-, Mädcher-, Stunk- oder Kindersitzungen; aus einem kleinen Festzelt waberten die Tiefs eines jovialen Büttenredneransagers. Der Regen ließ alle Lichter spiegelnd flunkern, und ein eiliges Kommen und Gehen hastiger Gestalten, unter deren unförmigen Mantelkokons sich freizügig deformierte Kostümvarianten verbargen, huschte durch die unwirkliche Szenerie. Seriöse Geschäftsmänner, ein ganzes Grüppchen mit Clown-Perücken, umkreisten die hastende Gerritt.

Endlich die Apostelnstraße und Menschen, die sie beruhigten. Frierend und anders, ganz wie sie, aber kunstvoll hergerichtet und besserer Laune. Kaum hatte sie die Tür zum Café geöffnet, war sie umringt, erhielt ungefragt ein Glas Sekt und ward bedauert, weil auch sie wohl keine Eintrittskarte mehr erhalten hatte. Gerritt empfand das freundliche Willkommen in der zugigen Bar wie ein warmes Bad. Froh, nicht bei den stadtbekannt übellaunigsten Kellnerinnen um Getränke betteln zu müssen, nahm sie ein weiteres Glas prostend per »Aloha!« entgegen und taute weiter auf. Von drinnen klangen Lieder, Lachen, gute Laune und Rufe zu ihr her, machten ihr neue Lust. Bei allen dunklen Sorgen dieser Welt, sie mußte unbedingt mit Yolanda wiederkommen, mit ihr richtig lachen, schunkeln, tanzen, flirten. Fast vergaß sie ihre Mission in den angenehmen Wogen von Vorfreude, während die neuesten Tratschgeschichten – »Hast du schon gehört?« – um schwule Prinzen und die Erkältung von Hella von Sinnen, der Präsidentin der Rosa Sitzung, sie zu interessieren begannen. Nirgendwo war eine betrunkene, übellaunige Detektivin auszumachen, keine Spur von Martin Augenstein, der wo zum Teufel noch mal blieb. Er würde ihr jetzt gut tun, sie sehnte sich nach seiner heiteren Art. Sie sah zur Uhr; bald wäre Yolanda zu Hause.

»Noch ein Sekt?«

»Natürlich!« Und der Vergnügungswurm wand sich durch ihr aufkommendes Schuldgefühl. Drinnen tobte der Saal. Samy Orfgen gab »Föhlens dr Kar-ne-val«, und alle mußten auf Tischen und Bänken mittanzen, den besorgten Gesichtern einiger maßgeblicher Glorias und den krachenden Splittergeräuschen nach zu urteilen. Noch eine Zigarette. Ihre Augen wanderten immer wieder zur Glastür, die Straße auf und ab, nervöse Gedanken an die Uhrzeit, aber Herz und Bauch tanzten Samba im Saal. Sicherlich war es schlau zu warten, bis die Veranstaltung zu Ende war. Die Szene war klein genug. Einen Hinweis mindestens zu ergattern, schien garantiert – aber jeder in Köln wußte: Die Rosa Sitzung konnte ewig dauern. Und jeder, der Martin Augenstein kannte, wußte: Die Pünktlichkeit war nicht seine größte Tugend.

Es blieb noch eine Chance, die Detektivin zu finden: die Damentoilette. Im Sambarhythmus an der Kasse betörend gleichgültig vorbei nach unten huschen. Wer in der Kunstszene arbeitet, hat solche Fertigkeit auf der Palette gespielter Arroganz. Damen eilten aus der Herrentoilette auf sie zu, an ihr vorbei, eine Transe raubte ihr den Platz vor dem Spiegel. Ewigkeiten. Die Toiletten waren besetzt. Nichts geschah außer Geruch und dem Beifall aus dem Saal, der sie wieder mit unangemessener Lebenslust bedrohte. Die Toilettentür öffnete sich, nach vielen hundert Jahren. Heraus trat freundlich lächelnd, nett und hilfsbereit Annemie Fußbroich. Verschaffte ihr kameradschaftlich einen Platz am Spiegel, bot ihr einen Kajalstift an, erzählte von der Sitzung und den netten Schwulen. Und dann, während der nächsten Nummer, die wohl langweiliger sein mußte, stürmten ein paar Frauen herein, die sie aus guten alten »Coconut«-Discotagen zu kennen glaubte. Ein kurzer Blickkontakt – es wäre so leicht gewesen –, aber mit Rücksicht darauf, daß Gerritt allem Anschein nach im Flirten mit einer Fernsehprominenz die Interessenklasse gewechselt hatte, waren sie auf und davon, ehe sie es geschafft hatte, ihre neue Toilettenbekanntschaft höflich zu verabschieden.

Es war jetzt leer auf den Toiletten, das Heumarkt-Story-Musical hatte begonnen und selbst schwache und volle Blasen in seinen Bann gezogen. Es gab kein Zaudern mehr, sie mußte los. Es existierten zwar keine festen Zeitabsprachen zwischen Yolanda und ihr, aber Gerritt war da, wenn sie gebraucht wurde. Da für Laune, Wärme, als Blitzableiter, Zuhörerin, für Sex und gute Worte.

Sie hastete die Treppen hinauf, Annemie Fußbroich zuvorkommend, und rannte oben angekommen in den eiligsten jungen Mann, den sie je erlebt hatte. Mit langem, dunklem Haar und blitzend streng dunklem Blick empfing er unverständlich gezischte Botschaften über den Kopfhörer seiner Funkverbindung. Ehe sie noch ihre Zigarette aufgesammelt hatte oder sich entschuldigen konnte, drängte er sie mit einem kurzen »Verzeihung« zurück zum Toilettenabgang. Lautes Zählen und Stampfen ließ den Boden beben, und hinter ihm erschienen zählend, rufend, die männlichen Cheerleader, die Pink Poms mit rosa Röckchen, strammen Waden und dicken rosa Puscheln. Probten ihren Auftritt in verbissenem Gleichmut noch einmal vor sich hin. Da gab es kein Vorbeikommen.

Vor ihr stieg eine Pyramide aus Männerbeinen schier in den Himmel, und Uhr und Atem hetzten sie stehend schweißnaß. Endlich, nach zweieinhalb Probeläufen, drehte sich der Dunkelhaarigabgehetzte um und nickte, winkte die Gruppe in den Saal mit einem angedeuteten »Toi Toi Toi«. »Nutbush City Limits« erdröhnte, und vor ihr lag der Weg in die Freiheit; die Kassiererin, die einen Getränkebon abkassieren wollte, kriegte einen Blauen und einen Fluch, endlich im Café. Martin Augenstein konnte sie jetzt vergessen, wann immer er kommen würde. Eine Runde Abschiedsküßchen, und sie rannte los. Fand ihr Auto am Kleinen Griechenmarkt wieder, um es stehen zu lassen, weil plötzlich doch ein Taxi kam, bestach den Fahrer zur Raserei. Eilte durch die Auffahrt und zückte die Schlüssel. Joko schlief vor der Eingangstür und wollte nicht wach werden, so daß sie ihn halb liebevoll, halb mit Gewalt vorschieben mußte, um in die Eingangshalle zu gelangen. Aber es war zu spät. Ein achtlos hingeschmierter Zettel lag auf dem Boden: *»Keine Lust zu warten. Weiber, auf die ich mich nicht verlassen kann, hab ich genug, Y.«*

Enttäuscht sank Gerritt in Mantel und Hut neben Joko. Verdammter Mist, warum war Yolanda ausgerechnet heute früher gekommen? Der Bitterkeit ihrer Nachricht nach zu urteilen wohl, weil sie sie ausgerechnet heute gebraucht hatte. Und was hatte sie gemacht? Gar nichts. Doch. Auch Gerritt hatte eine Nachricht geschrieben. Im Damenklo mit dem Kajalstift Annemie Fußbroichs: *»Dora, wer viel trinkt, muß auch viel pinkeln. Bitte melde dich!«* Darunter ihre Handynummer.

Kapitel 7

»Dora, ich will nicht!«

»Stell dich nit aan, natürlich willst du!«

»Nein, die müssen mich doch alle für bescheuert halten!«

»Schon lange, aber die sind auch alle bescheuert, darum gehörst du da ja auch rein!«

»Dora, bitte laß mich. Mit ist das peinlich. Aua, du tust mir weh!«

»Heul nicht rum! Mir ist kalt, und deshalb gehen wir jetzt da rein!«

Dora schob den sich heftig wehrenden Fünfundvierzig mit umgedrehtem Arm durch die Tür, was der Türstehertranse ein begeistertes Quieken entlockte.

»Hach, wenn alle unsere Gäste so enthusiastisch wären, könnten wir schließen. Aber du, Herzchen«, wandte er sich an Dora, »machst das gaaanz toll! Willste nicht noch die beiden da drüben herholen, die täten mir gefallen!«

Dora rieb ihm kurz den fetten Daumen durchs Gesicht und grunzte: »Schatz, dein Lippenstift ist verschmiert.«

»Och, Dora, du alte Funz!« Stimme und Laune waren schlagartig um zwei Oktaven gesunken. »Weißt du eigentlich, wie lang so was dauert? Nee, woher auch! Jetzt kann ich wieder von vorne anfangen. Dafür bleibst du hier und begrüßt die Gäste!«

»Is klar. Fünfundvierzig, geh du schon mal rein, besorg uns einen Platz und ein Bier. Ich komme dann.«

Dora lehnte sich an den im Entree stehenden Barhocker und beobachtete, wie Fünfundvierzig mit hängenden Schultern durch den engen Flur schlurfte, von den Transen wild kreischend begrüßt. Normalerweise baute ihn die Atmosphäre hier etwas auf, das einzige, was ihn ansatzweise mit Lebensmut zu erfüllen schien, auch wenn er körperlichen Themen vollkommenes Desinteresse entgegenbrachte. Vielleicht verstand sie sich deshalb so gut mit ihm, sie, die menschenhassende Lesbe, und er, der lebensüberdrüssige ... ja, was eigentlich?

Das Geräusch der sich öffnenden Tür riß sie aus ihren Gedanken. Sie drehte sich um und blickte in die Augen eines eher gesetzten Ehepaares, das sie befremdet anstarrte. Anscheinend hatten die beiden etwas anderes erwartet.

»Sie wönschen?« fragte sie mit spitzem Mund und arroganter Augenbraue. Die waren hier, um sich zu amüsieren. Dora wollte sie nicht enttäuschen.

»Ist hier nicht ... äh ... so eine ... so wo da so ... Männer ... also, wie so Frauen irgendwie ...«

»Also hören Sie mal, was erlauben Sie sich? Können Sie nicht lesen? Seh'n Se mal her! HO-TEL-TIMP, nä? Hotel, verstehen Sie?« Wild mit dem Zeigefinger fuchtelnd verfiel Dora allmählich in ihre normale Stimmlage. »Wir sind ein anständiges Haus, was denken Sie sich denn! Geht doch ins Maritim, wenn ihr so Schweinkram wollt! Wo kommt ihr überhaupt her? Bergheim?!«

Die beiden nickten stumm.

»Das dachte ich mir. So was kann doch nur –«

»Dora«, klang eine sanft-geduldige Stimme hinter ihr, »was machst du da?«

»Och, ich erkläre den beiden Herrschaften gerade, wo ... sie ihre Mäntel hintun können.«

Willy klopfte ihr begütigend auf die Schulter, setzte das strahlende Lächeln auf, mit dem er auch nachher die Show moderieren würde, und sagte beruhigend: »Gehen Sie nur durch, haben Sie keine Angst, der Arzt sagte, sie sei nicht mehr gefährlich. Dabei hat sie noch letzte Woche 'nen Schutzmann gebissen, ich weiß auch nicht, was ich mit ihr machen soll. Wissen Sie, wir resozialisieren sie nämlich.«

Dora kicherte wild auf und rief den sich verwirrt umdrehenden Gästen hinterher: »Kein Wort wahr! In Wahrheit bin ich Norbert Burger im Fummel! Das Lamettakleid hat mein Chauffeur, der ist grad nach Bergheim, Parkplätze blockieren und in die Vorgärten pinkeln! Jetzt schlagen wir zurück!« brüllte sie und schmatzte dann zufrieden zweimal.

»Meine Süße, du solltest dich nicht so von deinen Vorurteilen leiten lassen.«

»Ich habe keine Vorurteile. Ich hasse nur alle Bergheimer. Und Düsseldorfer«, fügte sie grimmig hinzu.

Willy lachte kurz. »Du siehst übrigens entzückend aus, und dein Charme wetteifert mal wieder mit der Eleganz deiner Kleidung.« Er ließ eine Ecke des versifften Trenchcoats durch seine manikürten Finger gleiten. »Edles Stöffchen. Aber was führt dich eigentlich in unsere hohen Hallen?«

»Fünfundvierzig. Ihm gefällt es hier. Ich dagegen find's zum Kotzen.«

»Ach, Fünfundvierzig, der ist süß. Solange du nicht wieder deine Großmutter mitbringst, ist das ganz okay. Und was Fünfundvierzig angeht, gib ihn mir eine Nacht, und ich schwöre dir, der weiß nicht mal mehr, wie man Depressionen schreibt.«

»Männe, träum nicht. Das einzige Mal, wo ich mitgekriegt hab, daß der 'nen Ständer kriegte, das war, wie im Express ein Foto von 'nem Radioteleskop war. Und ich kann doch nicht dauernd mit dem nach Effelsberg!«

»Du ahnst nicht um die Kraft der wahren Liebe, meine Süße. Tu mir aber die Liebe und pöbel nicht wieder unsere Nana an. Die hatte heute einen Zahnarzttermin und ist besonders sensibel.«

Dora murmelte Unverständliches und schob sich durch den engen Flur in den Gastraum. Viel war nicht los, aber das würde sich ändern, wenn gleich die Show lief. Fünfundvierzig saß mit einem Jungen, dem man auf Kilometer den Stricher ansah, an der Bar und ließ sich zufrieden vollullen.

»Ja, weißte, dann wußte ich nicht, daß das so viel hier abends kostet, und da hatte ich nicht so viel Geld dabei, verstehste mich? Du verstehst mich doch richtig, ne?«

»Sicher«, sagte Fünfundvierzig, ohne wirklich zugehört zu haben, stand auf, als er Dora sah, während hinter ihm sein Verehrer, der ihm gerade, von Zuneigung überwältigt, um den Hals hatte fallen wollen, rumpelnd mit den Barhockern zu Boden ging.

»Das hat der mir gerade zum fünften Mal erzählt, und daß ich sein Freund sei und er kein Geld habe und dann wieder von vorne«, flüsterte er Dora gehetzt zu. Die drehte sich nur um, sagte: »Zisch ab« zu dem Stricher, griff sich von der Theke ein volles Glas, ging zu einem Tisch, setzte sich und sah sich stirnrunzelnd um.

»Wat is dann hier loss! Ihr faulen Säcke! Ich will was sehen. Aaaaaaaanfangen!«

*

Sehr zufrieden mit sich betrat Dora den Veranstaltungssaal des »Gloria«. Zu den Worten, die sie noch nie akzeptiert hatte, gehörte »Lokalverbot«, und das würde auch diese eklige, gelbe Schwuchtel einsehen, die sie am Betreten des Hauses hatte hindern wollen. Überhaupt fand Dora so etwas äußerst spießig. Na ja, gut, es hatte bei der letzten »Lady's Night« ein paar Differenzen gegeben, aber die Musik von dieser kleinen Pennälerlesben-Discjockeykarikatur war auch zu schlecht gewesen. Sie sah hoch zu dem DJ-Turm, den sie damals geentert hatte und von dem jetzt ein Schild »Rosa Sitzung« hing. Ach Gott, jetzt fiel es ihr wieder ein, es war ja auch noch Karneval. Dora haßte Karneval. Er war eine Seuche, und sie hatte sich als besonders anfällig dafür erwiesen. Jedes Jahr betrachtete sie mit gefletschten Zähnen die lustigen bunten Plakate, pöbelte Funkenmariechen an, und manchmal, wenn sie besonders mies drauf war, ging sie auch schon mal, wie sie es nannte, »Funken klatschen«. Doch alles war vergebens. Spätestens Weiberfastnacht, wenn Griet an der Severinstorburg mit ihrem Jan auf den Wagen kletterte, stieg Dora im »Alzheimer« auf die Theke, warf den Kopf in den Nacken und stieß ein Wolfsgeheul aus. Aschermittwoch fand sie sich dann in irgendeiner Gosse, in irgendeinem Bett mit fremden Frauen und blank bis auf den letzten Heller wieder. Üblicherweise war sie dann für den Rest des Jahres damit beschäftigt, liegengebliebene Deckel zu bezahlen, zertrümmerte Hocker oder Nasenbeine vorgeworfen zu kriegen, aufgetürmte Wogen weiter anzufachen, gebrochenen Herzen den letzten

Tritt zu verpassen und alles in allem staunend zu betrachten, in welch kurzer Zeit sie derart vielen Menschen weh tun konnte. Nicht, daß es sie sonderlich belastete, aber manchmal dachte sie dann doch, daß jemand, der dazu fähig war, etwas ganz Besonderes sein mußte.

Jetzt war der Saal leer bis auf ein paar Bedienungen in rosa Kleidchen, die zertrümmerte Bänke und tropfende Wischlappen durch die Gegend trugen, aber sie konnte noch den Schweiß der Heiterkeit riechen, im Sausen der kopfschmerzenverursachenden Klimaanlage die gute Laune hören, roch Schminke, Tuntentratsch und verängstigte Heteros. Eine dick eingepackte Akteurin, die eine riesige Filztasche schleppte, drängte sich an ihr vorbei. Noch zu früh, Dora, trotz allem noch kein Karneval, sagte sie sich, und außerdem kannst du es sowieso nicht leiden. An einem Biertisch nahe der dunklen Bühne, von der in Übergröße eine löwenmähnige Hella herunterfunkelte, saßen wild diskutierend acht Leute, unter denen sie die Original-Hella mit ihrer Freundin Cornelia entdeckte, die auch gleich »Dora, Dora, du Wahnsinnige!« durch den Saal brüllte und sie zu sich winkte.

Dora schwankte leicht, innerlich wie äußerlich. Was zum Kuckuck hatte sie eigentlich hier gewollt? Nach dem »Timp« war sie auf einmal unternehmungslustig geworden und nur mit Mühe von Fünfundvierzig und dem mysteriöserweise erschienenen Martin Augenstein davon abzuhalten gewesen, in den »Stiefelknecht« zu gehen und dem Türsteher unschlagbare Argumente zu liefern, daß jetzt doch auch Frauen hineindürften. Martin hatte sie davon überzeugt, daß man heute unbedingt ins »Gloria« zu gehen habe, besonders, weil er eine sehr wichtige Verabredung mit einer bedeutenden Galeristin hätte, die sich für seine Kunst interessiere und ihn ganz bestimmt groß rausbringen würde und so weiter und so fort. Fünfundvierzig war irgendwann desertiert und kommentarlos in einer Seitenstraße verschwunden, während Martin Augenstein sie weiter mit einer besonders komplizierten Geschichte über irgendeine Dora vollkommen unbekannte Narkoseärztin langweilte.

Sie wogte langsam und schwerfällig durch den Saal, busselte Hella und Conny ab, Glückwünsche murmelnd, wegen was wußte sie nicht mehr, aber es konnte nie schaden, guckte einmal uninteressiert-giftig über den Tisch und ging dann wieder.

Im Durchgang klapste sie noch den sie scheu anlächelnden Pelle

Pershing auf den Hintern und erstarrte dann. Vor ihrem geistigen Auge erschien ein Wort, golden, in Flammenschrift: »PISSEN!« und »Pissen, Pissen, Pissen!« schallte es ihr aus der Blase in die Ohren.

Na gut, dachte Dora, wenn sie schon mal hier war. Sie stolperte die Treppen hinunter und bahnte sich einen Weg durch die übriggebliebenen Nachtschwärmer. Mit einem tiefen Seufzer hockte sie sich auf die Schüssel und entspannte ihre verkrampfte Blasenmuskulatur. Heiß lief es unter sie. Was für ein verrücktes Leben. Einen Hund sollte sie finden, und jetzt suchte sie ganz Köln nach einem Paar häßlicher Männerschuhe ab. Den ganzen Tag hatte sie versucht, etwas über diese Schuhfabrik rauszubekommen, wo sie die Schuhe hin verkauft hatten und so. Doch sie hatte nur vor verschlossenen Toren gestanden und auf längst abgeklemmte Klingelknöpfe gedrückt. Morgen würde sie mal ins »Sion-Faß« gehen, zu ihrem alten Kumpel Dierk. Wenn irgendeiner wußte, was es mit dieser Schuhfabrik auf sich haben konnte, dann er. In Ehrenfeld passierte wenig, ohne daß er es mitbekam.

Müde stand sie auf und zog die Hose hoch. Dieses Leben begann sie anzustrengen. Und wenn sie sich vorstellte, wie viele Arschlöcher frei herumliefen und ihr das kleine, unschuldige Leben, das sie doch nur leben wollte, schwer machten, dann wurde sie doch irrsinnig traurig. Was wollten die nur alle von ihr. Warum konnten die sie denn nicht einfach in Ruhe lassen. Das hatte sie doch nicht verdient. Heimlich, ganz heimlich wollte sie sich in eine Ecke kuscheln und ein bißchen weinen, nur so eben. Hoffentlich merkte das keiner. Sie ging zum Waschbecken, um sich die Hände zu waschen. Wie dreckig hier alles war. Sie nahm sich zwei Papierhandtücher aus dem Spender und begann leise summend die Hähne zu polieren. Es war doch immer schön, wenn die so blinkten. Und die Wandkacheln. Irgendwelche Penner hatten doch tatsächlich dort hingeschmiert! »Jetzt den giftigen ›General‹ oder die böse ›Mrs. Proper‹, und weg mit euch!« gurrte sie und wischte spielerisch über die Schrift, als ein jäher Befehl ihres funktionierenden Resthirns den Leib zu plötzlichem Stillstand brachte. »Dora«, las sie, »wer viel trinkt, muß auch viel pinkeln. Bitte melde dich!« und etwas, was vielleicht einmal eine Telefonnummer gewesen sein mochte, bevor sie darüber hergefallen war. Verzweifelt starrte sie das Waschbecken an. Die Idee, es mit scharfen, umweltschädlichen Reinigungsmitteln auf Hochglanz zu polieren, erstickte die aufkommende Depression.

»Verfluchte Scheiße«, sagte sie laut, »ich glaube, ich bin prämenstruell!«

Kapitel 8

»Am Ende eines langen, dunklen Ganges ist die Zeit am deutlichsten zu spüren – Momente von Erwartung, Ermüdung in monotones Schreiten gespannt, erhöhen das Bewußtsein für den Augenblick, Augenblicke, die mehr als nur die Zeit verändern.«

Gerritt goß ihrem Besucher einen kleinen Cognac ein und putzte sich die Nase. Die Eröffnung der Ausstellung von Peter Gilles würde heute abend in einer Performance gipfeln, aber es wäre schön, sie könnte seine Installation schon vorher verkaufen. Ihr Kunde, Honky Tonky, sich selbst sein eigenes Kunstwerk, der es verstand, geistvoll zu plaudern, mochte sich noch nicht so recht entscheiden. Gemeinsam lobten sie noch einmal Werdegang, Einsatz und Konsequenz des Künstlers auf der Suche nach dem Preis von morgen.

»Noch einen Cognac?«

»Danke!« Honky Tonky neigte bejahend seinen Scheitel. Gerritt kramte nach dem Taschentuch. Im »Gloria« erkältete man sich immer, anscheinend sogar auf der Toilette.

»Nun«, ihr Gesprächspartner beugte sich höflich vor und bot ihr das seine an, strich seine rote Haartolle zurück und schlug gepflegte Anzugbeine übereinander, »ich könnte mir vorstellen, daß ein Ausstellungserfolg Ihnen gerade angenehm entgegenkäme …«

»Der Künstler ist der euphorischen Hoffnung erster Ankaufsideale längst entwachsen, fast müßte ich ihn überreden …«

»Werte Dame, nein, nicht im geringsten. Sehen Sie, ich besuchte gestern das Auktionshaus Lempertz, und ohne es zu wollen wurde ich im Publikum sitzend und eine Entscheidung erwägend, Ohrenzeuge …«

»Ohrenzeuge?«

»Gewiß doch, in Windeseile hat sich herumgesprochen, daß gestern abend Interpol Ihre Räume heimgesucht hat.« Honky Tonky entnahm einem stilvollen Kästchen eine Zigarettenspitze.

»Interpol …?«

»Verehrteste, Sie verblüffen mich! So interessant Sie sonst zu plaudern verstehen, heute wollen Sie die kleine Schwäche meiner Neugier so gar nicht inspirieren. Zurück zu unserem Künstler. Wissen Sie, daß ich anwesend war, als er anläßlich einer Performance im Kölner Stadtmuseum einen manipulierten Herzstillstand an sich vornahm? Einfach *un-glaub-lich*!«

Gerritt schwieg beharrlich. Jedes Gerücht im bunten Anekdotengewand war in der Kunstszene werbewirksam. Niemals aber durften es peinliche Wahrheiten sein, die auf Sponsoren oder Kunden zurückfallen konnten. Solange sie nicht sicher war, was genau los war, mußte sie vorsichtig sein, sich zurückhalten, aber, mein Gott, was war denn nur passiert, daß es auf sie hatte zurückfallen können? Niemals war die Polizei dagewesen, außer einmal, um einen Bentley vor dem Abschleppwagen zu schützen.

Es klopfte in Gerritts Sprachlosigkeit hinein, und die Kremin meldete die Presse. Alle Gedanken und Fragen wurden mit einer Puderwolke vertrieben. Tiefe Seufzer schoben vorübergehend den Belag von Angst beiseite. Löckchen wurden zurückgestrichen und nach Espresso und Wasser geschickt, sie straffte noch einmal die Haltung, und die Damen und Herren Journalisten wurden hereingebeten, sich die Kunst anzusehen.

Als auch das letzte Käseblättchen seinen Reporter zu weiteren Ereignissen rief und Gerritt sich müde in einen Sessel sinken lassen wollte, ließ ein kultiviertes Räuspern sie herumfahren. Hinter ihr stand im grauen Kostüm mit flammrotem Besatz Hanne Kremin. Ihre Haltung versprach Ernst, ihr Ausdruck schattenhafte Besorgnis.

»Frau Gerlach. Unser Geschäftsführer, Herr Schmachtenberg, ist tot.«

Gerritt starrte ungläubig unter Hannes rote fünfzipflige Kappe, an der, wie sie erst jetzt bemerkte, ein kleiner dunkler Fetzen, ein Trauerflor, angetackert war.

»Was ist passiert?«

»Stellen Sie sich vor, er ist ermordet worden!«

Gerritt war so erschrocken, daß sie dümmlich zu kichern begann. Klischees aus Hunderten Folgen Derrick – »Ermordet, Sagten Sie ermordet? In diesem Hause?« – kamen ihr irrwitzig in den Sinn, und ihr Gesicht begann zu zucken. Hanne reichte ihr die Zigaretten.

»Die Polizei war hier!«

Gerritt hörte weg; es rauschte in ihrem Kopf. Schmachtenberg hatte sich um Einkäufe für die kleine Unterabteilung Klassische Moderne gekümmert, die, wie sie sehr wohl wußte, die Zeitgenossen finanziell trug. Deren Aufbau und Präsentation in Katalogen, auf Kunstmärkten kostete den Gegenwert von Einfamilienhäusern, daher hatte Yolanda immer auf Schmachtenbergs unerläßlichen Dienste hingewiesen. Ein ruhiger dicklicher Mann, unverheiratet, allerdings nicht schwul, wie man an seiner Vorliebe für schlechtsitzende Anzüge merkte, aber immer nett. Er war fast anwesend, so wenig konnte Gerritt sich vorstellen, daß er nie wieder hier vorüberhuschen würde in seinen mehrfarbigen unsäglichen Schuhen – so leise schleichend und beständig.

In letzter Zeit allerdings war er anders geworden. Ein neuer Ausdruck hatte ihm Farbe verliehen. Ein keckes Herrenhütchen war angeschafft worden; zu ihrer Belustigung trug er es pfiffig in den Nacken geschoben. Dann hatte er von Knall auf Fall Urlaub »bis auf weiteres« genommen und Gerritt einfach sitzenlassen. Nachdem sie Hannes Fähigkeiten kennengelernt hatte, war sie jedoch nicht mehr traurig darüber gewesen und die Kremin im Stillen schon als neue Geschäftsführerin vorgemerkt.

»... werden sie wiederkommen.«

»Entschuldigen Sie, liebe Hanne, ich habe gar nicht zugehört.«

»Gut«, die Stimme der Kunsthistorikerin wurde jetzt betont geduldig, »die Polizei hat sich nach der Befragung in seinen Räumen umgesehen und ist fündig geworden.«

»Fündig, wieso denn das?« Langsam schwindelte es Gerritt dermaßen im Kopf, daß sie überhaupt nichts mehr verstand.

Frau Kremin bekam inzwischen einen keckernd hysterischen Tonfall und gestikulierte verzweifelt.

»Wußten Sie das nicht, nein? Stoßweise Dalí-, Miróblätter, teilweise signiert, teilweise nicht, im Safe ein Paket mit kleinen Kupferplatten!«

»Kleine Kupferplatten?« Gerritt schnappte nach Luft.

»Von Rembrandt!«

»Nein!«

»Doch! Die Herren werden später wiederkommen. Ich möchte selbstverständlich unter diesen Umständen *sofort* wieder zurück in die Galerie Schröder & Dörr!«

»Bitte!« Fast hätte Gerritt sich hingekniet. »Bitte, liebe Frau Kremin! Ich flehe Sie an, lassen Sie mich jetzt nicht im Stich. Ich schwöre Ihnen, ich hatte keine Ahnung!« Sie tippte dabei hektisch Yolandas Nummer in ihre Telefontastatur, doch nur ein »leider nicht erreichbar« quäkte aus dem Hörer. Ihr Flehen kam mit Inbrunst. Die Performance, der Kunstmarkt vor der Tür, ein Skandal vor derselben und gleichzeitig Hanne, dieses Juwel für schwere Fälle, verlieren, das würde sie nicht durchstehen.

»Frau Kremin, ich bitte Sie von Herzen, bleiben Sie, über die finanzielle Seite rede ich mit meiner Partnerin später, einfach nur – bitte!«

Ein trotzig spitzes Kinn reckte sich unter dem Trauerflor. »Meine Loyalität zur Kunst ist nicht käuflich, Frau Gerlach, aber bis alles aufgeklärt ist, versuche ich, mein Bestes dazu zu tun.«

Leise schloß sie die Tür zum Büro, und Gerritt saß da und suchte nach Fassung und ihrer Puderdose.

*

Am frühen Nachmittag gelang es ihr endlich, sich mit Aspirinnachschub ausgestattet von der Galerie in der Richartzstraße durch den anscheinend unvermeidlichen Freitagsstau auf der Nord-Süd-Fahrt nach Marienburg durchzukämpfen. Sie fand Joko, Protest schnaufend, mit Yolanda im tropfnassen Regenmantel vor der Haustür.

»Yolanda!« Gerritt schrie ihr entgegen: »Endlich! Weißt du, was passiert ist?«

»Psst, nicht so laut, ich weiß ja.« Beruhigend nahm Yolanda Gerritt am Arm und sah an sich hinunter. »Die Mäntel von Jil Sander sind nie dicht, halten nichts aus – von wegen Familie, ph!«

»Das ist doch jetzt völlig unwichtig, Thomas Schmachtenberg ist tot!«

»Sehr schlimm, die Kremin hatte mich vormittags angerufen. Du warst aber nicht näher mit ihm befreundet, mußt also nicht mitten auf der Parkstraße hysterisch werden. Benimm dich etwas damenhaft!«

»Du wußtest, daß die Polizei in meiner Galerie war? Ich muß mir das von einem Kunden als lustige Tratschgeschichte anhören. Mein Personal wird ermordet, und du sagst mir nichts davon?« Gerritt stieß einen Schwall stinkiger Laune aus. »Statt dessen philosophierst du über Jil Sanders lesbische Regenmäntel, ich fasse es nicht!«

»Wärst du mal zu Hause, wüßtest du auch mehr!«

»Es ist jetzt nicht der Augenblick für bornierte Verbohrtheit. Es ist ein Skandal, der sich da anbahnt. Aber wenn das gestern nacht so schlimm für dich war, dann entschuldige ich mich.«

Gerritt tastete nach Yolandas verhärtetem Rücken und zog an Jokos Leine. Der arme Kerl hatte sich schon in den Regen legen müssen. Die nassen Gestalten gingen nun gemeinsam die Parkstraße auf und ab. Naß und kalt, innerlich wie äußerlich gefroren. Yolanda machte noch eine Weile böse Bemerkungen über Gerritts Galerie und Gerritts Angestellte und Gerritts Kunden, dann aber, als ihr nichts mehr einfiel, womit sie die Freundin hätte noch kleiner machen können, lenkte sie ein.

»Ich bin übrigens nicht eifersüchtig. Mach, wozu immer es dich treibt, aber mach dir nichts vor. Wenn in der Galerie ermittelt wird, solltest du dich warm anziehen. Sollte sich das herumsprechen, kannst du schließen. Sei froh, daß der Express noch nichts zu dem Mord gebracht hat, und sag deiner Kunsthistorikerin, sie soll nett zu den Bullen sein, hörst du? Und du am besten auch!«

Gerritt atmete auf. Endlich wieder Yolandas gewohnter Chefsesselunterton. »Aber ist es denn nicht unglaublich? Fälschungen in *meiner* Galerie?«

Yolanda sah Gerritt hart an. »Solange ich die Galerie noch führte, war immer alles in Ordnung. Thomas hat dafür gebürgt. Wahrscheinlich hast du ihm zuviel Leine gelassen, und er fing dann an, in die eigene Tasche zu wirtschaften, was weiß ich? Hast du schon die Konten überprüft? Ich werde morgen meinen Steuerberater daran setzen, alles zu kontrollieren. Du solltest deine Mitarbeiter besser im Griff haben. Es ist deine Galerie, dein Riesenspielzeug, aber du bist anscheinend nicht in der Lage, das Geschäft vernünftig zu führen.«

Stöhnend hielt Gerritt sich die Hände vors Gesicht.

»Reiß dich zusammen.« Selbst der an hysterische Ausbrüche von Berufs wegen gewöhnten Yolanda wurden Gerritts Schreckensanfälle langsam zuviel. »Paß auf, wir gehen heim und trocknen Joko ab. Ich bleib bei dir, und wir überlegen uns was Nettes. Laß mich Karten für die Rosa Sitzung bestellen, laß uns lecker essen, ja?« schlug die Dame versöhnlich vor. Das Paar stapfte durchnäßt und schweigend nach Hause, wo die Schulte ihnen vorwurfsvoll zwei pelzige Übeltäter entgegenschwieg.

»Ich mache das schon«, zwinkerte Yol, »viel Glück heute abend, alles Gute, Kleines.«

Gerritt sah den beiden Frauen hinterher und fühlte sich sehr klein, müde und allein.

Kapitel 9

Schon seit Jahren hatte Dora das Gefühl, daß Straßenbahnen für den Rest der Menschheit gebaut waren, nicht jedoch für vollschlanke Privatdetektivinnen. Das Reinkommen entkräftete sie, und das Aussteigen überforderte sie völlig. Besonders heute. Sie hatte geahnt, daß so etwas mal passieren würde. Sie war steckengeblieben. Es war einer der alten Straßenbahnwagen, der auf der Linie 5 nach Ossendorf fuhr, bis hinten zum Knast, wo der Verbrecher hingehörte, der diese Drecksbahn konstruiert hatte. Die Falttüren hatten sie einfach eingequetscht. Aber es mußte gehen, sie war ja schließlich auch reingekommen.

»Was ist denn hier los!«

Von vorne kam der Fahrer an. Wenn das jetzt eine kölsche Frohnatur war, der die Situation zu ein paar kleinen, harmlosen Scherzchen nutzen würde, hatte sie ein Problem: Sie konnte sich nicht rühren, um ihn zu töten.

»Kinderwagen nur vorne an der Tür, sage ich doch, hier hinten ist es zu eng! Wann lernt ihr es denn bloß!«

Es ging schon los. Dora preßte sich, so fest sie konnte, gegen das Metall, den Gummi, versuchte, sich vorwärts zu schieben, aber es war zwecklos. Gleich würde er da sein.

»Ach du Scheiße, wat is dann he loss? Dat hannisch ja noch nit jesinn.«

»Hör mal, Jung, ein falsches Wort, und du stirbst, is dat klar? Hilf mir lieber hier raus!«

Wortlos stemmte der Fahrer ihr seinen Fuß in die Kehrseite und drückte. Mit einem Seufzer von Metall und Frau flog Dora aus der Tür und landete auf der Bank des Wartehäuschens. Von hinten hörte sie noch: »Nächstes Mal nehmen wir aber ein Lastentaxi!«, dann das Zischen der sich schließenden Tür. Sie blieb liegen, bis die Bahn mit einem Heulen der Motoren abgefahren war. Dann richtete sie sich auf.

Sie sah sich um. Ehrenfeld, an seiner schöneren Seite, dem Tinteveedel, geteilt von dem verkehrübertosten Gürtel. Hohe alte Häuser, deren graues Äußeres kaum vermuten ließ, wie ruhig es in ihrem Inneren zugehen konnte. Schräg über die Straße der »Offene Kamin«, der das Kunststück fertiggebracht hatte, Haute Cuisine in dem ansonsten nicht gerade feinen Stadtteil zu installieren. Sie hatte Gerüchte gehört, das Lokal werde bald schließen. Wenn sie nicht so chronisch pleite wäre, hätte es sich eigentlich gehört, dort einmal hineinzuschnuppern. Dieses blöde Geld. Im Moment stand ihr das Wasser mal wieder bis zur Oberkante Unterlippe. Sie war schon mit ihrem Büro in ihre Wohnung gezogen, weil sie die beiden Mieten nicht mehr tragen konnte. Sie brauchte diesen Auftrag unbedingt, ganz egal, was diese Schuhe von ihr wollten, sonst konnte sie einpacken.

Dora ging über den baumbestandenen Mittelstreifen bis zum nächsten Übergang, wartete, bis der Verkehr ein bißchen nachließ, und wechselte dann die Seite. Weiter durch die ruhigen Seitenstraßen, Försterstraße, Eichendorffstraße, vorbei an gitterumzäunten Vorgärten, bis sie wieder in Gegenden kam, die mehr nach Ehrenfeld aussahen. Die Landmannstraße, die sich bemühte, dem Viertel eine Art Einkaufsstraße zu sein, und der Lenauplatz, stets umrundet von Autofahrern, die verzweifelt einen Parkplatz suchten, um sich dann doch quer schräg hinter den Taxistand zu stellen.

An der Ecke sah Dora ihr Ziel. Früher war es das »Lenau-Eck« gewesen und fast schon verrufen. Wie oft hatte sie hier Billard gespielt, die Nächte durch, mal verloren, mal gewonnen. Und jetzt war es in den anständigen Händen ihres alten Freundes Dierk, der mit der Energie eines Bulldozers und dem Ideenreichtum einer kompletten Werbeagentur der heruntergekommenen Kaschemme neues Leben eingehaucht hatte.

Die Flügeltüren schwangen besonders weit auf, um der entschlossen schnaufenden Dora in ihrer ganzen Fülle das Betreten des Schankraumes zu ermöglichen. Sie hatte noch nicht das ganze Heer der Mittagspäusler, Rentner, Arbeitslosen, Hobby- und Berufsalkoholiker aus ihren Augenschlitzen fertiggemustert, die hier, wie auch im übrigen Köln um diese Zeit, die Gaststätte bevölkerten, als vertraute und lang vermißte Klänge ihr Ohr erreichten.

»Ich glaube es nicht, meine wilde Taube, mein Sonnenschein, komm in meine Arme!«

Dieser Begrüßung war sie noch nie gewachsen gewesen, und so ging sie bis an den Tresen, um von Dierk, der ihr an Leibesfülle und Körperkraft gleichkam, in eine Art liebevollen Schwitzkasten genommen zu werden. Er kitzelte sie breit grinsend mit seinem Schnurrbart, packte dann ihre Backen in beide Hände und guckte ihr wild ins Gesicht: »Du treulose Kraat! Habe ich dir nicht gesagt, mein Leben ist sinnlos ohne dich? Und du? Kommst du mich besuchen? Wie lang haben wir uns nicht mehr gesehen, mein Mäuschen, hmm?«

»Hey Dierk, tut mir echt leid, du weißt, wie es is, aber jetzt laß mich los, auch ich bin ein Mensch und muß atmen.«

»Das hast du überhaupt nicht verdient!« schimpfte er noch einmal laut durchs Lokal, gab ihr einen letzten, besonders feuchten Kuß auf die Backe, schubste sie an die Theke und rief: »Guckt mal, wen wir hier haben! Dora! Die verlorene Tochter kehrt zurück. Wie isset, Dora? Immer noch so drauf wie früher? Kristen Kölsch?«

Dora nickte zweimal und verlor sich zurück in die Vergangenheit. Dummse Tünn und Schäfers Nas prügelten sich gerade auf der

Friesenstraße, während Dora und Dierk praktisch zeitgleich am Hildeboldplatz versuchten, sich gegenseitig die Köpfe einzuschlagen. Sie hatten nie rausgekriegt, warum eigentlich, und wie Dierk immer beteuerte, wäre das wohl nie passiert, wenn er gemerkt hätte, daß Dora eine Frau war, »und vor allem, was für eine reizende«, wie er jetzt wieder allen Anwesenden versicherte, eine Einschätzung, mit der er aber immer schon allein gewesen war.

Dora war der überschäumenden Herzlichkeit hilflos ausgeliefert. Sie lächelte Dierk schwach an, trank artig die serienweise angelieferten Kölsch und verfiel mit der Zeit in ein dämliches Grinsen. Erst als Dierks Zutraulichkeit auch seine Gäste zu ergreifen drohte, drehte sie sich um und sagte: »Dierk, ich muß mit dir reden, können wir irgendwo ...?«

»Sicher, Liebchen, komm!« Er führte sie an das mit Trödel vollgestellte Fenster und setzte sie an den langen Tisch. »Einen Moment«, sagte er und verschwand durch die Pendeltür in die Küche. Vorne baute eine Gruppe lautstark das Knobelbrett auf und begann mit großem »Hallo« und »Isset dann möglisch!« die Würfel rollen zu lassen.

Dierk machte immer noch die besten Rievkooche von Kölle, wie sie sich jetzt wieder überzeugen können würde, weil er einen Teller voll vor sie hinstellte. Er rutschte neben sie, trank sein Stößchen leer und strahlte sie an.

»So, mein wildes Mädchen, was kann ich für dich tun, wat is loss?

Dora rieb die schmerzenden Abdrücke der Straßenbahntüren an ihren Hüften.

»Eigentlich brauche ich nur eine Information, und wenn einer weiß, was hier in Ehrenfeld passiert, dann bist du das. Hier in der Gutenbergstraße hat es eine Schuhfabrik gegeben. Erinnerst du dich?«

Er nickte. »Klar, is aber schon was her, ne? Dahinten der Pitter, der hat da gearbeitet. Der wohnt sogar noch in dem Vorderhaus.« Er drehte sich um. »Pitter, du Betrüger, komm mal her!«

Aus der Gruppe der Spieler löste sich einer und lehnte sich über die Balustrade. »Wat is loss? Wer stört misch?«

»Hier, meine Freundin interessiert sich für die Fabrik bei dir im Haus, weißte da noch was?«

»Klar, Mann, das war 'ne Scheiße! Jahrelang ging alles gut, und dann hat der Sohn die Kiste übernommen, als der Alte gestorben war. Der hat dann von heute auf morgen das gesamte Sortiment umgestellt, und dann lief gar nichts mehr. Die Sachen waren so schrecklich, dat könnt ihr euch gar nicht vorstellen. Wollt natürlich keiner haben. Nach einem halben Jahr hat der dann zugemacht. Mann, das Zeug war wirklich die letzte Scheiße!«

»War's das, was du wissen wolltest?« fragte Dierk.

»Nee, eigentlich nicht, die Geschichte kenn ich schon. Die Schuhe sind gräßlich, die Fabrik macht zu, der Mann geht nach Ingolstadt oder Istanbul oder Immekeppel, aber das bringt mich alles nicht weiter.«

Pitter grinste. »Aber eins weißt du noch nicht. Letzten Monat kam einer und hat alles abgeholt. Alle Schuhe. Der hat die gesamte Schuhfabrik aufgekauft, also, was davon övverig is, und will die wieder ans Laufen kriegen. Und als erstes wollte der die alten Schuhe verkloppen. Die lagen da die ganze Zeit im Lager, und keine Sau wollte die haben, und wißt ihr, was die jetzt damit machen? Die verkaufen diese Scheiße jetzt, und wißt ihr wo? Auf der Kö in Düsseldorf! In Köln fressen die noch nicht mal die Mäuse, und da verkaufen die das für teuer Geld an die Bankheinis in Düsseldorf!« Er schlug sich brüllend auf die Schenkel, Dierk bog sich, und in der allgemeinen Heiterkeit sank Dora in sich zusammen und sagte: »Bitte nicht nach Düsseldorf.«

Kapitel 10

Dora ging die schmale Straße hinunter. Der Nieselregen, der sich besonders in dieser Stadt und in dieser Jahreszeit wie Eisnadeln in ihren Speck fror, spornte sie zu ungewohnter Eile an, außerdem wollten die Kölsch aus dem »Sion-Faß« wieder ans langsam verschwindende Tageslicht. Als sie um die Ecke bog, umfingen sie das Rauschen des Verkehrs und die Hektik der Subbelrather Straße wie ein Wirbelsturm, der ihren Kopf einhüllte. Dazu rumorten in ihrem

Bauch die Kölsch, und ein ungutes Gefühl, das sich seit Stunden in ihrem Körper breit machte, verschlechterte ihren Zustand weiter. Der Fall begann ihr auf die Leber zu schlagen.

Sie flüchtete in den Hauseingang, der zu ihrem Büro führte, und trat gegen die Haustür. Mit einem erbarmungswürdigen Quietschen gab das seit Menschengedenken defekte Schloß nach, und die zerlöcherte Tür flog auf.

Dora betrat den gekachelten Hausflur. Aus den aufgebrochenen Briefkästen fielen ihr, wie schon seit Jahren, Rechnungen, Mahnungen, rote Karten für abzuholende Einschreiben, Vollzugsandrohungen oder ähnliche Unannehmlichkeiten entgegen, nur nicht die Nachricht von ihrem Auftraggeber, auf die sie so gehofft hatte. Die Anzahlung war längst aufgebraucht, und wenn das so weiterging, würde sie sich wieder Geld von halb Ehrenfeld leihen müssen. Aus der offenen Hoftür zog es kalt herein, und neben einem Gestank nach Calamares aus der benachbarten Griechenkneipe quoll Müll in erstaunlichen Mengen in die gelbgekachelte Ödnis. Irgendwie brachte es keiner über sich, seine Abfälle in die sowieso überfüllten Tonnen zu stopfen, und da dann eh alles sinnlos war, waren die Mieter aus den oberen Stockwerken dazu übergegangen, ihren Unrat einfach aus dem Fenster zu werfen. Erstaunlich, aber es gab hier nicht einmal Ratten, wahrscheinlich besaßen die zuviel Würde, sich in diesem Dreck anzusiedeln.

Dora guckte traurig wie immer die ausgetretenen Holzstufen an. Zwei Stockwerke hatte sie zu bezwingen. Früher hatte sie sich mal geschworen, auszuziehen, wenn sie die Treppe nicht mehr schaffen würde. Der Tag schien näher zu rücken.

Schnaufend erreichte sie den Treppenabsatz und watschelte auf ihre Tür zu. Schon hier konnte sie das Keifen von Maria Petronella hören: »Das wird aber auch Zeit, daß du dich mal um mich kümmerst! Den lieben langen Tag hocke ich hier allein, und niemand ist da! *Porca miseria!* Nicht mal einen Scheiß-Wellensittich habe ich hier. Ich zwitscher bald für mich allein! *Cazzo!* Sogar die Topfpflanzen sind vertrocknet! Und ich? Hast du einmal Zeit für deine arme alte Großmutter? Ehh? Tu nicht so, als ob du nicht da wärst, *stronza!* Ich habe deinen Schritt genau gehört. Dein widerliches Fett keucht ja sowieso schon allein, da kannst du ruhig die Luft anhalten!«

Dora begann in einer wilden Grimasse die Lippen zu kauen und schloß die Tür auf. An der Stirnwand hing Maria Petronella wie einst der Führer hinterm Schreibtisch, nur daß zwischen ihnen nicht ein langer Saal lag, der den Bittsteller mickrig und unterwürfig machte, sondern eine kleine Ehrenfelder Mietwohnung, von Maria Petronella oft und lautstark als »deine versiffte Bruchbude« bezeichnet, die vollgestopft war mit Aktenordnern, Kleidungsstücken, wichtigen und unwichtigen Briefen, alten Currywursttransportbehältnissen und Töpfen mit angetrockneten Raviolresten, durch die sich ein schmaler Trampelpfad bis in das winzige, fensterlose Badezimmer zog. Ein Galerist, für den sie einmal einen Fall gelöst hatte, hatte diese Innenraumgestaltung als Installation bezeichnet und vorgeschlagen, alles in Kunstharz auszugießen. Bisher hatte sie sich allerdings noch nicht dazu durchringen können.

Sie holte tief Luft, um möglichst schnell Lautstärke zu erreichen. »Nee, is dat schön, hierher nach Hause zu kommen. Was für eine Begrüßung! Ich renne mir den ganzen Tag die Hacken ab, damit wir was zu fressen haben, und du? Kannst du noch was außer rumhängen und nörgeln?«

Maria Petronella verzog das Gesicht und wandte sich ab. »*O Dio*, bitte sprich in die andere Richtung, man wird ja schon betrunken, wenn man dir nur zuhört! Aber das ist mal wieder typisch! Von wegen Hacken abrennen. Saufen warst du! Am hellichten Tage bist du stinkbesoffen. *Che casino!* Aber dein Vater, der war genauso! Nichtsnutziger Tagedieb, das habe ich deiner Mutter gleich gesagt, wie sie mit dem ankam, ein nichtsnutziger Tagedieb ist das, *vafanculo*, laß die Finger von dem, aber sie wollte ja nicht hören und immer ins ›Glashaus‹, tanzen, die war ja auch nicht besser, *Madonna mia!*«

Dora preßte sich die Finger auf die Ohren. Nicht genug, daß Maria Petronella heute besonders keifig war, jetzt fingen auch noch die Obermieter an, ihre jugoslawischen Volkstänze zu üben. Wenigstens war es Winter und die Fenster zu. Im Sommer, wenn die Stadt glühte, alles offenstand und man über die den Schall reflektierende Hofwand jeden Furz hören konnte, dann fickten die immer. Die ganze Nacht und mit Gebrüll. Erst probierten sie, sich gegenseitig umzubringen, warum auch immer, und dann fickten sie, über Stunden.

Vielleicht konnte sie deshalb die Ehrenfelder Sommer nicht leiden. Fickende Jugoslawen, Maria Petronella und dazu diese unerträgliche Gluthitze, die den Schlaf unmöglich macht und die halbe Stadt auf der Suche nach Abkühlung durch die Straßen ziehen läßt.

Ich muß vollkommen bescheuert sein, sagte Dora zu sich, während die Volkstanzgruppe über sie hinwegwogte und Maria Petronella in ihrem Reigen der Beleidigungen bei einer entfernten Kusine mütterlicherseits angelangt war, ich sitze hier, mitten im entsetzlichsten, was das Rheinland an Schrecknissen bereithält, einem winterkalten Nieselregen, und sorge mich um August und fickende Jugoslawen. Aber wie soll man auch klar denken können, wenn ständig jemand auf einen einredet.

»Sag mal, Oma«, sie wußte, Maria Petronella würde es hassen, Oma genannt zu werden, »sag mal, wer hat eigentlich damals dieses Bild von dir gemalt?«

Maria Petronella wäre vor Überraschung fast von der Leinwand gepurzelt. »Wieso willst du das wissen?« fragte sie mißtrauisch.

»Och, nur so. Guck mal, ich weiß doch eigentlich gar nichts von dir.«

Maria Petronella schwieg in ihr Craquelé hinein. Diese Taktik war ihr neu. »Irgendso ein komischer Kauz vom Hildeboldplatz. Ich weiß auch nicht mehr so genau.«

»Aha.« Dora dachte krampfhaft nach. Sie hatte sich noch nie für jemand anderen außer sich selbst wirklich interessiert und hätte gern gewußt, wie man so ein Gespräch in Gang halten konnte. Sie entschied sich für das Programm »Zeugenbefragung«: »Erzähl doch einfach mal was von ihm.«

»Dora, bist du sicher, daß es dir gut geht? Ich meine, nicht, daß ich mich besonders sorgen würde, aber ich wüßte doch gern ... Du bist so merkwürdig.«

Nur ein bißchen Ruhe und Frieden, das wäre schön. Dora sah aus dem Fenster auf den Innenhof, die Sträucher, die sich wild angesiedelt hatten und malerisch alte Kinderwagen und Farbeimer zwischen Ziegelstapeln umrankten. Sie mußte nachdenken. Was zum Teufel ging eigentlich vor? Was wollte man von ihr? Spielte da jemand mit ihr? Dann mußte sie ihn finden und ihm ein für alle Mal klarmachen, daß man mit einer Dora Langmann nicht spielte. Und wenn nicht, wenn es tatsächlich einen Auftrag gab, was sollte dann der ganze Schwachsinn? Sie war sicher nicht schlecht in ihrem Beruf, jedenfalls nicht schlechter, als sie in irgendeinem anderen gewesen wäre, aber hinter einem Paar Schuhe herzurennen, begann sie doch zu ermüden. Sie brauchte Hilfe, das wurde ihr allmählich klar.

»Hör mal, ich weiß, daß du mich für eine komplette Versagerin hältst, aber vielleicht kannst du mir mal helfen. Du hast diesen Typen gesehen, der hier war. Kannst du den irgendwie beschreiben?«

»Du weißt doch, ich konnte mir Männer noch nie merken. Als ich damals deinen Großvater kennenlernte –«

»Oma, bitte, nicht jetzt!«

»Gut, wenn ich dich nicht interessiere ...« Maria Petronella schürzte schmollend die Lippen.

»Oma, es ist wirklich wichtig, bitte, wie hat er ausgesehen?«

Schweigen. Dann: »Er hatte einen Mantel an. Eh!«

»Gut. Einen Mantel. Wie sah der aus?«

»Weiß nicht. Ein Mantel eben. So und so.« Maria Petronella fuchtelte indifferent mit den Händen.

»Was hatte er für Haare?«

»Weiß nicht. *Ma!* Haare eben. Wie man die so hat.«

Dora verzweifelte langsam. Sie schluckte mühsam die aufkeimende Ungeduld herunter. »Hat er nicht doch irgendwas gesagt?«

»Ja, irgendwas von seiner Schwester.«

»*Nonna*, endlich, ich liebe dich! Was hat er denn von seiner Schwester gesagt?«

»Weiß ich nicht mehr. Nur, daß er einen Hund sucht.«

»Das weiß ich selbst. Und was für einen Hund?«

»Weiß ich nicht. Hat er nicht mehr gesagt. Rede doch selbst mit deinen Klienten, statt dich einfach schlafen zu legen, ich habe dir immer gesagt –«

»Bitte, hilf mir. Es ist wichtig. Ist dir vielleicht noch irgendwas Besonderes aufgefallen?«

»Nein, nichts.« Pause. »Nur die Schildkröte.«

»Die was?«

»Die Schildkröte. Eine Wasserschildkröte. In einer Plastiktüte.«

Schweigen.

»Dora?«
»Ja.«
»Hilft dir das?«
»Nein.«
Stille
»Dora, *cara?*«
»Ja.«
»Dora, du klingst so komisch, was ist los?«
»Ach nichts, ich weine nur ein bißchen.«

Kapitel II

Die Schuhfabrik war nur zwei Ecken entfernt, und Dora beschloß, als sie sich wieder besser in der Gewalt hatte, sich das Ganze noch einmal anzusehen. Der Nieselregen war dichter geworden und fiel selbstbewußt und schlecht gelaunt auf Köln und die nicht wesentlich besser gestimmte Dora, die, dick eingepackt und in eine Art Abdeckfolie gehüllt, vor sich hin schimpfend die Gutenbergstraße hinunterstapfte.

Sie hatte nicht weit zu gehen. Regenwetter im allgemeinen und Schuhe im besonderen verfluchend, schritt sie den Bürgersteig entlang und wich den wenigen entgegenkommenden Regenschirmen mehr mit Glück als mit Geschick aus. Diese Schildkröte machte sie fertig. Nicht, daß sie von Maria Petronella wirklich etwas Hilfreiches erwartet hatte, aber das war doch ein bißchen stark. Entweder war dieser Fall kein Fall, sondern der besonders bösartige Beginn eines Delirium tremens, oder dieses Monster von einer Großmutter verarschte sie, daß es nur so krachte. Wieso sollte man bloß eine Schildkröte bei sich tragen, wenn man zu einer erfahrenen, professionellen Privatdetektivin ging, um ihr einen Auftrag nebst Anzahlung zu hinterlassen? Und was, überlegte sie noch, könnte so ein Tier mit vermißten Hunden und Schwestern zu tun haben, ja, hatte überhaupt irgend etwas mit irgend jemandem zu tun? Sie blieb vor dem Fabrikgebäude stehen. Der Wind drückte ihr den Regen ins Gesicht, und sie fühlte sich so gräßlich, wie es nur möglich war.

Wie oft war sie hier vorbeigegangen, ohne daß ihr diese Häuser aufgefallen waren: eine kleine Halle, verschlossen, ein kleiner Hof, wie vergessen von aller Welt. Und nun stand sie schon wieder hier auf diesem Hof, ohne ernsthaft annehmen zu dürfen, daß sie heute hier eine auskunftsfreudige Seele träfe. Was zum Teufel wollte sie also hier? Kein Mensch war zu sehen. Hinter den Hoffenstern zeigte sich kein Licht. Die Stadt schien kilometerweit entfernt zu sein; wie der Kreuzgang eines Klosters schirmten die Backsteinwände Straße und Hektik von ihr ab. Um sie herum schien ein Zauberland der Ruhe und Zufriedenheit zu entstehen, und zum ersten Mal an diesem Tag breitete sich in Dora ein Gefühl der Freude und Zuversicht aus.

»O Gott, die Langmann«, ertönte es hinter ihr. Sie drehte sich um. Aus einer Toreinfahrt kam eine Gestalt auf sie zu. Unter der Kapuze leuchtete ein naßgrauer Schnäuzer.

»Das kann nichts Gutes bedeuten, wenn die Langmann ihre dicken Finger mit im Spiel hat. Sagst du mir freiwillig, was du hier willst, oder muß ich dich mitnehmen?«

»Ob du es glaubst oder nicht, ich wohne hier in der Gegend, und manchmal schaue ich mir auch die Stadt an, in der ich lebe.« Auch wenn sie mit Peter Repier, dem Kripokommissar, nicht gerade verfeindet war, würde sie sich nie im Leben die Blöße geben, ihm zu erzählen, sie befände sich auf der Suche nach ihrem Auftraggeber, einem Paar brauner Herrenschuhe. Ihre Lust, für Kölns Kriminalistenstammtische als Lachnummer herzuhalten, war nicht besonders ausgeprägt.

»Dora, versuch nicht, mich für blöd zu verkaufen. Du hast deine Augen noch nie weiter aufgemacht, als nötig war, um das nächste Kölsch nicht zu verpassen. Sag mir nicht, du arbeitest an einem Bildband über Kölns versifftestes Ecken.«

Sie beschloß, schönfärberisch nah an der Wahrheit zu bleiben und Repiers Neugier zu befriedigen. »Na ja, ist schon wahr. Ich habe gerade einen Auftrag. Ein Mann sucht seine Schwester. Und ein Hinweis führt hierher.« Den Hund mußte sie ja nicht unbedingt erwähnen. Sie sah mit verkniffenem Mund zu den verstaubten Fenstern und den verschlossenen Türen. »Aber hier scheint nicht wirklich irgendwas zu sein, und das schon lange. Oder?« Sie sah ihn vielsagend an.

Repier lachte. »Allerdings! Hier gibt's schon lange nichts mehr. Vor allem keine Schwestern.«

»Und du? Sag mir nicht, du stehst hier zum Vergnügen im Regen.«

»Nee, wir haben 'ne Leiche im Stadtwald, ein Typ mit 'ner Kugel im Bauch und der Adresse von hier in der Tasche, und jetzt wollte ich mich mal ein bißchen umgucken. Ja, und jetzt kommst du um die Ecke. Zufall?«

Dora zuckte mit den Schultern. »Weiß nicht. Wenn der 'ne Schildkröte in der Hand hatte, nicht. Aber was denn überhaupt für ein Mord, ich weiß von nichts!«

»Mal wieder zu pleite, die Zeitung zu kaufen? Ja, Mord, die Zeitung ist doch voll davon. Mann liegt im Stadtwald, da hinter dem Hotel, und ist tot.«

»Tut mir leid, ich hatte anscheinend andere Sorgen. Und, wißt ihr schon was?«

Repier schüttelte das Wasser aus dem Jackenkragen. »Bißchen ungemütlich hier, gehen wir zu dir oder zu mir?«

»Ich wollte grad ins ›Alzheimer‹, komm doch einfach mit.«

Gemeinsam gingen sie vom Hof. Der Feierabendverkehr rauschte durch die nasse Gutenbergstraße, und die parkplatzsuchenden Heimkehrer sorgten immer wieder für kurze, lärmende Staus. Im winterlichen Zwielicht beleuchteten die Straßenlaternen den eintönig fallenden Regen, vor dem die beiden sich schweigend zu schützen suchten.

Dora verlor sich in Gedanken. Repier wirkte so klein und unscheinbar, und erst, wenn man ihn gut kannte, bemerkte man, daß seinen hellblauen Augen nicht die kleinste Kleinigkeit entging und sein Hirn wie ein Computer damit beschäftigt war, Einzelheiten zu registrieren und sie logisch zusammenzufügen. Dora hatte zu lange mit ihm zusammengearbeitet, um nicht sofort sein Jagdfieber spüren zu können. Und weil dieser Tote sie ja irgendwie auch ein bißchen was anging, wurde sie davon angesteckt. Ein Mordfall war immer etwas Besonderes, rüttelte die Instinkte wach, war neben der frustrierenden täglichen Arbeit fast schon etwas Erfreuliches.

Das »Alzheimer« war um diese Zeit noch relativ ruhig. Das erste Kölsch nach der Arbeit sollte erst später getrunken werden, und so leierte nur der unvermeidliche Spielautomat mit dem ebenso unvermeidlichen Daddeljunkie davor seine piepsigen Computermelodien durch die Stille. Agnes polierte Gläser und begrüßte Dora mit einem kurzen Nicken.

Sie setzten sich hinten an einen der Tische, und Dora wandte sich zur Theke: »Agnes, bringste mal zwei Kölsch?«

Repier sah sich kurz um. »Seit wann treibst du dich hier rum? Ich denke, du hockst immer in der ›Krone‹?«

Dora zuckte mit den Schultern. »Du siehst doch, Tänzerinnen, Clowns, das Programm ist hier einfach besser. Außerdem schmeckte da das Kölsch nicht mehr.«

Agnes stellte die Kölschstangen auf Bierdeckel. »Die wollten ihr da erst wieder was geben, wenn sie ihren Deckel bezahlt hat. Die sind schlauer als ich.«

»Och Agnes, wat willste denn, ich hab dir doch gestern erst was abgezahlt!«

»Vorgestern. Und es ist noch genug offen.« Mit einer eleganten Drehung erstickte Agnes etwaigen Widerspruch und ging wieder hinter ihren Zapfhahn.

Repier grinste amüsiert. »Und, wie laufen die Geschäfte?«

Doras Augenbrauen gingen in Kampfstellung. »Was ist jetzt mit deinem Mord, erzähl endlich mal.«

»Achthundertfünfunddreißig Mark und sechzig Pfennige!« rief Agnes aus sicherer Entfernung. »Und mit dem da sind es achthundertachtunddreißig ...«

»Isset bal joot?!« blökte Dora und warf sich unter empörtem Quietschen ihres Sitzes herum. »Ich zahl ja!«

»Wann?«

»Laß sie es doch abarbeiten«, schlug Repier vor, »sie kann vielleicht Schulden für dich eintreiben.«

»Ja, und bei sich selbst fängt sie an!«

Die Tür ging auf, und Fünfundvierzig kam herein. »Endlich ein Mensch!« begrüßte ihn Dora, »Fünfundvierzig, die wollen mich verarschen, hilf mir!«

Fünfundvierzig blieb stehen und warf ihr einen traurigen Blick zu. »Ich bin sehr, sehr enttäuscht von dir.«

»Wieso das denn? Ich hab doch gar nichts gemacht!«

»Ihr habt mich gestern abend allein gelassen. Ich glaube, ich rede nicht mehr mit dir!«

»Jeck! Du bist doch selbst gegangen!« Dora verdrehte genervt die Augen und wandte sich an den zufrieden grinsenden Repier. »Was war denn jetzt eigentlich mit deinem Mord?«

Er winkte ab. »Nix da. Ich habe Feierabend. Bringste noch zwei?« rief er zur Theke. Agnes nickte.

Dora war verstimmt. »Wie Feierabend, sag mal, dein Arbeitseifer ist ja überwältigend!«

»Ach Dora, du weißt es doch selbst, die meisten Mörder sind irrsinnig dumm. Im Grunde kriegen wir die doch alle. Was soll ich mich da aufregen? Achtundneunzig Prozent der Mordfälle werden aufgeklärt, und meistens stammt der Täter aus dem direkten Umfeld. Aber wie wär es denn mal mit ein bißchen Geld verdienen, Dora? Ich glaube, ich hab da was.«

Dora funkelte ihn mißtrauisch an. »Was soll das denn jetzt?«

»Du brauchst es doch, Dora. Was ist das denn mit dieser Schwester, bringt das was?«

Sie schlenkerte die linke Hand. »Irgendwie ja, aber dann auch wieder nicht. Ach, wenn ich ehrlich bin, weiß ich es nicht. Is was kompliziert.« Sie dachte kurz nach. Etwas Geld würde das Leben sehr erleichtern. »Was ist es denn?« fragte sie so uninteressiert wie möglich.

»Bei Lederwaren Langhardt auf der Schildergasse verschwinden partienweise Handtaschen. Richtig teure Dinger. Die waren gestern bei uns und haben Anzeige erstattet. Hinterher haben sie mich noch um etwas private Unterstützung gebeten. Besonders gut bezahlt.«

Dora grunzte heftig. »Repier, ich als Kaufhausdetektivin, willst du mich beleidigen? Am besten noch mit Bömmelchen an der Uniform!«

»Reg dich nicht auf, guck's dir einfach mal an. Ich kann's nicht machen. Ich habe denen gesagt, ich würde ihnen jemand schicken. Ist wirklich gut bezahlt.«

»Und du schickst – mich?«

»Dora, du bist ein Kotzbrocken, fett wie ein Schwein und stinkst aus dem Hals. Aber von deinem Job verstehst du was. Ich rufe die morgen an und bereite sie auf dich vor.« Er kicherte. »Sonst rufen die uns noch, um eine randalierende Pennerin entfernen zu lassen, ich kenne dich doch.«

Dora starrte lange grübelnd in ihr Kölsch. »Okay«, stieß sie schließlich hervor, »ich geh da morgen mal hin.« Sie starrte weiter. »Aber erwarte bloß keine Dankbarkeit von mir!«

»Och, vielleicht könnste mir ja noch 'n Kölsch ausgeben, was meinste?«

*

Das Lokal hatte sich im weiteren Verlauf des Abends gefüllt. Dora hing zusammengesunken auf einem Barhocker, starrte in ihr Bier und rauchte die Zigaretten, die sie Repier geklaut hatte. Fünfundvierzig hatte seinen Redseligen bekommen und schwatzte, zunehmend undeutlicher werdend, auf sie ein: »Man ist sozusagen in einer Zeitblase gefangen. Erinnerst du dich an Douglas Adams, das Restaurant am Ende des Universums? Genauso ist es hier auch. Ganz Köln ist ein riesiges Restaurant am Ende des Universums, kurz bevor es schließt, und das immer. Du mußt dir das mal vorstellen, da arbeiten Legionen von Mathematikern, Physikern und was weiß ich noch für Arschlöchern daran, das Wesen der Zeit und der vierten Dimension zu erfassen, verschwenden Unsummen von privaten und öffentlichen Forschungsgeldern, und dabei ist es so leicht! Die Idioten müßten sich einfach nur mal gehörig mit Kölsch zulaufen lassen, und Raum und Zeit spielen keine Rolle mehr, verschwimmen sozusagen in einer riesigen Suppe von geistiger Antimaterie. Guck dich doch mal um. Hat sich hier seit letzter Woche irgend etwas geändert? Ist hier jemand, der gestern nicht da war? Na also. Verstehst du, das Kölsch ist einfach als zeitüberwindender Faktor hinter der Lichtgeschwindigkeit in Einsteins Relativitätstheorie einzusetzen, dann noch die richtige Musik, ein paar Duftsteinchen, Zigarettenqualm, und schon hast du es. Es ist wirklich ganz einfach, es ist nur noch niemand drauf gekommen. Sieh mal, das ist nämlich so. Wie spät haben wir?«

»Mitternacht«, sagte Dora nur mäßig interessiert.

»Genau. Und gestern?«

»Mitternacht.«

»Siehst du, das ist der Beweis!« juchzte Fünfundvierzig. »Ich bin sicher, daß es einem in dieser Situation gelingen können müßte, von einem Tag in den anderen zu rutschen. Wahrscheinlich braucht man nur eine Art Katalysator.« Er musterte die Flaschenreihen hinten an der Bar. »Was könnte man nehmen, Korn ... oder Grappa?«

»Nimm Tequila und bestell mir auch gleich einen.«

Fünfundvierzig schnaubte. »So, wie du Tequila trinkst, müßtest du eigentlich die letzte Woche viermal erlebt haben! Agnes! Zwei Whisky, pur!«

Er hörte nicht mehr, wie Dora murmelte: »Genau so kam es mir auch vor«, und dann normal fortfuhr: »Fünfundvierzig, bevor du hier abhaust, muß ich dir noch eins sagen. Woher willst du eigentlich wissen, ob's funktioniert?«

Er sah sie befremdet an.

»Na, stell dir mal vor, es funktioniert, und plötzlich ist letzten Montag. Das kannst du aber doch gar nicht wissen, weil, da haben wir genau hier auf diesen zwei Hockern gesessen.« Sie unterstrich das Gesagte mit entsprechenden Gesten.

»Nein«, wehrte Fünfundvierzig ab, »das war Dienstag, Montag hast du da gesessen und ich da, und Sonntag warst du auf dem, das weiß ich genau.«

»Nein, das war Montag«, beharrte Dora.

»Nein, das war Donnerstag.«

»Dora, Donnerstag warst du überhaupt nicht hier.«

»Dann eben Freitag.«

»Äkspräss! Stattanzaigähr!« rief der Express- und Stadt-Anzeiger-Mann, und Dora grölte »Ali!« über die Schulter, daß Fünfundvierzig zurückzuckte und fast den Whisky umgeworfen hätte.

»Allo, allo«, grinste Ali und drückte Dora eine Zeitung in die Hand.

»Aber Ali«, hielt Dora ihn zurück, »wenn in eurem Käseblättchen endlich mal was drinsteht, dann mußt du mir das auch sagen! Was soll das sein mit einem Mord?«

»Stehte alles drin«, rief Ali ihr zu, verteilte noch ein paar Zeitungen, sammelte die Münzen ein und verschwand wieder durch die Tür.

»Du mußt natürlich auf die Zeitungen achten, das ist der Trick«, erklärte Dora Fünfundvierzig.

»Aha«, sagte Fünfundvierzig, »wofür?«

»Alter, ich glaube, es geht los, worüber reden wir denn die ganze Zeit? Über deine Zeitreisen natürlich. Wenn du an einem anderen Tag bist, dann merkst du das, weil, die Zeitung ist falsch. Verstehste, auf einmal schreiben die nicht mehr«, sie guckte nach, ›Papst todkrank!‹, sondern irgendwas anderes, wie, was weiß ich, ›Burger im Fummel im Timp erwischt‹.«

»Wie bitte?«

»Ich meine ja nur so als Beispiel. Verstehste, was ich meine?«

Fünfundvierzig nickte. »Ja, die Schlagzeile, das ist schon richtig.« Er dachte kurz nach und stupste Dora an. »Das ist natürlich ein angenehmer Nebeneffekt. Draußen kann der Dritte Weltkrieg ausbrechen, und dir geht's hier prima, jedenfalls, solange noch genug Kölsch da ist.« Er starrte kurz ins Leere, tief gerührt von dieser Idee, rülpste, griff nach dem Whisky, stürzte ihn runter, schielte auf die Zeitung, auf Dora und sah dann das leere Glas traurig an. »Schade eigentlich. Aber im Grunde bin ich auf dem richtigen Weg, da bin ich mir sicher. Vielleicht ist es ja nur die falsche Sorte. Was könnte man denn noch probieren?« Er starrte grübelnd auf die Flaschen, während Dora mit ihren fetten Fingern die Zeitung verwurschtelte. »Trinkst du nicht?« fragte Fünfundvierzig und sah Doras Glas gierig an.

»Kannse haben. Mag kein Whisky. Agnes? Kölsch und Tequila dabei, ja?« Sie blätterte oberflächlich durch die Zeitung und sagte dann zögernd: »Sag mal, Fünfundvierzig, hast du an einem der nächsten Tage etwas Zeit? Du könntest mal wieder was für mich tun.«

Fünfundvierzig sah sie prüfend an. »Mir würde es reichen, wenn du mir mal mein Geld wiedergeben würdest.«

»Wenn die Sache von Repier tatsächlich klappt, dann ist das kein Problem. Aber ich habe eigentlich noch etwas anderes zu tun, und wenn du das machen könntest, dann könnte ich dein Geld verdienen.«

»Ich soll Schuhe suchen, was?«

»Genau, Schuhe suchen. Ich erklär dir die Sache mal. Also, da ist –«

»Dora«, unterbrach sie Fünfundvierzig, »ich glaube, ich will das nicht.«

»Mensch, du wolltest doch immer ein richtiger Detektiv werden. Also, paß auf, die Schuhe, die ich suche, werden irgendwo in Düsseldorf verkauft. Du müßtest nur schnell mal rüberfahren, dich umgucken, gar kein Problem. Ich geb dir einen Katalog mit Fotos mit, wirklich, ein Kinderspiel.«

Fünfundvierzig war immer noch nicht überzeugt. »Ist da auch kein Haken bei?«

»Kein Haken, ich schwör's.«

»Letzte Runde!« rief Agnes und beugte sich zu Fünfundvierzig. »Ey, hör mal, ich dachte, du wolltest mit der da nicht mehr reden?«

»Wieso?« Fünfundvierzig war ehrlich irritiert. »Ich habe doch kein Wort gesagt.«

»Und du«, wandte sie sich an Dora, »kriegst du noch was?«

Dora überlegte kurz. »Ja, 'n Kölsch und 'n Tampon. Ich glaube, ich kriege grad meine Tage.«

Kapitel 12

Nachdem Gerritt zu ihrer Gilles-Performance verschwunden war, zog Yolanda sich ins obere Bürostockwerk zurück, wo sie lange nachdenklich saß. Das Geschäft lief einmal mehr ermüdend gut. Es schnurrte sich ein wie der Tigerkater, wenn er es denn endlich mal über sich brachte, nicht immer nur mit der kleinen Katze Dummheiten zu machen, sondern sich wie ein gesetzter Kater zu benehmen. Allerdings war es an der Zeit, sich um Gerri zu kümmern. Sie schien aus lethargischer Folgsamkeit zu erwachen, das war bedauerlich. Ihre neue Beharrlichkeit, dieses jähe Ende ihrer kindlichen Folgsamkeit gefiel Yolanda nicht. Und dann noch der Ärger mit der Galerie. In diesem Jahr sollte sie endlich auf dem Kunstmarkt zugelassen werden. Auch wenn man die Galeristenszene gut kannte, war es nicht einfach, sich auf der immer exklusiver gebenden und aus den Nähten platzenden Messe einkaufen zu dürfen. Zeit, ihre Kontakte spielen zu lassen.

Apropos Kontakte. Sie ließ sich mit einem ziemlich abgehetzten Helmut Sohnle verbinden, dem Veranstalter der Rosa Sitzung. Am anderen Ende ein johlendes Toben und Kreischen und Stampfen, zischender Funkverkehr, Pfeifen und Krachen. Dame Yolanda lauschte lächelnd. Wie langweilig war daneben ein Bordell.

»Helmut, hörst du mich noch?«

»Momentchen bitte, ich muß gerade noch Gerd Köster und Frank Hocker …« Helmut schien sich das Handy unter den Arm geklemmt zu haben; sie hörte ihn rhythmisch klatschen und »Grandios, einfach fan-*tass*-tisch!« rufen, dann sprach er wieder zu ihr: »Ja, hallo? Aloha, meine liebste Yolanda, wie …« Der Rest ging in ohrenbetäubendem Lärm unter. Sie hörte nur noch, wie sechshundert ausgelassene Jecken den »geilsten Arsch von Köln« begrüßten, dann, in der Anfangspassage von »Du kommst hierher von irgendwo«, hörte sie sich völlig infiziert vom Virus Karneval brüllen: »Viermal Karten zur Dernière, geht das in Ordnung?«

»Für dich immer, Yolanda-Liebes«, dann war nur noch das Knacken, Dröhnen und Toben in der Leitung.

»Für Gerri, Frau Schulte, die Kremin und mich«, lächelte sie in den Lärm, schaltete das Handy ab und schimpfte sich, so was nenne sich nun Dame. Ob Gerri heute das neue Jean-Paul-Gaultier-Ensemble trug, das sie ihr noch hatte besorgen und bringen lassen? Ach wo, wie töricht sie sein konnte, zu Peter Gilles würde Gerri Schwarz tragen. Jean Paul Gaultier mußte bis zur Emil-Schuhmacher-Vernissage warten. Sie sah auf die Uhr. Jetzt waren wohl alle bei Tullio in der »Trattoria Toscana« zum Abendessen.

*

Regen malt einfach doppelt groß, einladend und verwirrend. Yolanda liebte Regen von innen heraus betrachtet. Es gab keine Möglichkeit, den Wagen vor dem »George Sand« zu parken, und so fuhr sie einfach immer weiter einen Reigen aus früher und heute im Karussell von Erinnerungen, Vergangenheit und Gegenwart. Bilder tauchten auf aus einer Zeit, als sie Lydia Lummerland kennengelernt hatte aus dem Tierheim Zollstock. Bei einem Kölsch in der »Filmdose« hatten sie oft über den Hund als besseren Menschen philosophiert, woraus dann eine herzliche Freundschaft erwachsen war, in die später auch Schenk Birkel einbezogen wurde, der dann mit Lydia nach Dellbrück ging, um dort das große Tierheim zu leiten.

Und während Yolanda die dritte Parksuchrunde um das »George Sand« zog, begann sie zu schmunzeln, als sie daran dachte, wie sie eines Abends mit Ralph Morgenstern und Wally Bockmayer an der Theke gestanden hatte und Schenk hereinspaziert kam, müde und schweigsam mit seinem Hundefreund Enzo an der Seite.

Sie hatte ein Kölsch bestellt, als Schenk ans Telefon gerufen wurde. Nach kurzem Gespräch kam er zurück und seufzte: »Rottweiler.« Alle hatten fragend geschwiegen, aber mehr sagte der dünne Mann mit dem Lächeln unter den ernsten Augen nicht.

»Hör mal, Schenk, ich ziehe doch gerade in die Parkstraße, ich bräuchte dringend einen großen Hund«, hatte Yolanda gesagt.

»Nee, laß mal, Yolanda, das ist ein ganz lieber und ruhiger Hund, ich glaube, der will sich eher mal ausschlafen.«

»Das wissen aber nur wir, nicht die Einbrecher, und ich hab was zum Knuddeln.«

Schenk hatte sie angesehen. »Meinst du wirklich?«

Yolanda hatte genickt, und in Schenk kam neue Energie. »Den hat eine völlig durchgedrehte Fixerin abgegeben, nur in Pflege, sagte sie, er müsse versteckt werden, und dann käme sie ihn holen. Der Hund ist aber in einem so miserablen Zustand, daß wir ihn der auf keinen Fall zurückgeben. Heute war sie schon da und hat einen Zirkus aufgeführt, wir sollten ihr den Hund wiedergeben, dabei weiß sie schon gar nicht mehr, was für einer es war. Mal redet sie von einem Schäferhund, dann von einem Setter. Am Ende wollte sie mir sogar erzählen, mein Enzo hier wäre ihr Hund.«

»Na wunderbar«, Yolanda hatte in die Hände geklatscht, »Schenk, bitte!« Sie hatte ihm ihr Handy über den Tisch geschoben, und er hatte Lydia erreicht, die den Hund herbringen sollte. Ralph, Wally und Yolanda kicherten über den Witz von der Nutte mit dem Zuhälterhund.

Später war die Tür aufgegangen und ein schwergewichtiger Schatten hereingeschritten, unsichtbar sicher geführt von Lydia. Er durchmaß interessiert die Kneipe, streifte einen Barhocker, der samt aufgetuffter, dünner Blondine langsam und fast ruhig kippte. Niemand sprach. An allen Gästen vorbei drängelten sich fünfundsechzig Kilo Willenskraft und kamen schließlich vor Yolanda zum Halten.

Die beiden hatten sich angesehen, ruhig und gewinnbringend heftig. Dann ein Rumpeln, und der Hund sank zu ihren Füßen nieder, hob noch einmal seine anbetungswürdigen Augen, gähnte und schlief ein. Sein Schnarchen vibrierte bauchnah unterhalb der Bässe der lauten Hausmusik.

Es war Yolandas aufrichtigste Liebeserklärung gewesen. Sie hatte sich hingehockt und ihn hinter und zwischen den wehen Ohren gekrault, Lydia und Schenk noch einmal zugenickt. Am Abend hatten ihre Jungs eine Spende und ein paar Schutzmaßnahmen im Tierheim installiert.

Yolanda war wieder vergnügt. Und plötzlich fand sich auch ein Parkplatz. Sie drückte ihr Zigarillo aus und öffnete den Schlag. Sog noch einmal die Nase mit Hundegeruch voll, verließ dann das Auto und klingelte am »George Sand«. Ma Baumgart öffnete im blauen Abendkleid mit silbernem Stirnreif, das Haar streng zurückgekämmt, seit dreißig Jahren glänzend dunkel. Yolanda, die ohne die Friseurkünste von Wolfgang aus dem Salon an der Hohe Pforte eher einem Waschbär im Fellwechsel glich, bewunderte Ma seit Jahren um diese sich äußerlich ausdrückende disziplinarische Konsequenz und Würde. Wo sonst gab es das noch in Köln, Stil? Seit der großen Renovierung vor zwei Jahren war es im »George Sand« nicht mehr so puffig gemütlich, aber Ma war die geblieben, die sie immer noch mochte.

Heute aber gehörte ihr nur ein Händedruck, ein Nicken. Ma setzte sogleich eine kleine Brille auf und gebot Yolanda zu schweigen. Energisch, aber leise formten ihre Lippen das Wort »Dichterlesung«. Ein Blick auf die Uhr war der einzige klägliche Widerstand, den sie gegenüber Ma Baumgart wagte, dann schritt die Dame Yolanda mit gesenktem Kopf zur Garderobe.

Es gab keine Möglichkeit, ein Schwätzchen zu halten oder einen Sitzplatz zu finden. Also lehnte sie sich leise an die Bar, wagte nicht zu rauchen und ließ lautlos ihre Blicke schweifen. Die sehr betrunkene, alternde Fernsehansagerin im Minirock gestikulierte mimisch und still für sich selbst. Neben ihr versuchte sich ein wunderliches, männliches Subjekt ungeschickt am nicht ganz geräuschlosen Verzehr eines Tellers Spaghetti, während Ma mit verschränktem Blick über ihm dräute. Am Rednerpult ergoß der Morgen sein schneidend lautes Licht im Mannheimer Dialekt einer vergorenen Dame im Bade-, nein, Morgenmantel. Das giftig-blaue Getränk war Yolanda ungefragt zugeschoben worden.

Sie griff danach und sah auf, um ihren Deckel hinüberzureichen. »Was machst du denn hier!« entfuhr es ihr.

Ma zischte ein grauenerregendes »Pscht« herüber, sechzig Augenpaare blickten dankbar her, weil etwas geschah. Der Morgen schlug das Grauen der fahlen Nacht, und Yolanda blickte in die tiefblauesten Augen der Welt unter blonden Löckchen.

»Na, ich suche dich überall«, raunte Gerritt.

»Bitte sehr, meine Damen!« Ma focht ihre ganze Autorität gegen sie beide aus und gewann mit dem strengen Unterton einer Turnlehrerin. Die Eingeweide im Vortrag schnürten ein Erbrechen herauf, geschnitten vom Versmaß der Poesie.

Gerritt und Yolanda zwinkerten sich zu. Yolanda griff unter strenger Beobachtung endlich einen Bierdeckel und schrieb: »Warum bist du nicht bei Tullio?«

»Weil ich es nicht ausgehalten habe und fast wahnsinnig geworden bin, ich wollte einfach bei dir sein und mit dir reden ... bitte.«

Ehe am End Ma mit einem Stöckchen herüberspazieren und ihnen wegen Nicht-Aufpassens eins auf die Finger geben würde, verschwanden Kuli und Bierdeckel in der Manteltasche, Frau nickte und verschwand nacheinander in Richtung Damentoilette, derweil nun noch der Uterus dem Sonnenuntergang entgegenwallte, begleitet von Gewand und Armbandgerassel seiner Schöpferin.

Da niemand es wagte, die Dichterlesung derartig rüde zu unterbrechen, war das Örtchen wirklich still. Eine innige Umarmung, eingeschlossen im Kokon von Duftsteinchengeruch und Erleichterung. Herzen und Kosen, und eine Gerritt, die zerzaust nuschelte: »Ich liebe Frauen, weil man sich auf der Toilette nicht von ihnen trennen muß.«

Lächeln. »Und ich, weil sie unheilbar romantisch sind.« Yolanda zündete zwei Zigaretten an und reichte eine an Gerritt weiter. »Also: Frau Schulte ist stinksauer, weil die Katzen so viele Dummheiten anstellen, mein bestes Mädchen ist definitiv schwanger. Dieser Fritsch scheint unauffindbar, genauso wie Lila, und wir kriegen einen neuen Safe, und die Sicherheitsanlage wird neu gemacht, und wie war die Eröffnung heute?«

Jetzt lachte selbst Gerritt. »Die Katzen haben Frau Schulte eine lebhafte, kleine Maus gebracht und sie in der Küche freigelassen, was die Schulte arg verspannt hat. Ansonsten sind sie gar nicht mehr so zerstörerisch, seit sie in den Garten dürfen. Und mit der Alarmanlage ist halt das Problem, daß sie jedes Mal anspringt, wenn die Katzen durch die Katzenklappe springen, und das tun sie aus lauter Lebensfreude *pausenlos*. Die Bullen rücken schon nicht mehr aus, wenn das Signal ertönt. Na, und die Vernissage, also, ich muß schon sagen ...«

Die Tür öffnete sich lautlos, aber mit Schwung. Ein tadelnder Blick aus den abgrundtiefen Augen von Ma Baumgart maß die Situation zweier umarmter Raucherinnen auf dem Waschbecken lehnend. »Meine Damen, ich muß doch sehr bitten, Ihr Benehmen läßt zu wünschen übrig, bitte sehr!«

Eine Bitte, die frau nicht ablehnen durfte. Hand in Hand, schmunzelnd und mit scheinheiligst gesenktem Kopf, gingen sie in den von vielen Kerzenflammen verdunkelten Vortragsraum zurück, schritten würdevoll, von allen schlüpfrigst gemustert, an die Bar zurück. Der Uterus spann sich in dem Mittagsläuten ein lustvolles Schaukellied, und dazu klingelten Ohr und Armbänder auf. Der Bierdeckel aus der Tasche stellte Yolanda die Frage: »Wie lange bis zur Nacht, und dann, wer versichert uns, daß dieser Uterus dann schläft?«

Zwei leuchtendblaue Cocktails erschienen auf dem Tresen, Yolandas Lippen formten ein »Cin Cin«. Der Mord an Thomas Schmachtenberg, der Skandal um Signaturfälschungen, Einbrüche – all das mochte sich bis morgen gedulden.

Intermezzo

Wenn ein Wolf hinter dir durchs Unterholz streicht, so tut er dies weitgehend lautlos. Trockene Reiser, Laub und Steine rühren sich kaum. Menschen hingegen vermögen nichts ohne Lärm zu tun. Selbst stille Unternehmungen werden von Ächzen, Stöhnen, Schnupfen, Räuspern, Knirschen und Rascheln zwischen ungeschickten Fehltritten untermalt.

Der alte Kahn am Verleiherbüdchen ist leck, als einziges Ruderboot daher nicht festgekettet und an Land gewendet. Sehnige Arme wenden ihn um wie ein kleines Brot und lassen ihn nahezu geräuschlos ins Wasser gleiten. Ohne merkliche Anstrengung wird ein sackartiges Bündel in den Kahn gehoben, dann springt die hohe Gestalt behende federnd hinein. Das Boot sackt hinunter, Wasser platscht gluckernd über den Rand. Eine Wolke löst sich vor dem blaßgrellen Vollmond, und milchweiß hohl bescheint sein Licht die Szenerie. Halb stehend stakt die Gestalt zur Seemitte. Dunkles Wasser sammelt sich unbeachtet unter den Bänken und vermischt sich mit Blut im Dunkel zu Nachtblau.

Noch einmal stakt der Fährmann mit seiner blutigen Last, dann schiebt sich in frostklarer Nacht die nächste Wolke vor das Licht des Mondes. Ein lautes Aufklatschen schreckt die wenigen Enten und Bläßhühner aus ihrem Schlaf. Der dunkle Kahn wird, nun schon in arger Schräglage absaufend, mit wenigen Ruderschlägen zum Ufer getrieben, und die Gestalt springt dem Ufer entgegen. Birgt das Boot und stellt es wie zuvor zu den anderen. Sie sieht zurück, und nichts ist da. Langsam nimmt sie Papiertaschentücher, wischt sich die Hände ab und dann ein Messer. Das Blut, noch warm, scheint an ihr zu kleben wie Pech.

Kapitel 13

Die Galerie hatte heute erstmalig eine Art charismatischer Ausstrahlung. Wo bisher die polierte Signatur der Innenarchitektin dominiert hatte, troff nun Farbspeichel aus blutenden Bildern, Asche und Fäulnis, Farbeimer und bunte Spuren, Säureflecken, zerrissene Papiere, ein verbranntes Foto und – ein wassergeweichtes Parkett quoll der Galeristin anklagend entgegen.

Gerritt sah sich um, am Tage eins nach Gilles, und fand es wunderbar. Eine Performance um den Tod hatte er gemacht, wie schon so oft unendlich beeindruckend, fesselnd und echt, und erstmalig zeugte die Galerie von Spuren des Lebens. Selbst der erstickte Zigarettenrauch machte melancholisch bitter. Wahrnehmungsmalerei. Gerritt mochte das. Mochte Kunst, die etwas tat. Weh tat. Fröstelte, schwitzte, verletzte, fragte und einfach zuschlug, wo sich alle so sicher fühlen in der Künstlichkeit. Sie, die in den Uffizien in Florenz von der Schönheit der Skulpturen ergriffen weinend zusammenbrechen konnte, lernte bei Künstlern wie Gilles dann wieder das Fußaufstampfen; Ambivalenzen, die in einer Stadt wie Köln miteinander zu leben vermochten. Wie liebte sie die Stadt dafür, und wie sehr war sie zu Hause, in Sicherheit.

Joko war inmitten des Chaos eingeschlafen, und nun beschwerte sich die soeben angerückte Putzkolonne mit Nachdruck. Niemand konnte einen schlafenden Joko wecken, außer vielleicht einer größeren Horde vergnügter Hündinnen, und so mußte Gerritt wieder einmal die leise schnarchende Hundewalze mit viel Anstrengung zur Seite schieben.

Nach dieser Tat war sie erschöpft und pausenreif. Sie lehnte sich eine Weile aus dem Fenster und quälte sich lebensinbrünstig an der schneidend kalten Luft; dann beschloß sie, die Rechnung bei Tullio zu bezahlen und sich den Rest des Tages frei zu geben.

Es traf sich angenehm, daß Joko, der inzwischen wieder am Leben teilnahm, Regen ganz und gar nicht schätzte, keinen Spaziergang wünschte, sondern nach ein paar Bäumen Parkstraße heim wollte. Im Haus war es ungemütlich, weil Hausputz gehalten wurde, und so gab es nur eine Sache, nach der Gerritt sich sehnte: Frauensauna im Agrippabad. Auf der Fahrt dorthin schmollte sie ein wenig, weil Yolanda ihr immer noch nicht mehr von dieser Lila erzählt hatte, was sie langsam eifersüchtig und ärgerlich machte. In den warmen Dämpfen und duftenden Dünsten würden diese Gedanken und die Sorgen um den toten Schmachtenberg und die Fälschergeschichte sich davonschwitzen, so hoffte sie.

*

Agrippabad. Hier erwartete die gestreßte Besucherin eine Stimmung, die gemischt war aus der klinischen Fünfziger-Jahre-Lieblosigkeit medizinaler Idee, Kaffeekränzchen und wahren Frauenleben. Aus der Kabine mit Badetüchern tretend, stieß Gerritt auf den unverzichtbaren Kranz kölnischer Mädchen, allesamt in einem aus kleinen Tischen zusammengebauten Kreis; gewaltige Turbane in allen Frotteemustern und Qualitäten thronten auf grellen Lockenwicklern und wippten ungezwungen mit ihren Zipfeln, die lachenden Gesichter unter hellgrün-, weiß- bis rosabraunchangierenden Gesichtsmasken glänzten fettig im Neonlichterschein. Das Lachen schepperte und dröhnte zwanglos aus entspannten Zwerchfellen, wie es nur Kölnerinnen beim Kölsch zu eigen ist. Manche trugen geblümte Bademäntel, andere elegante Tücher, einige dicke Wattebäusche gegen Nagelverschmierung zwischen den Zehen, aber es gab nichts, das Gerritt irgendwie unappetitlich oder abstoßend erschien. Über allen Körperkult- und Werbeidealnacheiferungsmaßnahmen schwebte der gemeinsame Wille, sich selbst gut zu sein, wie Frauen ihn unvergleichlich ausleben, seit kleine Mädchen im Landschulheim kichernd unter der Bettdecke flüstern. Jetzt hatte heißes Wasser die Tünche äußerlich abgespült, der Rest war ausgestanden und verschwitzt. Müde Verkäuferinnenbeine im Kneippbad entspannt, schlappe Kreisläufe im winterlichen Freigang neu belebt. Und alle hatten ein Doppelkinn, ein Hängebäuchlein, Blinddarmnarben, Schwangerschaftsstreifen oder nichts von alledem. Alle wußten mehr oder weniger, wozu sie Humor und Kraft brauchten, die stillen mageren Einzelgängerinnen genauso wie die Älteren im Ruheraum oder eben jene kölschen Mädchen, die in der Pracht ihrer Bemühungen Skat kloppten, Doppelkopf spielten, ein neues Kölsch orderten. Die Badefrauen servierten die klassische Mischung: zunächst Salatplatten, kalorienhalber, sodann Kuchen und Torte, denn frau gönnt sich ja sonst nichts.

Gerritt döste den dampfgebildeten Tropfen von oben hinterher, wurde weich und warm und vergeßlich. In Chlor und Schweiß und Cremes und Seifendüften erschien ihr alles, was geschah, banal und unwichtig. Mit der kalten Dusche schlossen sich alle Poren und ließen keine Angst oder Unruhe zu. Es gab schließlich Karneval in Köln; am Skattisch könnte sie gar noch Tribünenkarten für den Rosenmontagszug erklüngeln. Heute abend wäre ihre Haut weich und warm. Entspannt streckte sie sich in ihrem inneren Frieden. Sie ließ heißes Wasser über sich rinnen und war nur noch im genießerischen Rausch entspannten Wärmens. Draußen der graugetönte Kühlschrank, den es zu begehen gelten würde – aber hier war die Zeit stehengeblieben. Ja, waren Frauen nicht einfach wundervolle Wesen? Es ging nicht um sexuelles Begehren, jedenfalls, soweit sie es zu beurteilen vermochte, sondern nur allen um die Verbundenheit, das selbstverständlich Solidarische …

In diesem Augenblick schrie sie auf. Das Wasser war auf einmal glühend heiß. Einem Reflex folgend wollte sie fortspringen, aber dicht vor ihr stand eine große, hagere Frau in einem sehnig muskulösen Körper. So dicht, als wollte sie Gerritt küssen. Die heißen Wassertropfen schienen sie nicht zu verbrennen, und es führte kein Weg an ihr vorbei. Mit beiden Armen versperrte sie den Durchgang. Gerritt wurde noch sehr viel brennend heißer, als ihr klar wurde, daß sie es gewesen sein mußte, die das Wasser so heiß gedreht hatte. Absichtlich! Sie konnte nicht aufhören, gellend zu kreischen. Dann preßte eine ungewöhnlich starke Hand ihr fast jede Möglichkeit zum Atmen ab bei dem erfolgreichen Bemühen, ihren Mund zuzuhalten. Die andere Hand hielt sie schraubzwingenartig unter dem heißen Wasser fest, ein Schenkel zwischen die ihren gepreßt. Gerritt nahm den fremden, nahen Atem wahr, zwei wütend zusammengekniffene Augen, eine Stirnfalte, hörte an ihrem Ohr zischen: »Wo habt ihr sie versteckt?«

Der sich windenden, stöhnenden Gerritt waren die Arme auf dem Rücken verdreht. Eine vorbeieilende Frau rief der Kollegin weiter rechts zu: »Da ist ein Frauenpaar, stell dir vor, die machen's unter der Dusche, und ich hab keine Brille dabei!«

Gerritt aber, der übel vor Schmerz wurde, nahm in einer entsetzlich langen Schrecksekunde wahr, wie die sie umklammernde Gestalt sie mit nur einem Arm an sich preßte und mit der anderen etwas aus ihrem Haarknoten riß. Sie rang jaulend nach Luft. Das Ding sah aus wie eine riesige Hutnadel, blitzte auf und fuhr ihren Nacken entlang. In unendlicher Langsamkeit sah sie durch Wasserkaskaden, jetzt eiskalte, den gewaltigen, asiatisch gedrehten Haarknoten sich öffnen und eine silberne Tropfenschleuder niedergehen, wo über der Brust ein haarfeines Brennen zum Rücken führte. Gerritt versuchte zu reden, zu schreien, aber außer einem Gurgeln kamen keine Laute aus ihrer Kehle. Das Wasser brannte jetzt wieder so heiß. Der Duschkopf bohrte sich in ihr Kreuz. Unter brennendem Tosen rang sie gurgelnd nach Luft, während die Angreiferin ruhig an ihr lehnte, dem eisigen oder heißen Wasser anscheinend völlig unempfindlich ausgesetzt, und fortfuhr, Gerritt unangenehm am Rücken zu kratzen.

»Schöne Grüße an deine Dame«, sagte sie rauh und nachdrücklich in ihr Ohrensausen hinein, »das nächste Mal schicke ich ihr Filetstücke von dir, wenn sie mir nicht Lila schickt!«

Mehr hörte Gerritt nicht. Endlich, wie zur Erlösung drückte ihre Übelkeit einen Schwall Düsternis aus ihren Eingeweiden herauf und zog sie in einen schleudernden Schwindel. Heiß und dunkel sackte sie aus der Umklammerung, sah nicht mehr, wie rot das Wasser zu ihren Füßen in den Abfluß sprudelte, dann war ihr weiß vom Rauschen, von Hitze, und Schmerz. Gnädig entkam sie den Messerspitzen aus Glut auf ihrer hellen Haut in die unerschreckende Welt der Bewußtlosigkeit. Fiel, fallend, in diese brennende Hitze durch hartes Feinsteinzeug in eine wunderbare, dumpfe Welt, flammend.

*

»Dat ärme Ding!«

»Wat is dann mit dämm loss?«

»Schwanger und magersüschtig, dat isset doch immer.«

»Da kütt ald de Bademeisterin.«

»Anni, Anni, hier!«

Beißende Zangentierchen nagten über Schulter und Rücken. Eine dumpfe Übelkeit verdröhnte das Stimmengewirr und Eilen. Sie hatten sie bäuchlings auf dem Massagebett ausgelegt. Das schauerliche Geräusch, das niemals enden wollende, war ihr eigenes Stöhnen und Winseln. Um Gerritt herum ein Rennen und Huschen, eine Aufregung; ein Klingeln schwoll an zu Tatütata. Sie hörte sich wie von Ferne aufjaulen, als jemand versuchte, sie auf einer Trage zuzudecken. Warum half ihr denn verdammt noch mal keiner?

Eine kurze Ewigkeit lang, dann sackte sie wieder in die Arme friedlicher Dumpfheit voller beunruhigender Geräusche. Ein Gesicht über sich; Hände, die ihre Wange tätschelten. Schweben. Schmerzen. Ein sehr rotes Auto, Blaulicht, aha, ein Krankenwagen. Da drin dann ein so wundersam weiches arhythmisches Schaukeln, daß sie sich endlich schmerzhaft-wohltuend bis zu den tiefblauen Cocktails der letzten Nacht erbrach.

Das nächste Mal waren Leute über ihr, aha, das Krankenhaus. Als sie erwachte, war dies so anstrengend für sie, daß sie dabei immer wieder einschlief.

Yolanda war da. Eine freundliche Schwester. Alle redeten, fragten, antworteten sich gegenseitig und regten sich entsetzlich auf. Da lag sie bäuchlings aufgebockt auf einem Krankenbett in einer originellen Bandagenverkleidung im Kittelhemd vor Blumensträußen und sah sich als Bild. Das Tableau ihrer Qual war eine Szenerie aus Ärztehandwerk, Sorgentanten, Schwestern, Fremdgeruch und Freude. Das Brennen war ein schmerzendes Klopfen, freundlich im Vergleich. Uwe und Thomas, ihre Freunde aus Ehrenfeld, traten freundlich und ohne Lamento ein, deckten ein weißes Tuch über den Krankenhausnachttisch, stellten Kerzenleuchter, ein Weinglas und eine Karaffe darauf, und Uwe, der Koch von Gnaden, legte eine Ananas mit Crevetten gefüllt auf eine Platte und wünschte gute Besserung.

Dann saßen alle ganz still. Yolanda, bei der Gerritt sich dachte, daß sie viel schlimmer aussah, als sie selbst aussehen mußte, legte die Kompresse zurecht und räusperte sich, aber ehe sie eine Frage stellen konnte, kam Helmut Sohnle mit einem kleinen CD-Spieler, Platten für jede Stimmung und einer Büchertasche hereinspaziert, in seinem Arm eine Ahnung erster Frühlingsblumen. Alle saßen schweigend da und hörten dem freundlichen Assistenzarzt zu, der über die Verbrühungen informierte, die mehrmals täglich in einer Lösung gebadet und hier beobachtet werden müßten. Die Schnittwunden würden von selbst heilen und brauchten keine weitere Versorgung; wie die aber entstanden seien? Sein Blick wanderte von der schweigenden Gerritt zu den Datteln, die mit Parmaschinken umwickelt waren, und zu dem gefüllten kleinen Gebäck, dann nickte er und verließ mit einem letzten neidischen Blick auf Gerritts Gedeck das Zimmer. Man trank mit »Hausmarke Anders« auf Gerritts Genesung und beschloß den Aufbruch, weil draußen Versicherungs-, Bäderleute und Polizisten darauf warteten, Gerritt zu befragen.

Yolanda sah Gerritt an und legte einen Umschlag mit einer kleinen Karte in ihre Hand. »Mach's auf«, lächelte sie ermutigend.

»La fantastica Italiana, das ultimative Kochquiz, Aufzeichnung in Verona im Frühling dieses Jahres. Unter den Kandidatinnen: Gerritt Gerlach aus Deutschland.« Die hob verständnislos den Blick.

»Das hast du dir doch mehr als alles andere gewünscht, mein Liebling. Ich hab mich mal ein bißchen kundig gemacht.«

Und während sowohl Gerritt als auch die Freunde in Jubel und Begeisterungsrufe ausbrachen, umarmte Yolanda ihre Freundin. »Du wirst nichts erzählen, du bist gegen eine Glasscherbe gerutscht. Bitte, Schatz, ich glaube, da ist was mit meinem Club oder gegen unsere Galerie im Busch. Bloß nicht die Polizei, verstanden?«

Ganz leise hatte sie in dem Jubel in Gerritts Ohr geraunt, und die schaute sie mit großen Augen an. Ins selbe Ohr hatte ihre Angreiferin die Anweisungen gegeben, Lila rauszurücken, mit ganz ähnlichem Nachdruck. Aber Yolanda hatte sie doch lieb, oder? Sie mußten zusammenhalten ...

Dann traten bürokratisch entschlossen zwei Polizisten in Uniformen auf und protokollierten ihr Gerede. Wieso war das Wasser so heiß gewesen, und warum war sie nicht weggesprungen? Sie wechselten vielsagende, nichtsahnende Blicke. Gut so. Sie hatte halt das Wasser zu heiß gedreht und war ohnmächtig geworden, hatte sich irgendwo geschnitten, Kreislauf, Blackout. Basta. Sie konnte sich das auch nicht recht erklären.

Ihr aber war es zu unheimlich gewesen, diese bösen Augen, diese entschlossen starke Frau, deren eigentlichen Grund zum Zorn sie nicht verstand. Bekannt war ihr die Erscheinung halbbewußt erschienen. Gewiß, angezogene oder nackte Leute können anders wirken. Aber diese Mähne, unter der Dusche dunkel strähnig verklebt, war silbergrau gewesen; im Fallen waren ihr die leuchtendgrauen Spitzen des Pferdeschwanzes aufgefallen. Und dieses Gezischel über Lila ließ ihr immer noch heiße Schauer über die brennenden Wunden laufen. Sie verstand nicht, was das bedeutete, wer da wen versteckt hielt und wie sie sie rausrücken sollten. Und überhaupt, was hatte sie denn damit zu tun? Sie mußte unbedingt Yolanda davon erzählen, am besten sofort. Aber wo kann man sich schlechter unterhalten als im Krankenhaus? Die Visite wurde angekündigt, der Raum gelüftet, als hätte die Anwesenheit der Beamten einen Geruch hinterlassen.

Kapitel 14

Es gibt Momente, die schaffen die stärkste Frau. Dora durchschritt die Drehtür zur Uniklinik und sagte sich, wenn es Gott gäbe, dann müsse die ein Mann sein und einen ziemlich miesen Humor haben. Den Samstag hatte sie zufrieden menstruierend bei der Arbeit verbracht, und alles war wunderbar gewesen. Doch heute war der Wurm drin. Erst hatte sich die Binde in ihrer Hose umgedreht und die Schamhaare zusammengeklebt, als sie am Neumarkt hinter der »9« hergerannt war. Den ganzen Weg die Zülpicher Straße runter hatte sie dann auf ihrem Sitz hin- und hergeruckelt, was in ihrem Sitznachbarn falsche Hoffnungen geweckt und ungeschickte Annäherungsversuche ausgelöst hatte. Erst ein Ellenbogen in den Solar plexus hatte ihn wieder zur Vernunft gebracht und gleichzeitig der Binde den letzten Schwung versetzt, der sie zu der kleinen Wurst formte, die Dora seither penetrierte. Mit breiten Beinen, als habe sie den Fick ihres Lebens hinter sich, watschelte sie auf die Besuchertoilette und entsorgte den Quälgeist. Erleichtert begab sie sich zu dem kleinen Lädchen, das alles feilbot, was das Kranksein erträglich und Besucher gut erzogen erscheinen ließ, und erstand dort einen kleinen, aber dafür um so teureren Blumenstrauß, der in ihr die Hoffnung weckte, er könne eventuell die ersten Wogen glätten.

Etwas zuversichtlicher trottete sie zu den Fahrstühlen. In ihrem Unterleib schien soweit alles in Ordnung, sie war ordnungsgemäß ausgestattet, trotzdem war ihr nicht besonders wohl. Der Gang, den sie vor sich hatte, war schwer genug. Schuldbewußtsein, ein kaum gekanntes Gefühl, nagte an ihr. Sie brachte oft Menschen in Schwierigkeiten, ohne daß es ihr irgend etwas ausmachte, aber so …

Auf der Station angekommen, fragte sie die Schwester nach dem »Mann, der in Düsseldorf überfallen worden ist«.

»Ach, der Herr Dackelberg, ja, der liegt auf 448, gleich da vorne.«

Dora mußte immer leicht schlucken, wenn jemand Fünfundvierzig mit seinem richtigen Namen ansprach. Sören Dackelberg. Für sie und für fast alle Ehrenfelder war er Fünfundvierzig, nach der Körnerstraße Nummer fünfundvierzig, in der er seit Jahren lebte. In dieser einzigartigen Mischung von dörflicher Überwachungsmentalität und großstädtischer Anonymität, wo man sich dauernd über den Weg lief und man nicht mal unbeobachtet in der Nase bohren konnte, war es einfach selbstverständlich, für alles und jeden einen Namen zu finden. Große Pitter, kleine Pitter gab es, den »Lang« und den »Schmal«, diverse Schängs und Jupps. Fünfundvierzig hatte man seinen wahren Namen eh nicht so wirklich geglaubt, und da war als erste die kleine, dicke Kassiererin vom Edeka darauf verfallen, zur Kennzeichnung seiner Person die Hausnummer zu verwenden.

Inzwischen war sie den Krankenhausflur bis vor das Schild mit der gesuchten Nummer heruntergeschlendert. Hoffnungsfroh sah sie den Gang entlang, ob es nicht irgend etwas gäbe, was eine gute Entschuldigung wäre, sich weiter zu verspäten. Sie holte tief Luft für die zu erwartende Auseinandersetzung. Dann ordnete sie noch einmal, um Zeit zu gewinnen, den Blumenstrauß, der nach den wenigen Minuten in ihren schwitzigen Händen schon begann, einen leicht unansehnlichen Eindruck zu machen, entschied sich dafür, daß überfallartige Fürsorge wohl die angebrachte Taktik sein würde, gab sich einen letzten inneren Ruck und trat ein.

»Nein, Fünfundvierzig, was für eine schreckliche Geschichte, wenn ich nur geaaahnt hätte, wie tut mir das alles leid …«, sagte sie noch, dann verschlug ihr der Anblick ihres Freundes den Atem, und sie blieb stehen, um das Bild in sich aufzunehmen.

Fünfundvierzig war mit vier anderen Leidensgenossen im Zimmer, aber während diese biertrinkend über die Nachttischchen hinweg Skat spielten, lag Fünfundvierzig vollkommen bewegungsunfähig in einen Bindenkokon gehüllt auf dem Rücken, mit zwei Löchern für die Augen, hinter denen es zornig blinzelte, und einem, in das man wohl abends Kölsch schüttete. Diverse Schläuche führten in den Mullberg und transportierten verschiedenfarbige Flüssigkeiten in und aus medizinisch dreinblickenden Fläschchen. Das Ganze ähnelte eher einem elektrifizierten Ramses als Fünfundvierzig, und Dora guckte unbewußt, ob auch ein Kabel in eine Steckdose führte, vielleicht für abendliche Illumination.

Ramses fuchtelte mit den umwickelten Armen und stieß ein Geräusch aus, das wie »Huwuwuwuwu« klang.

»Hey, er lebt«, rief einer der Skatspieler.

Dora war doch etwas erschrocken. So schlimm hatte sie es sich nicht vorgestellt. Immerhin hatte sie gestern noch mit Fünfundvierzig telefoniert, was sie sich im Moment nicht so richtig erklären konnte. War etwa auch ein Kabel von der Telekom unter den vielen Anschlüssen? Dora war verwirrt über die Möglichkeiten, die die moderne Technik bot, beschloß aber, ganz Dame, die Contenance zu wahren, warf also besorgt die Stirn in Falten und sagte: »Ja, Fünfundvierzig, genau das finde ich auch, es ist entsetzlich. Hast du Schmerzen?«

»Hawiwawuwawo«, sagte Fünfundvierzig, und Dora hielt ihm die Blumen hin.

»Ich habe dir Blumen mitgebracht.«

»Wawuwowewawu«, entgegnete Fünfundvierzig.

»Nein, sag lieber nichts, du mußt dich entspannen, ich wußte gar nicht, daß es so schlimm ist. Fünfundvierzig, es tut mir leid, daß ich dich so in die Scheiße geritten habe, hätte ich gewußt, daß so was passiert, wäre ich natürlich selbst hingefahren.«

»Wawiwawu«, stöhnte Fünfundvierzig, und Dora strich ihm begütigend über die Verbände.

»Natürlich, du, es ist ja wirklich schrecklich.« Allmählich begann ihr eigenes Pathos ihr selbst auf die Nerven zu gehen. Sie wandte sich an die Skatspieler. »Wenn es ihm so schlecht geht, gehört er dann nicht eigentlich auf die Intensivstation?«

»Wuwuwuwu!« rief Fünfundvierzig, und einer seiner Zimmergenossen sagte über die Schulter:

»Ich weiß auch nit. Jestern jing es ihm noch janz joot, dann sind sie mit ihm raus und haben ihn so zurückgebracht. Vielleicht hat er das Essen nicht vertragen.« Die anderen lachten, riefen »Kontra« und »Du bist vorn« und spielten weiter.

Fünfundvierzig packte Dora mit so eisernem Griff, wie es die Verbände zuließen, und zog sie an seine Mundöffnung.

»Sie haben ... mich vergessen, ruf die Schwester«, formulierte er mühsam.

Dora sah ihn verständnislos an, drückte dann aber doch für den bewegungsunfähigen Fünfundvierzig auf die Klingel. Eine Schwester kam, guckte, schrie: »Hach Gott, hach Gott, das ist mir aber peinlich!« und begann, Verbände und Schläuche zu entfernen. »Wir hatten nämlich übers Wochenende hier einen Schwesternhelferinnenkurs, und heute war Verbinden dran. Der Herr hatte sich freundlicherweise bereit erklärt, als Opfer zur Verfügung zu stehen, und wahrscheinlich hat man hinterher vergessen ... hach Gott, hach Gott, wie peinlich!«

Als sie fertig war, war Fünfundvierzig um rund drei Viertel seiner Verbände ärmer, sah aber immer noch schlimm genug aus.

»Gott sei Dank«, stöhnte er, »es war entsetzlich, jetzt weiß ich, wie ein Marienkäfer sich fühlt, wenn er auf dem Rücken liegt, Scheiße, nee. Keinen Finger konnte ich mehr rühren, und wenn ich was gesagt habe, kicherten die blöden Puten nur und sagten«, er äffte minderjährige Schwesternhelferinnenschülerinnen nach, »›verstehst du, was er gesagt hat, nein, ich auch nicht, hihihihi!‹ Ich will mein Mittagessen!« brüllte er und drückte wild auf die Klingel. »Es schmeckt zwar nicht besonders, aber die Tatsache, daß viermal pro Tag für einen gekocht wird, entschädigt einen für die Qualen, die man ansonsten hier erleiden muß.«

Die Tür flog auf, und die Schwester sah verzeihungheischend herein. »Habe ich noch etwas vergessen?« flötete sie.

»Ja, mein Mittagessen!«

»Hach, das tut mir aber leid, das ist jetzt schon abgeräumt, ich fürchte, Sie müssen bis zum Tee warten. Ich lege Ihnen aber auch ein Stückchen Keks extra dabei.« Die Tür flog wieder zu, und Fünfundvierzig ließ sich aufstöhnend in die Kissen fallen.

»Warum schickst du eigentlich die da nicht nach Düsseldorf, Schuhe suchen?«

»Mensch Alter, und mir tut das echt leid, daß dir so etwas passieren muß. So ein Pech. Da fährst du einmal nach Düsseldorf und fällst irgendwelchen Idioten in die Hände, die dich zusammenschlagen. Ich fühle mich ja schon irgendwie verantwortlich dafür. Hattest du denn Zeit, irgendwas rauszukriegen?«

»Nee, der hat mich direkt am Bahnhof abgepaßt, als ich nach dem Weg fragte, ja, und dann war's das.«

»Und, was hast du jetzt wirklich, wenn du nicht von Schwesternhelferinnen verarztet wirst?«

Fünfundvierzig zuckte so langsam wie möglich die Schultern. »Platzwunden, Blutergüsse, zwei Rippen geprellt, kleine Gehirnerschütterung.«

»Du armes Söckchen! Haben die denn was geklaut?«

»Na, das bißchen Geld, was ich dabei hatte, natürlich. Und den Katalog mit den Schuhen. Ich weiß auch nicht, was die damit wollen. Oh, was für Idioten. Oh, was für Kopfschmerzen.«

»Und? Polizei?«

Fünfundvierzig winkte ab. »Völlig überflüssig. ›Ja, Herr Dackelberg, da können wir Ihnen wenig Hoffnung machen. Seien Se mal froh, dasse noch leben. Und, im Vertrauen, ich mein, wenn Se nach Düsseldorf fahren, dann dürfen Se sich auch nich über so was wundern.‹« Er schüttelte nachdenklich den Kopf. »Komisch, man könnte meinen, Kölner und Düsseldorfer hätten irgend etwas gegeneinander. Komm, gieß mir mal ein Wasser ein.«

Dora betrachtete Fünfundvierzig mißtrauisch und griff nach der Flasche. Manchmal wußte sie nicht so ganz, ob das nur seine besondere Art von Humor, präsentiert in einem etwas mißlungenen Witz sein sollte, oder ob er wirklich hinter dem Mond lebte, was ja nun bei einem Astronomen nicht so rasend verwundern müßte. Schließlich sagte sie: »Fünfundvierzig, ich glaube, ich hol dir erst mal unten am Kiosk 'ne lecker Frikadelle.«

»Dora, du hast einem Menschen, der in die dunkelsten Abgründe des Lebens geblickt hat, einen Funken Hoffnung wiedergegeben.«

*

Dora drückte ihm den Fleischball nebst Senf und Serviette in die Hand.

»So, Dora, jetzt erzähl du doch mal. Wie hat das denn bei dir geklappt, hast du den großen Coup gelandet?«

»Also, wenn ich dir das erzähle, dann glaubst du mir kein Wort.

Das war derart spektakulär. Also, paß auf, ich komme da also an, bißchen später als verabredet ...«

Dora hatte sich beeilt, denn sie war schon eine halbe Stunde zu spät. Sie würde es wohl nie schaffen, die zur Pünktlichkeit notwendigen Vorläufe mit der KVB-typischen Verspätung und ihrem Widerwillen gegen feste Zeitpunkte in Einklang zu bringen. Sie war durch das Bürohaus gewalzt und wie eine Dampflokomotive schnaufend in das Büro eingefallen, hatte die Vorzimmerdame überrollt, die Tür aufgeschmissen und sich einem Kreis würdiger Herren mit offenen Mündern gegenüber gesehen.

»Guten Tag, Langmann mein Name. Ich denke, Herr Repier hat mich angekündigt.«

Die offenen Münder starrten sie noch eine Weile weiter an, bis der eine sich besann, schluckte und sprach: »Ja, richtig, das hat er getan, und ich muß sagen, er hat nicht untertrieben. Darf ich Ihnen die anderen Herren vorstellen.«

Dora gewährte dies gnädig und schaltete sofort ab, denn sie beabsichtigte nicht, sich einen dieser Namen zu merken. Nachdem sie fünf unsicheren Herren in Anzügen ihre unsicheren Hände gedrückt hatte, ließ sie sich in den Sessel fallen, der am würdigsten schien, ihr Gewicht tragen zu dürfen, nahm ein Blöckchen nebst Stift aus ihrer Manteltasche, guckte professionell und sagte: »So, nun erzählen Se mal.«

Das taten sie dann auch, obwohl sie nicht wirklich etwas erfuhr, was Repier ihr nicht schon im »Alzheimer« erzählt hatte. Es verschwanden Handtaschen, und man wollte, daß das aufhörte.

»Kommen wir nun zum finanziellen Teil«, ging das Oberleder zu Doras Lieblingsbesprechungsphase über. Zufrieden hörte sie zu, wie man ihr Prozente des Versicherungswertes versprach, die ihr einige Monate Überleben sichern würden. Dann fragte man, wie sie vorzugehen gedenke.

»Ja«, sagte sie und dachte sich schnell was aus, »üblicherweise arbeitet man in solchen Situationen mit Videoüberwachungen, mit Wanzen und Beschattungen ...«, sie sah in erwartungsvolle und zufriedene Gesichter, »ich tue das nicht.« Enttäuschung blickte sie an, sie mußte dringend die Situation retten. »Ich habe die Erfahrung gemacht, daß Kriminelle heutzutage durch die Medien so gut geschult sind, daß sie nicht mehr so leicht durch elektronische Hilfsmittel zu überlisten sind, wie man gemeinhin denkt.« Die Gesichter wirkten beeindruckt, und Dora wußte, sie war auf der Siegerstraße. Sie geriet ins Dozieren. »Sie müssen dazu wissen, daß die Überwachungselektronik zwar große Fortschritte gemacht hat, daß aber leider die Gegenseite die entsprechenden Maßnahmen ergriffen hat.« Dora geriet ins Fabulieren. Sie erfand Videostörsender, Gammastrahlabsorber, UV-Diffusoren und ähnliches und endete in: »... und deshalb greife ich zu den guten, alten Mitteln detektivischer Ermittlungen«, sie blieb hier absichtlich etwas diffus und schloß mit einem furiosen, »und ich versichere Ihnen, Sie werden von den Ergebnissen nicht enttäuscht sein.« Nach dieser Ansprache hatte sie eigentlich Applaus erwartet, aber das Oberleder sagte nur: »Naja, wir werden sehen.« Und Dora empfahl sich.

Sie murmelte unverständliches Zeug vor sich hin, als sie den Personaleingang von Lederwaren Langhardt hinter sich zufallen ließ, starrte geistesabwesend auf das benachbarte C & A und wandte sich zur Schildergasse. Dora stapfte vor sich hin und bemerkte kaum den Menschenkordon um sich herum, jedenfalls so lange nicht, bis dieser hemmungslos zu lachen begann. Ihr Kopf fuhr hoch, sie sah sich im Zentrum der Heiterkeit, ein Blitz schlechter Laune traf ihr Gemüt, und sie schoß herum. Auge in Auge mit einem dieser Pantomimen, die sich zweitklassig und humorlos auf das Nachahmen von Passanten beschränken, wurde ihr jetzt klar, daß der Moment der Rache gekommen war. Sie haßte dilettantische Kleinkünstler sowieso, aber diese Art war ihr schon immer als nicht lebenswert erschienen, und darüber hinaus war speziell dieser noch besonders billig. Statt in einen Topf weißer Theaterschminke zu investieren, hatte er einfach zur Penaten-Creme gegriffen, die sich mehr und mehr mit Angst füllenden Augen anscheinend mit schwarzem Edding-Stift durchkreuzt, einen blauen Overall als Kostüm verwendet und sich eine Art filzenen Blumentopf über den Kopf gezogen. Dora fand den Pantomimen unerträglich schlecht, und außerdem mußte er für die vielen Qualen leiden, die sie beim Betrachten vom Betatschen imaginärer Mauern oder dem Besteigen eingebildeter Leitern empfunden hatte, und das schien ihm jetzt auch langsam klar zu werden, wie er so rückwärts über die Schildergasse ging, eine Art riesiges Nilpferd vor sich, das sich zufrieden in eine alles zerstörende Wut hineinschnaubte.

»Hey«, sagte er und versuchte gewinnend zu lächeln, während der Angstschweiß langsam die Penaten-Creme verflüssigte und weißwäßrige Bahnen seine Schläfen herabliefen, »'s war nur ein Spaß, hehe, nicht wahr, Leute? Hey, Sie haben doch sicherlich etwas Humor, nicht?«, und Dora sagte nur, während sie ihn vor sich her in die Seitenstraße hineintrieb, »Nein«, und auf einmal wußte er, das war die Wahrheit, die im Moment einzig für ihn gültige Wahrheit, die Aussage, die seine Zukunft bestimmen würde. Und er wußte, daß er ein Problem hatte, für das es im Augenblick nur eine Lösung gab: Flucht!

Er warf sich herum, versuchte einen Riesensatz und landete mit voller Wucht an der Front des Lastwagens, der dort friedlich parkte und von ihm rückwärts gehend übersehen worden war. Und während er noch dort klebte und versuchte, so etwas wie »Scheiße« oder gern auch noch was Hilfreicheres zu denken, packte ihn eine starke Faust im Nacken und schmetterte ihn mit einer derartigen Wucht gegen den Lack, daß ihm für kurze Zeit auch dies verging. Und er sog so viel Luft in die Lungen, wie er bekommen konnte, und brüllte, während sie ihn nach hinten zog, um neuen Schwung zu holen: »Nein, ich sage alles, hören Sie auf, ich gestehe!«

Die Faust mit seinem Nacken blieb verwundert in der Luft stehen, legte eine Denkpause ein, und schließlich sagte eine Stimme, die nur mühsam die Neugier verbergen konnte, hinter ihm: »Na denn mal los, ich höre.«

»Ich war's doch gar nicht, man hat mich benutzt, ich sage alles!«

»Jaja, is doch jut, ich tu dir ja nix mehr, bleib mal ruhig und erzähl.« Dora fixierte den Pantomimen an der Motorhaube, damit er aufhörte, zu Boden zu rutschen, und lehnte sich auf seine Brust, so daß er von neuem Atemprobleme bekam. Er nahm seinen ganzen Mut zusammen und begann mit verschüchterten Seitenblicken auf die bösen, kleinen Leuchtpunkte in dem pfannekuchenartigen Gesicht über ihm seine Geschichte vorzustammeln.

»Also, ich weiß wirklich nichts Genaues, aber ich sollte Sie verfolgen, wenn Sie hier aus dem Laden rauskommen.«

»Lüg mich nicht an«, fauchte Dora, »kein Mensch kommt auf die Idee, einen Pantomimen hinter jemandem herzuschicken. Das ist so ziemlich der größte Schwachsinn, den ich je gehört habe.«

»Es ist aber wahr! Na ja, das mit dem Pantomimen war meine Idee, ich dachte, auf der Schildergasse merkt das keiner. Man hat mir gesagt, ich soll rauskriegen, was Sie vorhaben, damit der Chef sich was ausdenken kann. Man redet seit Tagen von nichts anderem als von der Spezialagentin, die eingeschleust werden soll, um die Diebstähle zu klären.«

Dora brachte den inzwischen sehr redselig gewordenen Pantomimen mit einer Handbewegung zum Schweigen und sah sich um. Die Passanten waren, als keine weiteren Sensationen mehr zu erwarten waren, weitergelaufen, und sie stand allein mit dem zitternden Bündel Kleinkunst am Kragen. Sie wußte noch nicht so genau, was sie damit anfangen sollte, aber es erschien ihr als gute Idee, aus ihm alles an Namen, Fakten, Hintergründen rauszuquetschen, solange er noch hoffte, damit ihrem Zorn entkommen zu können.

»So, Freundchen, mach dir keine falschen Hoffnungen. Ich wußte, daß du kommst, und ich habe dich erwartet. Ich weiß, wer du bist, und ich weiß, für wen du arbeitest. Aber ich will das alles noch einmal von dir hören.«

»Und er hat dir alles erzählt?« fragte Fünfundvierzig und leckte sich die letzten Hackfleischkrümel von den Fingern.

»Ja, seltsamerweise. Aber ich dachte mir, jemand, der ernsthaft vorhat, mit einem Gesicht voller Penaten-Creme Verfolgungsjagden durch die Stadt zu veranstalten, muß auch so einen Quatsch glauben. Und ich mußte nur einen Blick in seine Edding-Stift-Augen werfen, und ich wußte, daß ich recht hatte. Nicht zu glauben, was? Irgendwie finde ich auch, es paßt überhaupt nicht in meine Biographie, so ein Glück.«

»Na, jetzt los, Dora, wer war's?«

»Vollkommen uninteressant, das Übliche halt. Langhardt hatte letztens einen Umbau, da hat ein Handwerker, der die Trockenbauten machte, Rigipswände und Holzstellagen und so'n Kack, einfach die Lagerschlüssel mitgehen lassen und ist am Wochenende mit seinem Firmenauto hingefahren, Taschen klauen. Später ist er immer dreister geworden und kam manchmal sogar während der Arbeitszeit, hat gesagt, er müsse noch ein paar Reparaturen machen, und ist mit einem vollgeladenen Auto wieder verschwunden. Und keine Sau hat's gemerkt. Fünfundvierzig, ich sage es dir, der Handwerker heutzutage ist auch nicht mehr das, was er mal war.«

»Und, jetzt ist alles gut?«

»Klar, der Rest war ein Kinderspiel. Etwas Ermittlungsarbeit hier, eine kleine Überwachung dort, garniert mit einer Prise Hausdurchsuchen. Der Fall ist erledigt, ein Teil der Taschen konnte sogar noch sichergestellt werden, und ein sympathischer, dicker Scheck wird auf mein Konto eingezahlt.«

Fünfundvierzig seufzte. »Ich hatte ja eigentlich gehofft, dir helfen zu können. Und was mache ich? Fahre nach Düsseldorf und lasse mir die Fresse polieren. Und du erntest hier unverdiente Lorbeeren. Ich glaube, ich muß mich gleich mal selbst entlassen, sonst wickeln die mich wieder ein, und ich komme hier nie raus.«

Dora lachte. »Warte ab, Kindchen, es gibt noch genug zu tun. Wenn du hier rauskommst, dann gehen wir zwei mal so richtig ermitteln, daß die Schwarte kracht, keine Sorge. Aber du darfst nicht vergessen, in meinem Betrieb wird jeder nach seinen Fähigkeiten eingesetzt, und dem einen ist es halt gegeben, was aufs Maul zu bekommen, und der andere ist der, der Geheimnisse enthüllt und die eigentliche Arbeit macht. Fünfundvierzig, du guckst so merkwürdig, ist was? Vergiß nicht, du mußt dich noch schonen!«

Kapitel 15

Man hatte Gerritt unter Protest am nächsten Morgen wieder nach Hause gehen lassen. Die hauchfeinen Schnitte schulterabwärts den Rücken hinunter brannten noch stechend, aber die leichte Gehirnerschütterung war so weit beruhigt, daß sie Licht in homöopathischen Dosen ertrug. Die Glieder schmerzten noch vom Schrecken, alles verlief also normal, nicht besorgniserregend. Dieser eine

Handabdruck am Oberarm aber, der gerade blauschwarz wurde, der machte sie schwach, so sehr, daß sie nicht mehr aufstehen wollte. In der Galerie waltete Hanne Kremin und machte ihre Anwesenheit überflüssig. Sie hatte sich sogar mit Honky Tonky geeinigt, der sich zwar noch nicht so ganz entschieden hatte, sie aber mit unbezahlbar spannenden Geschichten um einen angeblich gefälschten Anton Räderscheidt und kleineren Pikanterien unterhalten und somit dafür gesorgt hatte, daß auch Gerritt selbst am Telefon kurzfristig ins Staunen und Schmunzeln geraten war. Ferner hatte Hanne dem Kölner Stadt-Anzeiger eine Ausstellungsbesprechung von Gilles geschrieben, die ohne wesentliche Änderungen abgedruckt worden war. Im Express waren von Zik lauter Nacktfotos von Gilles, mit Blut- und Bodenunverständnis untertitelt, erschienen. Auch das war Werbung. Gerritts Herzensdame war zur Zeit sehr still. Entweder wurde ihr nichts mehr erzählt, um sie zu schonen, oder aber alles war auf einmal irgendwie gut.

Im Krankenhaus hatte sie den Bluterguß am Oberarm achselzuckend irgendwelchen rettenden Helferhänden zugeschrieben. Aber Yolanda hatte ihr nicht geglaubt. Hatte sie lange, lange angeschaut, sehr ernst. Seither schliefen sie nicht mehr miteinander, aber Yolanda war immer lieb, besorgt und zart. Gerritt wußte, das hieß Liebe. Es erschreckte sie, denn davon war nie gesprochen worden; es schien gar nicht zu Yolanda zu passen, mit Gefühlen daherzukommen, und sie selbst hatte genug erlebt, um möglichst viel Vorsicht vor sich her zu schieben. Und das entsetzliche Erlebnis aus dem Agrippabad deprimierte sie noch dazu. Sie war ja gewohnt gewesen, von Männern schlecht behandelt zu werden, aber daß eine Frau einer anderen Frau, auch nackt, derartig das Fell versengt, zerrüttete Gerritts liebevoll gehaltenes Weltbild aufs Ungeheuerlichste.

Ja, sie weinte. Es regnete auf kahle Äste vor ihrem Fenster, und Joko hob pflichtschuldbewußt seinen Kopf und sah sie an. Er wußte, es war jetzt angesagt, Tränen abzulecken und hundetreu zu winseln. Er schien eine Zeitlang mit sich zu ringen, aber dann siegte die Erinnerung an den Traum von einer aufregenden Mastino-Neapolitano-Hündin, und er fiel grunzend zur Seite.

Sie streckte sich bäuchlings neben ihn auf dem dicken Teppich aus und streichelte ihn. Beobachtete das eindrucksvoll breite Halsband mit den aus Messing gehämmerten Verzierungen und fuhr mit dem Finger über die feinen Hundesilhouetten. Sie geriet beim darauf changierenden diffusen Halblicht ins Träumen und Denken und entschied, sie habe nun ausgelitten, und es sei an der Zeit, etwas zu unternehmen.

Was hatte diese Frau von ihr gewollt? Lila, ausgerechnet diese Lila schon wieder, und dann von ihr. Warum hatte sie Yolanda gemieden und war zu ihr gekommen? Traute sie sich nicht zu ihrer Freundin, weil die zuviel wußte? Obwohl, wie eine Künstlerin sah sie vielleicht aus, der Körper einer Handwerkerin und feine Gesichtszüge über selbstbewußter Körpersprache. Oder Bodybuilding? Harte Mundwinkel, weiche Wangen, schöne Augen, verkniffen. Terroristen oder Sektenführer hatten manchmal so einen Ausdruck, extreme Politiker vielleicht. Und irgendwo hatte sie die schon mal gesehen, in der Galerie vielleicht, in einer Frauendisco, einem Geschäft ... Gerritt biß sich auf den Lippen herum, auf der Rosa Sitzung, im Fernsehen, es fiel ihr mit diesem dicken Brummschädel nichts Vernünftiges ein; wenn sie grübelte, wurde es nur noch ärger. Sie griff zum Haustelefon:

»Frau Schulte ... ja, die Katzen, ja ... mmh, gut. Wären Sie so freundlich, mir ein neues Telefonbuch mitzubringen, wenn Sie gleich zur Post fahren? Danke.« Sie mußte sich um die Katzen kümmern, natürlich, Frau Schulte hatte völlig recht. Wenn der Kater schon so nett war, eine Toilette zu benutzen, so sollte er wohl auch lernen, richtig im Sitzen zu pinkeln.

Sie putzte leise summend die Toilettenschüsseln nach, bastelte Papierkügelchen, deren lustiger Flug durchs Haus die Katzen leider nicht recht unterhalten wollte. Wollknäuel die Treppe hinuntergerollt brachten auch keinen Erfolg, also schlich sie müde in ihr Zimmer zurück, fest an Joko gekuschelt, denn ihr war unheimlich bewußt, wie allein sie in dem Haus war.

Der Straßenlärm, ohnehin durch den parkgroßen Garten mit seinen gewaltigen Kastanienbäumen gefiltert, schien plötzlich unwirklich weit fort mit all dem Leben, den Menschen, oder, um es auf einen Nenner zu bringen: der Sicherheit. Das leise Knacken der alten Kirschbaumschränke in der Diele, ein Summen irgendeiner Anlage irgendwo im Haus – durch die Lupe der Unruhe gefiltert trug sie ihre Ohren groß und ausschließlich. Ein Puzzle zu machen schien ihr absurd, ein Bad undenkbar schmerzhaft und sie einer hilflosen Momentaufnahme aussetzend. Ihre Rückenhaut spannte, in ihrem Kopf wirbelten Gedanken sinnlos um sich selbst, und als der Kater irgendwo ein Schälchen herunterstieß, schrak sie mit einer Heftigkeit zusammen, die sie weinen machte. Jetzt erst kam die Furcht. Anders als in Geschichten nicht diese dynamische Melange aus Aktion und Reaktion, die müde oder träge Geister weckt, erst jetzt, nach den ganzen Aufregungen, fädelte die Angst im dunkelnden Haus langsam Gedanken aneinander.

Ihr Verhalten schien naiv oder einfach dümmlich gewesen zu sein. Sie hatte es sich interessant vorgestellt: eine aufregende Detektivin zu konsultieren, mit der gemeinsam sie die Geschichte geraderücken, Yolanda imponieren und – nur sich selbst gegenüber konnte sie ehrlich sein und es sich eingestehen – eine geheimnisvolle Bekanntschaft gegen deren Verschwiegenheit setzen wollte. Dazu hatte sie natürlich als stadtbekannte Galeristin nicht einfach telefonisch Informationen austeilen und einholen können. Außerdem wollte sie sich ein Bild machen, die Detektivin kennenlernen, die sofort diese Lila finden mußte. Nicht nur, damit Yolanda wieder ihren Frieden fand – Gerritt mußte sich eingestehen, daß sie seit der Begegnung im Agrippabad die Angst auffraß. Was würde dieses Gespenst ihr sonst antun? Vielleicht war sie auf dem Weg, stand vor der Tür? Ein Schauder lief Gerritt schmerzhaft jeden Kratzer entlang.

»Bin ich dumm und blöd«, gestand sie Joko, der ihr mit kehligem Grunzen zu verzeihen schien. Die normalen Hausgeräusche schwollen zu bedrohlichen Lauten an mit knackendem Kies auf der Auffahrt, zappelnden Astlückenlichtern, Schritten gewiß auf dem Dach. Sie spielte so gern eine andere und war doch nur ein Hasenherzchen, geboren zum Hakenschlagen. Fröstelnd in dem unwinterlichen Kaftan, dem einzigen Kleidungsstück, das sie schmerzfrei zu tragen vermochte, nahm sie sich einen Sherry und legte Miles Davis auf, suchte ein Übersummen des Unbehagens und entschloß sich zur Maniküre.

Als Frau Schulte energisch an die offene Zimmertür klopfte, warf sie im Zusammenzucken fahrig Nagellackfläschchen samt Sherry aufkreischend in die Luft. Am liebsten hätte sie Frau Schulte zusammengeschlagen vor Wut über die Zurschaustellung ihrer ungeheuerlichen Angst.

»Danke.« Sie versuchte ein Lächeln und nahm das Telefonbuch entgegen. Als die Tür zu den oberen Büros geschlossen wurde, wählte sie die Nummer, die sie minutenlang vor sich hergemurmelt hatte und nun auswendig wußte. Niemand ging ans Telefon. Endlich. Ein Anrufbeantworter. Eine männliche Stimme (sie runzelte fragend die Stirn): »Anrufbeantworter. Sprechen.« Dann der Piepston.

»Wahrhaft minimal«, staunte Gerritt, die mit den Apparaturen von Künstlern zu telefonieren gewohnt war, auf denen Wolfsgeheul den Anrufer empfing, KGB-Beamte empfahlen, in Wanze unsriges in Nachttischlampe zu sprechen, oder ihr ein »Ring, Ring, Ring, jeiht dat Telefooon« entgegengeschmettert wurde.

Sie gab einen Tuck Kleinmädchen und Femme fatal ins Timbre und nannte ihre Adresse und daß sie dringend und sofort Kontakt aufnehmen müsse. Dann stand sie auf und war entschlossen. In dem großen Kirschbaumschrank von Tante Cläre waren nicht nur beängstigende Knackgeräusche, sondern auch ihr Lieblingsaquarellblock, zu rauh zum Bleistiftzeichnen zwar, aber sie war sowieso nicht mehr geübt.

Suchend fuchtelte der magere Stift über Büttenfurchen. Brach holpernd aus und stakte sich wieder in organische Windungen ein, die Haut machen können. Formen aus der Erinnerung suchen und fangen. Sich in Trance krakeln, damit nichts mehr zwischen dem flüchtigen Eindruck und der Abbildung steht. Da waren cremeverschmierte Gesichter, verzerrt unter Lockenwicklern, eine, sie glaubte sich zu erinnern, äußerst attraktive Sanitäterin oder Ärztin mit blonden Haaren, Yolanda an ihrem Bett. Der Stift fuhr Linien gegen das Neonlicht der Badehauslampen an, lange, klebrige, es wuchs ein Haarschopf ums Oval. Silbrig wie der Stift, grau wie die schönen, bösen Augen. Wie schafften andere es wohl, Phantombilder zu erstellen? Gerritt tastete sich durch die Nacht zu immer weicheren Stiften und entschlosseneren Kontrasten. Blatt um Blatt flog auf und mit ihm harte Krusten von Angst. Streichholz und Zigarette, mehr Miles um Mitternacht, mehr Sherry und ein summend müder Kopf darübergebeugt, der den Schatten an der Terrassentür nicht sehen konnte, so vergessen in Skizzen einer Gestalt, die auf jedem Blatt mehr Person zu werden schien, verloren in Erinnerung und Mühe, in der Erregung von Zeichnerei und Aufgabe. Ihr Gesicht glühte vor Aufregung, das Haar zerzaust, die Hausangst vergessen. Zeit für eine neue Musik, Gerritt sprang auf, direkt hinein in einen gespenstisch deformierten menschlichen Schatten, groß und still im Gegenlicht, die Hand erhoben.

Wie oft hatten sie und Yolanda über kreischende Opferfiguren oder schreiende Mutmacherinnen gelästert, und nun entwich ihr selbst ein so dissonant gellendes Aufkreischen, daß es ihr im Augenblick selbst ungeheuerlich erschien. Mit zittrigen Händen fieberte sie nach der Schreckschußpistole im Kirschbaumschrankdoppelboden. Brüllte herum, stieß mit dem Fuß nach Joko, der erwachend gähnte, mit dem Kopf wackelte und dösig noch ein wenig nachzuträumen schien. Die kleinere der beiden Katzen war erschrocken auf ihre Schultern gesprungen und krallte sich fauchend und wenig hilfreich in Kopf und Nacken fest. Gerritt zielte mit der einen Hand auf den Schatten, griff mit der anderen zum Telefonhörer, nur um sich zu verwählen, und hörte eine unschuldig ruhige Stimme von der Terrassentür gütig zu sich sprechen. Ein Ausweis, ja, ein Ausweis wurde ihr entgegengehalten. Mit abspringender Katze, blutigem Hals, Telefonhörer und Pistole trat sie näher und las den Ausweis. »Privatdetektei Langmann«.

Verlegen bat sie die Erscheinung herein, die weiterhin beruhigend auf sie einsprach.

»Entschuldigen Sie bitte, daß ich Sie erschreckt habe, aber Ihr Anruf klang dringend, und meine Chefin ist gerade verhindert, da dachte ich, ich schaue mal vorbei. Ich bin übrigens Fünfundvierzig, oder besser gesagt, man nennt mich so. Ich bin ein Mitarbeiter von Frau Langmann.«

»Aber warum klingeln Sie denn nicht an der Tür?«

»Für das Eindringen muß ich mich sicher entschuldigen, aber Sie sprachen von Bedrohung, hörten offensichtlich die Türklingel nicht, und da habe ich mir Gedanken gemacht. Ich bin dann über den Zaun geklettert, weil ich Sorge hatte, es wäre Ihnen etwas passiert.«

Beide deuteten ein Lächeln an. »Setzen Sie sich doch bitte.«

»Danke.«

Schweigen.

»Möchten Sie etwas trinken?« Gerritts Augen suchten nach der Cognacflasche, oder Grappa, egal, ganz egal, nur etwas, das ihre Verlegenheit zu lockern vermochte. Sie raffte ihren Kaftan enger an sich. Ihre Wunden brannten. Joko schnarchte wieder.

Fünfundvierzig räusperte sich. »Vielleicht erzählen Sie einfach mal, warum Sie glauben, unsere Hilfe zu benötigen.«

Einen Augenblick brauchte Gerritt noch. Löckchen wegstreichen, Kaftan glätten, die unvermeidliche Zigarette.

»Ich bin von einer Frau überfallen und an Hals und Rücken verletzt worden, unser Geschäftsführer ist ermordet worden, und in seinem Büro liegen haufenweise gute Drucke mit falschen Signaturen, was aber unter uns bleiben muß.«

Fünfundvierzig nickte zustimmend, bevor Gerritt fortfuhr: »Ich habe nämlich eine Galerie, die Galerie überhaupt momentan in Köln. Und wichtig ist, daß sie endlich diese Frau finden.«

Fünfundvierzig runzelte die Stirn und sah nachdenklich von seinem Blöckchen hoch.

»Ich meine Lila«, fügte sie noch hinzu.

»Sie suchen also eine lila Frau?« folgerte Fünfundvierzig etwas verwirrt. Er hatte sich gekrümmt in eine Ecke des riesigen Sofas gedrückt und die Beine mehrfach umeinandergeschlungen.

»Nein«, sie lachte, »Lila ist die frühere Freundin meiner Freundin. Sie ist in irgendwelchen Schwierigkeiten, welchen weiß ich nicht, dann wurde ich verbrüht, und meine Freundin ist auch ganz sonderbar in diesen Tagen, so ganz anders.«

»Hm, also dann mal los. Was wissen Sie von dieser Lila? Letzter Wohnort, Alter, Beruf, Aussehen, Vorlieben«, schlug er sachlich vor.

Gerritt sah ihn tiefblau an, schräg von unten hervor unter rieselndem Weißgold. Kläglich klang es herauf zu Fünfundvierzig.

»Nichts.«

Leise ließ der seinen Notizblock sinken. In seinen Augen spiegelte sich ein Hauch Wahnsinn – woher nur?

Kapitel 16

Wenn Marion Radtke hoch über der tobenden Menge im »Gloria« »Er gehört zu mir« sang, wäre Yolanda gern schwul oder hetera gewesen, nur fürs Gefühl. Die von Rosa Sitzungsnächten verbratene Profistimme mit einem Obertonlächeln verschmolz mit sechshundert Stimmen in Sehnsucht nach Duett. Marion, aufmerksam wie ein Ballettmeister, flinkäugig wach im Wiegen auf fünfzehn Zentimeter Paillettenstöckelschuh, die Band, allesamt brave Familienväter in Spitzenhaube und Hollywoodlady-Ensembles, sahen sich in den Taktpausen müde aus blutunterlaufenen Augen an, frierend, und schon ging es wieder los. Sie trieben die Zuschauer in die nächste refrainekstatische Polonaise, das Sixpack von Hella vorneweg. Cheerleader, Stephan Runge, Ilona Iserlohn als schwule Prinzenkarikatur, Kara, ein nimmer endender Strom selbstverständlicher Lebensfreude zog Yolanda in ihren faszinierenden Bann.

Dabei hatte sie nur kurz die Karten für die Premiere an der Kasse abholen wollen. War, um Lolita, dieser ewig charmierenden in steifer Täschchenweste, deren Klappen tief hingen wie ihre schwerenötigen Augenlider, auszuweichen, an die Abendkasse geflüchtet und von Klaus, dem Türsteher, mit festem Griff in die feiernde, übermütige Menge geschubst worden. Die Dame wurde von einer unwiderstehlichen Albernheit erfaßt und in einen Strudel von Ausgelassenheit gerissen, dem sie nicht auszuweichen vermochte. Sie sprang auf, um die tanzende Menschenschlange an sich vorbeizulassen, und der auf unglaublich billig geschminkte Georg Uecker in gelber Toilette schob sie zwischen sich und Dada Stievermann. Mit Georgs Zigarettenglut im Nacken und von Dadas unnachahmlichem Lachen angestiftet, sog sie der Rhythmus mit sich fort, und die sonst reichlich ruhige Dame Yolanda grölte: »Und weiß, er bleibt hiiier!« Das Publikum warf Kußhändchen und antwortete: »Nananananaaa!« Georg und Dada warfen ihre Beine, als seien sie noch nie müde gewesen; Pelle Pershing küßte mittanzend ihre Hand. In einer Barbiepuppe erkannte sie ihren Friseur, von einem Tisch grüßte ihr Zahnarzt her, und alles drehte sich in einem Riesentaumel und Gedrängel zur Bühne zurück.

Noch ein trotzig aufstampfendes, schmissiges: »Er gehört zu mir – wie mein Name an der Tür«, flüchtige Küßchen nach allen Seiten in Wolken aus kaltem und lauem Zigarettenrauch und Scheinwerferlichterkegeln. Willig ließ sie sich in die ihr entgegengestreckten Arme sinken, über sich das Bühnenbild einer löwenmähnigen Hella aus Hollywood mit brüllendem Maul und Lichter und Qualm und Aloha.

Yolanda sah sich vergnügt eine Tischrunde bei den Rosa Bunnies bestellen. Zu ihrer Belustigung lag sie inmitten eines Paares gewaltig weicher Stoffhoden. Der Koch des »Anders«, ein introvertierter, stiller Mensch ansonsten, hatte sich als lebensgroßer Penis verkleidet, und dazu gehörten diese drallen Plumeaus, in die sie gesunken war. Sie konnte nicht aufhören zu kichern, nein, war das komisch, gerade sie. Sie prostete einem befreundeten Kinderarzt im Dirndl mit Luftballonbrüsten zu und schunkelte sich schwindelig, als die Krankenschwester Sister George »In dir leuchtet ein Stern« schmetternd das Publikum schmolz.

Jetzt gab Helmut Sohnle eine Runde. Tausend bunte Hände der Bühnenmalerin schienen ihr zuzuwinken. Dann gab das »Gloria« eine Saalrunde, und auch dies Kölsch wollte noch getrunken sein. Sie wäre so gern heim zu Gerritt, wenn da drüben nicht der Schenk gewinkt hätte ...

Rheinische Rührung überfraute Yolanda in bisher nie erlebter Weise. So etwas tat einem Köln an, der Karneval; so hart konnte selbst die härteste Puffmutter nicht werden, Gerri hatte völlig recht, dem mußte man sich hingeben, endlos.

Das Schlußlied fand die Dame Yolanda Körper an Körper gepreßt schunkelnd auf den Riesenkissenhoden ruhend mit glasigem Blick. Im Aufstehen summte sie noch schief: »Isch möösch op Pömps noh Kölle jonn«, und samt Uwe an Thomas gekuschelt, der als einziger von allen »Anders«-Leuten noch Führungsqualitäten bewies, taumelten sie trunken auf die Apostelnstraße hinaus.

Erst kam nächtelang kein Taxi vorbei, und als alle bereits leichte Erfrierungen an Füßen und Fingerspitzen aufzuweisen hatten, hielt eines, in das Uwe partout nicht hinein wollte, weil er behauptete, der Fahrer habe den bösen Blick. Uwe ließ sich im Trotzkopf des Alkoholnebels nicht überzeugen, und ein komödiantisches Gerangel begann damit, daß Uwe, einseitig eingeschoben und andertürig wieder vor dem bösen Blick fliehend, auf die Apostelnstraße taumelte und versuchte, das Weite zu suchen, weswegen man ihn nun mit dem armen, gebeutelten Taxifahrer durch halb Köln verfolgen mußte.

So dauerte es eine ganze Weile, bis die Dame Yolanda in Marienburg vorfuhr, immer noch »Op Pömps noh Kölle« sang und den leidgeprüften Chauffeur mit einigen kleinen Scheinen aus ihrer rechten Hosenanzugstasche entlohnte. Kichernd kramte sie in der linken, in der sich ihr Schlüsseltäschchen befand. Wenn sie etwas von ihren Angestellten, ganz gleich welchen Geschlechtes, unterschied, dann die Tatsache, daß sie niemals eine Handtasche bei sich zu tragen pflegte. Von Lamé bis Kroko waren ihr die Einzelteilpeinlichkeiten zutiefst zuwider. Am schlimmsten aber fand sie diese kleinen, känguruhbeutelartigen Gürteltäschchen, die manche ihrer Mädchen sich auf den Leib zu schnallen pflegten. Yolanda würde es nie begreifen: Da hungerten sie sich durch eine geschmacks- und sinnlichkeitsfreie Welt, beherrscht von Diätritualen und Fetthemmern, quälten sich in schweißtreibenden Studios kleine, sexy Muskelstränge an, um dann einen von Zigarettenschachteln, Feuerzeugen und Puderdosen deformierten Hängebauch zur Schau zu tragen. Auf der Damentoilette war dann der Lippenstift von der Körpertemperatur nahezu geschmolzen, waren Rouge oder Make-up pampige Fladen voller Fettaugen. Als heimlicher kesser Vater trug sie also Papiere und Autoschlüssel in der einen, einen Stapel Geldscheine lose in der anderen Gesäßtasche und das Handy sexy im Dekolleté. Es machte einfach in der Lässigkeit der Geste mehr Eindruck und hielt zu perfekt geschnittener Frisur und launig gepflegtem Make-up die ausgleichende Balance, fand Yolanda. Trotzdem waren die Schlüssel weg.

Plötzlich um einiges nüchterner ließ sie den Abend Revue passieren. Um Mitternacht hatte sie ihr Auto in der Pfeilstraße geparkt, abgeschlossen, war dann ins »Gloria«. War dort etwa eine gute Stunde versackt und dann mit dem Taxi heimgefahren. Im »Gloria« hatte sie ihn noch gehabt, also mußte sie ihn dort verloren haben. Ihren Generalschlüssel, von Haus und Hof und Safe und Bar, unkopierbar. Das war ihr niemals zuvor passiert und ernüchterte sie in ihrem Ärger über sich.

So rief sie im »Gloria« an. Zu klingeln hätte bei dem festen Schlaf von Gerritt, die Joko dabei in nichts nachstand, eh keinen Sinn gehabt. Nach dem Entstehen einiger Frostbeulen meldete sich eine übellaunige, unmotivierte Stimme, deren Müdigkeit auch durch Yolandas Strenge nicht weichen mochte. Erst als die Dame von fünf Braunen als Finderlohn sprach, ließ sie sich schwerfällig umherdirigieren. Nichts, natürlich, der Saal war schon gefegt. Yolanda entfuhr ein furchtbarer Fluch.

Der nächste Anruf galt Freddie, dem fürs Grobe. Sie schätzte ihn, weil er keine überflüssigen Fragen stellte, zirkelgenau arbeitete und für jedes Problem eine, wenn auch nicht immer legale, Lösung kannte. Dafür nahm er allerdings auch einiges auf und an sich. Früher hatte er mit Koks gedealt, bis ihm bei einer Auseinandersetzung mit einem Rivalen eine Pistole an den Kopf gesetzt und abgedrückt worden war. Die Kugel war am Gehirnknochen entlang und wieder ausgetreten, und er hatte, von seinen Peinigern totgeglaubt, tatsächlich zu einer Tankstelle ganz in der Nähe kriechen können. Nun hatte der Tankwart zwar einen furchtbaren Schock erlitten, als ein blutüberströmter Mann mit verschwundener Gesichtshälfte vor ihm auftauchte, aber Freddie wurde gerettet. Er war mit seiner tief ins Gesicht gezogenen Kappe, die kaum die Narben und die Entstellung verhüllte, die durch das Einsetzen einer Stahlplatte zurückgeblieben war, eine durchaus eindrucksvolle Erscheinung, wenn er auch öfter einmal kopfwehhalber ausfiel oder undeutlich sprach. Sie erreichte ihn sofort, da er nachts nie schlief oder sich unnötig herumzutreiben pflegte. Also bestellte sie ihn zu sich. Sie verspürte wenig Lust, bis zum Morgengrauen an der Haustür zu klingeln.

Bis er kam, war sie halb erfroren und ziemlich verspannt, als er lässig die kleine Terrassentür zum Kaminzimmer aufdrückte. Yolanda war entsetzt; wegen der Katzen war die Alarmanlage dauernd abgestellt, und anscheinend verspürte auch immer noch niemand die Notwendigkeit, irgendeine Tür zu verschließen. Sie verabschiedete Freddie mit der Weisung, hier noch weitere Sicherungseinrichtungen anzubringen, zog die Schuhe von den Füßen und tappte vorsichtig durch das dunkel schlafende Haus.

Um so überraschter war sie, als plötzlich Gerri vor ihr stand und aufgeräumt und fröhlich auf dem mitternachtsblau getönten Fußbodenmosaik umhertollte, unter jedem Arm eine übermüdet dreinblickende Katze.

Sie ließ sie hinaus und umarmte Yolanda. »Stell dir vor, ich hatte heute Besuch, ich habe gemalt, und dir habe ich ein Essen vorbereitet, magst du, ja?

Selbst wenn sie keinen Hunger gehabt hätte, wäre Yolanda begeistert von einem so herzlichen Empfang gewesen. Sie gestand sich ein, daß sie glücklich war.

Zur späten Stunde gab es Barolo. Dazu Schweinefiletspitzen in Roquefortsoße mit geschmorten Birnenstückchen, einem Klacks Preiselbeerrotkohl und Kastanienpüree. Die Dekoration aus kleinen Brokkoliröschen und Möhrenfäden war typisch Gerri. Sie konnte kochen – wenn sie wollte.

»Ist noch mehr da?« Sie lachten vergnügt, nicht kalorienbewußt.

Und Yolanda begann zu erzählen, die Damen kicherten, legten die CD von der Rosa Sitzung auf und tanzten trunken in das riesengroße Bett zu leidenschaftlichen Taten aufgelegt.

Das Telefon weckte die tief und fest schlafenden Frauen weit am Vormittag auf, und auf Gerritts Anrufbeantworter verkündete Hanne Kremin, zwei Arbeiten von Theo Lambertin, nein, nicht an Honky Tonky, aber verkauft zu haben.

Pfiff Yolanda vor guter Laune, oder pfiff ihr dicker Kopf, wer weiß. In jedem Fall mochte sie sich gern gehenlassen in dem Erleben von dusseliger, tumber Fröhlichkeit. Es störte ganz allein ein Unbehagen. Dieses pfiff durchs ganze Haus und machte sie frösteln. Ja, verdammt, das Haus *war* kalt, sehr kalt. Ein dicker Pullover, lässig über dem Bademantel getragen, zeigte wenig Wirkung. Die Kälte kam von unten. Schnell, es hinter sich zu bringen, stürzte sie die breite Treppe hinunter, sah im Laufen, daß die Haustür offenstand. Wer hatte sie bloß offengelassen?

Begriffsstutzig langsam ging sie zur Tür. Halbgefrorene Herbstblätter lagen auf dem Boden, es hatte hereingeregnet. Auch unten an der Straße, das Gartentor stand auf. Ihr Blick wanderte schwerfällig zurück. Schnell die Tür schließen. Sie griff nach dem Türknauf. Unverwechselbar: ihre Schlüssel mit einer Miniaturnachbildung der »Liegenden« von Henry Moore daran, ein sehr teurer Schlüsselanhänger übrigens, steckten auf der Haustür. Von außen. Sie zögerte, der Atem schien zu stocken, das Herz laut anzuklopfen an ihrer starren Brust. Steifgeistig trat sie zurück in den Eingangsbereich und lehnte sich an die Wand. Sie atmete tief durch und sah noch einmal hin. Jemand war in ihren Privatbereich eingedrungen.

Obwohl sonst leicht und kriminell tolerant, solange es nicht um körperliche oder seelische Gewalttaten ging, rang sie nun empört nach Luft. Wischte achtlos das gut arrangierte Dior-Make-up streifig und kaute das Lippenrot zu Flecken. Die Dame Yolanda hatte keine Angst, der einzige Mann, den sie wirklich fürchtete, war ihr Zahnarzt vom Thürmchenswall. Alle im Haus Befindlichen ließ sie antreten, wenn es auch nur Frau Schulte, Darin, die unverzichtbare Reinemachefrau, Gerri, bleich und müde, und Joko waren. Letzter erschien gähnend und nur mäßig interessiert zum Besichtigungstermin.

»Weiß jemand, was das hier bedeuten soll?«

Alle Augenpaare blickten freundlich unverständig drein, und niemand wußte. Yolanda, außer sich geratend, stampfte und fluchte zornige Fragen, gab aber, zerbrochen an der Wand ahnungslosen Wohlwollens, sehr schnell auf. Sie kramte Gerris Zigaretten aus einem Mantel an der Garderobe und bot allen an, bevor sie gierig rauchte, sog und hustete.

Dann ging jeder los, um in seinem ihm zugeordneten Bereich Inventar zu prüfen. Es war nun das Wichtigste, herauszufinden, ob etwas fehlte. Bestecke, Gläser, Gemälde wurden kontrolliert, Versicherungslisten verglichen, Schubladen aufgezogen, Skulpturen verrückt und alle Wandsafes, selbst die mit ihren Jugendtagebüchern, durchgesehen.

Der Nachmittag zog sich deprimierend zäh, und alles war in bester Ordnung: Nirgendwo war ein Fehlen festzustellen, niemandem war etwas abhanden gekommen, keinem war eine plötzlich verwaiste Ecke aufgefallen. Gerri schlug einen Imbiß vor; Spaghetti mit einer original Franco-Fragomeni-Soße. Yolanda faßte Mut, folgte schnuppernd dem feinwürzigen Duft und stieg über Joko in die Küche ein.

Beim Essen sprach sie wieder. Pasta machen lustig, wie wahr, und vor allen erzählte sie von der Rosa Sitzung. Prostend und prustend kicherten bald alle, die Spannung fiel ab, es würde sich eine einfache, beschwipste Erklärung finden. Der Duft nach Tomatensoße, Zwiebeln und Kräutern hüllte alle im warmen Licht lauter Küchenkerzen ein. Yolanda lief los, um Musik zu machen, das Haus schien mitzulachen, hatte sich schon erholt und schien zu vergessen, indem es sich mollig erwärmte.

»Sag mal, Liebste«, begann Gerritt nachdenklich, und Yolanda nahm sich noch etwas von der würzigen Soße, rieb Parmesan, »was diese gefälschten Drucke aus der Galerie angeht, wer würde solche Drucke eigentlich machen? Künstler drucken ihre Platten doch wohl kaum selbst. Wenn sie arriviert sind, lassen sie das tunlichst bleiben. Bei jedem Druck die Platte von Hand einfärben und abziehen – eine Mordsarbeit. Und dann muß jedes Blatt aussehen wie das andere. Dafür gibt es Spezialisten.«

»Und wo sind die?« fragte Yolanda amüsiert.

»Es gibt sehr wenige wirklich gute Drucker von Weltklasse. Moment, ich höre mal nach.« Gerritt tippte im Sprechen die Nummer der Galerie und hatte Glück: Die Kremin war noch da. Yolanda lauschte gespannt und vergaß das Weiteressen, Gerritt hatte den Mithörlautsprecher eingeschaltet.

»Gute Drucker?« fragte die Kremin zurück. »Ich habe da auch schon drüber nachgedacht. Leblanc in Paris ist sehr gut, aber bei diesen Arbeiten, ich habe sie mir noch einmal angesehen, da kommt eigentlich nur einer in Frage. Wenn man sich die kleinen Rembrändtchen ansieht, mit diesen haarfein ausgedruckten Ziselierungen, und dann ist auf jedes Blatt millimetergenau ein Seidenpapier aufgelegt, genauestens ausgerichtet – da kommt nur einer in Frage. Wenn Sie mich fragen: Kätelhön.«

»Kätelhön?« Beide Frauen sahen sich über das Telefon und die Pasta hinweg an. »Sonst wer?«

Schweigen am anderen Ende. »Nur der. Oder Kujau persönlich. Aber der ist ein guter Fälscher, hier suchen wir ja einen Drucker, der echte Platten gedruckt hat. Und der beste ist wohl dieser Kätelhön. Alter Familienbetrieb im Sauerland, aber der Junge hat sich selbständig und Karriere gemacht. Auch für uns hat er schon gedruckt, er hat seine Werkstatt in Köln. Moment – Bickendorf. Soll ich mit ihm reden?«

»Nein, vielen Dank und einen schönen Abend.«

Die Espressomaschine begann laut zu fauchen. Die Stirnfalte auf Gerritts gepuderter Mädchenstirn glättete sich langsam. »Den Kätelhön kenne ich«, sie goß Espresso in vorgewärmte Täßchen, »der druckt im Moment einfach alle. Also, alle, die wichtig sind. Penck und Zolper, Lüpertz, Trockel, macht Multiples für Yoko Ono, ach, er ist einfach ein Künstler.«

Yolanda hob die Brauen. »Und?«

»Wir haben die Chance, das alles aufzuklären, mein Schatz!« Gerritt strahlte.

»Magst du nicht die schlafenden Hunde ruhen lassen und einmal ein bißchen Urlaub machen? Gerritt, wir haben schon eine Leiche, und du solltest nicht wild in ein Wespennest stechen. Du weißt nicht, worauf du dich da einläßt. Bitte sei friedlich, ich habe Angst um dich. Und dann die Sache im Agrippabad ... Du solltest mal etwas für deine Haut tun, Kleines, und –«

»Mensch, Yolanda, ich bin es uns und der Galerie schuldig, die Sache aufzuklären, die uns dieser Schmachtenberg eingebrockt hat, das hier ist endlich mal eine Spur!«

Yolanda straffte sich. »Hey, ich wollte mich einmal mit dir über die Wirklichkeit unterhalten, aber du läßt es nicht zu.«

Gerritt wirbelte durch die Küche, verzückt, vergnügt und voller Abenteuerlust, während Yolanda sie zu beruhigen versuchte. Aber Gerritt schnatterte unablässig weiter und schlug wild auf den Küchentisch ein: »Ja, genau, jetzt weiß ich es wieder, das war das Stichwort! Du erinnerst dich, ja, als Jacques damals so unheimlich in war, seine Künstler mit Champagner und französischen Delikatessen verwöhnte, die Edition, die Galerie Stadtgespräch waren?«

»Ja, wegen der Ingrid-Strobl-Performance ...«

»Genau, Schatz. Damals hatte er seine Künstler mit ungedeckten Schecks und Wechseln entlohnt. Auch seine anderen Gläubiger und – seinen Drucker. Und der«, sie wedelte aufgeregt mit den Händen, »der konnte Unterschriften fälschen, sogar meine!« Gerritt kicherte.

Yolanda schaute wieder auf, neugierig. »Und?«

»Stell dir vor, der Eröffnungsabend vor dem Kunstmarkt. Die ganze Szene ist anwesend, alle da. Da spaziert dieser Kätelhön ganz friedlich und freundlich herein. Stellt sich vor den Jacques Schabrack und überragt ihn um ungefähr einen halben Meter. Und ganz friedlich und freundlich gießt er dem Franzosen seinen Sekt über die Glatze. Ganz westfälische Gelassenheit. Und geht!«

Gerritt regte sich ziemlich auf, fand Yolanda. »Siehst du, dann hat Kätelhön doch auch jetzt nicht für ihn gearbeitet.«

»Eben gerade!« Fast hätte Gerritt aufgestampft, statt dessen knallte sie die Sambuccaflasche auf den Tisch, stellte die Gläschen daneben. Yolanda goß ein, entzündete den Getränkespiegel und ließ hauchblaue Flammen auftanzen. Gerritt verteilte Kaffeebohnen.

»Vielleicht hat Jacques Schabrack unseren Herrn Schmachtenberg getötet«, sann Gerritt nach, »weil er zuviel Geld wollte.«

Yolanda sah müde auf: »Warum denn das? Und wozu? Es gibt in der Kunstszene so viele kreative Gauner, wenn die alle Mörder wären ... Außerdem ist er doch gar nicht mehr da. Der hatte doch so viele Schulden, der ist doch angeblich wieder nach Tunesien verschwunden, wo er hergekommen war. Eigentlich schade, er konnte was und hatte Charme und Stil – trotz allem. Lila hatte den damals mitgebracht.«

Gerritt lehnte an Yolandas Schulter im blauen Zigarettenrauch, ratlos, beschwipst und müde. Endlich hob sie ihren Kopf.

»Jetzt ist der Augenblick gekommen, in dem du mir endlich von Lila erzählen mußt.« Zärtlich suchte sie die Hand der Freundin.

Yolanda zuckte, sprang abrupt auf: »Habe ich dir eigentlich jemals erzählt, daß ich Blondinen hasse – jedenfalls die Fälschungen?«

Ehe Gerritt Stimmungswechsel und Beleidigung überhaupt wahrgenommen hatte, war Yolanda auf und davon. Wieder einmal. Unter blonden Löckchen wurde eine Nase rot. Tränen tropften auf den Rest der Franco-Fragomeni-Soße.

Intermezzo

Die graue Frau leckt sich die trockenen Lippen. Im Eisregen trägt sie eine Schicht aus Schneesorbet. Der Kölner Express, gerollt, der halb ihr Gesicht verdeckt, ist nur noch Papierbrei. In seinem Inneren ruht ihr Baby. Dunkelgrau und lang und schlank. Durch den dünnen Brei aus Papier leckt sie zärtlich an der Mündung, wie ein Hund seinen Knochen, bevor er ihn angeht.

Der Sturm weht lange Strähnen aus der weiten Kapuze und klebt sie naß an das Gesicht, in dessen Lächeln die kalte Grausamkeit, hart von den dunklen Strähnen umfaßt, eine furchtbare Fratze wie eine Maske vor die elegante, hohe Gestalt hebt, die zufällige Passanten hätte erschauern lassen. Unverwandt starrt sie auf das Haus gegenüber, dessen Innenleben hinter hohen Hecken fast verborgen bleibt. Die Wetter wehen ihr Ausblicke zu, genug, um zu wissen und zu sehen. Und immer groß und breit genug, eine Kugel durchzulassen.

Kapitel 17

Dora schäumte. Sie pflegte ihre Taten selten zu bedauern, aber wenn, dann hatte sie wirklich Mist gebaut. So wie in dem Moment, als sie Fünfundvierzig leichtfertig angeboten hatte, in ihrer Detektei mitzuarbeiten. Gemeinschaft, Teamwork, schon zu ihren Zeiten bei der Polizei waren das Fremdworte für sie gewesen. Statt dessen hatte sie es verstanden, in den entscheidenden Momenten ihre Kollegen mit einer kleinen Finte in die Walachei zu schicken, während sie das Terrain für ihre eigenen Ermittlungen frei hatte. Leider war man am Waidmarkt nicht so erbaut von dieser Fähigkeit gewesen, und so hatten sie sie sehr schnell dazu gebracht, den Dienst zu quittieren.

Und diese Einzelgängermacke war nie geringer, war eher stärker geworden. Und jetzt zog dieser Fünfundvierzig durch die Gegend, um ihre Klienten zu besuchen, nur weil sie einen Augenblick nicht aufgepaßt und ihn in einem Moment der Unachtsamkeit in ihr Büro geschickt hatte. Na gut, als Laufbursche war er nicht schlecht, aber im Grunde zu doof, um eine Tüte Trockenmilch nach Hause zu tragen. Allein diese Aktion in Düsseldorf war so dämlich gewesen, daß man ihn eigentlich für seine Blödheit sofort noch einmal verprügeln müßte. Wie ein denkender Mensch auf die Idee kam, einem Düsseldorfer über den Weg zu trauen und ihn näher als fünfzig Meter an sich heranzulassen, würde ihr auf ewig unbegreiflich bleiben. Bergheimer sind schon schlimm genug, aber richtig gefährlich sind die ja nur hinterm Lenkrad, sagte sich Dora. Die Schwachsinnigen und Geschlechtskranken hatten die Franzosen damals aus Köln verwiesen, so war's gewesen, das wußten alle, und die mit kleinen Schildern gekennzeichnet, auf denen stand »beaucoup malade« oder »Bastarde malade« oder einfach nur »BM«, und alle hatten Bescheid gewußt, und daran hatte sich bis heute nichts geändert.

Aber Düsseldorfer, Dora würde es nie begreifen. Machten die Menschen die Stadt oder die Stadt die Menschen, oder war es einfach nur so, daß es einen gewissen Personenkreis mit magischen Kräften an einen Ort zog, der der Aura ihres Astralleibes auf schreckliche Weise entsprach? Wer einen Düsseldorfer nach dem Weg fragte, dem gehörte einfach eine aufs Maul. Was sollte dieses arme Wesen auch sonst tun, was sollte es antworten auf eine Frage, die seinen Intellekt derart überforderte? Jeder Verhaltensforscher würde das bestätigen. Überfordere ein Wesen in unmäßiger Weise, und es wird aggressiv reagieren. Frag einen Düsseldorfer nach dem Weg, und du kriegst eine in die Fresse.

Dora war wirklich verstimmt. Gut, sie hatte Fünfundvierzig selbst in ihr Büro geschickt, aber das berechtigte ihn noch nicht, Kundengespräche zu machen. Maria Petronella sah das natürlich ganz anders.

»Ahh, endlich mal ein junger Mann«, gurrte sie schon wieder mit entrückter Stimme, »der weiß, was sich gehört. Du solltest froh sein, daß er sich etwas um dich kümmert.«

»Ich will aber nicht, daß sich junge Männer um mich kümmern«, brüllte Dora daraufhin, »wenn du spitz auf ihn bist, dann greif ihn dir doch! Aber vergiß nicht, einen Reifrock anzuziehen, je mehr du wie eine Satellitenschüssel aussiehst, desto eher kannst du hoffen, daß er dich beachtet!«, worauf Maria Petronella sie auf venezianisch zu beschimpfen begann und sie sich eine Weile anschrien, bis Fünfundvierzig an den Rahmen der offenen Tür klopfte und »'tschuldigung, die Damen« sagte.

Schweigen brach über den Raum herein. Dora ging auf Fünfundvierzig zu, stellte sich drohend vor ihn, während Maria Petronella gleichzeitig verführerisch und beleidigt auszusehen versuchte.

Fünfundvierzig sah sich den bösen Blick von Dora eine Weile unbeeindruckt an und schob sich dann an ihr vorbei ins Zimmer. Er watete vorsichtig durch die herumliegenden Kleidungsstücke, stieg über eine größere Rotte leerer Pfandflaschen und betrachtete versonnen Maria Petronella.

»Man hört euch bis auf die Straße. Das ist ganz gut, ich würde sonst vielleicht glauben, du bildest dir sie nur ein. Hast du 'n Bier für mich?«

Dora nickte verkniffen. »Im Kühlschrank. Sie ist in dich verliebt.«

Er sah überrascht zu Dora und verharrte, den Griff der weißen Tür in der Hand. »Warum redet sie dann nicht mit mir?«

»Das würde eine Italienerin nie machen. Außerdem kommt sie aus einem anderen Jahrhundert, längst vergangen und verwest, überholt von einer neuen Zeit. Eine Dame tut so etwas nicht, das verbietet die Etikette. Apropos Etikette. Was fällt dir eigentlich ein, zu meinen Kunden zu gehen? Ich habe dir gesagt, hör den Anrufbeantworter ab, und nicht, übernimm die Firma!«

»Nu blas dich mal nicht künstlich auf.« Fünfundvierzig drückte ihr eine offene Flasche in die Hand, räumte den einzigen verbliebenen Bürosessel leer, indem er den Berg Klamotten einfach auf den Boden warf, und ließ sich zufrieden hineinfallen. »Du sitzt sturzbetrunken im ›Anders‹, verschwindest dann mit Uwe und Thomas, Billard spielen, irgendwo in Ehrenfeld, und ich höre, wie dich jemand auf deinem Telefon um Hilfe anfleht. Da bin ich natürlich los.«

Dora trank an dem Bier. Ihre Verbitterung war nicht kleiner geworden, aber vielleicht hatte Fünfundvierzig ja was Interessantes zu berichten. Sie bemühte sich, freundlich zu sein. »Na und, was war jetzt, Doktor Watson?«

»Och nett, Marienburger Villa, du, man kommt da auch ganz leicht rein. Du mußt dich rechts vom Tor in die Hecke drücken, und schon bist du drin. Und dann steht da ein Riesentrümmer von Haus. Schöner alter Backsteinbau, Garten drumrum, alles sehr gediegen.« Er sah versonnen auf Maria Petronella, die mit eingezogenen Backen und geschürzten Lippen eine Marlene-Imitation gab. »In mich war noch nie jemand verliebt.«

»Ach, red doch keine Scheiße. Die halbe Stadt ist hinter dir her. Den ganzen Tag bin ich dran, enttäuschte Verehrer zu trösten, gebrochene Herzen zu kitten und verzweifelten Wesen jedweden Geschlechtes zu erklären, daß der Herr Dackelberg leider, leider kein Interesse für irgend jemanden hat. Seit du deinen Job aufgegeben hast, rennst du wie ein Trauerkloß durch die Gegend.«

Fünfundvierzig betrachtete Maria Petronella. »Dora, wie soll ich mich denn jetzt verhalten? Ich hatte noch nie eine Verehrerin aus Öl und Pigment, die außerdem immer schweigt.«

Dora hob uninteressiert die Schultern. »Die Italienerin an sich ist schwer zu erobern. Geschenke, Aufmerksamkeiten, sich gut mit der Familie stellen, Kochkunst der Mutter loben, nie allein mit ihr sein. Es ist sehr aufwendig, und du bist am Ende mit der gesamten Familie, inklusive Kusinen, Vettern, Neffen, Nichten, Tanten, Onkeln verheiratet, was aber in diesem Fall nicht so schlimm ist, weil die sowieso alle längst tot sind. Aber ich wünsche dir viel Glück mit dieser Beziehung, ihr würdet ein reizendes Paar abgeben; ich kann mir das lebhaft vorstellen, wie ihr bei einem Gläschen Leinwandfirnis Brüderschaft trinkt.«

»Ich glaube, ich muß mir das mal durch den Kopf gehen lassen.«

»Wenn das Herz spricht, muß der Bauch schweigen, oder so ähnlich, aber jetzt komm mal endlich zur Sache. Marienburg. Du stehst also auf dem Zierrasen neben dem Springbrunnen von Obi. Und dann?«

»Kein Springbrunnen, aber ein wirklich schönes Haus. Der Eingang mit Marmor ...«

Dora schaltete seufzend ab. Fünfundvierzig war leicht zu beeindrucken, was ihn als Detektiv zum Totalausfall machte. Es würde ein hartes Stück Arbeit werden, ihm sinnvolle Informationen zu entlocken. Erst mal ließ sie ihn erzählen, hörte aber nur halb zu, während er die Lage der Terrassentür, die Einrichtung, die Kunstgegenstände, das blaue Mosaik und die riesige, hagere Skulptur beschrieb.

»Fünfundvierzig«, knurrte sie, als er sich umständlich über den schlafenden Hund ausließ, »komm zur Sache.«

Und er erging sich weiter in blumigen Schilderungen der jungen Frau, blonde, halblange Locken, heller Teint, blaue Augen, blauer Kaftan, die er fast zu Tode erschreckt hatte. Das erheiterte sogar die mißgelaunte Dora, die im Geiste probierte, unwichtige von wichtigen Informationen zu trennen, bis sie bemerkte, daß die letzten gar nicht in seinem Sermon vorkamen.

»Jung, ich bin zu Tränen gerührt über diese wunderbare Zusammenkunft. Und jetzt, hier«, sie klatschte auf ein Notizbuch mit leeren Seiten, »ich warte, was ist da denn nun los?«

Eine Stunde später war das Zimmer verraucht, der Block voll und Dora so schlau wie vorher. »Was erzählst du da für eine Scheiße, das gibt doch alles gar keinen Sinn!«

»Ich schwöre dir, genau das hat sie mir erzählt. Erst diese Lila, dann der Fritsch, den man nicht mehr findet, der Einbruch, der tote Geschäftsführer, die gefälschten Bilder, aber davon darf man nichts wissen, der Überfall, genau so. Und sie hat Angst.«

»Mir kommen die Tränen. Was soll ich denn jetzt deiner Meinung nach tun, dem kleinen Blondchen das juwelenverzierte Patschehändchen halten?«

»Ich denke, die ganze Geschichte hat eine ganz einfache Erklärung. Wahrscheinlich ist es nur eine enttäuschte Liebhaberin oder eins von den Mädchen, mit denen die andere Frau handelt.«

Dora stützte das Gesicht in die Hände. »Du mußt noch viel lernen. Erst mal, wir Lesben pflegen nicht aus enttäuschter Liebe irgendwo einzubrechen. Wir würden saufen, uns von der Hohenzollernbrücke stürzen, Bücher schreiben über unser Coming-out, die dann alle aus Szenesolidarität kaufen müssen. Wir heulen uns bei unseren Freundinnen aus, die uns tröstend in den Arm nehmen und dann losziehen, um das ›Hast du schon gehört‹ zu rufen, aber so was, nein, das ist keine enttäuschte Liebe. Außerdem sind die doch schon eine Weile zusammen, und wie's scheint, ist da auch alles in Ordnung. Obwohl, das weiß man auch nie so genau. Und die andere Frau handelt auch nicht mit Mädchen, sondern das ist eine Puffmutter. Ich kenne die übrigens, allerdings nur aus der Ferne. Die tut so, als würde sie durch ihren Job eine feministische Tat vollbringen, weil sie ihre Nutten nicht so mies behandelt wie andere. Diese Yolanda ist eine ziemlich verlogene, eingebildete Fotze, die andere in die Scheiße runtersteigen läßt, um dann über den Geruch die Nase zu rümpfen. Aber das Geld kassieren, das kann sie. Und hinterher schimpft sie noch auf die armen Wichser, die ihr Haus in Marienburg bezahlt haben und die Schackadingsdafigürchen und das ganze Geschiß, das du so toll findest. Ich muß dir ehrlich sagen, wenn die sich mit ihren gefälschten Bildchen in die Scheiße geritten haben, dann sollen die auch selbst sehen, wie sie da wieder rausfinden. Ich habe nicht die geringste Lust, mich in irgendeiner Weise in dieses Chaos verwickeln zu lassen, und wenn die das nicht begreift, dann gehe ich selbst hin und sage der das. Ich will mit denen nichts zu tun haben, hörst du, ich nicht!«

Kapitel 18

Am nächsten Morgen in dottergelbem Satin, mit Zeitung, Toast und Tee, überwog in Marienburg die humoristische Variante der Geschehnisse. Gerritt durchlief ein Schauer beim Gedanken: Der Mitarbeiter Nummer Fünfundvierzig hatte ein Treffen am frühen Abend mit der Sagengestalt dieser Detektivin vereinbart, von dem sie Yolanda nichts erzählt hatte, weil ... weil, na, das wußte sie selbst nicht so genau. Sie dachte an Schonung, an Überraschung, aber es gab noch ein spannungsvolles Prickeln, das sie selbst nicht einzuordnen vermochte.

Seltsam war aufgefallen, daß Joko auf einmal ohne Halsband war. Sie wußte noch genau, wie sie es sich vor zwei Tagen genau angesehen hatte, aber seit dem Vorfall von gestern morgen war es niemandem mehr aufgefallen.

Doch Gerritt hatte keine Zeit, sich zu sorgen, denn jetzt stand die nächste Aufregung vor ihr auf. Ihre Herzensdame nämlich, die mit spitzen Fingern den aufgeschlagenen Express hochhielt. »Da, guck, das ist er doch!«

Der Morgen war nicht die Zeit, in der Gerritt funktionierte. Langsam begriff sie das Foto dieses Herrn, der abends aus dem Arbeitszimmer ins Bad geschlichen gekommen war und diese Lila suchte.

Selbst im zart zurückhaltenderen Stadt-Anzeiger war sein Foto, ganz klein und beiläufig. Aber auch auf dem alten Paßbild, wohl aus besseren Tagen, erkannte sie ihn wieder. Gerritt zog ihre in der Matratzenkante verbannt existierende Lesebrille hervor, sich zu bestätigen, was Yolanda schon murmelnd vortrug. Der Mann war weg, verschwunden. Seine nette Frau sorgte sich, seine Nachbarn, Bekannte – nirgendwo war er mehr gesehen worden. Gerritt erstarrte im Schrecken, und Yolanda ging duschen. Blieb schweigsam. Es blieb Gerritt nur noch die Angst und das Beleidigtsein. Sie beschloß einen Besuch bei dem besten Kupferdrucker. Mußte es tun, für die Galerie. Ansonsten saß der Schock in ihrem Leib wie die ersten sich verkrustenden Brandwundenränder.

Im weiten Cashmerecape fuhr sie den Kombi, mit dem sie sonst immer die Fahrten mit Joko unternahmen, den Gürtel entlang. So gut sie es tief in Gedanken vermochte, chauffierte sie über rote Ampeln und durch kleine Vormittagsstaus über Klettenberg und Lindenthal bis zur Vogelsanger Straße. Einmal links an Schrott- und Karosseriewerkstätten vorbei in die Wilhelm-Mauser-Straße, wo sie einen Parkplatz fand.

In der Hofeinfahrt dominierten unzählige Terracottatöpfe, Verschläge und Hochbeete mit allen in den einschlägigen Baumärkten angebotenen Freipflanzen, verdorrt, am Winter erstarrt, wartend und öd. Im Sommer mußte es grün und malerisch sein, nun pfiff ihr der Wind feindselig entgegen. Auf der rechten Seite standen schaurig zerschundene Autowracks und mündeten in einen großen Innenhof – noch mehr Schrottautos.

»Warum«, staunte Gerritt kopfschüttelnd, »soll jemand sechzehntausendfünfhundert Mark für einen zerquetschten Kotflügel, die Illusion eines Innenraumes als Gruselphantasie mit geöffnetem blutigem Airbag und einem verbeulten Kofferraum zahlen, wenn für denselben Preis nette Gebrauchtwagen zu haben sind?« Ein Geruch von Lösemittelstaub lag über der blauen Bohêmeromantik, die der üblen Ausstrahlung tapfer trotzte.

Eine Malerin, am farbfleckigen Pullover unschwer zu erkennen, huschte aus ihrem Eingang, gefolgt von zwei Hunden, eine andere verschwand mit einer Brötchentüte in einem anderen. Von irgendwoher wehte ein Saxophon. Gerritt staunte. Die Welt der Galerie und ihrer Kunden schien neben dem hier so glattgebügelt leblos, die Welt der lebendigen Künstler rauh und wirklich. Wie reizvoll lag dieser Vergleich vor ihr, ein Bilderbogen, aus dem sie sich selbst davongemacht hatte, bevor es ernst werden konnte. Jetzt kam die Wehmut und verquirlte ihr Unbehagen mit dem Leben, das sie mit Yolanda teilte und deren Welt. Sie begann die Malerin mit ihrer Brötchentüte zu beneiden. Trotz der Autowracks – oder deswegen.

Sie klopfte an die blaue, hohe Eisentür, und Kätelhön selbst öffnete, bat sie herein. Sie befand sich in einer Kupferdruckwerkstatt mit einer alten Radierpresse, die von einem großen Sternrad betrieben wurde. Zwei große Ungeheuer von Andruckpressen, Drucktische und Grafikschränke dominierten die Hallenmitte, an den Wänden hing Grafik von fast allen Zeitgenossen, die dieser Technik etwas beizusteuern wußten. Der Meister selbst goß ihr freundlich einen Mocca ein, und Gerritt vermochte sich nicht vorzustellen, daß dieser sanftmütig-höflich dreinblickende Mann aus Sektgläsern Glatzen begoß oder sonstwie frech werden konnte.

Er hatte sie sofort als die Galeristin begrüßt, deren Galerie er mehrmals schon besucht hatte und die ihm sehr wohl bekannt schien, ein großer Mann mit riesigen Händen und einem Jungengesicht unter struwweligen Haaren in einem blauen Leinenanzug. In der ursprünglichen Echtheit von Handwerk und Kunst ließ sie sich sinken, nahm ihren Mocca in zwei großen Schlucken und wagte sich vor.

»Kennen Sie meinen Geschäftsführer, Herrn Schmachtenberg?«

Kätelhön nickte. Seine Freundlichkeit wurde reservierter. »Ich hatte mit ihm zu tun.«

»Hat er Ihnen Aufträge erteilt?« Gerritt bekam vor Aufregung Seitenstiche.

Kätelhön schien verwundert. »Wissen Sie das nicht? Immerhin ist er doch Ihr Geschäftsführer.«

»Wissen Sie, es gab da einige … Ungereimtheiten.«

»Hm-hm, soso, Ungereimtheiten.« Kätelhön ging zum Fenster, blickte einen endlos scheinenden Augenblick in die automobile Ödnis, räusperte sich und wandte sich wieder an Gerritt: »Ich weiß nicht, was Sie meinen, aber wenn Sie wollen, kann ich die Unterlagen für Sie raussuchen lassen. Einige moderne Geschichten, nichts Aufregendes. Aber fragen Sie ihn doch selbst!«

»Das kann ich nicht. Er ist ermordet worden!«

»Ermordet, ach was!« Kätelhön schien ehrlich erstaunt. »Der Schmachtenberg? So was! Das ist aber unangenehm!« Er räusperte sich wieder und rückte stirnrunzelnd einige Stifte auf dem Schreibtisch gerade.

»Ja«, bestätigte Gerritt, und dann brachen alle Dämme, »und er hat den ganzen Keller voll mit gefälschten Drucken, signiert und datiert, Picasso, Miró, Dalí, sogar kleine Rembrandts, und ich muß rauskriegen, woher die sind, sonst kann ich die Galerie zumachen, das glaubt mir doch keiner, daß ich nichts damit zu tun habe.« Sie brach schluchzend auf einem Zeichentisch zusammen. Kätelhön reichte ihr fürsorglich eine Packung Papiertaschentücher.

»Frau Gerlach, ich bin sicher, daß das alles gar nicht so wild ist. Seien Sie doch mal ehrlich, wer regt sich denn in der Kunstszene über Fälschungen auf?« Er lachte sie fröhlich an.

Gerritt blickte tränenblind schniefend zu ihm auf. »Ja schon, aber erwischen darf man sich doch nicht lassen!« Sie verabschiedete sich und warf noch einen sehnsuchtsvollen Blick über diese Halle voll mit guter alter Handwerkskunst.

Dann trat sie hinaus in den ungastlichen Wind, es hatte begonnen zu schneeregnen. Joko streckte sich noch eine Weile vor der Tür – er wäre gern noch geblieben. Düstere Gestalten huschten um die Schrottautos. Eine davon wurde Gerritt, die finsteren Blickes im Zickzack hinausging, überallhin flinke Äuglein sandte, als sei der Mörder von Schmachtenberg eben hier versteckt und lauere ihr auf.

Froh über die Sitzheizung glitten Frau und Hund ins Auto. Wegen des Schneeregens hielt sie ein Stau auf der Venloer Straße in die Stadt zurück gefangen, und auch sonst kamen sie kaum weiter. Aber so war das bei Wetter, egal welchem, in Köln: Die Aufregung über das jeweilige löst so viel Emotionen aus, daß bei Regen, Schnee und Sonne immer erst einmal Chaos auf Straßen und Schienen entsteht. Nur aus diesem heillosen Durcheinander erregt sich der Kölner wieder in den Alltag hinein. Nadelöhr Ehrenfeld, Nadelöhr Friesenplatz und am Stadtmuseum vorbei in die Richartzstraße. In der Galerie tranken zwei Herren Cappuccini.

»Herr Schmidt und Herr Tönnies«, stellte Frau Kremin die beiden vor, »vom Landeskriminalamt, Sonderdezernat Kunstermittlungen.« Sie legte bedrohliche Bedeutung in ihren Blick.

Der eine war ein Herr mit Kappe, der andere kaute Kaugummi und Fingernägel und trug die Andeutung eines Stiernackens. Gerritt besah sich die Ausweise und nickte ermunternd.

»Ermitteln Sie, meine Herren, klären Sie alles auf, es ist auch in meinem Interesse. Frau Kremin hier wird Sie auf jede erdenkliche Weise unterstützen.«

Hanne Kremin, heute in einem Hauch safrangelben Futterals mit Bleistifthütchen strahlend, nickte nur.

»Sehen Sie«, hob Herr Schmidt an und reichte ihr Zigaretten, »es heißt, Miró habe einen Stapel Blätter für einen Kunstdrucker vorab signiert, angeblich, weil er später durch die Arbeit an einem Bühnenbild nicht die Zeit haben würde. Dieser Stapel verschwand spurlos, dafür tauchten jedoch unverhältnismäßig viele und oftmals dilettantisch gedruckte Blätter auf.«

»Dann«, übernahm Tönnies, »werden bei Ihnen Blätter gefunden von den besten und teuersten Künstlern, die zwar gut ausgeführt sind, jedoch laut Gutachten unserer Fachleute von derselben Hand signiert wurden wie die, die schon eine Weile durch Europa geistern. Und jetzt würden wir doch zu gern wissen, woher diese Drucke stammen.«

Gerritt sah freundlich und eilig auf. »Ganz ehrlich – ich weiß es nicht. Ich vertrete nicht die Klassischen Modernen und Dalí und Miró im besonderen nicht. Mein Engagement gilt den zeitgenössischen Künstlern, und besonders bei Grafik der Klassischen Moderne sind zu oft Expertisen verfälscht oder Drucke schlecht gemacht.« Sie atmete einen Augenblick tief durch, dachte an Yolandas Ermahnung, freundlich und offen zu den Polizisten zu sein, und fuhr fort: »Herr Schmachtenberg hat sich um diesen Teil der Arbeit gekümmert. Ich habe ihm da immer freie Hand gelassen, was sich jetzt als Fehler herausstellt. Er machte auch die Abrechnungen, die Bücher, alles. Ich kümmere mich vorzugsweise um die künstlerische Qualität der Galerie.« Sie reckte stolz und trotzig ihr Kinn.

»Wir kennen natürlich Ihr Galerieprogramm. Eben dies interessiert uns. Eine Galerie dieser Größenordnung mit jungen Künstlern zu unterhalten, ist nur mit zusätzlichen Einnahmen möglich. Und den Herrn Schmachtenberg können wir nun nicht mehr fragen, da er bekanntlich zwischenzeitlich verschieden ist.«

Gerritt bestellte Sandwiches und Bier. Das Gespräch nahm eine entspanntere Wendung. Was alles mußte man tun, um gute oder schlechte Bilder unter die Leute zu bringen? In zarten Zwischentönen fand sich bei allen ein gemeinsames Interesse, gute Bilder zu schützen, sei es, indem sie etabliert werden sollten oder vor Plagiat, Diebstahl oder Fälschung bewahrt.

Doch dann legte der Polizist ihr ohne Vorwarnung das Foto neben das Kressebrötchen. Gerritt kannte solche Fotos aus dem Fernsehen. Die Wirklichkeit zeichnete es anders. Die Leere des Todes auf bleichgefrorenen Zügen, glänzend im Regen, paniert von Dreck. In ihrem Magen begann ein Schleudergang, die Zigarette brannte in ihrem Hals.

Es war nur dieses eine Bild. Ein Brustbild, in dem kein Herz mehr schlug, und seine unendliche Leere verhieß Todesahnung. Gerritt verschloß die Augen einen Moment.

»Unsere Kollegen von der Mordkommission wollten von uns wissen, ob es sein könnte, daß sein Tod etwas mit diesen Fälschungen zu tun hat. Was, Frau Gerlach, sollen wir denen sagen? Bisher sind wir ja nicht wirklich weitergekommen.«

Gerritt starrte auf das Bild. So hatte sie ihn nicht gekannt. Er war ihr unbedeutend wie ein Einrichtungsgegenstand erschienen, jemand, der für Geld Arbeit erledigte, die sie nicht tun mochte. Und jetzt: ein paar Zentimeter Laub, mit grauem Schmelzschnee, ein paar Anzugzipfel und ein fleckiges Hemd eher noch als dieses zerfallend kalte Gesicht. Sie hob ihre Hände vors Gesicht. »Er hatte immer rote Bäckchen!«

»Nun gut«, Schmidt mochte es nicht mit den Tränen aufnehmen, die dieser erstickten Stimme gleich folgen würden, »ich gehöre nicht zu der Abteilung, die solche ›Zufälle‹ bearbeitet, aber wir denken, daß es uns alles in allem doch nicht so zufällig erscheint. Die Unregelmäßigkeiten in Ihrer Grafikabteilung scheinen doch größer zu sein, als Sie vermuten mögen.«

Gerritt war klar, daß sie nun von der Galerie ablenken mußte. Sie starrte auf die Schuppen auf Tönnies' Kragen und klickte nervös mit einem Kugelschreiber. »Meine Freundin kannte vor Jahren jemanden, von dem hieß es, er fälsche Signaturen. Ein angeblicher Franzose aus Tunesien, großzügig verschuldet, aber von dem hat sie seit Jahren nichts mehr gesehen oder gehört. Er hatte mit ihrer ehemaligen Teilhaberin zu tun, und ob Sie's glauben oder nicht, die ist unauffindbar.«

»Woher wissen Sie das?«

»Ein Herr von der Drogenhilfe war bei uns und hat sich nach ihr erkundigt, und *das* ist der Herr Fritsch aus der Zeitung.« Sie zog einen Express, der sich geschmacklos in einer Schublade duckte, aus seinem Versteck und gab ihn der ästhetischen Umgebung und den Blicken preis. Tönnies pfiff leise, und Gerritt hätte fast gesungen, so froh war sie, ihren unentwirrbaren Fadenknoten aus sich herausgepackt zu haben. Sie atmete frei und blickte herausfordernd in die Runde. Jetzt schwiegen die anderen. Notierten noch einmal Notizen, fragten noch einmal nach Einzelheiten zu dieser verschwundenen Teilhaberin und verabschiedeten sich schließlich, verwirrt, mit fragenden Gesichtern und dem Versprechen, bald wiederzukommen.

Die Galerie war hoffnungslos verräuchert, Yolandas Telefon besetzt. Erst als die Alarmanlage an, Lichter aus und Schal und Mantel Gerritt schon abfahrtsreif machten, erreichte sie die Freundin. »Hör mal, Schatz, ich habe vorhin den Ermittlern alles erzählt.«

Am anderen Telefonende schwieg es. Dann: »Was?«

»Den ermittelnden Beamten vom LKA habe ich alles erzählt, was wir wissen. Natürlich habe ich dann auch noch das Foto von diesem Schmachtenberg sehen müssen, o Gott, war das entsetzlich! O Yolanda, und dann habe ich erzählt, Lila sei verschwunden und obendrein noch alles über Schabrack. Ich glaube, die waren am Ende sehr verwirrt.«

Die Stimme von Yolanda wurde eiskalt, fremd und böse. Gerritt sank auf die Schreibtischplatte. Was Yol redete, war eigentlich unerheblich, es waren Beleidigungen und Beschimpfungen, aber dieser leise schneidende Tonfall ohne jede Emotion machte sie fürchten.

Sie hörte noch ein letztes »Dummes, blödes Loch ...«, dann war aufgelegt.

Leise verließ sie die Galerie. Mutlos und niedergeschlagen schlich sie in ihr Auto und heulte erst einmal für sich selbst. Wie sollte sie die Freundin verstehen? Sie, Gerritt, hatte bisher nur Gutes gewollt. Den Kunstschwindel, den Mord aufklären, diese Lila für Yolanda finden, damit die wieder lieb werden konnte, mit ihrer Freundin einfach glücklich sein, das war's. Aber hin und her gescheucht zwischen Zuckerbrot und Peitsche, gedemütigt und verletzt – eine unglaubwürdige Lachnummer, eine Witzfigur! Heulend und klagend schrie sie so lange im Auto herum, bis die stehenbleibenden Passanten hereinsahen und sie so zum Anfahren zwangen. Nein, bloßstellen mußte sie sich nicht auch noch, zumal der Express-Zik auf Rollschuhen schon neugierig bei der Menschengruppe einlief.

Gerritt raste von Ampel zu Ampel, hart bremsend, heulte am Autobahnkreuz West und im Stau bei Heumar, schluchzte stehend auf der Zoobrücke und rauchte auf der Nord-Süd-Fahrt die Zigaretten nur noch an, und dann schlich sie wieder auf der Fahrbahn, bis der Zufall sie nach Ehrenfeld lotste. Schade, daß Joko nicht bei ihr, sondern Yolanda war, seine Ruhe hätte sie getröstet.

Eine verquollene, rotnasige Gerritt mit verschmierter Wimperntusche fand wunderlicherweise einen Parkplatz in der frühen Subbelrather Straße an einem kleinen Park um einen Sportplatz, fast drei Stunden später, als sie gestern mit diesem Herrn Fünfundvierzig verabredet hatte. Eine verheulte, geduckte Frauensperson inspiriert eventuelle Täter meistens, und es wunderte sie gar nicht, daß zwei Kerle sie belästigten. Mit der Unverwundbarkeit der Verletzten schlich sie um die Ecke, stand auf der Subbelrather Straße und genoß Lichter und Menschen. Der Eisregen kühlte ihr Gesicht. Mit ihrer geprügelten Wahrnehmung stellte sie Geruch und Umgebung nicht weiter in Frage.

Die 117 stand offen, die Briefkästen auch. Kaskaden von Werbezetteln ergossen sich bis auf den Boden, wo sie von einem Pfützchen Erbrochenen begierig angesaugt wurden. Die Holzstiegen knarzten, und wieder und wieder ging auf dem Aufstieg nach oben die einzige Glühbirne aus.

Sie sank vor der Tür einfach nieder. Nach mehrmaligem immer dringlicher lautem Klopfen war ihr, als habe sie ein »Porca miseria« aus dem Raum dahinter gehört. Aber die Detektivin war keine Italienerin und Gerritt eindeutig zu spät. Sie starrte dumpf und verheult ins dunkle Treppenhaus und ließ sich von der Geräuschkulisse einhüllen. In der Kneipe spielten sie »Ring, Ring, Ring«, das kannte sie von der Rosa Sitzung, und der Gedanke an Karneval, Detektivinnen und Ehrlichkeit in ihrem Leben begann sie aufzurichten und aus dem Haus zu leiten.

Kapitel 19

»Nein, das hast du nicht gemacht!«

»Doch, das habe ich gemacht.«

Dora war verspannt. Eigentlich hatte der Tag so gut angefangen und jetzt das. Sie hatte ihren neuen Wohlstand dazu genutzt, alte Verbindlichkeiten und Deckel zu begleichen, und fand, das hätte gute Energie zu geben und sei gefälligst von jedem zu respektieren. Schulden waren ihrer Meinung nach vollkommen in Ordnung, wenn man pleite war. Aber Geld war eine Erfindung der Banken, und deshalb sollte man, hatte man die Möglichkeit dazu, auch zusammenstehen und sich nicht noch gegenseitig Schwierigkeiten machen. Und so war sie Überweisungen ausfüllend und die Brieftasche in ihrem Mantel nach und nach leerend durch die Gegend gezogen und schließlich tief zufrieden im »Alzheimer« gelandet, wo sie unter geschäftiger Anteilnahme der übrigen Gäste eine Lokalrunde gab und sich in dem Gefühl, wohlhabend, großzügig und unabhängig zu sein, in eine Ecke fläzte.

»Nein, das hast du nicht gemacht!«

»Und das habe ich so was von gemacht!«

Dann war Fünfundvierzig aufgekreuzt. Er war aufgekratzt und fing an, Dora eine längere Geschichte mit jeder Menge Zukunftspläne zu erzählen, so daß die sich schon langsam Gedanken machte, ob das Leben mit einem depressiven Fünfundvierzig nicht viel erholsamer war. Dann hatte er sich aufgeregt erkundigt, was denn Gerritt (Gerritt – schon dieser Name!) nun eigentlich erzählt habe.

Dora hatte nur gesagt: »Nichts. Ich bin nicht dagewesen!«, und Fünfundvierzigs Gesicht und seine Laune waren derart spektakulär in sich zusammengefallen, daß Dora das Ganze gern noch einmal in Zeitlupe gesehen hätte.

»Ich glaube es nicht, diese Frau bringt mich noch ins Grab! Wie stehe ich denn jetzt da? Ich habe den Termin abgemacht und versprochen, daß du da hingehst, du kannst die doch nicht einfach hängenlassen, was macht das denn für einen Eindruck?«

»Das ist mir scheißegal! Bist du auf einmal mein Scheiß-Chef? Wenn du mit irgendwelchen Schicksen Verabredungen triffst, dann geh doch selbst hin! Mir hat keiner was zu sagen!«

»Danke! Danke sehr! Schön, daß ich auf diesem Wege mal erfahre, was du so über mich denkst!«

»Heul doch! Mädchen! Ich lasse mich von niemandem herumschicken, das weißt du ganz genau. Und von dieser, dieser ... Frau will ich nichts wissen. Ich will sie nicht sehen, ich will sie nicht sprechen, ich will einfach nur, daß sie so weit wie möglich von mir weg ist. Ich kann sie jetzt schon nicht ausstehen, und ich will gar nicht so genau wissen, ob ich damit recht habe oder nicht.«

»Dora, du gehst mir mit deiner selbstgerechten Art ziemlich auf den Senkel! Ja, wir werden toll ermitteln, wir sind ein Team, hoho, genau, Fünfundvierzig, du und ich, alles nur Scheiße!«

»Wenn du hingehst und große Versprechungen machst, ist das dein Problem! Ich will mit diesen Marienburger Schicksen nichts zu tun haben!«

Dora stürmte stinksauer aus dem »Alzheimer« und walzte in das nachtdunkle Ehrenfeld. Über die hochgeklappten Bürgersteige schäumte sie bis auf die Venloer Straße, wo sie schwer schnaufend stehenblieb. Die Geschäfte hatten geschlossen, verhießen nur noch neonkalt über den schlecht beleuchteten Schaufenstern die Idee ihres Seins in die Winternacht. Gegenüber der Grieche mit dem angeblich guten Gyros, links runter »Elli-Moden«, die ihr sonst immer gute Laune durch Strickwesten mit absurden Glitzerapplikationen verschaffte, dahinter der China-Imbiß, der durch virtuosen Gebrauch des Wok so etwas wie Vitamine in ihre Fast-Food-Ernährung gebracht hatte. Sie wußte nicht, wohin. Keine Lust, jemanden zu sehen, keine Lust zu sprechen. Das »Subbido« war normalerweise eine prima Alternative, aber dort schlug die Zeit einen anderen Takt als das Adrenalin in ihren Adern. Es war eine Hommage an das Gestern, an die Zeiten, als die Ideale noch groß und die Haare lang gewesen waren, und hätte gut als Beweis für Fünfundvierzigs These der nie verstreichenden Zeit an den Kölner Theken herhalten können. Nein, das »Subbido«, wo nie etwas passierte und die Zeit jetzt schon seit mehreren Jahren immer kurz vor der letzten Runde war, es hätte heute diesen verrückten Astronomen befriedigt, ihr aber war nach Töten, nach Ablassen und Auskotzen.

Eine Spielhalle wäre toll, mit Horden voller Außerirdischen, die man in ihre schleimigen Moleküle zu zerlegen hatte. Geile Idee, abgesehen davon, daß sie derart unbegabt für derlei Zeitvertreib war, daß sie grundsätzlich schon kurz nach dem Geldeinwurf selbst zermörsert wurde.

Es war zum Verzweifeln. Köln hielt für jede Art von guter Laune oder Langeweile etwas bereit, aber für Haß? Boxkämpfe, Schlammcatchen, danach war ihr, aber das einzige, von dem sie wußte, waren illegale Hundekämpfe auf entlegenen Schrottplätzen, und was sich da an Publikum herumtrieb, würde sie nur reizen, dem ein oder anderen Macho-Ei das Fürchten zu lehren, und das erschien ihr jetzt doch zu aufwendig.

Sie fror. Irgendwie war sie nicht für einen Abend auf der Straße ausgerüstet. Die Humana-Schlafanzughose wärmte nicht, und unter der Lederweste trug sie aus irgendwelchen Gründen nichts. Sie fluchte. Den gemütlich warmen Wollpullover, imprägniert durch jahrelanges Durchschwitzen, hatte sie in ihrem überstürzten Aufbruch liegenlassen. Im »Alzheimer« gemütlich sitzen, das hatte sie gewollt, ein bißchen Billard spielen vielleicht, bloß nicht nach Hause, wo sicher Fünfundvierzigs Schutzbefohlene aufkreuzen würde. Und nun? Der Trenchcoat sog alles an Kälte in sich rein, was er kriegen konnte, und gab es freimütig an sie weiter.

Kurz entschlossen zog sie in die U-Bahn-Station. Hier konnten sie alle mal gern haben, sie brauchte sie nicht. Sie würde in die Stadt fahren, das hatten sie nun davon.

Sinnend stieg sie die Treppen hinab, die Atmosphäre des freien Atmens an der Oberfläche eintauschen gegen die Eingeschlossenheit unter der Erde. Zum tausendsten Mal las sie die Fahrpläne, die Tarife, die Sicherheitsbestimmungen, bis die Bahn kam und sie so weit weg von der eben erlebten Auseinandersetzung war, daß sie fast schwermütig wurde.

Die Wärme der Bahn umfing sie wie den in die Gletscherspalte Gefallenen das vom Himmel stürzende Seil. Sie sank auf den Plastiksitz. Wenige Menschen waren um sie. Einige Nachtschwärmer erwartungsfroh auf dem Weg aus dem Alltag, alte Frauen auf dem Weg nach Hause, und der obligatorische Penner, der sie bitte heute nicht anlabern würde. Die vorbeirasenden Tunnelwände vor Augen dachte sie nach. Wo sollte sie hin, was könnte sie mit dem angefangenen und bisher gänzlich mißlungenen Abend noch anfangen? Im »Klein-Köln« war noch nichts los, vorher ins »Päffgen« war sie zu angestrengt von den obligatorischen Späßchen der Köbesse. Ins »Gloria« konnte sie, doch da war wieder Rosa Sitzung, und sich da heute ohne Karte reinzutanken, fehlte ihr dann doch der Schwung.

Langsam wurde sie wirklich melancholisch. Es tat ihr leid, sich mit Fünfundvierzig gestritten zu haben. Immerhin war er einer der wenigen, der es mit ihr aushielt. Ja, sie hätte ihn vielleicht sogar als Freund bezeichnet. Aber manchmal gab es anscheinend Tage, an denen Freundschaft nicht das Thema war.

Sie begann sich einsam zu fühlen und fand es passend, heimatlos, sinnlos in einer dahinrasenden Bahn zu sitzen. Vielleicht gehörte sie hierhin, in diese Welt der Anonymität, getrieben von dem Rauschen der Räder, dem Klappern der Wagen, dahinzufahren auf dem Weg in die Unendlichkeit. Getrieben von der Welt, die nicht verstand, durch die Nacht, durch endlose Weiten, über Wege, die noch keiner beschritten hatte, weil niemand bereit war, diesen Weg zu gehen.

Am Friesenplatz stieg sie aus. Sie stand, während die Welt um sie herum wogte und wallte, hierhin wollte und eilte, in automatisch schließende Türen sprang, um ja nicht zu spät zu irgendwas zu kommen. Die rote Bahn sauste davon, und direkt folgte die »5«, die gute, alte »5«, vertraut wie der Geruch ihrer Unterhose, die mit ihr rappelnd den Abzweig unter dem Appellhofplatz durchfuhr, an dem menschenleeren Bahnhof haltend, der nachts nur einigen Pennern Obdach bot, weil es hier, an Kölns tiefstem Punkt, nie so kalt wurde wie oben an der Luft, und dann wieder, rasselnd bis zum Auseinanderfallen, hoch zum Dom.

Wieder stieg sie aus, wie in Trance, ging die Treppen hoch, Stufe für Stufe, die Hastenden mißachtend, Platz einnehmend in der Schwere ihrer Gedanken, hoch und immer höher, ging noch wenige Schritte durch den Tunnel und bestieg dann, erwartungsvoll wie immer an dieser Stelle, die Rolltreppe.

Und da war er. Es war einer der schönsten Plätze in Köln, hier, wo ihre romantische Ader Kobolz schlug. Monoton rüttelnd trugen die Stahlelemente sie aufwärts, bis sie vor ihm stand.

Sie würde ihn wohl nie begreifen. Ein Koloß aus Stein, monumental wie ein Alptraum durchfieberter Nächte. Angestrahlt lag er preisgegeben, lauernd wie ein böses Tier, bereit zum Sprung, sie und die Million um sie herum mit einem Schrei, den sie beinahe fühlen konnte, zu vernichten. Ehrfurcht packte sie, nein, doch nicht, es war anders, die Aura der gequälten Seelen in seinen Adern griff ihr kalt ans Herz. Sie legte den Kopf in den Nacken, um ihn in seiner ganzen Wahrheit in sich aufzusaugen. Keine Touristen mehr, niemand, der sie gestört hätte in ihrer Andacht, der merkwürdigen.

Sie schloß die Augen, um den Taumel in sich zu genießen. Der Februarwind strich über ihr Gesicht und erzählte ihr von endlosen Jahren, von Tausenden, die wie sie, ohne zu verstehen, einen Blick die Fassade hochgeworfen hatten.

Die Kälte schnitt ihr jetzt eisig ins Fleisch. Aufschlotternd wandte sie sich ab; hier konnte sie nicht bleiben. Sie flüchtete fluchend in den Windschatten auf den menschenleeren Roncalliplatz, wo heute gnädigerweise keine Rollschuhläufer kleine, angetäuschte Mordversuche an friedlichen Passanten unternahmen. Kälte bot halt doch auch Vorteile. Langsam und verträumt ließ sie die römischen Sarkophage an sich vorüberziehen, dann die Reihen von Schlafsäcken, in denen die Penner versuchten, die kalte Jahreszeit zu überleben.

Die Treppe runter in die gekachelte Unterführung zum Bahnhof. Ein ganz besonderer Platz, wie sie meinte. Sie fühlte sich hier immer wie in einem gigantischen Abflußrohr, bereit, mit der Scheiße des Lebens davongespült zu werden. Jede Großstadt verfügte über so einen Ort, da war sie sich sicher, eine Kloake, durch die alles Übel, alles Böse davongespült wurde, um dann fernab unauffällig und geruchsneutral entsorgt zu werden. Aber in welche Richtung gehe ich, fragte sie sich, dorthin, wo die Scheiße ist, oder da, wo die Arschlöcher sitzen? Komme ich aus der Scheiße, oder gerate ich erst richtig rein? Ich glaube, tröstete sie sich dann, das ist vollkommen egal. Wo du hingehst, da ist Scheiße, sie begleitet dich, sie prägt dich und sie trägt dich. Also Mädchen, sorge dich nicht, du gehörst hierher, in die Kloake, hier ist deine Welt, der überhaupt nicht geilste Arsch von Köln, hierher, in diese kurze Straße, in der alle den Kopf einziehen, etwas schneller gehen, denn hier will keiner bleiben. Und ich auch nicht. Mir reicht, daß ich diesen Abfluß im Kopf habe.

Der »Alte Wartesaal« war erleuchtet, bot denen, die es nicht besser wußten, die Illusion von gepflegtem Ambiente und Haute Cuisine. Sie ging zum Bahnhofseingang, drückte nach einem letzten Blick auf die riesige, elegant in ihrer Ungeschlachtheit liegende Fassade die Tür auf und empfand wohlig das bißchen Wärme, das in den endlosen Fluren verblieben war. Nachdenklich stieg sie die Treppen zur U-Bahn wieder hinunter. Ihr war nach Alkohol und Menschen, nach Aktion, nicht Reaktion. Sie fühlte sich jetzt kräftig genug, nach Marienburg zu fahren und dieser kleinen Schlampe ein für alle Mal zu sagen, was sie von ihr und ihrer Puffmutter hielt. Ja, das war genau das Richtige für einen derart angefangenen Abend, das würde sie tun.

Kapitel 20

Die ersten Schritte in den Winterabend hinaus waren unsicher, sie selbst taumelnd. Das Bild des seelenlosen Mannes mit Blut auf Kragen und Krawatte, die Stimme, die Yolanda so hart gegen sie erhoben und all die Worte, die sie ihr nachgeschleudert hatte. Von dümmlichem Geplapper und blödem Geschwätz, ihrem Mundgeruch, dem abgebrochenen Kunststudium, ihrer Narrheit für Tiere und ihren Schwächen im Bett.

Nein, Yolanda hatte nichts ausgelassen. Und die Stimme hatte die Starre der Züge des toten Mannes und ihre Seele Flecken wie von Schande. Ihre Wangen waren fleckig von Weinen, Wut und Schminkschmutz und die Lippen zerkaut.

Schließlich fand sie sich in ihrem Auto, und als sie in Marienburg ankam, waren alle Nägel abgeknabbert und die Zigaretten verraucht. Das Haus war dunkel. Joko schien bei Yolanda, die Katzen tollten in den Kellern umher. Einmal hörte sie ein spielerisches Fauchen und das Rollen einer leeren Flasche über den Steinboden. Sie goß sich ein Wasserglas voll Lieblingsgrappa ein und warf wahllos Gegenstände, die ihr gehörten, in einen großen Koffer.

Gerritt gönnte sich tröstende Selbstgespräche, fand sich heulsusig süß auf diesem Koffer mit einem zweiten Glas Grappa in der Hand. Ihr Zimmer kreiselte im Wirbel der Ereignisse, und sie floh hinunter in den Salon, wo sie sofort wieder einen monströsen Schatten an der Verandatür ausmachte. Breiter und bedrohlicher noch als der Besuch zuvor. Grimmig vorgebeugt in kerliger Geste.

»Und ewig grüßt das Murmeltier«, rief sie trunken und riß die Flügel der Tür auf.

Zuerst drang ein Geruch auf sie ein, den sie nüchtern als Gestank bezeichnet hätte. Eine verwegene Mischung aus Alkohol, Schweiß und Rauch, trübem Hausflurgestank und leeren Zahnwunden, Knoblauch an Katzenpipi mit Seifenmolekülen auf nassem Leder serviert. Eine männliche Note oder eine nämliche Notwendigkeit, aber irgendwie sexy. Gerritt sah hinter einem Abwehrschutzschild von Gesicht in die verletzlichsten Augen ihres Lebens. Sie stieß den Atem langsam aus und trat einladend zurück.

»Bleib trocken im Schritt, Kleines.«

Ein alter Regenmantel schob sich breitschultrig durch die Tür auf sie zu. Sehr alte Cowboystiefel markierten das helle Parkett mit schmutzumkrusteten Regenpfützchen. Schulmädchenhaft artig sank Gerritt auf einen Stuhl, der ihr nahe stand, und versuchte ein Lächeln, brachte aber nur eine Grimasse und kieksende Geräusche hervor. Der Berg der Verheißung rollte grollend näher und verdunkelte ihren Schoß. Rasselndes Rauschen ließ sie zusammenfahren. Der riesige Mantel, wohlgefüllt mit Kleingeld, Steinen, Waffen, Geschirr, allerlei Leergut und Handwerkszeug, war zu Boden gegangen. Über den Augen wurde tropfnasses, gelbes Haar zurückgestrichen, begleitet von einer Schleuderbewegung des dazugehörigen Hauptes. Die Tropfen rannen fettig über Yolandas Terracottawand. Ein muskulöser, nackter Arm im Februar, bedeckt von blauen Flecken und von einigen Narben bewohnt, streckte sich ihr entgegen. Gerritt schluckte trocken, und ein böses Schelmen zwickte ungewollt lauernd zwischen ihren Beinen.

Aber zu ihrer erleichternden Enttäuschung wurde ihr nur der Grappa aus der Hand genommen. Eine kurze Andeutung eines Zuprostens, dann war er verschwunden, und das kostbare Grappaglas, mundgeblasen aus Vinci, extra von Sebastiano für sie, zerschellte mit der Glasplatte eines Zeitungstischchens. Wieder erschauerte Gerritt gänzlich, als die Fremde, die eine alte Schlafanzughose und nichts als eine Lederweste trug, ein Schulterzucken andeutete und sich kurz über die Lippen leckte.

»Dora?« quiekte sie fragend. Die andere rülpste. Vielleicht war es ja auch ihr Timbre. Gerritt wußte nicht weiter und stand wieder auf. Goß zwei Gläser Grappa voll, und das Geschöpf nickte würdevoll und schüttete sie beidhändig hintereinander in ihre Mundöffnung.

Mundöffnung. Gerritt war wieder schwindelig. Eine seltsame Art von Trance hatte sie erfaßt. Ein unwirkliches Sein im Niemandsland. Es war wieder wie unter heißem Wasser stehen, das leblose Brustbild taumelte in ihrem Kopf, der kalte Wind von der Terrassentür überzog sie mit Gänsehaut. Schauer aus Kälte und Lust vor dem unheimlichen Schweigen zweier Fremder. Die Spannung und der Alkohol machten ihre Neugier kühn und unverschämt. Sie goß betont langsam, fast rituell, drei Gläser Grappa voll und warf die leere Flasche hinter sich, wo sie irgend etwas mit sich zu Boden riß.

Die Frauen sahen sich an. Tranken und sahen sich immerzu an. Jetzt wollte das Biest etwas sagen, aber die Schöne war schneller. Trat zwei Schritte auf die andere zu und hob langsam ihren Fuß an, kickte den Hackenschuh fort und begann seidenbestrumpft von der Stiefelspitze bis zum Hintern der anderen eine hingebungsvolle Fußkosung. Die verbarg ihre Überraschung so geschickt, daß Gerritt ihrer Zunge erlaubte, dem speckigen Ausschnittsaum der Lederweste nachzuspüren.

»Deine unterwürfige Passivität langweilt mich noch zu Tode«, tönte ihr Yolanda bissig im Ohr, und ohne Zögern riß sie der nicht wenig verwunderten Dora die Lederweste hinunter und drängte sie zur Récamiere, die krachende Geräusche unter dem auf ihr landenden Gewicht von sich gab. Gerritt, blind vor Leidenschaft, zerrte an den Beinkleidern der Dora und hörte nichts außer dem Rauschen ihres Blutes und dem zunächst beschwichtigenden Grunzen unter, später dann orgiastischen Gebrüll über sich.

Stunden später – in Schweiß und Lust gebadet und matt – mutmaßte Gerritt, die verklärt dem Rauschen der Dusche nachhing, es sei Zeit für eine kleine Zwischenmahlzeit. Mit weichen Knien taumelte sie in die Küche und kochte Cappellini, gab in eine Pfanne ein Achtel Pfund Butter, die kleingehackte Spitze einer Peperoni, zwei Knoblauchzehen und ein halbes Glas Sardellenfilets. Die zischten auf in der schaumigen Butter und zerfielen sogleich in ihr unnachahmliches Aroma. Die Pasta darin kurz geschwenkt, nichts sonst.

Die Dusche rauschte noch immer. Einen eiskalten, sehr trockenen Prosecco unter dem Arm, auf dessen Innenbeuge sie zwei Schalen balancierte, rauschte sie in den Salon zurück. Sie plazierte den Imbiß dekorativ zwischen den Laken und schwenkte ab in Richtung Bad auf der eigentlichen Suche nach ein paar sinnlich süßen Früchten.

»Verdammte Scheiße!« entfuhr es ihr laut. Die Knie plötzlich wieder erstaunlich fest, der Kloß im Hals erkaltet, das Magensausen nur noch Druck, die schweren Schenkel müde.

Die Dusche lief und rann ins Leere. Die Handtücher, liebevoll rosa mit einem Lavendelstrauß, obenauf unbenutzt am Beckenrand.

»Nein, ich glaube das nicht …«, murmelte Gerritt. Da lagen keine zeltgroße Schlafanzughose, keine riesigen kaputten, nassen Cowboystiefel mehr. Auf dem Parkett kein tonnenschwerer Trenchcoat, neben der Récamiere keine speckige Lederweste. Nackt und mit hängenden Armen stand sie vor der noch immer offenen Terrassentür.

Der Spuk war vorüber, der Frost kam, sie frieren zu machen. Alles war wie vorher, nur eines war anders: die große Zeichnung von der Grauhaarigen, die für Yolanda auf der Anrichte gelegen hatte, mit einem Fragezeichen als Signet, war fort!

O Yolanda, dachte sie. Sich zu rächen war eine Sache, hier im gemeinsamen Nest gehörte sich das jedoch nicht. Aber wie hätte sie einer Naturgewalt wie der Langmann widerstehen sollen? Sich eine kleine Flucht ins Reich der Leidenschaft zu gönnen, hatte wohlgetan; sie fand sich keiner Rechenschaft schuldig. Aber Yolanda strafte gern und ausgiebig, also war es wohl klug, sich eine Weile zu verdrücken. Vielleicht bekam Yolanda ein schlechtes Gewissen für ihr Benehmen, auf alle Fälle war sie gewiß gut vor der bösen Frau, die ihr Angst machte, versteckt. Sie selbst wäre in Sicherheit, und auf ihren Seitensprung würde niemand kommen. Ein neues Kapitel ihrer alten Beziehung konnte aufgeschlagen werden. Also griff sie den vorhin gepackten Koffer und lief aus dem Haus.

Wohltuende Kühle auf der heißen Stirn. Ihr Körper brannte von Dora und den Wunden, sie wimmerte sich Mut zu und stieg in ihr Auto. Erst, nachdem sie es gestartet hatte, überlegte sie wohin mit sich. Ihre beste Freundin Monika war in Hamburg, die andere nach Kanada gezogen. Jemand zum Reden wäre gut. Helmut war während der Rosa Sitzung nicht ansprechbar, Uwe und Thomas hatten ein altes Haus gekauft, und wenn sie nicht im »Anders« arbeiteten, »Die Zeit der Kirschen« oder das »Anders im Schulz« aufbauten, renovierten sie, müde bis zum Umfallen, dort.

Die Autoheizung wärmte sie und erzählte ihr, wie müde sie war. Die Ventilatoren summten heiße Luft, und sie beschloß, in die Galerie zu gehen. Hoch über Geschäftsräumen und Büro gab es eine kleine Wohnung. Yolanda hatte sie für ausländische, also nicht Kölner Künstler herrichten lassen. Zwei kleine Zimmer, ein Dachgarten und ein Bad. Die Küche in einem kleinen Wintergarten war Schreinermaßarbeit und ein Schmuckstück für sich. Gerritt begann von der romantischen Idylle behaglich zu träumen und sah sich in dem kleinen Studio wieder malen. Der Gedanke erfüllte sie mit warmer Zuversicht. Nie waren sie dort gewesen, obwohl sie sich vorgenommen hatten, die Geschäftspausen äußerst sinnlich zu nutzen. So viele Pläne waren nie realisiert worden, und bei dem Bouquet international bekannter Kölner Künstler, die ihre eigenen Räume besaßen, hatte sie ihr Liebesnest völlig vergessen.

Am Wallrafplatz fand sich auch nachts nicht immer ein Parkplatz, der WDR, das »Örgelchen« waren schuld. Am Kolpingplatz fündig geworden, lief Gerritt durch den kleinen Platz ums Museum.

Der Anblick ihrer Galerie machte ihr Zuhausegefühle und Freude. Sie schloß auf und fuhr mit dem Privataufzug ins oberste Stockwerk. Von dort führte die kleine Treppe ins Dachgeschoß, und unter dem Terracotta-Granatapfeltopf lag der Schlüssel.

So sollte es jedenfalls sein, aber – dort war kein Schlüssel. Gerritt ließ ihren Koffer sinken und tastete unter den Rand, verrückte den gewaltigen Kübel, so gut sie konnte, und spähte dahinter. Es gab keinen Schlüssel. Statt dessen einen haarfeinen Lichtstreifen unter der Tür.

Sie stieg den letzten Treppenabsatz herauf. Da drinnen war Soulmusik. Gute, alte Soulmusik, gerade B.B. King, danach Martha Reeves & the Vandellas. Eine alte Soulplatte, längst vergriffen: »Soul Meeting«. Yolandas absolute Lieblings- und Stimmungsplatte. Sie liebte es, dazu zu tanzen und, jawohl, zu strippen. Gedanken rasten durch Gerritts Kopf in endloser Schleife. Welche Kunden, Künstler oder Kontakte standen an? Wer wohnte da in ihrer Geheimwohnung? Da war Gras versteckt, manchmal auch ein bißchen Koks. Bilder, die unter der Hand weggingen, Verkäufe, die nicht bekannt werden sollten. Ein paar Privatfilme, die sie für Yolanda gemacht hatte. Irgendwann war es unerträglich für sie, diese Fragen fröstelnd nicht beantworten zu können. Gerritt holte tief Luft und klingelte.

Worauf das Licht und die Musik innen verloschen und das Hausdach in lauschender Spannung erstarrte. Ein kalter Zementblock schien in Gerritts Magen zu sinken. Es war ihr klar, das verhieß nichts Nettes. Soweit gekommen mit sich, ihrem Leben und Yolanda, konnte sie nicht zurück. Sie sah sich selbst wie von Ferne zu, wie sie gegen die Tür trat, und hämmerte mit Fäusten und dem Autoschlüssel und dem Koffer und brüllte wie ein Tier. Noch weiter in Entsetzen von sich abrückend, sah sie im Dunkel die Tür sich öffnen, Yolanda heraustreten, mit nichts als einem alten T-Shirt bekleidet, ihre zartgebräunte Haut schweißglänzend. Durch das ganze Treppenhaus roch es nach Sex und am schlimmsten dazu ein freundlich-distanziertes Lächeln.

»Du gehst jetzt, Kleines, und zwar sofort.«

Gerritt schluchzte auf, Yolandas Blick wurde hart.

»Du wirst hier kein Aufsehen erregen, sondern tun, was ich dir sage. Du störst.«

Die Tür schloß sich leise zwischen ihnen.

Gerritt, die eigentliche Rächerin, ging mit Koffer und Entsetzen in das bodenlos dumpfe Erstaunen, das hinter jeder Projektion im Dunkel wartet.

Kapitel 21

Wie ein gehetzter Bulle durch eine Wand aus Reispapier brach Dora durch die Hecke auf die Parkstraße. Sie hatte den Durchschlupf nicht mehr gefunden, wollte aber auch nicht lange danach suchen. Nur weg hier, nichts wie in Sicherheit, das war ihr einziger Gedanke. Schnell, wie seit ihren Jungmädchentagen nicht mehr, rannte sie den kleinen Hügel hinunter, wetzte um die Kurve bis zur Haltestelle. An dem Kiosk, jetzt verlassen und geschlossen, blieb sie stehen und schmiegte sich in eine Ecke. Sie konnte nicht mehr. Sie bekam keine Luft mehr, sie war fertig, alle, vorbei, aus. Ihre Beine taten ihr weh, ihre wundgeriebene Möse brannte wie Feuer, die Sehnen im Schritt fühlten sich an wie überdehnt. Und natürlich war auch keine Bahn da. Es wäre ja auch zu schön gewesen.

Als die roten Blutkörperchen so viel Sauerstoff in ihre Adern transportiert hatten, daß sie langsam das Gefühl bekam, wieder am Leben teilnehmen zu können, blickte sie sich vorsichtig um. Der Platz war menschenleer. Kein Rudel wildgewordener Lesben hockte in den Büschen, bereit, friedliche Menschen zu überfallen, keine menschgewordene läufige Hündin lauerte ihr auf.

Meine Güte, was war das denn gewesen? Da kommt man friedlich in ein Haus, will etwas Geschäftliches erledigen, und dann kriegt man es derartig besorgt, daß ... Herrin im Himmel, wo war sie denn da reingeraten?

Dora konnte es nicht begreifen. Seit sie damals die Chance ihres Lebens verpaßt hatte, als ihre Mathematiklehrerin sich vor ihr bückte und sie einfach nur hätte die Hand ausstrecken und unter den Rock schieben müssen, aber zu feige gewesen war, seit diesem Tag hatte sie keine Gelegenheit ausgelassen, auch den niedrigsten sexuellen Trieben nachzugehen. Allerdings hatte sie darauf geachtet, Beruf und Privatleben auseinanderzuhalten. Na gut, wer Dora Langmann engagierte, der mußte auch damit rechnen, in ihrem Büro Dildos in Körperöffnungen geschoben zu bekommen, aber das hier war ja doch um einiges zu weit gegangen. Sie war ja nicht einmal dazu gekommen, so wichtige Fragen zu erörtern, wie »Ist Ihnen vielleicht sonst noch irgend etwas aufgefallen?« oder »Ich hätte gern einen Vorschuß!«.

Scheiße.

Außerdem war ihr kalt.

Sie hatte es ja gewußt, daß nichts dabei rauskommt, wenn Fünfundvierzig eine Klientin anschleppte. Klientin, hah!, das wäre ja noch schön gewesen, aber die war ja wohl schon leicht krank! Dora konnte es nicht fassen, sie als Opfer einer regelrechten Vergewaltigung, nach allen Regeln der Kunst flachgelegt, nein, das brachte sie vollends aus der Fassung, damit konnte sie nicht umgehen.

Zitternd steckte sie die Hände in die Taschen, um den Mantel fester um sich zu schlingen. Rechts knitterte Papier. Die Zeichnung, die sie auf der Flucht an sich genommen hatte, ein Gesicht, schön, aber hart gemeißelt, mit grauen, schnellen Strichen sicher getroffen, das sollte sie wohl sein, diese legendäre Grauhaarige, von der Gerritt Fünfundvierzig erzählt hatte. Flüchtig sah sie in dem Schein der Lampen, die fast mehr Dunkelheit als Licht zu verbreiten schienen, auf das Papier, aber das Gesicht sagte ihr nichts. Sie schob das Blatt wieder, schnell gefaltet, in die Tasche zurück.

Was sollte das alles bedeuten? Zu gern hätte sie von Gerritt noch so das ein oder andere erfahren, aber als die sich mit einem Gesichtsausdruck über sie gebeugt hatte, mit dem sie wahrscheinlich kleine Austernhäppchen betrachtete, und gesagt hatte: »Ich mach uns gerade mal was Kleines zu essen, vielleicht willst du schnell unter die Dusche springen, ich zeig sie dir, komm«, da hatte Dora nur noch die Flucht ergriffen. Und sie wagte auch nicht, sich auszumalen, was diese kleine Wahnsinnige noch mit ihr veranstalten würde, wenn sie ihr die Möglichkeit dazu gab. Nein, sie würde es anders machen müssen.

Immerhin hatte Gerritt ihr zwischen der zweiten und dritten Nummer noch so etwas wie einen Auftrag erteilt und dann erzählt, daß im Haus eingebrochen worden und das Hundehalsband verschwunden war, daß sie den Drucker Kätelhön der Fälschungen verdächtigte und jetzt die Polizei in der Galerie ermittelte. Nicht, daß das eine sinnvolle Zeugenbefragung gewesen wäre, denn gleichzeitig hatte sie Doras Schamhaare rasiert, so daß diese auch leicht den Faden verloren hatte. Aber immerhin war sie noch so weit bei sich gewesen, die Zeichnung mitzunehmen, die wahrscheinlich für sie bereitgelegen hatte.

Vollkommener Unsinn, Dora, schalt sie sich, die Kleine hatte keine Ahnung, daß du kommst, sie konnte nichts bereitlegen. Für wen also dann? Für ihre Freundin? Aber warum? Und wieso kam eigentlich keine Bahn?

Wie auf Stichwort kam, einer innenbeleuchteten Raupe gleich, ein alter roter Wagen die Gleise entlanggesummt und legte sich quietschend in den Wendehammer. Die Bremsen kreischten, Türen zischten auf, und Dora kletterte mühsam die Stufen in die Wärme. Die Bahn war menschenleer, und auch der Fahrer schien genug von allem zu haben, denn ohne noch lange abzuwarten, beschleunigte er und begab sich auf die Rückreise.

Das Sausen und Rütteln beruhigte die aufgewühlten Gefühle. Dora konnte nicht anders als staunen. Leev Marie, so war sie wirklich lange nicht mehr rangenommen worden. Die Kleine hatte was, das mußte man ihr lassen. Sie war zwar vollkommen durchgeknallt und geistig auch wohl etwas tiefergelegt, aber irgendwie besaß sie doch einen gewissen Charme. Wenn sie an diesen weichen, anschmiegsamen Körper dachte, wurde ihr wieder anders zwischen den Beinen.

»Gerritt«, flüsterte sie probeweise vor sich hin, »Gerritt.« Ein ungewöhnlicher Name, ein ungewöhnlicher Abend. »Gerritt«, versuchte Dora noch einmal. Vielleicht war sie ja doch nicht so übel.

Träumend sah Dora aus dem Fenster, wie die Goltsteinstraße an ihr vorüberzog. Der eisige Winterabend hatte die Menschen in die Häuser getrieben, und die Stadt lag still und leer. Die Glasscheibe warf ihr Gesicht zurück und die Überlagerung eines anderen. Still, zart, wild entfesselt fielen ihm blonde Locken um blaue Augen, eine suchende Zunge schob sich sehnsüchtig durch die vollen Lippen – Dora schloß, überwältigt von der Macht der Erinnerung, die Augen.

Sie fühlte Hände an ihrem Körper, Hände ohne Zahl, sanft und wüst strichen sie über ihren Leib, fühlten die massigen Brüste und die Speckringe, hielten prüfend die starken Arme umschlossen und rieben sich dann wieder verlangend an ihr.

In ihrem Leib schien sich alles zusammenzuballen, eine Hitze sie von innen zu überwallen. Nein, sagte sie sich, eine Dora Langmann würde nicht auf so billige Tricks hereinfallen. Wahrscheinlich saß die schon wieder mit ihrer Geldmaschine im Bettchen, und beide amüsierten sich königlich über sie.

Oder auch nicht. Da war so ein bestimmtes Leuchten in Gerritts Augen gewesen, das nicht ausgesehen hatte wie eine Lüge. Dora hielt sich eigentlich für eine gute Menschenkennerin, und sie konnte auch sofort spüren, ob ihr ein Zeuge versuchte, Lügen aufzutischen oder nicht. Nein, das konnte nicht sein, das hätte sie gemerkt. Eine Zunge, die sich so beredt zu unterhalten verstand, mußte es ehrlich meinen, Gerritt mußte das Besondere gespürt haben, das sie, Dora, vom Rest der Welt unterschied. Ja, so war's gewesen, sie war ihr sofort verfallen, da hatte es kein Nachdenken mehr gegeben, keine Chance auf ein Zurück, da hatte nur noch der Blitz eingeschlagen, und die Kleine hatte sich Doras Herz auf der Zunge kommen lassen.

Besonders ängstlich hatte sie ja nicht gewirkt. Aber vielleicht war dies das Besondere dieses Abends gewesen. Ein Vertrauen, das sofort zwischen ihnen bestanden hatte, eine Bekanntheit, als sei der Körper der anderen ein lang vertrautes Spielzeug. Man hätte fast meinen können, es wäre immer so gewesen, bekannt aus vielen vorher gelebten Leben, und jetzt, erst jetzt, nach der vielen verlorenen Zeit, da hätten sie sich wiedergefunden um die kosmische Aufgabe zu verwirklichen, den geilsten Sex des Universums.

Mit leichtem Schmatzen überlegte Dora sich Dinge, die sie gern mal mit diesem wahnsinnigen kleinen Blondchen anstellen würde, und ein Speichelfaden sickerte langsam aus ihrem Mundwinkel. Sie legte sich wie Michael Jackson eine Hand in den Schritt und schloß die Augen.

Stimmen rissen sie aus ihrer Trance. Am Chlodwigplatz stiegen trunkene Jugendliche ein und warfen sich künstlich grölend in die Ecke. Dora atmete tief und genervt ein, entschloß sich dann zur Menschenfreundlichkeit. Gut gefickt bist du mir fast schon sympathisch, sagte sie zu sich selbst und kramte in ihren Taschen. Wieder hielt sie die Zeichnung der Grauhaarigen in den Händen, faltete sie auseinander und vertiefte sich darin.

Eigentlich hatte Dora sie sich mehr als eine Art Trude Unruh vorgestellt, die quasi als Rache der Senioren Frauen heiß abduschte, aber diese war ein anderes Kaliber. Böse, gerissen, schnell entschlossen, die Augen grau in ihrer Gier. Während sie sich hier in dem fahlen Lampenlicht gegenseitig anstarrten, beide gezeichnet von derselben Hand, da gab es wirklich nichts, was spontan aus Doras alkoholgepeinigtem Gedächtnis wieder an die Oberfläche gespült worden wäre. So langsam hatte sie das Gefühl, ihre Augen würden aus dem Kopf treten, und ihre Seele fiel in ein langes, tiefes Loch. Wo war der Anfang zu diesem Knoten, der Einstieg in dieses Labyrinth aus toten Männern, gefälschter Kunst und undurchsichtigen Frauen? Bei jedem Fall gibt es einen Punkt, an dem man ansetzen kann, es gibt ihn immer, man muß ihn nur finden.

Dora merkte, wie sie Blut leckte. Irgend etwas war an dieser Geschichte, das sie reizte, und wenn es nur der Wunsch war, Gerritt einen Liebespreis vor die Füße legen zu können. Es ist eine Herausforderung, sagte sie sich, mal wieder etwas, was nicht mit Pantomimen oder Handtaschen zu tun hat. Sie spürte das Blut, wie schon lange nicht mehr, in glühenden Strömen durch ihre Adern pulsieren, das Jagdfieber hatte sie gepackt. Sie wollte nichts mehr, als schnell nach Hause zu kommen, um alles, was sie über diese Geschichte wußte, auf riesige Tapetenbahnen an die Wände ihrer Wohnung zu schreiben. Und wenn dann noch Klebeband übrig ist, dann klebe ich Maria Petronella den Mund zu, und dann kann ich das erste Mal seit ewigen Zeiten wieder in Ruhe nachdenken. Mensch, das wird toll!

*

Aufgeregt ging Dora bis zu ihrer Tür und blieb vorsichtig lauschend stehen. Nichts. Sie steckte den Schlüssel ins Schloß. Immer noch nichts. Sie öffnete die Tür. Stille, Dunkelheit. Sie tastete sich voller Vorfreude zum Lichtschalter, als von hinten die altbekannte, höhnische Stimme kam: »*Cara*, weißt du eigentlich, wie spät es ist?«

Dora drehte sich langsam um. »Sag jetzt nicht Mitternacht.« Es wäre auch zu schön gewesen. Sie hätte sich ja mal in Luft auflösen können. Maria Petronella, zufrieden, sie bei einer neuen Untat erwischt zu haben, tippte vorwurfsvoll mit der Hand auf ihren Rahmen und sah sie an, als sei sie ohne Hausaufgaben in der Schule erschienen.

»Du hast gefickt«, stellte Maria Petronella schnüffelnd weiter fest, »wer war es heute, den Geruch kenne ich noch gar nicht. War es diese *disgraziata*, die mich heute bei meinem Mittagsschlaf gestört hat, eh? Was machst du da, hörst du mir überhaupt zu?«

»Nein.« Dora war in den Tiefen eines Schrankes verschwunden und warf, was ihr im Weg war, hinter sich auf den Fußboden. Zufrieden und mit einer Rolle Tesa-Krepp in der Hand tauchte sie wieder auf, griff sich einen Zeichenblock, der auf einer aus Spanplatten errichteten Anrichte lehnte, und begann, Blätter rauszureißen und an die Wand zu pappen. »Das wird toll, Oma, paß mal auf, ich hatte gerade eine Idee!« Einen besonders kräftigen Streifen klebte sie, bevor Maria Petronella ausweichen konnte, auf die Leinwand, trat zurück und lauschte dem gedämpften Protestgemurmel, das nun empört erscholl.

»Daß ich da nicht eher drauf gekommen bin. Siehst du, meine Liebe, ich muß jetzt arbeiten, und du wirst mich nicht daran hindern. Aber ich bin heute sehr milde und versöhnlich gestimmt, und deshalb darfst du mir dabei zusehen. Ist das nicht lieb von mir?« Dora zeigte ihrer Großmutter den Stinkefinger und suchte sich, das erstickte Gekeife ignorierend, einen dicken Edding. »So, und jetzt werde ich mal etwas Ordnung in dieses Chaos bringen.«

Als das Morgenlicht begann, sich durch die Suppe rheinischer Feuchtigkeit zu arbeiten, lehnte Dora sich zufrieden zurück und betrachtete die Blätter, auf denen sie die Informationen von Fünfundvierzig und das bißchen, was Gerritt ihr erzählt hatte, geordnet hatte. Auf der einen Seite gab es die beiden Frauen in Marienburg, daneben Lila, dann noch die Grauhaarige, Kätelhön und Was-weiß-ich-noch-wen. Dann gab es einen Toten, der anscheinend Kunst gefälscht hatte, eine verschwundene Lila, diverse Einbrüche, eine heiße Dusche inklusive ausgestoßener Drohungen und einen verschwundenen Fritsch, der die verschwundene Lila suchte. Unklar war höchstens, wer mit wem zu tun hatte und auf welcher Seite stand. Die Graue suchte Lila, das war sicher, aber wozu? Hatte Yolanda eine Erklärung? Vielleicht, aber die schien auch nicht sonderlich gewillt, etwas preiszugeben, sonst hätte sie Gerritt doch mal was erzählt. Oder hatte sie, und Gerritt verschwieg das, weil sie etwas mit Lila hatte? Oder Kätelhön, der hatte aber eher was mit dem toten Geschäftsführer zu tun. Waren deshalb die Einbrüche? Das könnte aber auch Fritsch gewesen sein. Nein, der war ja schon im Haus gewesen und jetzt überhaupt verschwunden. Was war denn eigentlich mit diesem Toten? Stammten von ihm die gefälschten Signaturen, war er deswegen umgebracht worden? Sie verfluchte Gerritt, die es nicht für nötig befunden hatte, ihr oder Fünfundvierzig zu sagen, was genau jetzt ihr Auftrag war. Es passierte so viel gleichzeitig, daß man gar nicht genau hinschauen mochte.

Fritsch wurde zwar schon über Zeitung gesucht, bisher wußte aber keiner außer Dora, daß er ungefähr zu der Zeit die Marienburger Villa besucht hatte, zu der auch die seltsamen Ereignisse begonnen hatten. War das jetzt ein Zufall? Die verschwundene Lila war vielleicht eine vielversprechende Spur, allerdings können Junkies sich in ihrem Schattendasein in praktisch jeder Mülltonne in dieser Stadt verbergen, so daß man wohl eher darauf warten mußte, bis sie sich wieder meldete.

Dora runzelte die Stirn. Ordentlich notiert verbreiteten die Einzelheiten doch mehr Nebel, als sie Klarheit schufen. Was hatte es zum Beispiel mit diesen Kunstfälschungen auf sich? Auflagen mit preistreibenden Unterschriften waren gefunden worden, Auflagen, die verschollen waren oder versteckt, oder was? Keiner wußte Genaues darüber, aber das LKA saß auch schon dran. Wer da eigentlich Bescheid wissen müßte, wäre dieser Kätelhön. Von ihm stammten angeblich die gefälschten Drucke. Stammte auch von ihm die Kugel im Bauch des Geschäftsführers? Dora würde ihn sich einmal ansehen.

Und was hatte es mit diesen Einbrüchen auf sich? Und wer klaute ein Hundehalsband? Und wozu?

Und was wollte Gerritt eigentlich? Gerritt wollte, daß Dora Lila fände, dann würde alles gut werden. Nur – Dora glaubte nicht daran. Was immer gut werden sollte, brauchte etwas mehr als die Anwesenheit einer fixenden Ex-Nutte. Was zum Teufel wollte diese Graue? Wer war sie, woher kam sie? Dora hatte so ein Gefühl im Bauch, als würde von ihr wirklich Gefahr ausgehen.

Dora erinnerte sich daran, wie sie mit ihren Eltern in Holland Krebse gefangen hatte. Man hängte ein Stöckchen mit etwas Salami ins Wasser, und wenn man die Angel herauszog, hing ein Krebs dran. Sie war sicher, die richtige Salami, und der Krebs, den sie aus dem Wasser zöge, würde graue Haare haben. Und ihre Ansatzpunkte könnten sein: Yolanda und Kätelhön. Gerritt würde auch eine prima Salami abgeben, aber die Grauhaarige würde sich nicht mehr lange mit ihr zufriedengeben; sie zielte mehr an ihr vorbei. Bloß wohin? Dora schüttelte den Kopf. Das verstand sie noch nicht so richtig. Außerdem kam irgendwie immer wieder dieser Köter ins Spiel. Aber was konnte man ernsthaft von einem Hund wollen?

Je mehr Dora über kriminelle Verwicklungen mit Tieren nachdachte, desto mehr rückte eine Erinnerung in den Vordergrund. Das einzige vierbeinige Lebewesen, mit dem sie in den letzten Wochen in Berührung gekommen war, waren die Viecher, die ihr immer vor die Füße kackten, und eine Schildkröte, von der einmal die Rede gewesen war. Nein, das konnte nicht sein, das war jetzt zu albern. Je mehr sie probierte, sich alles wohlgeordnet vor Augen zu führen, desto mehr schien es sich wieder zu verwirren. Sie war inzwischen doch etwas müde.

Dora stand auf, schob zerstreut noch ein paar Papiere durcheinander, trennte sich dann mit einem Ruck von ihrem Nachtwerk, nahm sich einen Hocker, kletterte zu Maria Petronella hoch und gab ihr einen Kuß auf das Klebeband.

»So, meine Schöne, ich mache jetzt ein Nickerchen. Ruh dich gut aus, damit du mir morgen alles erzählen kannst, was ich verpaßt habe.« Kichernd zog sie sich aus, kroch unter ihre Decke und schlief sofort, glücklich über die Stille um sich herum, ein.

Kapitel 22

Warum das Leben nicht in einer wohltemperierten Klimakammer stattfinden konnte, war Dora noch nie klar gewesen. Im Sommer klebten einem die Textilien am Leib, Schweiß und Unbehagen produzierend. Man bekam keine Luft, quälte durch das Ozon Kreislauf und Herzkranzgefäße, lieferte sich gefährlichsten Hautveränderungen durch sengende UV-Strahlung aus und mußte Temperaturen ertragen, die nach Doras Empfinden allerhöchstens für Currywürste erträglich waren, aber nicht für vollschlanke Privatdetektivinnen. Ähnlich war es im Winter. Hier störte nicht so sehr die Kälte, davor schützte sie ihre leicht verstrichene Taille, die sich wie ein schützendes Bollwerk um ihren Körper legte. Die Nässe rheinischer Winter war es, die sie bei egal welcher Temperatur frösteln ließ. Sie wußte nicht genau, warum, aber irgendwie fühlte man sich in dieser Stadt immer, als läge man in einer Pfütze am Straßenrand.

Dora sah sinnend durch die Scheiben des Schnellimbisses auf die Subbelrather Straße. Es schneite dicke, feuchte Klumpen, die unentschlossen auf der Straße vor sich hin suppten. Umwabert von Schwaden alten Fettes räkelte sie sich auf dem alten, knarzenden Holzstuhl und ließ ihren Blick schweifen. Vor sich das »Hemmer«, das frisch renoviert und szenetrendisch warm herüberleuchtete. Meine Güte, was war hier los gewesen, als das noch die »Oase« war. Damals hatte es fast mehr verborgene Hinterzimmer als eigentliche Gaststätte gegeben, in denen man Gelegenheit hatte, so ziemlich jedes Gesetz zu brechen, das jemals erdacht worden war. Es hätte sicher Chancen gehabt, als das verrufenste Rattenloch Kölns in die Geschichte einzugehen, wenn Köln damals nicht voll von verrufenen Rattenlöchern gewesen wäre. Gegenüber die kleine, alte Werkstatt, die sich versehentlich nicht auf einem Hinterhof angesiedelt hatte und doch so aussah, als würde sie bald das Schicksal all dieser kleinen Existenzsicherungen teilen, nämlich Manövriermasse auf dem Spielfeld der Immobilienhaie und Stadtsanierer zu sein.

Dora haßte Veränderungen. Jeder gefällte Baum, jede abgebaute Baracke, so scheußlich sie auch ausgesehen haben mochte, und vor allem jedes neugebaute Haus verstimmten sie. Immer, wenn sie es gerade geschafft hatte, sich mit der Welt so zu arrangieren, wie sie nun mal war, kamen Menschen, taten was weg, fügten was zu, wurden reich und reicher dabei und ließen sie verwirrt und irritiert zurück, immer mehr eingeengt und bedrängt. Für sie hatte die Welt so zu bleiben, wie sie war.

Wie zum Beispiel der Laden hier. Sie erlebte jetzt mindestens den dritten Besitzer in dieser Imbißbude. Aber immerhin wurde noch immer die unwiderruflich scheußlichste Currysoße der ganzen Stadt serviert. Ungenießbar schrecklich, aber einzig in ihrer Art, stellte sie für Dora ein Faszinosum dar. Eine Unwiderstehlichkeit, der sie in unregelmäßigen Abständen erlag. Vor allem begeisterte sie der Gedanke, daß das Rezept für diese Kreation anscheinend von Hand zu Hand weitergegeben wurde, als besonderes Geheimnis gehütet und nur unter dem Siegel der Verschwiegenheit dem Nachfolger anvertraut. Sie stellte sich vor, daß im Keller ein Safe stand, der, ähnlich wie bei Coca-Cola, einen Zettel barg, der minutiös die Ingredienzen dieser kulinarischen Unverschämtheit trug.

Dora sah sich um. Zwei Familien von den stolzen Männern hier zum Essen ausgeführt, denn Mutti soll's ja mal schön haben. Toll, dieser Akt männlicher Fürsorge, die Familie genau hierher zu führen, wo die Karikatur einer Kochkunst selbst den abgestumpftesten Geschmacksknospen Overkill verschaffte, da fühlte man sich sicher geliebt und umsorgt, da fehlte nur noch die Adidas-Badeschlappe, um dem Ganzen den letzten Schliff eines gepflegten Ehrenfelder Feierabends zu geben. Aber immerhin – man ließ sie in Ruhe träumen.

Sie starrte auf den Teller, auf dem die Mayonnaise weiße Schlieren in den milchig-roten Curryschleim zog. Solche Tage waren eigentlich nicht. Nicht im Sinne von nicht, auch nicht nicht mal irgendwie, sondern gar nicht. Man erwacht am frühen Nachmittag und stellt fest, daß alles anders ist. Der Kopf dröhnt keinen Motorenlärm, die Zunge schmeckt nicht nach Rattenpipi, die Luft geht frei und leicht. Zwischen den Beinen zieht es noch so leicht angenehm, damit man weiß, daß die Erinnerung an den Taifun aus Sex vom Abend vorher keine Einbildung ist. Maria Petronella ist beleidigt und spuckt dir, sobald du ihren Mund befreit hast, ins Gesicht, ist weiterhin wohltuend eingeschnappt und schweigt, während du dich deinen Träumen hingibst.

Und du weißt, daß es richtig war. Du gehörst hierhin. Es ist dein Weg, und er ist gut.

Der Kopf ist frei und leicht, goutiert die ungewohnte nächtliche Enthaltsamkeit mit Geistesblitzen und gedanklicher Schärfe. Wo alles dir versagt, weiß die Szene doch oft Rat: Wenn irgendein Mensch im Großraum Köln etwas über die Grauhaarige wußte, dann war es eine – die gute, alte Bri. Langgekannte Freundin vieler durchlebter Nächte, schenkel- und schulterklopfende Gemeinsamkeiten, die verbanden, und nicht zuletzt eine kleine delikate Angelegenheit, die Dora für Bri so diskret und eindeutig erledigt hatte, daß man seit damals dem festen Irrglauben erlag, Dora würde allen Menschen grundlos und ohne viel Federlesens die Knochen brechen. Seit diesem Tag waren sie sich gegenseitig treu ergeben, was halbjährlich bei einem Zug ins Müngersdorfer Stadion und anschließender Feierlichkeit aufgefrischt wurde.

Ja, es war erstaunlich. Dora genoß die Betriebsamkeit in ihrem Kopf und sagte sich, daß dieser kleine Marienburger Wildfang ihr gesandt worden war, um sie aus ihrer alkoholisierten Eintönigkeit zu reißen. Sie warf einen Blick auf die nikotinüberzogene Uhr über den Flaschenkisten. Es war Zeit zu gehen. Bri wartete auf ein frühes Kölsch nebenan.

Das »Subbido« umfing Dora mit der ihm eigenen Atmosphäre aus leicht verstaubter Originalität. An der Theke saßen wieder einmal alle die, die man hier eh erwartete – »Faber«, so genannt wegen seiner Ähnlichkeit mit dem ersten Fernseh-Fahnder, Neri, der, seit er in festen Händen war, nur noch selten kam, und wie sie alle hießen. Alle legten wie üblich die Miene auf, als hätten sie eigentlich zum Fußball gehen wollen, hätten dem aber ein frühes Bier im Warmen vorgezogen. Außerdem wäre eh Donnerstag.

Dora nickte Martin hinterm Zappes zu, der ihr ungefragt ein Bier hinstellte und wieder sein Pläuschchen mit dem Künstlerkollegen von gegenüber aufnahm. Sie griff sich einen Hocker, pflanzte sich darauf und sah sich um. Natürlich, wie hätte es auch anders sein können, Fünfundvierzig saß hinten an einem der Tische, umweht von den Düften der Urinsteine, die hartnäckig die Treppe aus dem Keller hochkrochen. Er sah demonstrativ interessiert in sein Buch. Dora erhob sich mühsam, stieß noch etwas Curryschleim auf und ging zu ihm.

»Na, alles klar?« Sie ließ sich ihm gegenüber auf einen Stuhl fallen. Er nickte, ohne hochzusehen. Die »Soziologie des Selbstmordes« von René Durkheim nahm ihn augenscheinlich vollkommen gefangen.

»Weißt du, du könntest mir helfen.«

Jetzt schüttelte er den Kopf. Betont konzentriert blätterte er eine Seite um. Heimlich freute Dora sich diebisch. Sollte er doch rumzicken, sie hatte ihren Spaß dabei.

»Das ist schade, wirklich schade. Ich könnte deine Mitarbeit so gut gebrauchen. Es ist alles Mögliche nachzuprüfen, Beschattungen liegen an, Befragungen ...« Ihr Tonfall hatte etwas leicht Heuchlerisches, das merkte sie selbst.

Fünfundvierzig grunzte und blätterte zurück, als müsse er etwas nachprüfen, um dann wieder an der alten Stelle anzusetzen.

»Ich glaube, es wäre schade, wenn du mir so gar nicht helfen würdest. Aber – wie du willst.« Sie stand auf. »Ich könnte mir allerdings vorstellen, daß Gerritt sehr enttäuscht von dir sein wird.«

Fünfundvierzig fiel mit einem hörbaren Schmatzen der Unterkiefer herunter. »Wieso, warst du bei ihr? Was ist los? Erzähl doch mal!«

»Schade, schade«, Dora hob in gespieltem Bedauern die Arme, »leider habe ich jetzt keine Zeit mehr, dort kommt gerade meine Verabredung. Vielleicht, wenn Sie Glück haben, könnte ich nachher etwas Zeit für Sie erübrigen, bitte fragen Sie meine Sekretärin.«

Sie ging auf Bri zu und begrüßte sie mit einem beinahe überschwenglichen: »Na?«

Bri lächelte sie an. Da stand sie, fast zwei Meter groß, mit einem Haarschnitt, der jedem Fortuna-Fan zur Ehre gereicht hätte, lieben, schalkhaften Augen, die keinen Tag älter blitzten, als damals im »Coconut«, als sie die Nächte durchgetanzt und Bri mit Hella, beide laut grölend, auf der Empore gestanden und das Tamburin geschlagen hatten. Sie nickte Dora zu und sagte: »Und du?«

»Och joot. Fünfundvierzig, es ist jetzt gut. Ich komme später zu dir.« Er war ihr nachgegangen und drehte nun beleidigt wieder bei. »Du siehst doch, daß ich mich hier unterhalte. Also Bri, kristen Kölsch?«

Bri nickte. Sie sah sich um und angelte sich einen Hocker, während Fünfundvierzig unentschlossen hinter ihnen stehenblieb. Das erste Kölsch tranken sie schweigend. Erst, als sie sich die zweite Runde genehmigten, sprach Dora.

»Ich stecke da in einem ziemlich konfusen Fall, und irgendwie will mir niemand so richtig was erzählen. Und da dachte ich, ich frag dich, vielleicht weißt du ja was. Ich probier's einfach mal. Kennst du noch diese Yolanda?«

»Aha, daher weht der Wind. Ich habe schon gehört, daß da einiges im Busch ist. Mord, Diebstähle, lauter so Sachen …« Sie sah Dora mit gerunzelter Stirn an. »Sag mal, du bist nicht zufällig heute nacht bei Gerritt gewesen? Wenn ich es so recht bedenke, paßt da einiges zusammen. Sie rennt tagelang durch Köln, sucht dich überall, und dann kommt eine große, dicke Unbekannte zu Besuch und beendet die traute Zweisamkeit.«

Dora stand der Mund offen. »Woher weißt du das denn schon wieder!«

»Och, du weißt doch, wie dat geht. Die eine erzählt dies, die andere das, Gerritt heult jeder, die es noch nicht weiß, die Ohren voll, wie gemein ihre Freundin sei, vorher zieht sie durch die Szene und sucht Dora Langmann, und du hast diesen bestimmten Gesichtsausdruck. Da soll man sich keine Gedanken machen. Ich darf das also als Ja deuten.«

»Aber bitte behalte es für dich. Obwohl, warum eigentlich, erzähl es einfach allen.«

Bri zuckte die Schultern. »Gar nicht mehr nötig, das ist eh schon einmal durch die Szene. Du brauchst dir übrigens auch keine Gedanken zu machen, du hättest da die perfekte Ehe und Traumbeziehung zerstört. Ich weiß, das tust du eh nicht«, ließ sie Dora nicht zu Wort kommen. Allmählich gewann sie an Fahrt.

»Diese Yolanda ist nämlich ein Miststück. Nach vorne tut sie einen auf edel, Frauensolidarität und so, und nach hinten betrügt sie Gerritt nach Strich und Faden. Während die das Heimchen am Herd ist und Galeristin spielt, macht Dame Yolanda zwei Stockwerke drüber mit ihrer Ex rum.«

»Welcher Ex, etwa mit dieser Lila?«

»Genau die. Sie versorgt sie mit Stoff und allem, was sie braucht. Weiß der Geier, was noch alles.«

»In der Galerie?!«

»Nicht mehr. Gerritt hat das wohl irgendwie spitz gekriegt und hat die heut nacht überrascht. Jetzt hat Yolanda sie weggebracht. Wohin, weiß ich nicht. Scheint ja ‘ne interessante Nacht gewesen zu sein.« Sie sah Dora fragend an.

»Nach allem, was ich weiß, schon.«

»Ja, und in der Galerie scheint auch irgendwas zu laufen. Eine befreundete Künstlerin hat mich mal gewarnt, dort zu kaufen. Die hatte wohl mal in Bickendorf jemanden Picassos drucken sehen, die ein paar Tage später unterschrieben in der Galerie waren.«

Also tatsächlich Kätelhön, dachte Dora. Da würde sich ein Besuch empfehlen. »Aber ich bin doch so'n bißchen fertig, was du alles weißt. Welche Unterhosen hab ich an?«

Bri lachte. »Boxershorts, wie immer. Aber das ist kein großes Kunststück, das wissen wirklich alle. Du kennst das doch, Köln ist ein Dorf, und du kannst keine Kuh über'n Hof jagen, ohne daß es die ganze Familie mitkriegt. Brauchst du noch mehr?«

»Da läuft so eine grauhaarige Frau durch Köln. Muß ich die kennen?«

»Dora, du enttäuschst mich. Weißt du nicht mehr? Die war vor ein paar Jahren hier unterwegs. Galt als der schärfste Fick – wenn man's was härter mochte. Sie ist dann verschwunden, warte mal, wie war das denn?« Bri brach ab und starrte aus dem Fenster.

Während Bri überlegte, bestellte Dora mehr Kölsch und versuchte sich verzweifelt an einen scharfen Fick mit grauen Haaren von vor ein paar Jahren zu erinnern. Sie schüttelte den Kopf. Ihr wollte gar nichts einfallen.

»Das ist schon eine Zeit her, ich weiß es auch nicht mehr genau. Wenn ich mich richtig erinnere, ist die irgendwo in Süddeutschland in den Knast gekommen. Frag mich aber nicht, warum. Damals hatte die wohl auch was mit dieser Lila.«

»Während sie mit Yolanda zusammen war?«

»Ja. Yolanda und Lila hatten damals einen Privatpuff, und zwar einen, in dem sie die Freier nach Strich und Faden ausgenommen haben. Die ganze Bandbreite, Fotos, Erpressung, tralala. Irgendwann haben sie sich getrennt, weil es wohl Schwierigkeiten gegeben hat. So ist diese Yolanda groß geworden.« Bri starrte nachdenklich in ihr

Kölsch. »Ich kann sie nicht leiden. Sie ist falsch. Sei vorsichtig, wenn du was gegen sie unternehmen willst. Und auch mit der Grauen. Sie hat sich immer ›die Wölfin‹ genannt, Rana. Fand sie ganz schick.«

Dora versank in grüblerisches Schweigen. Rana hieß sie also. Das war ja schon mal etwas. Und sie hatte etwas mit Yolanda zu tun. Vielleicht hatten sie früher auch zusammengearbeitet. Aber weshalb suchte sie Lila? Hatte Lila etwas, das die Graue auch gern hätte? Weshalb war sie im Knast gewesen? Sie würde bei Repier mal dezent nachfragen, wenn der nicht immer noch von seinem Toten aus dem Stadtwald in Anspruch genommen wurde. Am besten würde sie jetzt mal das Knäuel an einem Ende aufdröseln, nein, besser doch an einem anderen. O Göttin, wo anfangen? Yolanda, Kätelhön, Rana, Lila, Repier, Gerritt, ihr schwirrte der Kopf!

»Fünfundvierzig!«

Er sah sie traurig an. »Ach, jetzt bin ich dir wieder gut genug. Erst nicht, dann wieder doch, und erzählt wird dem alten Fünfundvierzig auch nie was. Ich erfahr immer alles als letzter.«

Dora setzte sich neben ihn und legte den wurstigen Arm um seine Schultern: »Liebelein, wenn ich nichts weiß, kann ich dir auch nichts sagen. Ganz kurz: Ich war bei Gerritt, und sie hat mir den Fall übertragen. Und jetzt müssen wir ein bißchen losziehen und uns umhören. Bist du dabei?« Fünfundvierzig nickte ergriffen vor Spannung. »Ich kümmere mich um diese Fälschungen, mal sehen, was dieser Kätelhön sagt. Und du müßtest Yolanda verfolgen. Sie hat wohl Lila versteckt und irgendwo in Köln untergebracht. Häng dich an sie ran und krieg raus, wo.

Er nickte. »Und wo finde ich diese Yolanda?«

»Bri?« rief Dora über die Schulter, »wo treibt sich diese Yolanda rum?«

»Vielleicht im ›Schulz‹. Oder im ›Vampire‹, ›George Sand‹. Gern auch Hetero-Edelschuppen. Nimm genug Spesengeld mit. Oder such sie in Marienburg.«

»Wie sieht sie aus?« rief Fünfundvierzig.

»Teuer. Alles schön und gepflegt. Bloß die Stimme, die ist billig.«

»Kennst du ihr Auto?«

»Volvo und Benz, glaube ich, oder BMW, bin nicht so sicher.« Fünfundvierzig nickte. »Ich schau mal. Wo kriege ich dich?«

»Weiß ich noch nicht. Ich werde ziemlich viel unterwegs sein. Da gibt es so einiges, was ich zu gern mal nachgucken würde.«

»Okay. Tschüs, ich bin dann weg.«

Dora sah Fünfundvierzig nachdenklich hinterher. »Hoffentlich macht er alles richtig.« Sie warf einen Blick zur Uhr. »Heute kann ich eh nichts mehr machen. Wie wäre es, wenn wir unser Wiedersehen jetzt mal anständig feiern, Bri?«

Kapitel 23

Damen weinen nicht. Damen gehen zum Friseur.

Ganz in Ruhe in der ersten Etage hinter der Hohe Straße. Draußen tobte das Donnerstagmittagseinkauffieber im Schneematsch, drinnen schwang Musikunterlage den elektrisch betriebenen Massagehaarwaschstuhl.

Yolanda schloß die Augen. Als sie sie wieder öffnete, stand eine Rotlichtwärmelampe über, ein Schälchen tropischer Früchte mit Kokosflöckchen, Vitaminen unterm Schnee, vor ihr. Sie prostete Wolfgang zu, dessen ansteckende gute Laune ihre aufkeimende Niedergeschlagenheit erstickte. »Niemand ahnt mehr, wo ich herkomme, seit du mir diese Pumucklpagenköpfe schneidest.« Ihr Haar war verwandelt in einen Aluminiumfächer unzähliger Farbquadrate.

Wolfgang lachte. »Erst recht nicht, wenn du so zur Rosa Sitzung gehst.« Kichernd deutete er auf ihren nachlässig geöffneten schwarzen Kittel.

Die Tür flog auf, und Wanda Rumor flatterte herein. Ein aufgeregtes Windchen fegte den Erdboden haarfrei. Die halbe Nacht zuvor hatte Ingo die Meisterleistung vollbracht, ihre durchgeschwitzten, nikotinschweren, kölschbesprengten, zusammengesackten Perückenlöckchen in satyrischer Künstlichkeit neu zum Erblühen zu bringen, und mit kaum zu verbergendem Stolz genoß er jetzt die Anerkennung aller Anwesenden.

Mit »Alohas« und »Hast-du-schon-gehört«'s verabschiedete sich der Rosa-Sitzungs-Star von Yolanda. »Ich muß sofort wieder los, ich wollte nur die Perücke holen. Ich werde für euch mein Lied singen«, umarmte er sie verschwörerisch.

»Für uns?« Yolanda war irritiert.

»Nun, gaaanz Köln weiß doch schon, daß Gerritt ausgezogen ist, weißt du, und das tut uns sooo leid.«

»Wie bitte?«

»Schätzelchen, sie ist doch mit Koffer und Zeichensachen in *das* Frauenszenehaus in Nippes gezogen. Du weißt: Turmstraße. Jeder hat gesehen, wie sie di-rekt vor dem ›Froschkönig‹ aus ihrem Auto stieg. Yolli, ich sa-ge dir: die Haare nicht gemacht, ü-ber-haupt kein Make-up. Aber: ihre Lieblingspfannen dabei.« Wanda stellte eigens den Perückenkopf ab, um sprachbegleitend beide Hände hoch über ihrem Kopf auszustellen. »Liebelein, Shalömchen, ich muß lohoos!«

Getroffen sackte Yolandas neue Laune in den Tiefkeller. So war das also. Sie war nach Hause gekommen, und es war ihr erschienen, als habe Gerritt zerwühlte Decken dekoriert, leere Gläser umgekippt, Unterwäsche umhergeworfen, ja, sogar ihr Rasierzeug lag da und zwei Portionen Pasta mit Sardellensoße. Die Schulte hatte es nicht aufgeräumt. Das roch nach einer Inszenierung, um sie, Yolanda zu verunsichern. Sie griff sich an den Aluminiumfächer. War das also echt gewesen? Unfaßbar, und ganz Köln weiß es schon, nur ich nicht, dachte sie und wurde langsam sehr böse.

»Ingo, nimm mir den Kram ab, ich muß weg.«

*

Im Erkerzimmer in der Turmstraße raufte Gerritt sich die Haare. Was immer ihr das Leben auch antun mochte, wenn sie konnte, gehörte sie mit Haut und Haar »Alfredissimo«. Nicht, um Rezepte zu notieren oder Alfred zu genießen, sondern als Druckventil. Andere mochten Boxkämpfe anschauen, Fußballspieler vor dem Fernseher aus dem Sessel heraus anpöbeln, gegnerische Wahlkampfwerbesendungen verspotten – Gerritt *liebte* »Alfredissimo«.

Genoß ihre eigenen spitzen Schreie, wenn junge Soapies die verplissten Haarspitzen ihrer dürren Dauerwellen, lang und unbeachtet, mit in das Wokgemüse schnippelten, beim Reisgericht der Reis vergessen wurde, Soßenfertigprodukte direkt aus der Flasche – Plastik wie Glas – unverziert kalt, aber voller Geschmacksverstärker, Farbstoffe, Nitrate, Phosphor und so fort über ein würzloses Essen geschüttet, stehend gegessen und oft allzu vollmundig kommentiert wurden. Gewiß, es gab Sternstunden, etwa als Franca Magnani Bios Basilikum wegkippte, weil es nie die Sonne gesehen habe, aber ansonsten benutzte sie die arglose Küchensendung, um sich auch einmal hemmungslos aufregen, ordinär sein zu dürfen als wohlerzogenes Kind lieber Eltern, und sei es als längst genossene Wiederholung.

»Nein, das dürfen sie nicht, das können sie nicht tun!« rief sie gerade hysterisch, als Irene sachte an die Tür klopfte, unter der sie dann eine Nachricht durchschob. Aber erst beim mampfend schmatzenden Abspann tastete Gerritt nach dem Zettel. Irene war allzu lieb, sie hier in Nippes in einem Haus voller Frauen, ohne viel zu fragen, aufzunehmen, und ihr lautes Geschrei im Nachbarzimmer der arbeitenden Historikerin bedauerte sie schon. »Bedenke«, stand geschrieben, »daß hier im Haus auch noch andere Menschen wohnen. Und im übrigen hat Yolanda angerufen und nach dir gefragt.«

Gerritt, die sich beim Betrachten der Kochkünste anderer stark erhitzt hatte, erwog einen Friseurbesuch, um einem Wiedersehen mit Yolanda äußerlich gewachsen zu sein. Schließlich kringelten sich auch ihre Löckchen nicht aus der Anmut des Zufalls heraus, und Trotz bricht durch äußerliches Selbstbewußtsein oder nicht. Aber jetzt am Abend bekam sie höchstens eine Dusche hin, bevor sie anrufen würde. Yolanda würde vielleicht ihr Verhalten zu bereuen, Gerritt freute sich schon wieder auf zu Hause.

Dennoch durfte das alles nicht ungeschehen, unerwähnt sein. Gerritt beschloß eine Auseinandersetzung. Nie hatte sie der Freundin widersprochen, war immer in Demut und Dankbarkeit verfügbar und freundlich gewesen. Aber so betrogen und hintergangen zu sein, empörte sie unendlich und zündelte sodann ein Fünkchen begehrlicher Liebe zurück, wo vorher kalte Asche gelegen hatte. Dumm und unerotisch hat sie mich genannt, wühlte es in ihr. Der zeige ich noch, wie erotisch ich sein kann, wie konnte sie mir das antun? Ihre Augen wurden wieder feucht, aber sie entschied sich gegen Heulen, es machte sie zu häßlich. Sie hatte schließlich auch einigen Spaß mit der dicken Detektivin gehabt. Aber das war ja wohl etwas völlig anderes.

*

Beim ersten Klingeln sprang Gerritt in den Flur und hob ab. Zu dumm, dachte sie dabei, schon Schwäche gezeigt.

»Hallo«, hauchte sie verletzlich und sinnlich in einem langen Atemzug. Schweigen hier wie dort. Leeren Blickes starrte Gerritt auf die Pinnwand. Babyfotos, Pizzabäcker. »Woher weißt du, wo ich bin?«

»Wer weiß das in Köln noch nicht? Und, wie geht's dir?« Yolandas Stimme klang gleichgültig, kühl und viel zu leise. Nebenan zankte Irene mit dem Computer.

»Gut.«

»Hm.«

Das Baby auf der Pinnwand hieß Selina. Erst mal hinhalten, Zeit gewinnen, plante Gerritt.

»Wolltest du dich nicht von mir verabschieden?« Yolandas Stimme schnitt wie ein klebriges Messer in ihre gebackene Meinung, und Gerritts Konstrukt brach ein.

»Wie konntest du das tun, du bist so – gemein!« schniefte sie.

»Und du?« Jetzt war Yolanda Frau. Trotzig nagte Gerritt minutenlang auf ihren Lippen und starrte vor sich hin. Ein anderes Baby auf der Pinnwand hieß Rosa. Ein Mexikaner würde auch ins Haus liefern, Grüße aus Formentera …

»Na?« Yolandas Ton wurde wieder schärfer. Gerritt starrte wütend vor sich hin. Die Geburtsanzeige drehte sich um ein kleines Rosa-Sitzungs-Baby.

Sie schnaubte. »Bei mir ist das alles anders, mir kannst du vertrauen …«

»Jetzt hör mir gut zu. Wenn du deine Midlife-Krise oder prämenstruelle Depressionen aussitzen willst, kannst du das tun. Ich habe im Moment andere Sorgen als deine Kindereien!« Jetzt war Yolanda ganz und gar Kerl, nein, ein Macho, ihre Stimme dröhnte hart. Irgend jemand übte grad Posaune. Gerritt wollte schmollen, zupfte an den Löckchen, aber Yolanda machte keine Atempause dafür.

»Wenn du es wagst, mich lächerlich zu machen, und mir Hörner aufsetzt, kannst du demnächst deine teuren Jacketkronen im Keller *meiner* Galerie vom Boden fegen, und wenn du nicht vergessen hast, wo dein Zuhause ist, kannst du es mir auf der Rosa Sitzung sagen, wo du gefälligst deinen Hintern hinbemühen wirst!« Und dann ohne Pause der gnadenlose Umschwung, ein Schnurren wie von einem brünstigen Tigerweibchen: »Ich will dich!«

Die Posaune erklomm eine Tonleiter und erstickte Gerritts Schluchzen. Sie legte den vor sich hin tutenden Telefonhörer auf und wischte eine dekorative Träne aus dem Augenwinkel. Fieberte fast vor Lust und Wut durcheinander und rang vor Empörung nach Luft.

Die Posaune verstummte. Jetzt wollte sie sich betrinken, nur noch das.

Kapitel 24

Der Hof der alten Färberei roch wie erstarrt in der Kälte. Müde Spatzen umhuschten die Autowracks, die wie Mahnmale automobilen Wahnsinns die Verhöhnung eines vollbesetzten Parkplatzes bildeten. Hinter den Fenstern zeigte sich Leben. Einzelne arbeiteten an ihrer Kunst, an ihren Objekten. Leere Blumentöpfe umstanden eine Fahrbahn, die weit hinten an einem riesigen rautenförmigen Drachen aus rostigen Blechen endete. Dora wandte sich zu dem alten Schornstein, der nicht so aussah, als würde aus ihm noch besonders viel Rauch kommen. Es hätte pittoresk sein können, war dazu aber viel zu lieblos gestaltet – eine Ecke in einem Industriegebiet, in die man Künstler und Werkstätten gesetzt hatte, weil sich sonst niemand dafür interessierte.

Dora versuchte erst einmal den Eindruck einer zufälligen Passantin zu erwecken. Mit gespieltem Desinteresse ging sie an den Unfallautos vorbei, die hier zum Erwerb angeboten waren. Dort hinten mußte es sein. Hohe Fenster, davor Tisch und Bänke. Eine Mauer, die einen kleinen Verschlag bildete, wozu auch immer. Ein Bewohner war nicht zu sehen. Schluß mit dem Versteckspiel: Dora ging auf die blaue Stahltür zu und klopfte.

Keine Reaktion. Sie spähte durch die Scheiben. Große Druckmaschinen mit riesigen Handrädern, wie sie nicht einmal in alten Filmen zu sehen waren, Stühle, wie sie im alten Gürzenich gestanden haben mochten. Im rechten Fenster die Ahnung einer weiß bezogenen Stellwand und dahinter ein Bett. Schlief der etwa noch?

»Suchen Sie etwas?«

Sie fuhr herum. Vor ihr stand ein schlanker, groß gewachsener Mann im dünnen Leinenhemd und mit einer Brötchentüte in der Hand, der sie mißtrauisch ansah.

»Ja, ich suche Martin Kätelhön. Wissen Sie vielleicht …?«

»Das bin ich. Ja, genau.« Er räusperte sich. »Was wollen Sie hier?«

»Gefälschte Grafiken.«

»Gef … – wer sind Sie?«

»Dora Langmann.«

»Dora Langmann«, er sprach den Namen vor sich hin wie eine tibetische Gebetsformel, »Dora Langmann, tut mir leid, ich glaube, ich kenne Sie nicht. Und was wollen Sie?«

Dora wurde langsam etwas angestrengt. »Gefälschte Grafik!«

»Soso, gefälschte Grafik.« Er betrachtete interessiert das Schlüsselloch, als würde er es zum ersten Mal in seinem Leben sehen, und rasselte mit dem Schlüssel.

»Wollen wir nicht reingehen?« fragte Dora. Ihr wurde mittlerweile doch ein klein wenig ungemütlich.

»Genau!« rief er, als habe sie eine besonders ausgefallene Idee gehabt, »das tun wir jetzt, wir gehen rein, ich frühstücke, und Sie erzählen mir, was Sie eigentlich wollen.«

Dora versuchte, sich durch langsames Bis-zehn-Zählen zu beruhigen. Entweder war dieser Mensch komplett debil, irrsinnig raffiniert oder einfach nur Westfale. Dann allerdings würde er ihre Geduld auf eine schwere Probe stellen.

Kätelhön schloß auf und ging, vergnügt und unmelodisch vor

sich hinpfeifend, durch die Halle zu einer kleinen Kochecke. »Kommen Sie, ich mache uns einen Kaffee!«

Dora nickte Zustimmung und sah sich um. Druckpressen überall, Kunst an den Wänden und eine Atmosphäre von geordneter Kreativität. Die Tische waren aufgeräumt, Papiere zu geometrischen Mustern geordnet, und die Stifte senkrecht an der Tischkante ausgerichtet. Der Typ mußte einfach einen an der Waffel haben.

»Mögen Sie Kekse?« Kätelhön war derart aufgeräumt, als hätte sie sich als Geldbote von der Lottogesellschaft ausgegeben. Er wurschtelte ungeschickt in den Schränken umher und reihte ordentlich Kaffeefilter, -kannen und -mehl auf. Dora betrachtete das Schauspiel fasziniert.

»Was haben Sie da gerade erzählt von gefälschter Grafik?« So ganz zurückgeblieben schien er doch nicht zu sein.

»Ich bin Privatdetektivin. Frau Gerlach hat mich beauftragt, die Kunstfälschungen in ihrer Galerie aufzuklären. Und alle, die etwas davon verstehen, sagen, daß nur Sie die gedruckt haben können.«

Kätelhön paßte mit hoher Konzentration einen Kaffeefilter in den Porzellantrichter und betrachtete ihn dann interessiert. Dann griff er nach dem Kaffee und begann sorgfältig, Löffel hineinzuzählen. Schließlich drehte er sich um und schüttelte mit zufriedenem Lächeln seinen Kopf.

»Ich fälsche keine Grafik. Das kann man gar nicht. Man bringt mir einen Druckstock, und den drucke ich. Und der ist echt, ganz egal, von wem er ist. Den kann man ja nicht fälschen, der ist einfach da. Verstehen Sie?« Er kicherte über seine Spitzfindigkeit, lief zum Wasserhahn, rief: »Genau!«, füllte Wasser in einen Topf, ging wieder zurück, stieß ein: »Haha« aus und trocknete sich die Hände ab. Dann füllte er weiteres Kaffeepulver in den Trichter.

»Ich weiß eigentlich nicht, wovon Sie reden«, mußte Dora zugeben.

»Acht, neun, wissen Sie, das ist so. Sehen Sie dieses Bild dort hinten an der Wand?« Er zeigte auf einen riesigen blauen Ring, der über dem Papier zu schweben schien. »Das ist eine Metallplatte. Die drucke ich auf Papier. Und das ist echt.« Er wandte sich um und stellte den Topf auf den Herd. Dora begann sich zu fragen, ob der Kaffee in diesem Jahrhundert noch fertig werden würde.

»Ich mache so einen guten, alten Filterkaffee. Wie ihn meine Großmutter gemacht hat. Haha!«

»Das habe ich gemerkt«, sagte Dora und verfolgte, wie er sinnend in das Wasser starrte. »Ja, und was sind das dann für Fälschungen in der Galerie Gerlach, wenn es gar keine gibt?«

»Nein, sind Sie lustig! Genau! Das sind natürlich die Unterschriften, die gefälscht sind!« Kätelhön lachte sich kaputt, während Dora jetzt sicher war, einem Wahnsinnigen gegenüberzusitzen. »Aber was wollen Sie denn jetzt eigentlich hier? Sie haben doch gar keine Ahnung von Kunst!«

»Ach, merkt man das?«

»Ja, das tut man.«

»Ich will wissen, ob Sie die Dinger gedruckt haben.«

»Aber das ist doch vollkommen unwichtig. Sehen Sie, die Galerie … ist eine ganz normale Galerie mit ganz normalen Bildern. Die versuchen halt auch zu überleben. Wissen Sie, die bildende Kunst ist im Moment in einer tiefen Krise. Die Leute wollen schnelle, oberflächliche Unterhaltung, die Kunstschule wird in eine Medienhochschule verwandelt. Aber Bilder, die will keiner mehr. Oder sehen Sie es politisch. Als Köln noch seine Werkschulen hatte, da war hier wirklich was los. Da war es wirklich eine Kunststadt, vielleicht *die* in Deutschland. Das wollte man aber nicht. Künstler sind dreckig und laut. Man wollte eine Kunst*handels*stadt, denn in einer Galerie ist es sauber, man trinkt ein Sektchen, und hier kommt es zu den Summen, die sich nachher in der Presse gut machen. ›Bild für zehn Millionen verkauft‹, so eine Schlagzeile entsteht nicht in einem Atelier, so was passiert in Galerien, und so etwas wollte man haben. Der gute Name der Stadt verbunden mit spektakulären Nachrichten. Nicht mit spinnerten Künstlern, die sich über einen lustig machen und keinen Respekt haben. Nein, so etwas wollte man nicht, und dann hat man die Werkschulen, in denen es sowieso ständig nur Ärger gab, dichtgemacht.

Aber man hat vergessen, daß Kunst nur dort lebt, wo sie auch gemacht wird. Und deshalb stirbt in Köln die Kunst, denn man tut nichts mehr für die, die ihr Leben für die Kunst geben. Man baut große Museen, ja, aber nicht für die lebenden Künstler, die vergißt man. Und dann sind die Galerien an der Reihe, die hier eine nach der anderen zumachen, weil sie nichts mehr verkaufen. Und dann Leute wie ich, die Kunst produzieren, die den Künstlern helfen, ihre Kunst zu machen. Wissen Sie, das ist, als ob Sie schöne, saubere Bordelle wollen, aber ohne diese miesen kleinen Prostituierten drin. Köln ist schon lange keine Kunststadt mehr. Die Post geht woanders ab, London, New York, vielleicht noch Paris.«

Er sah auf den Herd: Das Wasser kochte. Er nahm den Topf und goß vorsichtig einen Schwups in den Filter. »Gehen Sie mal in ein Museum. Die Künstler, die da hängen, sind tot. Das ist praktisch für eine Galerie, denn die sind teurer. Außerdem können die einem nicht mehr ins Geschäft pfuschen. Die Künstler, mit denen ich arbeite, die leben, und deren Kunst auch. Aber die haben's oft sehr schwer. Mir ist das wichtiger, mit denen gute Kunst zu machen.«

Dora kam sich inzwischen vor wie auf einem anderen Planeten. »Ja, heißt das, daß es jetzt gar keine Fälschungen gibt?«

»Haha, keine Fälschungen«, Kätelhön vergnügte sich von unter der Spüle her, wo er nach Tassen suchte, »Sie sind aber lustig! Natürlich gibt es Fälschungen! Solange es Idioten gibt, die viel Geld für minderwertige Ware ausgeben, nur weil da ein bekannter Name draufsteht, solange gibt es Fälschungen. Aber da regt sich ja auch keiner drüber auf! Das gehört doch zum Geschäft! Wir alle wollen doch nur überleben«, endlich floß Kaffee in die Tassen, »die Galerien und die Künstler. Und wenn die Leute betrogen werden wollen, dann sollen sie das auch haben.«

Dora probierte den Kaffee. Er war schwarz, stark und so gut wie ungenießbar. »Was mich aber noch interessieren würde –«

»Ich weiß«, unterbrach er sie sehr leise, »ob die Drucke in der Galerie von mir sind. Soll ich ehrlich sein? Ich weiß es nicht. Sie kommen hierher, erzählen etwas von irgendwelchen Fälschungen. Woher soll ich wissen, welches Blatt Sie meinen? Ist da ein Fisch drauf oder ein Ei oder ein Segelboot? Ist es grün, gelb oder rot? Sie geben mir keine Chance, Ihnen etwas zu sagen. Selbst wenn ich es wollte. Ich verrate Ihnen aber noch etwas. Ich glaube, ich will es nicht. Ich wäre wohl nicht mehr ganz normal, wenn ich allen erzählen würde, ich hätte mit Fälschungen zu tun. Ich glaube nicht, daß ich mir damit einen großen Gefallen tun würde.« Er wurde wieder lauter. »Möchten Sie denn noch einen Kaffee, bevor Sie jetzt gehen?«

Dora lehnte dankend ab und ging frustriert raus. Sie hatte es verkackt. Und außerdem fühlte sie sich kräftig verarscht. Aber so ließ sie sich nicht abspeisen.

Sie ging mit verkniffenem Mund vom Hof, vorbei an den immer noch verschlafen wirkenden Fenstern, und stellte sich auf die gegenüberliegende Straßenseite, von wo aus sie weit in den Hof gucken konnte, durch die Bäume gut genug gedeckt, die auf der Mittelallee, zwar nun blattlos, aber immer noch massiv genug, wuchsen, und wartete. Ihr Gefühl sagte ihr, daß irgendwann einmal etwas geschehen würde, und dann würde sie schon in Erfahrung bringen, was er verheimlichte. Sie zückte ihre Zigarettenschachtel und versuchte, es sich an dem Maschendrahtzaun gemütlich zu machen.

Als die Zigaretten aufgeraucht waren, war es auch um Doras Geduld geschehen. Fast zwei Stunden stand sie sich hier schon die Beine in den Bauch, und das Wetter wurde auch nicht dadurch besser, daß man es stoisch ertrug. In den Füßen hatte sie schon lange kein Gefühl mehr, und obwohl sie sich heute schlauer angezogen hatte, war die Kälte, die sich auf einen gewaltigen Schneefall vorzubereiten schien, durch alle Kleidungsschichten gedrungen. Den nächsten Bus würde sie nehmen, hatte ihn schon ins Auge gefaßt, wie er rotweiß die Allee entlanggeschaukelt kam, da sah sie das kleine blaue Auto, das vor der Werkstatt geparkt hatte, vom Ende des Hofes auf sich zukommen.

Ja, sie hatte recht gehabt. Kätelhön saß in dem Auto, das nur ungenügend auf seine Körpermaße zugeschnitten schien, als müsse er sich mit dem Schuhanzieher hineinzwängen. Und neben ihm, durch die spiegelnde Windschutzscheibe nur schwer erkennbar, ein glatter, graugesträhnter Haarschopf.

Ich fasse es nicht, jubelte Dora sich selbst zu, während das kleine Auto sich hinter dem Bus in den Vorortsverkehr einfädelte und Richtung Innenstadt verschwand, wenn das mal nicht die Graue ist! Waaahnsinn, eins zu null für Dora, mit Aufschlag auf ihrer Seite. Endlich mal etwas, das in diesem Chaos zusammenpaßte, und dann auch noch dort, wo sie es am wenigsten erwartet hatte. Hier versteckte sich also die Graue. Und Kätelhön hatte dann wahrscheinlich nicht nur mit Kunstdrucken zu tun, sondern sicher auch noch mit anderen Geschichten. Und jetzt, jetzt wollen wir doch einmal sehen, was ihr beiden Hübschen so vorhabt, jetzt wollen wir dem Drucker doch mal Druck machen!

Dora schalt sich selbst für dieses miserable Wortspiel, ging über die Straße und wieder in den Hof. Diese Künstler! Jetzt erst, fast schon um die Mittagszeit, schauten die ersten verschlafenen Gesichter aus den Fenstern. Dora ließ sich gar nicht erst auf etwaige Unsicherheiten ein und ging mit der allergrößten Selbstverständlichkeit an das blaue Stahltor.

Das Sicherheitsschloß konnte ihr nur ein müdes Lächeln abringen. Sie brauchte ungefähr sechs Sekunden, dann gab das Schloß nach, und die Tür öffnete sich. Bei Ordnungsfanatikern gibt es eine Besonderheit, wußte Dora, abgesehen davon, daß sie ordentlich waren, was sie in Doras Augen zu einer Art Außerirdischer machte – sie hinterließen Spuren. Sie liebten es, zu beschriften, in Aktenordnern zu sammeln, Gleiches zu Gleichem zu legen und alles leicht auffindbar zu hinterlassen. Bei Dora wurde schon die Steuerberaterin wahnsinnig, wenn sie sich dem Berg zerknüllter Kassenzettel gegenübersah, der außerdem auch noch chronisch zu spät kam, ein Einbrecher hätte Schwierigkeiten, Wertsachen zu finden, vor allem, da es gar keine gab.

»Also, Herr Kätelhön, wo legen Sie denn Ihre Druckplatten hin?«

Sie mußte nicht lange suchen: An der Seitenwand der Werkstatt stand über die ganze Länge ein Arbeitstisch, auf dem hinten sauber und ordentlich Druckplatten an der Wand lehnten. Dora ging fasziniert an den kupferglänzenden Platten vorbei, in die dünne Linien gekratzt waren, dann wieder grobe Rillen. Eine ganze Abteilung Stanniolpapierchen war da, mit Farbtupfern drauf, wahrscheinlich Proben, alles beschriftet, »Lüpertz, Auflage 20 St.«, »Räderscheidt, Andruck«, »Picasso, 50«. Na also, da ging es ja schon los. Sie zog versuchshalber ein, zwei Schubladen auf. Blankpolierte seltsame Werkzeuge, Lederlappen, spitze Stahlnadeln, und dann, weiter unten, sorgfältig in Seidenpapier eingeschlagene Metallplatten, auch hier beschriftet: »H. Kätelhön«, und da: »Rembrandt«! Da war sie also, kaum handtellergroß. Das hätte sie jetzt nicht gedacht, daß die nur so klein war, aber immerhin. Kätelhön war also tatsächlich die Quelle für die falschen Drucke.

Doch was bewies das schon, außer daß ihre Nase sie nicht getäuscht hatte? Etwas enttäuscht ließ sie die Tür hinter sich ins Schloß fallen.

Kapitel 25

Hanne Kremin grüßte nicht, sondern zeigte Gerritt mit auf- und zuschnappender Hand pantomimisch eine Polizeisirene über dem Kopf an. Schalkhaft blitzten ihre Augen unter einer dunkelgrünen Filzrolle hervor, ihr Mund formte »Schmidt und Tönnies« so holzpuppenhaft, daß Gerritt an Tünnes und Schäl denken mußte. Die Wirklichkeit hatte sie also wieder. Ihr Kopf dröhnte noch wie eine Großbaustelle. Sie hatte den ganzen Tag gestern im Turmzimmer herumgelegen und eine Depression kultiviert. Vom Kiosk Rotwein dazu, leider zweierlei Sorten. Jetzt wäre sie gern gestorben, aber nie kam der Tod, wenn man ihn brauchte. Sie versuchte sich ohne aufzutreten vorwärtszubewegen; die weißen Manschetten ihrer Bluse waren verschmuddelt, ihre Strumpfhose zwickte, der Rockbund kniff, und ihr Unwohlsein kannte keinen Namen. So leise wie möglich öffnete sie die Tür. Der Rauch im Raum ließ sie hilflos zurücktaumeln, das dröhnende Lachen krachte in ihrem Schädel, und der Anblick einer Großlieferung Faßbenderschnittchen und Cappuccini auf ihrem Schreibtisch ließ sie hecheln von der Anstrengung, ihren Magen an seinem Platz zu halten.

Schmidt und Tönnies lachten sie vergnügt an und streckten ihr feuchte Hände hin, die ihren ganzen Körper aus der Fassung hebelten. Stöhnend ließ sie sich auf den letzten leeren Sessel sinken. Nach einem prüfenden Blick aus dem Schatten reichte Hanne ihr ein Glas Wasser und kramte ein Rudel freilaufender Aspirine aus den Schubladen. Die Polizisten wischten derweil ihre Lachtränen aus den Augen.

»Gerade hat uns Ihre Mitarbeiterin die Geschichte erzählt von der Museumsdirektorin, die Klaus Staeck auf der Eröffnung der Art Basel zum Tanzen aufgefordert hat …« Schmidt prustete wieder los, und Tönnies ergänzte: »Der so was nun gar nicht vertragen kann, und sie, nein, man muß sich das vorstellen ...«

Alle lachten wieder, bissen in laut knackende Baguettes, in den Aschenbechern verqualmten Zigaretten. Gerritts Magen drehte sich fast im Kopf, zum Lächeln ergeben preßte sie sich ein: »Und sonst?« ab.

Der jobbende Kunststudent meldete ein Sammlerehepaar an, woraufhin Hanne rasch eine Puderquaste im Schatten ihres Gesichtes zum Tanzen ausführte, unerträglich laut ihren Sessel zurückschob und sich entschuldigte. Leise schloß sich die Tür.

»Sie entschuldigen, diese ganzen Geschichten nehmen mich so sehr mit, da habe ich mich gestern mit ein paar Gläschen Wein zu entspannen versucht.« Vorsichtshalber schluckte sie noch zwei Aspirin.

Die Herren nickten nachsichtig. »Sie sollten sich nicht aufregen«, begann Tönnies. »Manchmal ist es gar nicht so schlimm, wie es aussieht«, nickte Schmidt, »inzwischen haben wir natürlich tüchtig ermittelt.«

»So?« röhrte Gerritt leise, ihre Verletzungen brannten und begannen unerträglich zu jucken und zu zwicken.

»Ihre Mitarbeiterin hat uns Bücher über die Galerie vorgelegt, die völlig korrekt scheinen, nur Ihr Grafisches Kabinett ist überhaupt nicht aufgeführt«, holte Tönnies aus.

»Das hat doch immer der Schmachtenberg gemacht, ich hab mich nur um die Zeitgenossen gekümmert«, flüsterte Gerritt heiser.

»Vernissagen, Farbkataloge, Messen in Genf, Paris, Barcelona, Frankfurt, Basel, großzügige Bewirtung, Ausstattung«, Tönnies deutete auf Schnittchen und Umgebung, »sind damit gar nicht zu finanzieren, aber, liebe Frau Gerlach, wir gehen den Dingen auf den Grund, keine Bange.« Jovial ruckte er in einer Andeutung pantomimischer Ritterlichkeit an ihrer Stuhllehne. »Außerdem sind die Drucke aus Ihrem Kabinett inzwischen überall aufgetaucht, bei Ketterer in München, bei Sothebys, nur nicht in Köln. Wer immer also diese Signaturen gefälscht hat, war recht schlau, doch auch, wenn Schmachtenberg selbst dabei war, wir finden das heraus.«

Sprach- und hilflos mit der Situation konfrontiert, blieb Gerritts Mund offen stehen, und sie schob sich ein Brötchen hinein, weil sie nicht wußte, wie sie reagieren sollte. Fassungslos beobachtete sie sich bei der Produktion vollkommener Wahrnehmungshohlräume. Schwarze Löcher, in denen ihre Grübeleien versanken, ohne wieder aufzutauchen. Sie nahm einen tiefen schwarzen Kaffeeschluck ums Brötchen und begeisterte ihren Gesichtsausdruck.

»Das wäre mir sehr lieb. Frau Kremin und ich sorgen uns sehr um den Ruf der Galerie, der belastet wird, wenn hier Verdachtsmomente stehenbleiben.«

Ein Kellner aus dem Bistro unten an der Ecke lieferte ein weiteres Tablett gut ausgekühlter Cappuccini. Die altmodische Sahnehaube löste in Gerritt Reaktionen würgenden Brechreizes aus.

Die Herren Ermittler nickten freundlich im Takt ihres hämmernden Kopfwehs. »Wahrscheinlich haben wir einige Situationen zu verketten gesucht, die eigendynamisch andere Richtungen genommen haben oder gar nur zufällig einander tangieren«, sinnierte Schmidt. »Häufig erleben wir jedoch, daß Zufälle in solchen Fällen selten Ausnahmen bilden.«

Gerritt stellte Fragen, gab sich neugierig, interessiert und aufmerksam, bis sie die Herren zum Plaudern gebracht hatte. So brauchte sie keine falschen Antworten zu geben. Die wohltuende Wirkung der Tabletten richtete sich werbefernsehgleich erleichternd in den Schläfen ein. Inzwischen war Hanne Kremin zurückgekehrt, entfernte wortlos das Tablett und vertauschte es mit Grünem Tee und Sushis. Ehe Gerritt sich noch weiter aufraffen mußte, etwas besonders schlecht oder gut zu äußern, war das Gespräch schon wieder im rauschhaft spannenden Fahrwasser von Fällen größerer Kunstdiebstähle der letzten Jahre.

Es war eine wunderbare Gelegenheit, sich davon zu machen. Zerrissen von guten und schlechten Gefühlen um Yolanda und Sorgen um die Galerie fühlte sie sich schmerzhaft einsam. Sie mußte mit jemandem reden. Sofort.

Sie rannte zu ihrem Volvo, unendlich froh, der Situation noch einmal entronnen zu sein. Lenkte aus der Stadt, nach Westen. Ehe sie es sich versah, kreuzte ihr Auto wieder um die Subbelrather Straße. Sie hatte diese Gegend sowieso immer gemocht. Der Charme von Ehrenfeld liegt im Spiegel der Faszination Kölns überhaupt. Selbst wenn die ganze Stadt sich weigert, es zu gestehen, es ist die Brüchigkeit. Zwischen eingeschworenen, herzensgut jovialen Rhein- und eindialektisierten Ausländern. Von alten Damen, nicht sanierten Altbauten, Satellitenschüsseln und dem Nachahmen von Designerwelten auf kleinem Raum. »Kneipen, Pech und Pfannen«, hatten sie gewitzelt, wenn sie zwischen »Café Sehnsucht« und »Anders« über die Gutenberg- durch die Stamm- zur Klarastraße spaziert waren. Als sie noch Witze machten konnten, weil es noch keine Lilasuche für vierhundert Mark plus Spesen täglich gab. Wieder durch den unvorstellbarsten Hausflur ihres Lebens, die Holzstiege hinauf, rechts abbiegend, drängte sich ihr nun doch die Frage auf, warum bei nur zwei Treppen ihr Herz so ungeziemlich raste.

Sie räusperte sich. Klopfte. Noch einmal mit mehr Kraft. Als wenn es hinter der Tür »*Calma, calma*« gebrabbelt hätte, was etwa soviel bedeutet wie »immer mit der Ruhe«, beruhigte sich Gerritt wieder. Wieder keiner da. Das ist sehr gut, beschwichtigte sie ihre unerkannte Enttäuschung und trat an das Hausflurfenster. Über Mülltonnen und deren freilaufende Inhalte schwappten Karnevalslieder herauf. In der Kneipe an der Ecke übte die decke Trumm Trinkstandhaftigkeit. Schnee schmolz auf allem, was er berührte, zu einer saftig graubraunen Kruste, die in ihren Brüchen inwendig leicht zu glitzern schien. Melancholisch wahrnehmend wie eine Malerin schien sich ihr in weicher Förmlichkeit jedes Detail geradezu aufzudrängen. In Wirklichkeit hieß es nun, neu anzulegen, was von Verrottung bedroht war. Diese Lila, warum die suchen? Ihr Zettelchen konnte eine Fälschung sein, eine uralte Notiz aus einem Tagebuch gerissen. Sie hatte beschlossen, Dora gut zu bezahlen, wenn sie sie suchte, um Yolanda glücklich zu sehen. Die aber war scheußlich zur Zeit, augenscheinlich treulos, interessierte sich nicht für ihre Sorgen, nicht einmal für den Mord, wenn sie es recht bedachte. Ja, wollte diese Lila denn, daß sie sie fanden? Offensichtlich nicht. Wer weiß, wo die sich vergnügte, während Gerritt wirkliche Probleme hatte.

Nicht einmal ein Kostüm für die Rosa Sitzung, dachte sie mitten in ihre Überlegungen hinein, und andere Mütter haben auch liebe Töchter.

Träumend nahm sie den Abstieg. Dieses Haus roch nach Dora, nicht umgekehrt. Sie trat ans Licht. Ein Kind wäre schön, dachte sich

Gerritt, ich hätte etwas nur für mich, und würde es größer werden, wüßte ich mehr. Oh, wie sie ins Träumen und Schwärmen einschwebte, hätte nicht Hotti vom Gemüseladen an der Ecke Subbelrather und Gutenbergstraße sie zurück nach Ehrenfeld geholt. »Die Königin des Montags, schönste Taube von Ehrenfeld«, grölte er her, während er vergnügt in eine Fußballtröte blies. Alle Gesichter wandten sich Gerritt zu, die sich bleich, pickelig, faltig und ungeschminkt gefühlt hatte, bis Hotti ihr seinen schönsten Apfel in Verehrung herreichte, bevor er dann eine traurige alte Dame mit Krücken zu sich in den Obst- und Gemüsehimmel erhob.

Zu blöd, nörgelte sie sich selbst an und war trotzdem heimlich eine Spur vergnügter. Der Weg führte sie zurück in den zähflüssigen Verkehr nach Dellbrück. Statt Kind noch einen Hund aus dem Tierheim? Eine nette Spielgefährtin für Joko vielleicht. Ja, Joko würde sie sich holen! Oder noch besser – holen lassen.

Der Weg führte zähflüssig über die verstopfte Kanalstraße, die Zoobrücke, von Refrath nach Dellbrück; dem einzigen Ort, an dem sie jetzt noch sein wollte. Und wenn sie nur einen klaren Gedanken von dort mitbringen würde. Als sie die Iddelsfelder Hardt hinauffuhr, sah sie schon die Scharen von Menschen in Gummistiefeln mit großen Laufleinen und Leckerlis bewaffnet vor dem Eisentor eintreffen: Leute, wie sie verschiedener gar nicht sein konnten, alle mit derselben Idee: nachmittags hier einen Hund abzuholen und mit ihm spazierenzugehen.

Um vier Uhr flog das Eisentor auf, und die Leute strömten hinein, um sich »ihre« Hunde zu holen. Und ehe Gerritt unter der weiten Kapuze auch nur ihre Zigarette ausgedrückt hatte, verließen sie schon wieder das Gelände, diesmal aber in Begleitung. Wie in einem Film von Walt Disney schien ein jeder sein passendes Spazierstück gefunden zu haben. Ein muskulöser Glatzkopf flog hinter zwei Bullterriern her, eine alte Frau hinkte mit einem kleinen Dreibein zur Spielwiese, ein Ehepaar in Loden führte mehrere Jagdhunde, und ein Rudel Mädchen jagte mit ein paar Huskies davon.

Als der letzte alte Herr mit humpelndem Dackel davon war, ging sie durchs Tor und stand dort einen Augenblick. Sie argwöhnte zu stören, aber niemand beachtete sie wirklich. Ein Mann schleppte Wäschekörbe her und hin und verteilte saubere Decken, zwei reinigten den Gully. Eine schwarzhaarige Frau spritzte die Freigehege sauber, die rothaarige Kati trug gewichtig Katzenbabies in Wolldecken in ein anderes Gehäuse und winkte ihr freundlich zu. Ein geschäftiges Schuften in Gummistiefeln, begleitet von dem enttäuschten Gebell der verbliebenen Hunde. Alle schienen so viel Frieden auszustrahlen, daß Gerritt sich schlagartig beruhigte. Sie setzte sich zufrieden rauchend auf die Bank vor der Futterküche und ging noch einmal alles durch.

Sie hatte zuviel erlebt, um alles für sich klarzulegen, aber eines war sicher. Sie begann Yolanda zu mißtrauen. Wußte sie von den falschen Unterschriften, hatte sie eine Geliebte, oder liebte sie heimlich nur Lila, die irgendwohin gezogen war?

Oder liebte Yolanda sie allein, und alles war ein Mißverständnis? Aber wer klaute Jokos Papiere? Welcher harmlose Kunstunterschriftenimitator brachte schmerbäuchige Geschäftsführer um, einfach nur so? Und Kätelhön? Ein entzückendes Unschuldslamm; wäre sie nicht lesbisch, wäre sie ihm sicherlich verfallen. Warum glaubte er alles, was ihm Auftraggeber erzählten, war er naiv oder verlogen?

Schenk Birkel und Lydia Lummerland eilten vorbei. Die Vermittlung war vorüber, alle Hunde waren an die Hundeführer verteilt. Zum Verschnaufen hielten sie bei Gerritt an.

»Na, wie geht's den Katzen?«

»Ganz gut, aber unsere Haushälterin hat schon ein Pfund abgenommen. Sagt mal, was ich euch fragen wollte, hatte Joko damals irgendwelche Papiere bei sich gehabt?«

Schenk lachte und lehnte dankend eine Zigarette ab. »Wo denn, in seinem Reisenecessaire?«

Lydia, von dem Anblick übriggebliebener Besucher gehetzt, sah auf die Uhr: »Einen Impfpaß hatten wir ihm mitgegeben.«

Bernd legte seine Hand auf Gerritts Arm. »Wenn die gute Yolanda mal nicht aus alter Gewohnheit hat Papiere fälschen lassen, damit sie sich mit ihm auf Ausstellungen präsentieren kann. Sähe ihr ja ähnlich. Oh, da ist schon wieder der Feuerwehrwagen, mal sehen, was der uns bringt.« Sein Lächeln war abgebrochen, der Scherz verweht, und er lief mit Lydia zum Eisentor hinunter.

Gerritt wurde sehr kalt. Vergessen war die Idee eines neuen Hundes, jetzt war sie selbst sich erst mal wieder wichtig. Meine Güte, daß ihr das nicht aufgefallen war! Joko als Findling konnte doch gar keine Zuchtpapiere besitzen; unmöglich, und was Schenk als lustige Bemerkung dahingesagt hatte, traf einmal mehr in Gerritts Gemüt als betrogene Frau. Sie stand auf und ging zurück. Jetzt mußte sie Wolfgang, den Maskenbildner, um ein eindrucksvolles Kostüm bitten, und dann Yolanda stellen. Von ihr aus auch auf der Rosa Sitzung. Denn vor Publikum konnte sie nicht lügen, oder?

Gerritt zog ihre Jacke fester um die Schultern. Schenk winkte ihr zu, wobei er begütigend auf einen großen grauzottigen Hund einredete, der sich mit seinen eng beieinanderliegenden Augen schüchtern umblickte. Ihr rief er noch ein: »Bis Sonntag auf der Rosa Sitzung« zu und verschwand dann in einem der Häuser. Der Feuerwehrwagen, der den Hund gebracht hatte, fuhr eine Weile vor Gerritt her.

Wohin jetzt? Kein Hund, keine Katze konnte ihr helfen. Wie sie es haßte, erwachsen zu sein.

Kapitel 26

Unter dem dröhnenden Gelächter einer alten Hurenveteranin schien Yolandas Blase zu bersten. Sie saß im »Schulz« in der Südstadt und hatte Gertraut getroffen, ihre alte Kumpelin. Und wie hätte sie ihren Geschäften nachgehen können, wenn Gertraut Müller mit dem Charme eines Eisbrechers ihrer beiden lesbische Karriere aufs Korn der Ironie nahm? Das Lachen brannte wie guter Schnaps in der Kehle. Es war anders gekommen und hatte nicht gar so übel geendet, wie Yolanda prophezeit worden war. Dem Bürgertum von der kalten Schulter zum blanken Hintern alles zu zeigen, hatte sich für sie gelohnt. Nun war Zeit, zu genießen, zu kassieren und zu prassen. Aber Spaß machte ihr nur dieses dröhnende Lachen aus dem Bauch, das zu gern ein wohltuendes Weh hinterließ. Beim Lachen ließ sich vergessen, was nicht in ihr Bild von sich paßte, zu den Demütigungen, den raffinierten Coups, an anderen begangen und – daß sie Gerri belog, ihre liebe Gerri …

Regina eilte beschwingt, angezogen von der lustigen Runde, mit einem neuen Tablett Kölsch und Korn her. Lag es an denen, der neuen Raumgestaltung oder am Karneval in Köln, daß es so herrlich sein konnte in einem Südstadthinterhof? Im Laden gegenüber hing ein Abendkleid; ein Sessel stand daneben, mit Landkarten beklebt.

Und inmitten des Lachens war ihr, als trete sie noch einmal eine Reise an, hinaus in die vergangenen Hoffnungen, mit denen sie die Strände, Inseln und Gärten ihrer Träume anvisiert und trotz Luxusklassen und Kreuzfahrtschiffen niemals wirklich erreicht hatte. Einsam und tot war sie gewesen, blind oder blöde. Hatte Erinnerungen gekauft und nichts gesehen. Wieder wanderten ihre Augen über die Landkarten, ja, so hatte es ein Astrologe versucht, ihr aufzuzeigen, aber Gerritt hatte es geschafft, sie allein.

Gertraut, die die Füße hochlegte, Trekkingsandalen im Februar mit dicken, wollenen Socken, und eine Nonnenaufstandsnummer für die nächste Sitzung probte, riß sie aus ihren Gedanken. Annelu schlug gleich einen eigenen Frauenkarneval vor. Gertraut brachte Trinksprüche aus, wozu Joko heftig unterm Tisch grunzte. Wenn er etwas liebte, so waren es vollbesetzte Tische, unter denen er schnarchen durfte. Nur in sehr vornehmen Häusern pflegte er bisweilen ausdrucksstark zu rülpsen.

Es tat wohl, die eiskalten Fußspitzen an seinen schlafwarmen Körper zu schmiegen, und es verband beide in Zuneigung voller Zugehörigkeit, auch wenn die unsägliche Lolita hinter ihr her schlich und näselte: »Na, niemand sonst zum Wärmen da?« und sich an einem zweideutigen Gesichtsausdruck übte. Yolanda zuckte verächtlich mit höchstens einem Mundwinkel.

Sie prostete wieder Gertraut zu. Das Leben unter uns Kerlen ist viel leichter. Witze und Anekdoten von früher aus den jungen Tagen des ersten Frauenzentrums und Klatsch von heute in wildem Wechsel kreuz und quer gekreischt und begossen und kommentiert.

»Habt ihr schon gehört, Hella wird als Präsidentin der Rosa Sitzung zurücktreten und mit ihr das ganze Sixpack.«

»Annette Küppersbusch und Wanda Rumor vom Kulturschock sollen das übernehmen.«

»Das Sixpack soll ja überhaupt schwanger sein!«

»Nein!«

»Das ist noch gar nichts!« Die Müller, die ein paar Szenegeschichten aus Berlin nicht richtig hatte unterbringen können und von der ein lebhaftes Gerücht erzählte, sie sei einmal als Gefängniswärterin anstellig gewesen, brachte Knastgeschichten vor: »Die wilde Vera sitzt ein.«

Gleichgültige Mienen, die eine geile Pointe erwarteten. Regina brachte ein neues Tablett und setzte sich dazu. Yolanda zündete sich ein Zigarillo an. Das Feuerzeug klemmte, verärgert schüttelte sie es aus, wobei sie sich unsanft den Fingerknöchel stieß. Fast hätte sie dabei überhört, wie Gertraut Müller ausrief: »Und stellt euch vor, die graue Wölfin ist raus. Nach nur sieben Jahren. Wegen guter Führung angeblich. Jetzt soll sie sich wieder in Köln rumtreiben, nehmt euch in acht, Mädels.«

Beeindruckt schwieg die Runde; Yolanda kippte ihren Korn. Unter ihrer Schminke breitete sich vornehme Blässe aus. Aus dem Ausschnitt überzog sie eine tiefe Röte. Scheiße. Die Wölfin war wieder da.

Vor Ewigkeiten hatte Yolanda im alten »Coconut« in der Pfeilstraße die Szene aufgemischt. Hatte mit Bri, mit Hella und Bine nächtelang gesoffen, das Tamburin geschüttelt und getanzt. Gemeinsam Frauen aufgerissen und gelacht. Dann war sie mit Lila zusammen und hatte sich, na ja, selbständig gemacht. Hatte ihrer Lila vertraut, ihr alles erzählt und mit ihr gemeinsam gekichert. Es war ein gewaltiges, spannendes Abenteuer gewesen, das sie beide hatten, und auch die ganzen Kerle hatten es nicht beschmutzen können.

Dann war eines Tages Rana gekommen. Schon damals mit einer langen grauen Mähne und ihrer Body-Building-Figur, und dann hatten sie nicht mehr gelacht. Nie mehr. Und für eine, die nicht weinen kann, war eine trübe Zeit angebrochen.

Lachen macht warm. Das vollbesetzte »Schulz«, ungeschminkte Kulturschockakteure, haltlose Weiber und stille Kettenraucher, wie die völlig in sich versunkene Type hinter ihr. Yolanda hatte das Lachen immer für später aufgehoben. Und nun war es, als ob es sich endlich befreite aus der Gefangenschaft von Käuflichkeit. Bewußt war ihr nur eines: Sie war niemals ausgestiegen, weil es immer noch ein bißchen mehr sein durfte. Jetzt, inmitten ihrer persönlichen Verstrickungen, war ihr klar, daß es viel zu viel war, was unabänderlich war.

Ihr Blick schwankte unstet trunken in die fröhliche Runde. Ihre Haut war genug Landkarte aus Fingerabdrücken des Lebens. Sie hob ihr Kölschglas und beschloß einen neuen Anfang. Und Gerritt zurückzuholen. Sie mußte natürlich erst einmal richtig zurechtgestutzt werden, aber sie war ihre Freundin und stand für ihre Zukunft. Was mit Lila geschehen sollte, duldete keinen Aufschub. Wenn die Wölfin wieder jagte, hatte Yolanda keine Zeit zu verlieren.

*

Im Auto dann wieder die Callas. Wenn ihr zum Heulen war, zündete sie eine Kerze im Halter am Armaturenbrett an, das war die einzige kitschige Gefühlsäußerung, die sie sich gestattete. Versinkend in der warmen Abgeschlossenheit mit Aussicht, wie sie ihr nur ihr Auto bieten konnte, war sie wieder sicher, selbstsicher. Fluchen, schimpfen über Fahrräder, Mopeds, andere Autofahrer, Straßenschäden, Ampelschaltungen oder Baustellen. Sich einpöbeln, gehen lassen – so, wie Gerritt ihre Kochsendung sah und geläutert aus den diversen Erregungszuständen hervorging. Allein im Auto war sie wieder Kraat Claudia. Nicht Dame Yolanda, sondern ein Teil des wehrhaften Drecks, aus dem sie wohl gemacht war. Sie fuhr durch die Innenstadt nach Norden, durch breite Gassen und alte Straßen, fuhr sich frei bei Dämmerlicht und Schneeregen, einmal nach Chorweiler zur Abschreckung, und wieder zum Egelspfad. Immer, wenn sie traurig war, fuhr sie zum Egelspfad. Selbst die Nähe zum alten Militärring, in dessen Gebüschen sie mit elf von ihrem Lieblingsonkel vergewaltigt worden war – eine Erinnerung, die sie zu fliehen gewohnt war. Hatte nicht diese Verletzung, die ihr niemand geglaubt hatte, letztlich dazu geführt, daß sie weggelaufen war? Daß sie log, weil die Wahrheit sowieso unglaublich zu sein schien.

Genau hier entlang mußte sie wie unter Zwang fahren, um sich lustig zu machen. Eine Klientel, die sich vor Genversuchen und Depressionen nicht gruselte, war von der Stadt auf diese überteuerten, kleinen, also exklusiven Grundstücke gelockt worden und hatte sodann ihre ganz privaten Millionärsträume in großen Häusern auf kleinstmöglichen Grundstücken verwirklicht. Da war das High-Tech-Haus in Zink neben dem Schwarzwaldhüsli, die Miniatur einer griechischen Tempelanlage neben der Holzfällerhütte, Tudorsäule zum Reetdach und nicht zuletzt die Shilohranch. Yolanda lachte wieder, selbst in bescheidenen Lichtverhältnissen konnte sie in mageren Gartenfrischlingen Lichtanlagen und einsam erhellte Wohnzimmer bar jeder Persönlichkeit ausmachen, draußen protzige Schlitten neben kitschigen Eingangsvasen. Die Kerze wurde ausgepustet. Die Straßen, voll unschuldiger Pflanzennamen, in dieser Gegend ohne Romantik. Leinsamen-, Weizen-, Mais- oder Rispenweg neben Max Planck – das war Realsatire. Zu besichtigen als originelle Sehenswürdigkeit nur, bis die Bäume treiben würden.

Von Orten wie diesen kamen oft ihre Kunden. Aus Ehen, die in diesen Pralinenschachteln scheiterten.

Sie aber war frei und hatte ihre Fassung wiedergewonnen. Es galt nun keine Zeit zu verlieren. Wenn die Wölfin etwas von ihr wollte, würde sie es über ihre heimliche Schwachstelle tun: Gerritt! Yolanda seufzte schwer; sie war stinksauer auf die einfältige Dummheit und das Mädchengetue ihrer Freundin. Aber je weniger sie wußte, desto weniger konnte passieren. Lieber Liegestützen hinter der Etagentür und Eifersucht als die Wahrheit. Die Dame gab Gas und fuhr in den Club.

Kapitel 27

Es war mal wieder Freitag. Freitage fanden Dora normalerweise im Bett, besonders, wenn sie kalt, naß und verschneeregnet waren. Sie pfiff dann »I don't like fridays« im Kopf, zog sich die Decke über den Kopf und ließ die Donnerstags-schlechte-Laune von der Freitagsdepression ablösen. Doch nicht heute.

»Du was?« quiekte Maria Petronella mit vor Überraschung tonloser Stimme.

»Ich frühstücke, jawohl!«

»*Incredibile!* Um diese Zeit? Es ist gerade mal neun! *Dio cane*, nicht, daß das wirklich früh ist, um diese Zeit hatte ich schon das ganze Haus in Ordnung gebracht und ein zehngängiges Menü in Arbeit, denn um zwölf kam ja dein Großvater, und der hat immer gesagt, was um zehn noch nicht gemacht ist, das wird auch nichts mehr!«

»Mein Großvater war Polier am Bau und ein Arschloch. Ich bin Privatdetektivin und davon abhängig, daß meine Gesprächspartner wach sind. Ich habe nichts davon, wenn ich um sechs auf'm Waidmarkt stehe, da ist Repier noch nicht da.«

»Ist das der Kleine mit dem Schnurrbart, mit dem du früher manchmal zusammengearbeitet hast?« Maria Petronella sah nachdenklich zum Fenster.

»Ja, genau der ist das.«

»Das war ein netter Mann. Den solltest du dir warmhalten. Seeehr vernünftiger Mensch, der hat mir sehr gut gefallen. Ich finde das sehr gut, daß du dich mit ihm triffst. Zieh dir am besten was Nettes an.«

Dora hob das Gesicht aus ihren Handflächen. »Repier hat einen gewaltigen Strickfehler, Maria Petronella: Er ist ein Mann. Außerdem reicht er mir nur knapp bis zur Schulter.«

»Na und, das sind oft die besten. Dein Großvater war auch nicht größer, und wir hatten eine sehr gute Ehe.«

»Ja, deshalb hast du ihn auch vom Baugerüst gestoßen.«

»Das war was anderes. Er hatte mich betrogen. Oder zumindest daran gedacht, es zu tun. Er hatte es nicht besser verdient. *Basta!* Außerdem – was willst du eigentlich, er hat es doch überlebt.«

»Aber nur zufällig. Hätte der Zementkübel da nicht gestanden, wäre er auf dem Pflaster gelandet. Außerdem muß ich jetzt los«, würgte Dora Maria Petronellas Mitteilsamkeit ab, stand auf und zog den Mantel an. »Tu mir einen Gefallen, sollte Gerritt hier aufkreuzen, sag ihr, ich würde sie gern sprechen. Und probier vielleicht mal ein bißchen freundlich zu sein.«

»*Figlia di putana*, das bin ich doch immer!« schnaubte Maria Petronella.

»Nein, du bist nie nett zu meinen Freundinnen.« Und vergnügt stapfte sie die Treppe hinunter, ohne auf das Geschimpfe hinter sich zu achten.

*

Der Weg zum Waidmarkt führte Dora wie immer rein zufällig am Lesbenpornoshop vorbei. Zwar war noch geschlossen, aber im Geiste machte Dora sich eine Einkaufsliste, die sie unbedingt abarbeiten müßte, wenn sie wieder ein bißchen mehr Zeit hätte. Da sah sie doch so ein paar Sächelchen, die Gerritt sicher sehr viel Vergnügen bereiten würden. Beschwingt ging sie durch die katholisch geprägten Gassen und freute sich heimlich und boshaft darüber, daß die Verwaltung der katholischen Kirche hier in einer Gegend lag, die sie sich mit dem Kölner Rotlicht- und Pornomilieu teilen mußte. Es schien keinen zu stören, vielleicht war es ja auch die ideale Symbiose. Die einen kamen beichten und sorgten für die Sünden, die die Lämmer Gottes dann büßen mußten, und die anderen kamen dafür mal vorbei, um so richtig das Zölibat zu lobpreisen. Jedem wohl und niemandem wehe, wo anders als in Köln sollte das funktionieren.

Altbekannte Gefühle überkamen sie, als sie die Sicherheitsschleuse passiert hatte. Nein, sie bedauerte nicht, daß sie diesen Verein verlassen hatte, aber so etwas wie Heimweh kam doch jedesmal auf, wenn sie das einst modernste Polizeipräsidium Deutschlands, inzwischen schon arg von billiger Bauweise, schlechter Energie und dem Zahn der Zeit mitgenommen, betrat und die Luft einatmete von Mord und Vergewaltigungen, von Lügen und Ausflüchten, von ermüdender und oft hoffnungsloser Arbeit der Menschen, die sich hier in ihrem Bemühen um friedliches Zusammenleben bis zur völligen Frustration und Wesensveränderung abkämpften.

Das Präsidium glich mehr einem Ameisenhaufen als einer Dienststelle. Eine gewisse Aufgeregtheit war nicht zu verkennen. Erst, als sie die Räume ihres alten Kommissariates betreten hatte, fiel eine begütigende Ruhe um sie herum nieder. Repier wurde wie früher auch immer, fast verborgen von einem Berg Papier auf seinem Schreibtisch, dessen Ablagesystematik nur er selbst durchschaute. Er sah hoch und blickte Dora erstaunt an.

»Höflichkeitsbesuche von dir? Womit habe ich das verdient?«

»Naja, immerhin hast du mir da bei Langhardt einen ziemlich dicken Fisch an die Angel gehängt.«

»Den du gekonnt ausgenommen und filetiert hast. Sogar hier war man sehr zufrieden. Wie ist das, wenn man sich in einem Monat mal keine Feinde gemacht hat?«

»Bist du da so sicher? Ich nicht.« Dora ließ sich vorsichtig auf einem Stuhl nieder. »Und«, fragte sie mit Smalltalkstimme, »was macht deine Leiche?«

Repier zuckte die Schultern. »Etwas mühsam. In der Galerie sitzt immer noch das LKA und tut sich wichtig. Kunstfälschungen, hah! Die kommen aber auch keinen Schritt weiter. Warum fragst du?«

»Oh, weil ich«, sie spielte scheinbar hingebungsvoll mit einem Bleistift auf seinem Schreibtisch, »gestern bei dem Drucker war, der diese Fälschungen gemacht hat.«

Repier fuhr hoch: »Was? Wer ist das! Warum weiß ich nichts davon?«

»Wahrscheinlich«, fuhr sie fort, »weil dir keiner davon erzählt hat. Mir aber schon. Und ich würde mich nicht wundern, wenn du in seinen Schubladen die ein oder andere Platte von Rembrandt oder sonst wem finden würdest.«

Er funkelte sie mißtrauisch an. »Hast du die da reingetan?«

»Peter!« Dora war ehrlich entrüstet. »So was würde ich nur tun, wenn es nötig wäre!«

»Okay, dann raus mit der Sprache, wer ist das?« Repier stutzte. »Sag mal, was zum Teufel hast du eigentlich mit dieser Geschichte zu schaffen?«

»Galerie Gerlach. Man möchte seinen guten Ruf wahren. Und so nebenbei auch noch das ein oder andere in Erfahrung gebracht wissen.«

»Was nicht zufällig von Interesse für uns wäre?«

Dora zuckte nonchalant die Schultern. »Kann sein, weiß ich nicht. Ich hab's ja noch nicht rausgekriegt.«

»Na gut, dann gib mir jetzt den Namen von diesem Drucker.«

»Kätelhön, Martin. Hat seine Werkstatt in der alten Färberei in der Wilhelm-Mauser-Straße.«

»Und hast du da noch was rausgekriegt?«

»Nee, außer, daß er das Unschuldslamm gibt. Nicht sehr überzeugend übrigens. Du solltest da mal nachbohren.«

Repier nickte zufrieden. »Vielleicht finden wir ja etwas, das uns weiterbringt.«

»Und wenn du gerade dabei bist, könntest du auch etwas für mich tun.«

Er strahlte, als hätte er gerade den Hauptgewinn in einer Lotterie gezogen: »Das hätte ich mir ja denken können, daß du nicht aus Nächstenliebe zu mir kommst.«

»Warum sollte ich?«

»Also, schieß los, was ist es?«

»Da ist eine Frau, die wohl im Knast gesessen hat, über die wüßte ich gern Genaueres.«

Repier zückte einen Stift. »Irgendwelche Namen, dann geht's einfacher.«

»Leider weiß ich nur den Spitznamen, Rana. Eine grauhaarige Frau, erst kürzlich aus dem Knast entlassen, etwa einsachtzig, kräftige Statur, aber schlank.«

Repier machte sich Notizen auf einem Rundschreiben der Staatsanwaltschaft. »Und was hat die mit der Galerie zu tun?«

Dora zuckte die Schultern. »Keine Ahnung. Ich weiß überhaupt nicht, ob irgendwas miteinander zu tun hat. Vielleicht siehst du mal nach, was es über diese Rana gibt, und ich mache an meinem Auftrag weiter. Wenn ich was rauskriege, wirst du es als erster erfahren.« Oder auch nicht, dachte sie im Aufstehen still. »Du hältst mich auf dem laufenden?«

Repier hob die Arme. »Ehrensache.« Wahrscheinlich kreuzte er gerade die Finger auf dem Rücken.

»Ach, da fällt mir gerade ein«, Dora blieb in der Tür stehen, »hast du zufällig was mit einem Vermißten namens Fritsch zu tun?«

»Vermißte? Nein. Gar nichts. Ich könnte mir aber die Akte kommen lassen. Ist das wichtig?«

»Och nöö, ich glaube nicht. Mach's gut.«

»Mach ich.«

»Und noch ein letztes, hast du in der letzten Zeit mal etwas von einer Schildkröte gehört?«

»Schildkröte? Auch nicht. Mein Schwager hat eine. Wieso?«

»Ach nichts. Tschöhöh!«

*

Dora stand auf dem Waidmarkt und schmatzte mit dem abwesenden Gesichtsausdruck einer wiederkäuenden Kuh vor sich hin. Sie kniff die Augen zusammen und beschloß, den letzten Punkt ihrer Liste abzuarbeiten. Kätelhön würde jetzt erst einmal Besuch von der Polizei bekommen, die ihm sicher bereitwillig bei der Durchsicht seiner Habseligkeiten behilflich sein würde. Yolanda hatte Fünfundvierzig als Begleitkommando. Das reichte, denn ohne Daumenschrauben würde die eh nichts preisgeben.

Blieb noch Fritsch. Er hatte nach Lila gesucht. Dora hatte das Gefühl, daß diese Seite des Falles neue Lichttupfer abbekommen würde, wenn sie, der alte Profi mit dem untrüglichen Gefühl für den Augenblick, für die Gefahr und das Besondere, mal bei ihm zu Hause auftauchen würde. Sie setzte an, die Straße zu überqueren, und wurde fast von einem eiligen UPS-Auto überfahren.

Sie bat im nächsten Kiosk, ob sie mal das Telefonbuch haben dürfte. Sie durfte, allerdings beobachtet von ängstlichen Blicken, denn wenn Dora konzentriert war, wirkte sie erst richtig gefährlich. Walter Fritsch, so hatte es im Express gestanden, und da war er auch schon: Walter Fritsch, Sozialarbeiter, Görlinger Zentrum. Na klar, der konnte nicht mal eben um die Ecke wohnen. Das würde wohl also eine längere Reise geben.

Die Bushaltestelle gleich nebenan war von Menschen überlaufen. Man konnte ja von der KVB halten, was man wollte, aber eines war sicher: Sie schweißte die Kölner in einer Solidargemeinschaft zusammen.

»Warten Sie schon lange?« fragte Dora einen auskunftsfreudig aussehenden älteren Herrn, der über den Rand seiner Brille suchend die Straße heruntersah.

»Junge Frau, ich habe schon auf den Bus gewartet, da waren Ihre Eltern noch flüssig! Wenn man in Köln nicht mehr auf den Bus warten muß, dann hat man wirklich einen Grund, sich Sorgen zu machen, dann gab es nämlich einen Atomangriff, oder die Russen sind gekommen. Sehen Sie mal, im Krieg war das so, daß man nie wußte, ob man den nächsten Tag erleben würde, da hätte man sich gefreut, wenn man auf den Bus hätte warten können.«

Wenigstens hatte er »junge Frau« und nicht »Fräulein« gesagt.

»Sie Tünnes«, sagte eine Frau mit Doras Statur, aber in doppeltem Alter, »dat wollte dat doch jar nit wissen! Also Liebschn, isch steh hier schon övver en halleve Stund. Isch weiß auch nit, wat mit denne loss is.

Isch jeh jede Wette ein, nachher kumme fünnef Busse hingernein. Dat es immer esu. Un fresch sin die jeworde, isch sachet Ihnen.« Sie wandte sich um, bei einer anderen Frau Zustimmung zu erheischen.

Der Weltkriegsteilnehmer sah streng drein. »Das ist alles erst so schlimm, seit wir die vielen Ausländer hier haben. Ich habe neulich mit einem Türken im Bus gesessen ...«

Aus den hinteren Reihen kam Protest: »Wenn endlich der Bus kommt, kann der von mir aus mit Marsmännchen besetzt sein, ich hab 'nen Termin!«

»Wasse du wolle, eh? Wenne keine Turke, isse auch keine Bus! Ich mache Bus fur KVB heile.«

»Ja Mann, hasse keinen in der Tasche, den könnten wer jetzt brauchen, ey!«

Lachen, Tumult, Chaos. Die KVB als bürgernahe Einrichtung schaffte Gesprächsstoff. Trotzdem war Dora verstimmt. Sie mußte weiter und hatte nicht die geringste Lust, hier ihre Zeit zu verplempern. Und schon wieder zu Fuß war jetzt auch nicht ihr Ding, denn Schusters Rappen fingen sie inzwischen doch sehr an zu schmerzen.

»Wenn du wüßtest, was ich alles für dich auf mich nehme, Gerritt, mein Schatz«, grummelte sie vor sich hin und setzte sich Richtung Heumarkt in Bewegung. Nicht nur, daß sie die Füße schmerzten, jetzt war es das übliche Phänomen: Sie suchte nach einer grauhaarigen Frau, und auf einmal sah sie Hunderte, wo nie zuvor welche gewesen waren. Allein an der Bushaltestelle waren drei gewesen, auf die die Phantomzeichnung mit etwas Phantasie gepaßt hätte. Doch keine davon hatte die kriminelle Energie gehabt, die die Augen der Grauen ausgestrahlt hatten. Und was hätte die jetzt im Bus zum Chlodwigplatz gewollt? Dora sah sich verstohlen um. Nein, niemand folgte ihr. Aber aus der entgegengesetzten Richtung kam wieder eine, jung, silbergraue Mähne. Dora ließ sie mit grimmigem Gesichtsausdruck passieren und schüttelte den Kopf. Diese Graue sollte ihr erst mal egal sein, sie würde ihren Weg weitergehen.

*

Es schien ihr Jahre später zu sein, als sie aus dem Bus stieg. Sprachlos stand sie vor den riesigen Hochhäusern, endlos scheinend in ihrer Monotonie, ein Fenster neben dem nächsten. Hinter ihr gab der Fahrer Gas. Dora sah dem sonoren Brummen des mächtigen Diesels nach zu den kleinen Einfamilienhäusern, die das Areal umgaben. Irgendwie erinnerte es an eine umgekehrte Wagenburg: Als ob die zitternden Weißen die bösen Indianer eingekesselt hätten. Sie ging an ein paar Jugendlichen vorbei, die auf ihren Mofas saßen, als wären es Harleys, und mit gutturalem »Boh ey« von geplatzten Schädeln in irgendeinem Gewaltvideo erzählten.

Dora fühlte sich etwas unwirklich, als wäre sie versehentlich in ihr eigenes Klischee geraten. Immerhin waren die Jungs fähig, ihr das richtige Hochhaus zu zeigen. Überraschend schnell fand sie dort auf dem riesigen Klingelbrett den Namen »Fritsch«.

»Langmann, ich komme wegen Ihres Mannes«, antwortete Dora auf die fragende Stimme aus dem Lautsprecher.

»Achter Stock«, sagte die Stimme, und der Türöffner summte.

Eigentlich ist mein Hausflur gar nicht so schlimm, dachte Dora auf dem Weg in den Aufzug, obwohl – vielleicht würden so ein paar Graffitis ja auch nicht schlecht aussehen.

Frau Fritsch stand in der Wohnungstür, als Dora aus dem Lift trat.

»Ach, da sind Sie«, sagte sie, als seien dadurch ihre schlimmsten Befürchtungen wahr geworden, »kommen Sie herein.« Sie ging in ein kleines, dunkles Appartement mit braunen Möbeln, braunem Teppich und einer gelb-bräunlichen Tapete. Die Luft stand wie eine Stange Zigarettenrauch im Weg. »Wollen Sie Ihren Mantel ausziehen? Legen Sie ihn irgendwohin. Kommen Sie von der Polizei?«

»Ja«, antwortete Dora, was auch nicht gelogen war, schließlich kam sie ja wirklich gerade von der Polizei, oder? Sie betrat ein Wohnzimmer, das praktisch komplett von zwei Polstergarnituren ausgefüllt war. Der Fernseher zeigte tonlos eine Talkshow; zwischen den Sesseln spielte ein Kind von ungefähr einem Jahr mit einer Puppe.

»Gibt es was Neues von meinem Mann?« Frau Fritsch sah zum Fenster hinaus und zündete sich eine Zigarette an. Sie sah aus wie die Nachher-Illustration einer Broschüre gegen den Alkoholismus: dunkle Schatten unter den Augen, wirre Haare, rote Augen. Sie mußte mal hübsch gewesen sein, da war Dora sich sicher.

»Wie man's nimmt«, Dora war in der Tür stehengeblieben; sie hätte beim besten Willen nicht gewußt, wie sie zu einem Sitzplatz hätte vordringen können. »Ja und nein. Wir haben noch einige Informationen bekommen. Deshalb würde uns auch interessieren, ob Ihr Mann etwas mit einer Lila zu tun gehabt hat.«

Die Frau drehte sich erstaunt um. »Ja, stimmt, er hat sie bei seiner Arbeit kennengelernt.«

»Anscheinend hat Ihr Mann versucht, sie zu finden, kurz bevor er verschwand.«

»Er hat darüber geredet, daß er sie nicht mehr finden konnte.« Sie machte einen langen Arm, um einen Aschenbecher vom Tisch zu nehmen.

»Was wollte Ihr Mann von dieser Lila?«

Sie stieß eine Rauchfahne aus der Nase und grinste unlustig: »Sie wollte was von ihm. Sie ist ja auch ziemlich verrückt. Zuerst war sie wohl vollkommen normal, aber dann muß sie irgend etwas aus der Bahn geworfen haben, denn sie fing wieder an zu fixen und hat nur noch wild geredet. Sie hat von irrsinnig viel Geld gesprochen, das man nur abholen müßte. Es wäre auf der Bank, und da könnte man es abholen.«

»Und, hat Ihr Mann das gemacht?« Dora zündete sich auch eine Zigarette an. Das Kind krabbelte zwischen ihren Beinen umher.

»Ich weiß es nicht. Ich glaube nicht. Mein Mann sagte immer, wer den Junkies glaubt, wenn sie über ganz viel Geld reden, der spinnt selbst.«

»Aber Lila hat er geglaubt?«

Frau Fritsch zuckte mit den Schultern.

»Sagen Sie, könnte es auch sein, daß Ihr Mann mit Lila zusammen weg ist?«

Die Zigarette wurde wütend ausgedrückt. »Sehen Sie hier irgend etwas, was ihn davon abgehalten hätte?« Die Frau ließ sich auf eine Dreisitzer-Couch fallen und starrte auf den Fernseher. Arabella oder wer auch immer. Das Kind arbeitete sich zum Tisch durch und griff sich die Fernbedienung. »Ich weiß nicht, wo er ist. Er wollte sie suchen. Sie wußte irgendwas, aber er hat es nicht verstanden. Irgendwas von einem Hund.«

»Hund?«

»Hund.« Das Kind begann durch die Kabelkanäle zu zappen.

»Geht es vielleicht etwas genauer?«

Keine Reaktion, Frau Fritsch sah unverwandt auf die Mattscheibe.

»Hat Ihr Mann sich vielleicht etwas genauer geäußert?« wiederholte Dora.

»Nein.«

In Doras Hirn wurde die Erinnerung an zwei Schuhe, die einen Hund gesucht hatten, wieder hellwach. »Sagen Sie, was hatte Ihr Mann für Schuhe an, als er verschwand?«

»Braune Halbschuhe. Aus Wildleder. Warum?«

»Nur so.« Es wäre auch zu schön gewesen.

Dann sah die Frau Dora an. »Ich weiß, daß er nicht wiederkommt. Entweder ist ihm etwas passiert, oder er war es leid hier.« Dora widerstand dem bitteren Blick ohne eine Regung, dann hatte die Frau offensichtlich das Gefühl, ihn vor ihr in Schutz nehmen zu müssen. »Er war sehr lange arbeitslos, und jetzt wäre er es bald wieder gewesen.«

Dora sah sie kalt an. »Das sind viele, und die wenigsten davon verlassen Frau und Kind. Ich glaube, ich wünsche Ihnen viel Glück«, sagte Dora, »aber ich weiß nicht genau, was das heißen könnte. Passen Sie auf sich auf.«

Sie tätschelte dem Kind den Kopf und ging, ohne ein weiteres Wort zu verlieren. Hinter sich hörte sie, wie der Ton des Fernsehers laut gestellt wurde.

Intermezzo

Im Haus Feldmaus wird nicht geraucht. Hier lebt es sich gesund. Für gewisse Leute zu gesund.

Wer klug war, suchte hier Zuflucht und konnte sicher vor Entdeckern sein. Gerade eineinhalb Stunden von Köln entfernt. Zwischen Wänden und Fluren alle notwendigen Klatsch- und Tratschgeschichten, und in der »Frühlingsrolle«, einem japanisch gestalteten

Gästezimmer, konnte in Ruhe alles überschaut und beobachtet werden, jeder, der abfuhr, ankam, wurde bemerkt, die arglosen Schwätzereien von der Terrasse mühelos verstanden.

Und es war gesund. Die Jahre im Knast waren ein Erinnerungseintopf aus trübem, hellem Licht und Enge, bar jeden satten Grüns. Sicher, in Marienburg war das Grün selbst im Winter fett genährt, aber hier gab es Himmel und Wolken und dicken, weißen Pulverschnee über den Tannen um das Speisezimmer mit dem dicken Bollerofen.

Die graue Wölfin hebt wie lauernd den Kopf. Sieht nicht die farbenprächtigen Gemälde an den Wänden, den gewaltigen Strohzopf, eine Arbeit der Kölnerin Doris Nöthen, oder das freundliche Lachen von Bob und Stephan Feldmaus. Sie scheint zu wittern, draußen fahren neue Gäste vor; an den Holzfiguren vorbei späht sie durch die hohen Wintergartenglasscheiben hinaus und wendet sich beruhigt wieder einer Kartoffel zu. Eine bekannte Frauenmusikgruppe aus Berlin ist eingetroffen und lenkt alle Aufmerksamkeiten auf sich. Für die ist sie nicht prominent.

Dann legt sie ihr Besteck beiseite, neben den von Künstlerhand bemalten Porzellanteller, und plötzlich lächelt sie. Zeit zum Aufbruch. Die Sache muß nun zu Ende gebracht werden. Leise erhebt sie sich, stellt ihren Stuhl ordentlich unter den Tisch und bestellt die Rechnung.

Kapitel 28

Dora war böse. Je mehr sie wühlte und ackerte, desto diffuser wurde die ganze Angelegenheit. Und je mehr sie darüber grübelte, was eigentlich los war, desto mehr verwirrte sich die zuerst empfundene Klarheit. Die Graue war nicht mehr aufgetaucht beziehungsweise schien sich eher vermehrt zu haben. Auf jeden Fall begegneten Dora zunehmend Frauen, die ihr zu ähneln schienen, und es irgendwie doch nicht waren: Lämmchen, Schäfchen, Mäuschen, Hühnchen, aber eine Wölfin konnte sie nirgends entdecken. Fünfundvierzig amüsierte sich in allen möglichen Lokalen und schien im Laufe seiner Tätigkeit fast seine Lebensfreude zu finden, aber nichts von Lila. Kätelhön war vorerst Sache der Polizei, Fritsch nicht aufzufinden, und zu allem Überfluß war Gerritt wie vom Erdboden verschlungen.

Gerritt. Dora vermißte sie. Ihre Wärme hatte ihr die Kraft gegeben, zu einem fast normalen Leben zu gelangen und das triste Jammertal der Einsamkeit, an Kneipentheken in Vergessenheit getrunken, hinter sich zu lassen. Sollte das schon vorbei sein? Wo war diese blöde Kuh? Sie war doch nicht etwa schon wieder zu ihrer Yolanda zurückgekehrt und hatte Dora als Kerbe auf dem Pistolenlauf ihrer Eroberungen verzeichnet? Das würde sie nicht so stehenlassen, Gerritt, so nicht. Wer sich mit vollschlanken Detektivinnen einläßt, der sollte sie nicht als Wegwerfartikel benutzen, das rächte sich.

Sie stand vor Yolandas Club in der Heinsbergstraße. Es war früher Nachmittag, und das Geschäft schien müde anzulaufen. Nur vereinzelt gingen Männer durch die dezent angestrichene Tür, hinter der man eher einen Steuerberater vermutet hätte als Playboylesers geilste Sabberträume. Jaja, Diskretion war alles. Und natürlich die inzwischen unvermeidlichen grauhaarigen Frauen, die Dora in allen Ausfertigungen zu umschwirren schienen und in immer neuen Variationen als harmlose Passantinnen an ihr vorüberkamen. Sie hätte nie gedacht, daß es so viele davon geben könnte.

Zitternd stampfte sie wütende Wärme in sich, schimpfend, fluchend und hassend. Diese Yolanda! Sie war an allem schuld. Und die sollte jetzt Farbe bekennen. Fünfundvierzig hatte leider keinen aktuellen Aufenthaltsort mitgeteilt, wie Dora ihn überhaupt in Verdacht hatte, mit seinem R4 nicht so wirklich den PS-gewaltigen Nuttenhobeln der Dame gewachsen zu sein. Aber die sollte was erleben. Jetzt würde Dora erfahren, welches von den miesen Spielen dieser schmierigen Branche hier gespielt wurde. Und eher würde die Hölle gefrieren als Doras Wut verrauchen und sie hier das Feld räumen, im Lävve nit würde sie das tun.

Dora zog die Lider zusammen. Wieder öffnete sich die Tür. Ein Mann kam heraus. Klein, mit Mütze und einem Gesicht wie einer Karnevalsmaske.

Die Fratze kenne ich doch, sagte sie zu sich selbst, hat Fünfundvierzig nicht von irgendeinem Freddie erzählt, der hier arbeitet? Na, wenn die Chefin nicht kommt, dann müssen halt die Angestellten herhalten. Dann wollen wir mal alte Bekanntschaften auffrischen gehen. Ruf dir schon mal den Notarzt, du Penner!, und schob sich gemütlich hinter der Gestalt her.

Ja, er ist es, wurde Dora immer sicherer, während sie dem Mann über die Zülpicher Straße folgte. Wie lang hatte sie ihn nicht mehr gesehen? Eigentlich seit ihrem Ausscheiden von der Polizei. Und was sie seitdem gehört hatte, war zwar mitleiderregend, aber doch nicht so, daß man hätte Blumen bringen mögen. Und nicht so, daß Dora jetzt nicht ihre Schultergelenke gelockert hätte.

Die Treppe vom Zülpicher Platz herunter war eng und glitschig. Gegenverkehr quetschte sich, die Plakate von den Wänden schmierend, an ihnen vorbei. Je weiter sie hinabstiegen, desto intensiver wurde der Gestank nach Urin. Die Stahltür gab den Blick frei auf das enge, verdunkelte Parkdeck. Hier unten war außer ihnen kein Mensch. Hier waren nur noch vermietete Plätze. Und noch immer ging er vor ihr her, ohne ihre Schritte zu hören, ohne einen Hauch von der Verdammnis zu spüren, die hinter ihm den Trenchcoat öffnete, um mehr Bewegungsfreiheit zu haben.

Gelassen schlenderte er auf seinen dicken Ami-Schlitten zu, ließ ihn per Fernbedienung aufblinken und legte die Hand auf den Türöffner, als eine Art Autobus ihn in die Nieren traf und mit freundlicher Stimme sagte: »Freddieschatz, du stehst auf einem Frauenparkplatz!«

Er rollte sich mit dem Rest seiner Instinkte hinter das Auto, um weiteren Angriffen zu entgehen, atmete durch und linste über die Motorhaube. Dieses Monster aus der Vergangenheit kannte er doch! Den Trenchcoat hatte sie immer noch nicht gewechselt und diesen sadistischen Gesichtsausdruck auch nicht.

»Langmann, du Sau! Das darfst du nicht mehr! Du bist nicht mehr bei der Polizei! Ich brauche mir das nicht gefallen zu lassen!«

Mit erstaunlicher Geschwindigkeit riß Dora die Wagentür auf, löste Gang und Handbremse, und der schwere Schlitten rollte gegen Freddies Beine und preßte ihn gegen die Wand.

»Freddielein, das siehst du völlig falsch. Früher durfte ich das nicht. Heute tue ich das einfach. Ich habe von deinem Unfall gehört und wollte nur mal sehen, wie sie dich verarztet haben. Vielleicht mit einem Kläppchen, daß du dein Resthirn rausnehmen kannst?

Wie ist das bei Regen, rostet dann deine Backe? Kannst du damit eigentlich Radio hören? Ich hatte mal 'nen Plattenspieler, auf dem kam immer Radio Moskau. Ich habe gehört, du hast oft Kopfschmerzen, darf ich mal klopfen?«

Sie hob die Hand in Richtung der Blechplatte in Freddies Kopf, und er hob abwehrend die Hände.

»Du verkommenes Walroß! Ich mach dich fertig, ich werde dich verklagen! Ich deale nicht mehr, ich habe eine anständige Arbeit!«

»Ich weiß, bei Dame Yolanda.«

»Genau, und die wird dich auch fertigmachen! Du kannst mir gar nichts mehr, du bist nur noch ein Stück Dreck im Bahnhofsklo, auf das ich spucke!«

Er spuckte, und Dora lehnte sich gegen das Auto, bis Freddies Wut in kläglichem Gewinsel verebbte. »Was willst du von mir, bitte hör auf.«

»Ach, ich wollte einfach mal fragen, was du so gegen deine Migräneanfälle nimmst, ich kenn da eine, die hat das auch, und vielleicht wollt ihr euch ja mal austauschen.«

»Was bist du für ein mieses Stück, du bist ja noch mieser, als ich dachte.« Er spuckte wieder in ihre Richtung.

Sie sah ihn gütig an. »Freddie, mit deiner Realitätswahrnehmung scheint es nicht zum besten zu stehen. Ich stehe hier, ganz Mütterlichkeit und Sorge, kümmere mich um deine Verletzungen und rede einfach ganz freundlich mit dir. Und wenn du dann nicht mehr weißt, worüber du mit mir plaudern sollst, dann erzählst du mir mal ein bißchen was über deine Chefin.« Ihre Stimme schlug in ein bösartiges Fauchen um. »Mach das Maul auf, du Mehlwurm, oder du kommst in die Saftpresse!«

»Ich weiß nicht, was du willst, frag sie doch selbst! Auu!«

Dora hatte sich wieder gemütlich gegen die Tür gelehnt. »Deine Chefin macht Geschäfte nebenher. Welche?«

»Da ist nichts! Dora, ich schwöre es dir, da ist nichts! Bitte, hör auf, ich weiß nicht, was du willst!«

»Freddie, du enttäuschst mich. Von den paar Miezen, die bei euch rumlaufen, kann die doch sicher nicht diesen Lebensstil finanzieren! Deine Chefin macht mehr Geld, als normal ist, das sieht man. Und du sagst mir jetzt, woher das kommt.«

»Dora, ich schwöre dir, ich weiß nicht, wovon du redest.«

Dora sprang auf die Motorhaube, wobei ihre Stiefel tiefe Beulen in das Blech traten, nahm Freddies Kinn in die Hand und zischte ihm aus kurzer Entfernung ins Gesicht: »Ich hau dir gleich den restlichen Schädel weg, du Kakerlake! Wenn du frech werden willst, hast du dir den verdammt miesesten Zeitpunkt dazu ausgesucht! Mach endlich das Maul auf, oder ich werde sauer!«

»Ist ja gut, du hast ja recht!« quetschte er mühsam durch seine in Doras Griff festgeschraubten Kiefer, »aber hör auf, bitte!«

Sie ließ ihm etwas Luft, damit er reden konnte. »Ich höre.«

»Ja, die Freier erzählen natürlich immer etwas, und Yolanda erpreßt die dann damit. Immer kleine Summen, damit keiner aufmuckt. Aber ich habe nichts damit zu tun, das hat alles der Bruder von ihrer Ex-Freundin gemacht, dieser Schmachtenberg, der hat das alles für sie erledigt. Über die Galerie.«

Dora traute ihren Ohren nicht. »Schmachtenberg war der Bruder von Lila?«

»Ja, und die haben sich auch immer um die gekümmert, in Therapien geschickt und betreut und so. Aber seit der tot ist, haben wir nichts mehr mit Erpressungen zu tun gehabt.«

»Lilas Bruder? Aber wieso ist sie dann verschwunden?« Dora verstand nur noch Bahnhof.

»Lila? Verschwunden? Wieso, die hat Erkan doch gestern noch nach Frechen gebracht. In so'n Hotel am Autobahnkreuz.«

»Genauer!« Dora drückte noch einmal zu, als wolle sie einen letzten Rest Zahnpasta aus der Tube quetschen.

»Auu! Weiß ich nicht, das hat doch der Erkan gemacht!«

Lila, Yolanda, Gerritt, Rana, Schmachtenberg; in Doras Gehirn tobte ein Wirbel, der gar keinen Sinn machte. Während sie noch nach Fassung rang, war am anderen Ende der Parkebene das Klappern einer Tür zu hören, dann Stimmen. »Ich komme wieder, ich weiß, wo du bist. Ich finde dich.« Blitzschnell sprang sie von der Motorhaube und war verschwunden, noch ehe Freddie angefangen hatte, um Hilfe zu rufen und sie lautstark zu verfluchen.

*

Dora hing wie ein nasser, aber sehr wütender Waschlappen an der Theke und starrte dumpf in ihr Kölsch. Sie fühlte sich verarscht bis auf die Knochen. Um sie herum waren ein paar Rentner, die das ihnen klassisch zugedachte Gedeck aus Kölsch und Korn zu sich nahmen, Geld in die Daddelautomaten warfen oder einfach auf der Suche nach jemandem waren, dem sie ihre Lebensgeschichte erzählen konnten. An Dora traute sich allerdings keiner ran. Außer Agnes.

»Dora, tu mir 'nen Gefallen und guck nicht so böse. Soll ich dir ein Schild umhängen, ›Vorsicht, bissig‹?«

»Im Lävve nit! Ich hasse Verbotsschilder. Laß mich einfach in Ruhe.«

»Wie du willst.« Agnes zapfte einige Gläser voll und trug sie an die hinteren Tische. Dann kam sie wieder, nahm sich einen Hocker und setzte sich zu Dora.

»Ich weiß ja nicht, ob es dich interessiert, aber ich war heute auf der Post. Da hängt immer ein Kasten mit Postsendungen, die nicht abgeliefert werden konnten. Da war auch eine für dich dabei. Absender unbekannt. Hast du mal was nicht abgeholt?«

»Das wird so ein gelber Zettel für Einschreiben gewesen sein. Die hole ich nie ab. Da ist immer was Unangenehmes drin.«

»Naja, dein Problem. Ist sonst alles in Ordnung?«

»Nichts ist in Ordnung. Ich will nicht reden. Ich bin sauer. Gib mir noch ein Kölsch.«

Agnes stellte Dora ein frisches Kölsch hin und vertiefte sich in den Express. Dora geriet wieder ins Grübeln. Schmachtenberg der Bruder von Lila, Lila war überhaupt nicht verschwunden, sondern wurde von Yolanda versteckt gehalten. Stimmte am Ende die Geschichte von dem vielen Geld, von dem Fritsch seiner Frau erzählt hat? Was hatte Yolanda vor? Und was sollte das mit dem Hund? Wirres Fixergerede oder was? Und welche Rolle spielte Gerritt jetzt tatsächlich? War sie ahnungslos, oder versuchte sie hinter dem Rücken von Yolanda auf eigene Rechnung zu arbeiten? Oder war sie nur einfach entsetzlich blond? Dora war unsicher. Sie mußte mit Lila sprechen; bei ihr schienen die Fäden zusammenzulaufen.

Hinten formierte sich eine Skatrunde und verlangte nach Spielkarten und Papier. Als Agnes die versorgt hatte und wieder in Hörweite war, brach Dora ihr Schweigen: »Sag mal, hast du was von Fünfundvierzig gehört?«

»Ja, der war vorhin hier und hat dich gesucht. Vielleicht kommt er noch mal.«

»Der sollte was für mich erledigen und hat sich jetzt länger nicht mehr gemeldet. Hat er was gesagt?«

»Nein, aber er sah zufrieden aus. Ich fing schon an, mir Sorgen zu machen. Da kommt er übrigens!« Agnes zeigte aus dem Fenster, wo Fünfundvierzig in der hereinbrechenden Dämmerung durch den Schneeregen huschte. Er kam rein, schüttelte sich wie ein Hund, strahlte Dora an und bestellte ein Kölsch.

»Na, Dora, was ist, hat's dir in die Suppe geregnet?«

»Sprich einfach nicht davon. Hast du was erreicht?«

»Archie Goodwin meldet sich zurück bei Hera Wolfe. Was machen deine Orchideen? Du sprichst gerade mit einem wirklichen Genie. Ist dir das noch nie aufgefallen?«

»Also, wo du es erwähnst und ich drüber nachdenke: nein. Möchte der Herr jetzt vielleicht mal erzählen, oder willst du hier weiter das Hennesche machen?«

Fünfundvierzig sah versonnen drein. »Du solltest mich zu deinem Partner machen. Richtig gute Detektive gibt es nicht viele.« Er trank zufrieden und stieß ein langes, erfrischtes »Haaaah!« aus. Dann sah er Dora vergnügt an. »Gib's zu, du hast mir nie was zugetraut.«

»Stimmt«, erwiderte Dora unbeeindruckt. »Würdest du jetzt mal die Güte besitzen, mich wissen zu lassen, warum du hier reinkommst und so 'ne Pissülze von dir gibst?«

»Ich habe Lila gefunden!«

»Aha.«

»Ist das alles? Aha? Immerhin hast du das nicht geschafft!«

»Stimmt nicht, sie ist in einem Hotel in Frechen.«

Fünfundvierzig war verblüfft, seine Sensation war verpufft. Er wurde maulig. »Tagelang bin ich hinter dieser Frau her durch die Stadt. Du glaubst gar nicht, wo die immer langheizt, das heißt, du wirst es glauben, wenn ich dir meine Spritrechnung gebe. Und immer, wenn ich dachte, jetzt muß sie doch mal vernünftig irgendwohin, da hat sie Gas gegeben und war weg.«

»Du hast sie verloren.«

»Ja, aber auch immer wiedergefunden, und vorhin, da hing sie hinter einem Laster, und ich konnte ganz gemütlich hinter ihr her, und da habe ich es gesehen.« Er trank enttäuscht sein Kölsch.

Dora tat er jetzt fast leid. »Na, erzähl mal, ich weiß nämlich nicht genau, wo Lila ist.«

»Sie ist in Frechen, in einem Automatenhotel«, fuhr er traurig fort, »Zimmer 307. Anonym, unauffällig, nur tagsüber eine Rezeption, ansonsten geht alles automatisch. Sogar die Tür öffnet mit Nummerncode. Und da hat sie Lila versteckt.«

»Du warst doch wohl nicht bei ihr?!«

»Nein, nein, ich bin direkt wieder zu dir. Ich habe nur ein bißchen vor der Zimmertür gelauscht und dem Typen an der Rezeption so ein paar Informationen entlockt. Das findest du übrigens auch auf meiner Spesenrechnung. Wie auch sonst das ein oder andere. Yolanda hat das Zimmer auf ihren Namen gemietet, kommt aber nur jeden Tag für ein paar Minuten. Ach, und dann hatte ich das Gefühl, daß noch jemand diese Yolanda verfolgt hat. Eine Frau in einem schicken Mietwagen.«

»Autonummer?«

»Hab ich nicht drauf geachtet. Wieso, ist das wichtig?«

Dora brach beinahe zusammen. »So'n bißchen schon. Guck einmal, wenn man jemand verfolgt, und da ist noch einer, dann muß man auf jeden Fall wissen, wer und warum ... Ach, ist ja auch egal. Agnes, bitte noch eins.« Sie versank in dumpfem Schweigen.

Fünfundvierzig war verunsichert. »Dora, vielleicht hättest du mir was davon erzählen sollen, dann hätte ich auch ...«

»Laß gut sein, Fünfundvierzig, du hast das schon ganz gut gemacht. Laß mich einfach. Es ist toll, daß wir jetzt wissen, daß Yolanda die ganze Zeit Lila versteckt hält, und auch, wo. Danke, das hast du wirklich gut gemacht. Ich bin nur so unendlich frustriert von dem allen und habe so langsam keine Lust mehr, immer nur rumzulaufen und nicht weiterzukommen. Ich glaube, ich gehe einfach nach Hause. Agnes, hältste mich mal ab?«

*

Dora ging langsam durch das abenddunkle Ehrenfeld. Die Häuser umstanden sie in düsterer Drohung und waren auf einmal nicht mehr das Stück Heimat, das sie so sehr liebte, sondern strahlten ihre schlechte Laune zurück. Es war keine kuschelige Gegend, keine für Romantik und Sanftheit. Hier war es genau so, wie sie sich sowieso schon fühlte, und deshalb fand sie es auch besonders einleuchtend. Sie hatte hier und dort Station gemacht, war ziellos gewandert und wie immer auf diesen Wegen in der »Özgur-Stube« gelandet, die ihr immer Refugium und ungestörtes vor sich Hinbrüten geboten hatte. Jeder hätte hinter den nikotingeschwängerten Vorhängen einen dieser Kulturvereine erwartet, in denen ausländische Mitbürger saßen und Karten spielten, und nicht einen der besten ihr bekannten Billardtische und einen rührend um ihr Wohl besorgten Ali. Heute allerdings hatte sie diese Fürsorge nur noch weiter erbost, und so war sie mittlerweile in einer Stimmung, die ihr selbst schon fast Angst machte.

Während sie so vor sich hin zog und die kalte Luft ihr die Gedanken freiblies, wurde ihr von neuem klar, warum sie so mies drauf war. Gerritt. Sie hatte sich nicht mehr gemeldet, war ohne Adresse und Telefonnummer zu hinterlassen, verschwunden. Und für sie tat Dora das alles. Sie hatte ihr helfen und sie beeindrucken wollen, und jetzt interessierte sich diese Funz nicht dafür. Erst das verschreckte Mädchen geben und jetzt auf Tauchstation gehen, das war nicht nett.

Eine eisenharte Klammer begann sich um Doras Brust zu legen. Mit wem mochte Gerritt jetzt wohl ihre Einsamkeit betäuben? Wo war sie, warum meldete sie sich nicht? Es gab genug Frauen, die ihre mütterliche Ader damit befriedigten, verlassenen und auch verlassenden Mädels mit mitfühlenden Mienen zuzuhören und ihnen dann mitfühlend ihre Zungen in den Hals zu stecken. Gerritt würde sicher keine Schwierigkeiten haben, so jemanden zu finden. Dora haßte diese Tour, und vor allem – sie wollte selbst auf ihr reiten, doch ihr hatte das noch nie jemand abgenommen.

Als sie vor ihrem Haus angekommen war, hatte sie sich in richtiggehende Aggressivität hineingesteigert. Der Treppenflur wurde schnell durchmessen. Ungeahnte Energie trieb sie die Stufen hoch bis zu ihrer Tür. Schlüssel ins Schloß und hinein. Diese Gerritt! Und was sie alles getan hatte für diese kleine …

»*Putana!* Wo kommst du denn jetzt her! Den ganzen Tag geht mir deine *stronza* auf den Sack, und dann kommst du hier rein und tust so, als ob du ein Saurier wärst, was glaubst du eigentlich, wofür hältst du dich ...«

»Was hast du da gesagt, wie war das?«

»Äh, was meinst du denn?« Der drohende Unterton in Doras Stimme hatte Maria Petronella doch verunsichert.

»Ich meine, von was für einer *stronza* redest du!«

»Diese eine, kleine, ach, ich weiß auch nicht.«

»Verdammte *nonna*!« kreischte Dora. »Ich hab die Faxen dicke! Was war los, welche Frau meinst du!«

»Ach, da kommt seit ein paar Tagen immer wieder so eine, die will dich sprechen, aber die ist, glaube ich, nichts für dich. Obwohl sie eigentlich ein ganz annehmbares Italienisch spricht.«

»Du, du ...«, Dora fiel nichts Passendes ein, »warum hast du nie davon erzählt, du wußtest doch, daß ich auf sie warte!«

»Och, ich dachte, das interessiert dich nicht. Aber dann hat sie mir einen Kräuterstrauß von Hotti unten mitgebracht. *Cazzo*, das Rosmarin hatte ein ziemlich norddeutsches Aroma, *ma*, die Geste zählt. Die wollte dich heute abend zum Essen einladen.«

»Heute abend?« Dora wurde langsam hysterisch. »Wann? Warum hast du mir das denn nicht gesagt?«

»Du warst ja mal wieder nicht da, *capisci?* Wie soll ich dir das denn sagen? Soll ich es an die Fenster malen? Heißluftballons mit Nachrichten um die Welt schicken oder was?«

Dora saß zusammengesunken in einer Ecke. »Wie spät ist es?«

»Ich weiß nicht, ich glaube, so kurz vor Mitternacht.«

»Gut. Wo ist sie?«

»Turmstraße, das Frauenhaus. Sie sagte, du wüßtest schon.«

In der Ecke richtete sich eine Gestalt auf, bereit, sich und alles Mögliche zu rächen. »Na warte, Gerritt, du willst mich sehen? Na gut, ich *komme*!«

Kapitel 29

Geputzt und entstielt wurde der junge Blattspinat zerpflückt, bevor er kurz in Butter und Zitronensaft zum Fallen gebracht wurde. Gut ausgedrückt, noch nicht gebräunt und wasserfrei mußte er sein. Dann erst wurde er mit den Eigelben und ein wenig feinem Mehl vermengt. Gerritt formte kleine Kugeln, gefüllt mit zerkleinertem Provolone, einem Flöckchen Bel Paese und einem Stich Ricotta. Kurz ins sprudelnde Wasserbad getunkt, dann in Mehl gewendet und überbuttert goldbraun gegrillt. Weitere Vorspeisenattraktionen waren ihr Risotto al Barolo mit Birnenscheibe in Roquefort und ihre marinierten Steinpilze.

Meistermenü ohne tote Tiere war ihr Thema heute abend. Und kochen war das einzige, was sie in Situationen von Chaos wieder zu erden vermochte. Heute hatte sie sich eine bizarre Eßgesellschaft eingeladen. Lauter Leute, die nicht zusammenpaßten, aber in ihr paßte auch nichts zusammen. Und nach all den Stunden entspannenden Schnetzelns und Schneidens, Putzens und Bratens, Dünstens und Köchelns hatten die Gäste abgesagt. Die Frau von Jokos Tierarzt hatte freundlich, aber bestimmt erklärt, ihr Gatte sei des Umherfahrens zu müde, nachdem er zu einem brennenden Pferdestall nach Moitzfeld gerufen worden war. Bernd von Fehrn alias Wanda Rumor hatte Ermüdungserscheinungen in der Rosa-Sitzungspause. Die Sekretärin von Martin Kätelhön rief eine halbe Stunde nach der Fertigstellung des Menüs an, um darzulegen, der Meister sei nach Düsseldorf zu Herrn Lüpertz unterwegs, und Martin Augenstein kam einfach nicht.

Und ihr dickes Naturereignis – das traf sie am härtesten – kam auch nicht. Dabei hatte sie ihre ganzen italienischen Sprachbrocken, verfeinert mit Wörterbuch und einem Kräuterstrauß von Hotti unten an der Ecke, aufgewendet, um dem italienischen Vorzimmerdrachen, der sich, wie immer, geweigert hatte, ihr die Tür zu öffnen, die Einladung so deutlich wie möglich auszurichten. Und nun wurden die Pilze schwammig, die Polentatörtchen zu dunkel und hart überkrustet, die Bagna cauda, ihre Lieblingssoße, setzte sich ab, und ihre gewollt gute Laune sackte in sich zusammen. Wie gern hätte sie

Dora diese Leute einmal vorgestellt – ein Gespräch, eine Diskussion aller miteinander gehört. Gerritt argwöhnte Yolanda hinter den Absagen und fühlte sich einsamer denn je.

Als es schließlich klingelte, lehnte sie sich hingebungsvoll in den Etagentürrahmen, wühlte ihr Haar wüst und lockerte einen Träger tiefer. Dann erst riß sie die Tür auf.

Statt der heimlich Ersehnten zwinkerte ihr Lolita aus dem »Vampire« vertraulich zu. »Ich war zufällig im Haus, weil ich zu meiner Astrologin wollte, und da hat es so gut gerochen, da dachte ich mir, das kannst nur du sein.« Sie zwinkerte wüst und senkte in gespielter Absicht beschämt scheu den Kopf. Das Doublebind war ihr Verhängnis.

Gerritt öffnete die Tür noch weiter. »Und, magst mal probieren?«

Lolita trat ein und schwebte in die Küche.

»Iih, ist da etwa Knoblauch drin?« Lolita hatte den Deckel gehoben und die Steinpilze erwischt.

»Worauf du Dill nehmen kannst!« lachte Gerritt, denn Dill haßte Lolita noch mehr. »Lambrusco gibt's hier auch nicht, wie wär's mit einer Zigarette?« Gerritt unterdrückte ein Gähnen und versuchte sich normal und unauffällig sympathisch zu geben. Plauderte freundlich, überging jede Schlüpfrigkeit generös, braute aus richtigem Wein eine zuckrig-scheußliche Sangria und kicherte dazu animierend.

Als sie Lolita vor sich gesehen hatte, hatte sie die Tür schaudernd zuschlagen wollen, aber dann war ihr plötzlich ein Bild erschienen: Lolita im »Vampire«, schlängelnd und sirupsüß, wie sie am übernächsten Tisch eine Frau angesprochen hatte – wohl, um diese für sie, Gerritt, nach Dora zu befragen oder auch nicht. Und in dem Moment, da Lolita bedeutungsvoll ihr Nietenarmband ansah, dann sie, dann schnupperte, hatte sie sich erinnert an das Gesicht unter der Agrippabad-Dusche.

Plötzlich war alles anders. Der böse, bedrohliche Traum, ausgeschmückt und heruntergemacht von der eigenen Phantasie, hatte ein Gesicht bekommen. War so wirklich und wahr wie diese hübsche Küche voller geschmackvoller Steingutteller und warmer Farbtöne. Wie diese unsägliche Lolita, die sich hemmungslos in Ecken und Regalen umsah. Aber es war vollkommen klar: Die mußte ausgefragt werden. Vom unbestimmten Gefühl zum Wiedererkennen im Entsetzen hatte Gerritt in wenigen Minuten alles Vorstellbare aus ihrer Situation herausgelebt – jetzt mußte sie die Emotionen dringend beiseite schieben und sich auf Lolita einstellen.

Sie auszuhorchen war schwierig. Lolita gehörte nicht zu den Menschen, die vernünftige Antworten zu geben in der Lage waren. Sie mußte durch alle ihre Komplexe hindurch zu einer Leichtigkeit hinarbeiten, die Lolita zunächst von dem Zwang des verführerischen kessen Vaters befreite, ehe sie zu Geplauder vordringen konnte. Gerritts Gedanken überstürzten sich, um sich zu verfangen. Sie mußte kochen, um ihre Sinne zu schärfen, etwas mit den Händen ausführen, um Ruhe zu schaffen. Lolita sah gerade die Post der Gastgeberin sorgfältig durch.

»Irene hält heute einen Vortrag über die Beginen«, begann Gerritt, gierig an ihrer Zigarette saugend.

»Mmhhm.« Lolita las eine Postkarte mit fremdländisch bunten Briefmarken.

»Du, Lolita, laß mich dich mit einer Moccacrême überraschen«, schlug Gerritt munter vor.

»Ich liiiiebe Überraschungen.« Lolita sah kurz hoch und strich sich eine Haarsträhne, die der goldenen Helmfrisur entwichen war, mit wollüstig schlüpfriger Handbewegung glatt, während sie Irenes Kontoauszüge überflog. Gerritt wurde heiß vor Peinlichkeit. Sie setzte Espresso an und schlug Eiweiß schaumig.

»Erinnerst du dich noch an unsere letzte Begegnung im ›Vampire‹, Lolita?«

»Du warst ganz allein ...«

»Wir hatten uns lange nicht gesehen, ich hab mich echt gefreut, daß es dir gut ging.«

»Eben, darum sah ich so gut aus, ich sah dich, Chérie.« Lolitas Augen gaben sich feuchtschmelzend unter den schweren Lidern.

Gerritt träufelte Sambuca über den Biskuit, dann ein paar Löffel gezuckerten Espresso. »Das Rezept habe ich damals aus der Lombardei mitgebracht, weißt du, ich freue mich schon, du wirst es mögen. Weißt du noch, worüber wir geredet haben?«

»Deine Einsamkeit ...«

»Nein, Lolita!«

»Gut, Lady, du hast nach einer Detektivin gefragt. Dieses gräßliche Monster, also, *mein* Geschmack wäre das nicht, obwohl ja auch so harte Frauen gern auf mich abfahren, ich weiß nicht, warum.« Lolita rollte dramatisch mit den Augen.

Gerritt fühlte sich, als wolle sie auf der Stelle vor lauter Hysterie Pipi machen, und hob statt dessen ruhig Eiweißschnee, Eigelbe, Mascarpone und den Espresso untereinander.

»Da war noch eine Frau, eine mit –« Ehe Gerritt weitersprechen konnte, war Lolita neben ihr und legte ihr beschwörend eine Hand auf den Arm, mit dem sie gerade die Creme auf dem Biskuit verteilt hatte und mit Kaffeebohnen verzieren wollte.

»Immer, wenn wir uns treffen, redest du von anderen Frauen, Chérie, willst du mir so von deiner Einsamkeit erzählen, oder ist es deine Art Anmache, hmmh?«

»Nein, Lolita, ich bin nur neugierig. Da war so eine schöne, große Frau mit eisgrauem Haar ...«

»Ha, ha! Eifersüchtig, wie? Das ist ja typisch, damit muß ich mich wohl mein Leben lang herumschlagen, aber natürlich schmeichelt mir dein Gefühl, ich kann es nicht leugnen.« Lolita trat wieder näher. Gerritt, mit dem Rücken zur Anrichte, verbog zur Wiederherstellung ihrer Fassung hinter sich gerade den Schneebesen so bizarr, daß er ins »Museum für Gedankenloses« gepaßt hätte.

»Nun ja«, preßte sie sich fast skrupellos ab, »ich fand sie außergewöhnlich interessant und gutaussehend, daher dachte ich mir, daß du weißt, wer sie ist. Kennt ihr euch schon länger?«

»Hach, Kleines«, Lolita ließ sich nun ein wenig gönnerhafter nieder, »endlich lerne ich dich wirklich kennen.« Sie knackte knusprige Spinatbällchen auf und genoß entspannt die cremige Füllung. Kostete das sizilianische süßsaure Gemüse und Gerritts ganze Geduld. »Hast du noch einige von diesen Rosmarinkartöffelchen, golden, wie mein Haar?«

Gerritt, die sich inzwischen auf heimliches Beten verlegt hatte, dekorierte eine Tomatenpeperonisoße und gegrillte Fenchelherzen dazu, die gefüllten Oliven traute sie Lolitas allzu deutscher Zunge nicht zu.

»Also gut, wow, ist das scharf.« Lolita hob ihren Zeigefinger aus der roten Soße. »Darf ich das als Anspielung verstehen, hm?«

»Erzähl weiter und guten Appetit.«

»Na ja, ich weiß, wie hartnäckig eifersüchtige Frauen sein können, also ...« Gerritts Gebete wurden erhört, Lolita redete. »Als ich aus Sprockhövel nach Köln kam, war ich noch sehr unerfahren. Ein gewisses Talent war mir ja eigen, aber allein in der Stadt, ich kannte niemanden ... nicht, daß ich keinen Erfolg gehabt hätte, aber es wußte ja keine, daß ich ... na du weißt schon.«

Gerritts Ungeduld zerriß sie nahezu in Stücke, und da sollte sie verstehen, daß eine große Eroberin wie Lolita so furchtbar böse Worte wie lesbisch oder homosexuell nicht aussprechen konnte. Irgendwo, sehr nahe, begann wieder die Posaune zu klagen. Gereizt raufte Gerritt ihr Haar, aber sie hatte Lolita auf die ihr passende Bahn geleitet, sie redete und plauderte vor sich hin, und ihre Rolle war es, keine Unterbrechung außer wohlwollenden kleinen Aufmerksamkeitsgesten nahezu unauffällig zwischenzuschieben.

»... war ich im ›Schulz‹ Tanzlehrerin«, sie schürzte wild die Lippen in Gerritts Richtung, »für Formation«, die Augenbrauen zuckten wieder, »und konnte mich nicht mehr retten vor Anträgen. Eine bekannte Fernsehmoderatorin hat mir sogar einmal eine Eifersuchtsszene auf dem Neumarkt hingelegt, also, du glaubst ja nicht ...«

Gerritt trug eine Käseplatte auf, zusammengestellt von ihrem Lieblings-Käseberater. Sie probierte den mit der Rosmarinkruste und goß sich einen guten Riocha ein. Dazu gab es kleine Eclairs, mit Muskatblütenschaum gefüllt. Sie verabscheute das ewige Verabreichen von pappigem Weißbrot, das in ihrer Abreaktions-Kochsendung so häufig empfohlen wurde. Ein gutes Essen war von Beilagen geradezu zu adeln. Es tat ihr wohl, jetzt an den Käsehändler mit den profunden Kochkenntnissen zu denken. Um nicht wahnsinnig zu werden, *mußte* sie sich auf alles in der Welt, nur nicht auf dieses endlose Gequassel konzentrieren, bis endlich, nach Ewigkeiten der Satz kam, der sie kerzengerade aufrichtete.

»... jede Menge Probleme hatte die, vor allem Drogen. Ich glaube, sie war mit deiner Yolanda liiert, aber die wußte auch nicht weiter. Und was glaubst du, eines Tages hat sie mich mit nach Hause genommen, wir tranken ein Glas, sahen uns an, und du kannst dir denken, was alles hätte geschehen können. Aber da öffnete sich die

Tür, und diese Silbermähne stand vor uns. Groß und toll sah sie aus, ich wußte gar nicht, wohin ich sehen sollte, und gab mich verlegen.«

»Wann war das denn, und was geschah dann?« Die Posaune hupte.

»Etwa vor acht Jahren.« Lolita naschte verschmitzt falsche, blaue Wintertrauben, die, eigentlich als Dekoration gedacht, die Käseplatte schmückten. »Und werd nicht gleich wieder eifersüchtig, ich bin jetzt ganz da für dich.« Zucken mit Lippen und einer Augenbraue. »Na ja, sehr nett war sie nicht zu mir. Wahrscheinlich eben auch eifersüchtig. Jedenfalls hat sie meine Zigaretten geraucht, mir ins Gesicht gepafft und geschwiegen. Eine peinlich stumme Situation. Sie ist auf- und abgegangen und hat geraucht. Plötzlich stand sie vor mir, ganz nah, ich dachte, sie wollte mich küssen ...« (Wie bei mir, wie bei mir, keuchte Gerritt innerlich) »... und es liefe auf einen flotten Dreier raus, aber sie sah mir tief in die Augen, hielt mein Kinn fest, ich roch ihren rauchigen Atem, dann flüsterte sie mir zu: ›Verschwinde und spioniere nicht hinter mir her. Du hast mich hier überhaupt nicht gesehen, klar? Anderenfalls hetze ich dir die Langmann auf den Hals.‹ ›Wer ist denn die?‹ fragte ich vorsichtig, weil ich nicht wußte, ob ich das alles so verstanden hatte, und weil ich gerade erst aus Sprockhövel kam. ›Das‹, sagte sie noch leiser, ›ist das Monster von Köln, die Glöcknerin vom Ohm Dom, verstehst du? Dora Langmann ist die einzige Schnüfflerin, vor der wirklich alle in die Knie gehen. Und genau die kauf ich mir, damit sie dir die Beine ausreißt, in aller schwesterlicher Freundschaft, und tschüs!‹ Damit schob sie mich aus der Tür, meinen Hintern umfassend, und ich wußte gar nicht, was ich von einer so seltsamen Anmache halten sollte. Ich dachte, das ist halt Köln.« Lolita zuckte amüsiert über die drollige Geschichte zur Abwechslung die Achseln und kicherte ein bißchen scheu. »Na jaaa«, sie dehnte ihre Sprache spannungsvoll aus, »und im ›Vampire‹ hast du mich nach diesem Ungetüm gefragt, weißt du noch, und genau nach dem Motto ›O Schicksals fette Beute‹ kam die Alte hereinspaziert, und ich hab sie gefragt.«

»Was, was«, japste Gerritt, »hat sie geantwortet?«

Lolita hob wie hilflos ihre Hände. »Genau dasselbe wie vor acht Jahren. Ich muß sie absolut verwirren, oder?« Fragend hob sie ihre schwerer gewordenen Lider und nippte an ihrem Espresso.

Gerritt schwieg und starrte in den Kaffeedampf. »Weißt du, wie sie heißt?«

»Alle nennen sie die Wölfin, sie heißt gar nicht. Aber weißt du, ich mag mit dir nicht länger über andere Frauen reden. Komm her zu mir und zeig mir, ob du liebst, wie du kochst«, kicherte Lolita und ging mit ausgebreiteten Armen auf Gerritt zu.

Wie vom gewaltigem Sog dieses leidenschaftlichen Stichwortes barst krachend Irenes weiße Holzetagentür in Splitter und Scherben. Die Frauen fuhren auf, und durch die geöffnete Wohnküchentür hob sich im eben verlöschenden Treppenhauslicht eine gewaltige Gestalt ab. Die Figur von Dora Langmann.

»Hallo«, hauchte Gerritt, einmal mehr fasziniert von so viel ungestümer Kraft. In die Stille hinein begann das Telefon zu dudeln, erbarmungslos. Langsam erhob sich Lolita und glitt in eine Schattennische. Erst als Dora sich schnaufend in den Flur bewegte, tastete sie sich hinaus, mit gesenktem Kopf murmelnd: »Ich hab dann doch im Haus noch einen dringenden Termin, wegen meines Horoskopes, tschöh …«

»Deine Zukunft kann ich dir auch sagen, wenn du dich nicht sofort vom Acker machst.« Dora schob sich, Bauch voran, hinter der Flüchtigen her und schnaubte ihr noch ein verächtliches »Schmierwoosch« hinterher.

Lolita polterte auf der Holztreppe davon, und Dora wandte sich Gerritt zu, die lächelnd, in die verheißungsvollsten Kochgerüche gehüllt, auf sie zuging. Dora riß den Telefonhörer an sich, reichte ihn wortlos Gerritt herüber und wandte sich ab, ihre Gefühle verbergend.

»Hallo, Wolfgang hier, ›Salon Indiskret‹; ich rufe dich zurück wegen deiner Maskerade, huch, schon am Sonntag, um *Himmels willen*, Kindchen, was machen wir nur in der kurzen Zeit …« Sein Wortschwall wirkte in dieser Szenerie vollkommen absurd, und Gerritt hauchte noch: »Entschuldige, du, Lieber, ich rufe zurück«, und legte auf.

Dora hatte inzwischen Glasscherben und grobe Holzsplitter eingesammelt, als sei sie verlegen wegen ihres Auftritts. Im Hausflur riefen Frauenstimmen, ob alles in Ordnung sei, und die Posaune fand, ja doch, und begann, Töne auszuhalten. »Ich hab durch die

Tür gesehen, wie sich jemand über dich gebeugt hat, und dachte, die Graue ...« Sie ging in die Küche, Gerritt lief hinter ihr her.

»Kennst du die denn?«

»Noch nicht, aber sie wird mich kennenlernen.« Dora hatte die Arme verschränkt und sah ihr frech entgegen.

»Und warum kennt sie dann dich?«

Dora schwieg eine Weile. Dann endlich sagte sie: »Weißt du, ich gehe kaum in den Sub, habe meine eigenen Kneipen, aber früher kannten mich viele dunkle Gestalten von ferne. Ich ...«, sie zögerte, aha, jetzt wird sie mir etwas Furchtbares gestehen, sie also auch, vermutete Gerritt, »ich war bei der Polizei.«

Kapitel 30

»Nun, nun ...« Weinende Frauen, sollte sie doch alle der Tünnes holen. »Nun, nun ...« Im Arm halten und begütigend auf die Schultern klopfen war ein wenig hilflos, aber was sollte man denn sonst machen, wenn einem die linke Brust unter Wasser gesetzt wurde. »Nun, nun ...«

Dora nahm Gerritt sanft bei den Schultern, hielt das völlig verquollene Häufchen Elend auf Armeslänge von sich und sah sie mitleidig an. »Es tut mir wirklich leid.«

»Ach, du kannst doch nichts dafür«, schniefte die, »ich bin halt so doof, daß ich immer wieder auf solche Frauen reinfalle, immer, immer wieder, ich bin so viel in meinem Leben belogen worden, ich bin es satt, ich will es nie, nie wieder«, und brach in einem neuen Heulkrampf zusammen.

Dabei hatte alles so gut angefangen. Als Dora die letzten Splitter mit dem Handfeger aufgekehrt hatte, hatte sie plötzlich den Druck von Gerritts Händen auf ihren Schultern gespürt. Wie ein Vulkan aus angestauter Leidenschaft war sie daraufhin aufgesprungen, hatte sich ihre neue Geliebte auf die Hände geladen und mit wilder Entschlossenheit gefragt: »Wo ist das Schlafzimmer?«

Dort waren sie dann mit derart verzweifelter Energie übereinanderhergefallen, als hätte es das letzte Mal in einer untergehenden Welt sein sollen. Ihre Körper wurden Feuerwerk, schmolzen durcheinander und entwickelten ein fast schon beängstigendes Eigenleben, so daß sie erst nach Stunden wieder voneinander abließen.

Dora hatte zwei Zigaretten angezündet, eine davon Gerritt zwischen die Lippen geschoben, die sie verträumt ansah: »Dora Langmann, wofür auch immer ich dir vierhundert Mark plus Spesen am Tag zahle, ich muß dir sagen, du bist diesen Preis verdammt noch mal wert!«

Dora lachte geschmeichelt. »Danke, Chef. Ich muß auch sagen, daß mir Ihre Art, Berichte geliefert zu kriegen, sehr sympathisch ist. Ich könnte mich dran gewöhnen. Wenn alle meine Auftraggeberinnen so wären wie Sie, hätte ich, glaube ich, meinen Traumjob gefunden. Obwohl du mir auch mal eine Adresse hättest zukommen lassen können!«

»Hah, wenn alle deine Geschäftstermine so ablaufen, bist du bald Millionärin. Aber ich warne dich, noch mehr Auftraggeberinnen wie mich, und ich entlasse dich wieder. Oder besser, ich bestelle dich zum Strafrapport«, gurrte Gerritt mit wilder Erwartung in der Stimme.

Dora konnte Gerritt ansehen, daß die linke Brust, auf der sie sich zusammengekuschelt hatte, ihr offensichtlich die wildesten Phantasien einflüsterte. Aber leider konnte diese Nacht nicht nur mit Rummachen verbracht werden. Dora hatte noch einiges Unangenehme hinter sich zu bringen.

Und dann hatte sie es Gerritt erzählt. Alles, was sie herausgefunden hatte. Über die Grauhaarige, die sich wohl inzwischen geklont hatte und sich überall dort rumtrieb, wo man sie weder erwartete noch gebrauchen konnte. Sie machte sie kichern, als sie ihr erzählte, wie sie bei Kätelhön gewesen war, und staunen, als sie von Frau Fritsch und dem Besuch bei der Polizei berichtete. Sie versuchte es hinauszuschieben, doch irgendwann, als sie sich schon in eine Art erzählerischer Trance hineingeredet und Gerritt in Erregung bald alles an Zigaretten Greifbare aufgeraucht hatte, da redete sie auch von Yolanda. Von der Zwickmühle, in die Dora selbst sich gebracht hatte, weil sie mehr Partei sei, als Geld kaufen könne, denn sie habe die Grundregel ihres Berufsstandes gebrochen, sich nie mit einer Klientin einzulassen. Von ihren Gewissensbissen, in zweifacher Weise in eine Beziehung einzugreifen, von der sie aber doch so deutlich sah, wie verlogen und kaputt sie inzwischen schon war. Von der Notwendigkeit, Yolanda zu bespitzeln, nicht aus mangelndem Vertrauen, nicht aus Eifersucht, sondern wegen der Informationen, die sie erhalten hatte, die von Anfang an ihr Mißtrauen gegen diese Person geweckt und sie bewogen hatten, eine Beschattung zu veranlassen. Und schließlich über Lila. Daß sie morgen früh dort hinwolle, wenn Yolanda den Schlaf der Ungerechten genösse. Und dann: »Nun, nun …«

Das eintönige Gepatsche auf ihren Rücken schien Gerritt tatsächlich zu Doras nicht geringem Erstaunen zu beruhigen. Sie begann zu erzählen. »Weißt du, sie hat mir ihre Liebe so aufgedrängt, ich wollte sie erst gar nicht. Ich war einsam und zufrieden, wollte nur meine Ruhe, aber sie war so lange hinter mir her, bis ich gesagt habe, na gut. Ich habe nicht gesagt, du bist die Liebe meines Lebens, ich habe gesagt, na gut. Ich habe nur gesagt, daß ich nie mehr belogen werden wolle, denn davon hatte ich genug. Von Liebe hat nur sie geredet. Aber«, dachte sie nach, »wenn ich es mir so recht überlege, dann hat sie auch nie gesagt, ›Du bist die Liebe meines Lebens‹, sondern immer, ›Ich bin die Liebe deines Lebens‹. Oh, ich Arschloch!« brauste sie auf, »warum falle ich bloß immer wieder auf solche Frauen herein? Dora, tu mir einen Gefallen, nimm einen Knüppel und mach dem Elend ein Ende, ich habe es nicht verdient zu leben, ich habe es mir durch fortgesetzte Dummheit verscherzt.« Inzwischen saß Gerritt aufrecht im Bett, starrte durch die Wand in die Ferne. »Sie hat mich betrogen und hintergangen, sie hat mich benutzt, meine Liebe und Zuneigung, ich war immer nur ein billiger Notstopfen, für den sie nichts zu bezahlen brauchte. Statt dessen gab sie mir die Galerie als Zückerchen, damit ich still und zufrieden bin.« Sie redete sich immer mehr in eine Stinkwut hinein. Die Tränen verdampften auf der Hitze ihres Gemütes, und die Augenmuskeln zogen böse Falten, die Dora mit Interesse betrachtete – das also sahen ihre Widersacher, wenn sie selbst in Fahrt geriet. Zu all dem eine fast minutengenaue Geschichte der Beziehung und wie sie eigentlich schon immer hätte sehen können, was wirklich war, wenn sie es nur gewollt hätte, aber da war der süße Schein gewesen, der über allem gelegen hatte.

Schließlich hielt sie inne und sah Dora streng an. »Mach sie fertig, Dora, du kannst das. Du bist groß und stark. Mach sie fertig, zerstöre sie, zerstöre alles, was sie hat und liebt. Nur die Katzen nicht. Und den Hund. Den kannst du mir bringen. Ja, genau, das sollst du tun. Bring mir Joko und zerstöre Yolanda. Und ich gehe jetzt etwas kochen. Das beruhigt mich. Und wenn du dich wieder verpißt, renne ich dir hinterher, kriege dich und lege dich dort flach, wo ich dich finde, mitten auf der Straße, in der U-Bahn, im Dom, ganz egal.«

Die Tür flog hinter ihr zu. Dora atmete auf und räkelte sich zufrieden in die Kissen. Die dramatische Szene war besser abgelaufen als gedacht. Normalerweise mögen es Menschen überhaupt nicht, wenn man ihnen erzählt, in ihrem Leben laufe etwas falsch. Sie pflegen dann den Überbringer dieser Botschaft zu bestrafen statt den eigentlichen Übeltäter.

Ja, sie hatte was, diese kleine Wilde aus Marienburg. Nuttenliebchen hin und her, sie schien sich gerade aus dem goldenen Käfig zu befreien, in den sie einst bereitwillig gestiegen war. Und vielleicht, wenn sie, Dora, das wollte, würde sie sie mit nach Ehrenfeld nehmen können. Wollte sie es?

Aber was wirklich komisch war, war das Brautgeschenk. Einen Hund als Preis für eine Liebe, das hatte was, das hatte Humor, das hatte Stil. Sie grinste und stellte sich vor, wie sie Gerritt den Kopf Yolandas, garniert mit einem ziemlich dicken Rottweiler, auf einem Tablett servieren würde.

Dora mochte eigentlich keine Hunde. Aber wenn sie es sich recht überlegte, waren daran weniger die Hunde schuld als ihre unerträglichen Besitzer. Sie waren schlimmer als die begeisterten Eltern verzogener Gören, stammelten ein verzücktes: »Guck, wie's schaut«, wenn ein verflohter, nichtsnutziger Köter gerade mit den Überresten von Mutters Erbkissen im Maul hochsah, erstaunt darüber, daß jemand nicht einverstanden mit diesem so unterhaltsamen Spiel sein konnte. Sie riefen: »Wie süß!«, wenn sich undefinierbare Mischungen mit den Vorderbeinen an einem hocharbeiteten, mit grundsätzlich schlammigen Pfoten und sabberigen Maul. Sie sagten: »Der will nur spielen!«, wenn sich ihre Töle gerade in fremde Knöchel verbiß, um dann empört mit Anzeige zu drohen, sollte man auch nur den Versuch einer Notwehr wagen. Keifende Hausfrauen, die den ganzen Frust über ihre ignoranten Ehemänner, ihr sexuelles Unbefriedigtsein, den Ärger über ihr leeres Leben in hysterisches Gekreische packten, rechthaberische Mittfünfziger mit Bierbauch und Stirnglatze, den Schäferhund an der kurzen Leine und immer eine Anzeige im Gepäck für jeden, der ihren Weg kreuzte – Dora reagierte auf sie mit ungewöhnlicher Ruhe. Sie wartete lieber wie ein kreisender Adler auf den richtigen Moment, um dann fürchterliche Dinge zu tun: den aufdringlichen kleinen Terrier mit Schwung auf ein umzäuntes Grundstück werfen oder die unbeachtete Einkaufstasche mit Hundekacke füllen, dem von seinem Hund gezogenen Schreihals eine Stiefelspitze so dezent in den Weg stellen, daß er kippte und über das Pflaster geschleift wurde. Der Möglichkeiten waren viele, und Dora verfolgte sie mit Kreativität und Liebe zum Augenblick. Die Hunde selbst stanken vor sich hin, fraßen, was sie kriegen konnten, kackten alles voll und versuchten ansonsten nur, das beste aus der Situation herauszuholen, was man ihnen ja nun auch nicht übelnehmen konnte.

Wenn sie es recht bedachte, wäre es vielleicht keine Zeitverschwendung, sich ein wenig mit diesem Joko zu befassen. In letzter Zeit hörte sie etwas zu oft das Wort »Hund«. Und wenn sie daran dachte, wie viele Hunde gesucht wurden, spürte sie ein ungutes Grimmen im Magen. Vielleicht sollte ich mal den Rottweiler verhören, dachte sie und kicherte.

Die Tür ging auf, und Gerritt erschien, nur bekleidet mit einem Tablett voller kleiner Teller. »Eigentlich sollte ich dich schlagen. Wegen dir habe ich den ganzen Tag gekocht, habe sechs Gänge gezaubert, die du in keinem Spezialitätenrestaurant außerhalb Italiens findest, und dann kommst du nicht, und alles zerfällt und verkocht, und ich muß es, damit vielleicht noch etwas gerettet wird, dieser unsäglichen Lolita in den ignoranten Mund schieben. Und wenn du dann endlich essen willst, dann habe ich nichts mehr da, womit man diese Nacht feiern könnte. Die feinsten Delikatessen verkommen in den Töpfen, und ich kann nur versuchen, aus den kargen Resten eine winzige Kleinigkeit zustandezubringen.« Sie stellte das Tablett auf die Bettdecke und erklärte der staunenden Dora, die mit offenem Mund auf die buntgefüllten Teller starrte: »Also, das ist eine kleine Fritata, eine Art Omelette, mit wiederbelebenden Kräutern gefüllt, auf Toastdreiecken an einer selbstgerührten Thunfischmayonnaise mit Kaperngarnitur. Aus den restlichen Grundnahrungsmitteln habe ich uns ein paar Brioches und Croissants, gefüllt mit Cocktailwürstchen und Käseresten, gebacken. Der exotische Obstsalat ist aus den Dekorationen des Vorabends zusammengeklöppelt. Allerdings habe ich mir erlaubt, den Milchkaffee selbst zu schäumen. Dazu habe ich noch etwas frischgepreßten Tomatensaft gemacht. Damit die Gerüche nicht zu sehr durcheinander geraten, habe ich die Heringshappen nicht mit serviert, die sind auch noch da, du mußt nur einen Ton sagen. Irene hat sie wohl für besondere Katersituationen aufgehoben. Entschuldige bitte, aber mehr war wirklich nicht da. Du mußt das nicht essen; was du nicht magst, kannst du gern liegenlassen.«

Dora klappte mühsam den Unterkiefer hoch, schluckte und sah Gerritt fassungslos an. »Das habe ich noch nie gesehen, geschweige denn gegessen. Wie macht man so was?« Sie probierte vorsichtig. »Das ist toll!« Sie schob sich eine weitere Gabel voll in den Mund. Es war sicher das beste, Gerritt noch etwas von ihrem großen Kummer abzulenken. »Erzähl mir was von diesem Hund.«

Kapitel 31

Warum bekam sie immer einen Kater, wenn sie mit Dora zusammentraf? Gerritt wickelte sich den leichten Cashmereschal vom dicken Kopf und war fast wehmütig überrascht, in der Galerie einmal nicht Schmidt und Tönnies plaudernd vorzufinden.

Unter einem gewaltig gerahmten, rückseitig beleuchteten Glasfenster von Meistermann saß auf einem weißen Ledersofa Hanne Kremin. Auf ihrem Kopf thronte eine Art Doktorhut, von dessen Zylinder eine gedeckte Raute einen Strauß Satinbänder zu ihren

Schultern entließ. Changierende Lilatöne spiegelten ein seidiges, hexenhaftes Flimmern über die feingeschnittenen Züge.

Ihr gegenüber saßen, aus London angereist, die Laskowskis mit, natürlich, Honky Tonky. Alle hoben ihre Cognacgläser zu Gerritts Begrüßung und suchten sie interessiert ins Gespräch zu verwickeln. Sie hatten sich bereits für den Abend wieder bei Tullio in Marienburg verabredet, aber eigentlich hatte Herr Laskowski Geburtstag und suchte ein ganz besonderes Bild.

»Was ist denn schon prominent?« zickte Hanne Kremin gerade vor sich hin. »Ein Soapdarsteller, dessen Hautproblematiken wir Tag für Tag mitverfolgen dürfen und der dann auch noch denkt, uns mit seinen Farbergüssen bereichern zu müssen, die ebenso schlecht gesetzt sind wie seine täglichen Dialoge? Im Gegensatz zu einem wie zum Beispiel Paul Heimbach, der ein Leben lang Bilder entwickelt mit Erfahrung, Konzept und Konsequenz?«

Honky Tonky unterbrach sie in seiner unwirklich höflichen Art, bot ihr eine Zigarette und den Laskowskis Feuer an. »Meine verehrte Frau Kremin, ereifern Sie sich nicht. Sehen Sie, Andy Warhol hat einmal vorausgesehen, daß bald jeder Mensch für zehn Minuten berühmt sein würde ...«

Er holte zu einem Referat aus. Mitten hinein brachte Gerritts Katerröhre ein düsteres: »Das Tafelbild ist tot« hervor.

Frau Laskowski erregte sich scherzhaft empört. »Nicht ganz das Statement, das eine Bildergalerie verbreiten sollte!«

Ihr Gatte unterbrach sie. »Nein! Frau Gerlach hat recht!« Er griff nach seinen Zigaretten und blinzelte.

Hanne starrte erschrocken zu ihrer Chefin, und Honky Tonky spielte höflich mit seiner Zigarettenspitze. Gerritt bemühte sich tapfer, ihren spontanen Unwillen über sich, die Galerie und die Welt im allgemeinen wieder einzufangen. »Ich habe dieses alte Beuys-Zitat gewählt, um Sie in meine Überlegungen miteinzubeziehen. Sie sind mehr als nur Vernissagepublikum, fast darf ich sagen, wir alle zusammen haben diese Galerie erst aufgebaut. Eine Galerie, speziell für international bedeutende Künstler aus Köln ...«

Hanne Kremins Hut sank tiefer, was auf eine kritisch gerunzelte Stirn schließen ließ. Honky Tonky strich seine englische Paisleymusterseidenweste glatt. Nur die Laskowski stritt vergnügt, was aber auch an den höflichen Nachschenkungen des kostbaren Galeriecognacs liegen mochte.

»Wobei ein Ansatz wäre, etwas mehr Bilder von Künstlerinnen auszustellen. Wie lange suchen wir nun schon nach dem ›Paradies der Damen‹ unserer Lieblingskünstlerin –«

»Mit Verlaub, *meiner* Lieblingskünstlerin, auch ich würde mich sehr für diese Arbeit interessieren«, bekräftigte Honky Tonky die rettende Gesprächswende.

Gerritt jedoch fühlte sich verpflichtet, ihren treuen Kunden gegenüber ehrlich zu sein, und wußte einfach nicht, wie sie das Gespräch dorthin treiben sollte, wo es ihr aufrichtig zu sagen leicht fiele: Ach, übrigens, wir segeln gerade in einen Kunstskandal, haben Sie auch Klassische Moderne Grafik?

Sie kicherte hysterisch in ihrer Not: »Hihi, die bildende Kunst, das Tafelbild ringen um ihre Förderung wie nie. Dazu kommt eine gewisse Übersättigung auf dem Medienmarkt, kaum mehr Medienpräsenz bildender Künstler. Manchmal sogar ein Geschäftsgebaren von Kollegen ... und außerdem investiert der Mittelstand im Moment lieber in Aktien.« Gerritt knabberte an ihren Fingernägeln. Wie sollte sie den Balanceakt bloß hinkriegen, die Wahrheit zu sagen und dennoch zu schonen, was sie retten wollte?

»Gut«, sagte Beate Laskowski spitz, »aber was ist daran komisch?«

In diesem Augenblick gab Gerritt sich auf. Ein haltloses Schluchzen löste die Kicherhysterie ab. Hanne Kremin trat vor und führte Gerritt zur Tür.

»Entschuldigung, bitte haben Sie Verständnis. Ein Bekannter von Frau Gerlach ist soeben verstorben, und sie mußte Beruhigungsmittel nehmen, deren Wirkung nun nachzulassen scheinen.« Eine Flutwelle von Mitgefühl hielt die Frauen fest. Trostreich und liebevoll umringte das Grüppchen die Trauernde, wobei Neugier und Spannung unübersehbar waren. In jedem »Wie entsetzlich!« und »Wie furchtbar für Sie!« lag auch der Wunsch oder die Sehnsucht, gemeinsam in der Welt der Bilder geborgen zu sein.

Nicht bei Gerritt, die wollte alles behalten, was ihr wert und teuer war. Aber legal. Mit Künstlerprozenten, wie sie es sich gedacht hatte; nicht mit diesen Verwicklungen in schmierige Dreckaffären und Morde. Aber wie konnte sie? In ihrem Alter waren Kosmetik- und Fitneßstudio ebenso lebensnotwendig wie Coiffeur und Modellkleider. Einfache Fummel machten sie billig, aber Klasse kaschierte.

Solche Gedanken wirbelten in ihrem Kopf ungestüm herum und führten ihr Eigenleben. Dazu all die Leute, der Geruch von Cognac und Zigaretten am Morgen und Doras Worte, die in ihren Ohren dröhnten und schrien.

Dora konnte nicht lügen. Die war alles Mögliche, aber grade wie ein Lineal. Im Gegensatz zu Yolanda. Yolanda, die gekrümmte Natter, sterben sollte sie, zertreten sein und all ihr dreckiges Geld. Heute nacht hatte die Leidenschaft Gerritts Wut verlagert – jetzt brach sie sich in unvorstellbarem Zorn Bahn. Sie knirschte mit den Zähnen, steigerte sich hinein in Dimensionen von Selbstgerechtigkeit, von deren Existenz niemand bisher eine Ahnung gehabt hatte, während etwas in ihr nach Yolanda schrie, um sich an ausgerechnet der Verräterinnenbrust trösten zu lassen. Laut stöhnend sah sie sich von vier Augenpaaren sorgenvoll beschaut. Wie peinlich!

»Ich …« Eben zu einer weitschweifigen Ausrede ausholend, bemerkte sie das fünfte Augenpaar und hörte den dazugehörigen Mund des Kunststudenten sprechen: »Draußen warten Herr Schmidt und Herr Tönnies.«

»Entschuldigen Sie mich«, und hinaus war sie. Erst einmal tief Luft holen. Sie öffnete ein Fenster und inhalierte naßkalten kölschen Karnevalswinter. Eine Weile bis zum Frösteln, dann öffnete sie die Tür zu ihrem Büro.

Tönnies wies auf ihre Augenringe und begrüßte sie: »Wieder zu tief ins Glas geschaut?« Er sprach bewußt ein bißchen leise.

Gerritt mochte die Jungs inzwischen irgendwie. »Seit diesen Aufregungen ist mein Leben ganz schön durcheinandergeraten«, nickte sie klein, endlich ein bißchen Kindchen sein, oh, diese Wut, diese Schmach, und doch …

»Wir erleben das oft«, nickte Schmidt, »wir ermitteln in einem Kunstraub, einem größeren Fälscherfall, und Paare lassen sich scheiden, Häuser werden verkauft, Menschen lernen zweifeln.«

Gerritt bestellte kaltes Perrier, Aspirin für sich und Faßbendertorte mit Cappuccini den Herren, und bis zum Zwölf-Uhr-Läuten wurde sie unterhaltsamst mit spannenden Geschichten aus der Kunstwelt Europas von ihrem Schmerz abgelenkt. Dies alles wurde jedoch getoppt von der Kremin, die gegen Ende mit neuen Zigarettenvorräten in die Runde nachkam und unter schallendem Gelächter erzählte, wie ausgerechnet Jacques Schabrack einmal eine Kujauausstellung geplant und von dem aber getäuscht worden war.

In allgemeiner Heiterkeit erhoben sich die Ermittler zu neuen Taten. Wollten sich verabschieden und hielten einen Augenblick inne.

»Übrigens, es gibt ein Gerücht, Schabrack sei wieder in Bonn. Seine Spur verliert sich jedoch in Marseille.

Tönnies wollte die beiläufig bedeutungsvolle Aussage tun und mildern, Gerritt beruhigen – aber sie war nicht mehr zu beruhigen, und überhaupt, Kunst interessierte sie im Augenblick sowieso nicht mehr. Ein Lächeln brachte sie auf, herzlich echt, aber schwer. »Ist schon gut, danke; und beehren Sie mich bald wieder.« Das Kopfweh war einigen zarten Klopfzeichen gewichen, mahnend, warnend und im Hintergrund.

Gerritt lehnte sich an die Tür, mit dramatischer Geste und geschlossenen Augen, suhlte sich im wohligen Rausch selbstmitleidenden Zorns. Die Kremin verstand genug von der Welt, um zu wissen, daß ihr und der Galerie die Chefin im Augenblick eher schaden mochte. Sie schob sie liebevoll in Hut und Mantel zur Tür mit den Worten: »Jetzt fassen Sie sich erst einmal in Ruhe. Ich halte hier die Stellung, und nicht vergessen: Es lohnt sich, an die eigenen Ideale zu glauben. Köln war einmal eine frische, inspirierende Kunststadt. Leute mit kleinen Galerien und eigenen Programmen wie der Wiegand, hach, was soll ich alles aufzählen? Nach Haus mit Ihnen und die Beine hoch, ich laß Ihnen noch eine extra gute Flasche Rotwein bringen, eine kleine.«

Gerritt wandte sich in der Tür um. »Aber ich habe noch nichts anzuziehen, kein Kostüm für die Sitzung.« Kläglich sah sie an Hannes Hut hoch.

»Ich brauch keins!« krähte die Kremin, »ich verkleide mich das ganze Jahr. Karneval«, sie legte eine bedeutungsvolle Pause ein, »Karneval gehe ich ohne Hut!«

Fast hätte Gerritt geschmunzelt, aber die Kremin schob sie auf die Straße und verschwand in der Galerie. Über die Schulter rief sie noch: »Keine Sorge, ich werde Ihren Maskenbildner anrufen und ein Jahrhundertkostüm für Sie bestellen«, den Rest verschluckte der Straßenlärm.

Gerritt schmollte leise weiter auf dem Weg zu ihrem Auto. Sie würde Yolanda auch mal eine Szene machen, eine, die sie nie mehr vergessen würde! Jetzt aber mußte sie in die Turmstraße, ein wenig ruhen und schauen, ob der Schreiner wie verabredet bei Irene eine neue Tür …

Sie stockte, das Herz schlug ihr bis zum Hals. Da stand ihr Auto unschuldig in der Parkbucht hinter der Kaufhalle; auf der Windschutzscheibe schmierte in leuchtendem Fuchsienrot ein Satz: »Sag deiner Schlampe, ich finde Lila sowieso, überall, genau wie dich!«

Dahinter, comicartig gezeichnet, ein aufgerissenes Wolfsmaul, nur der Kopf, ein Schäferhund mit Jacketkronen … Nein, das ist nicht komisch, sagte sich Gerritt, da beobachtet dich eine, die dich als Postkarte für Yolanda benutzt, dich und deine Ängstlichkeit. Und während sie beim verstohlenen Abreiben der Schrift ihren Vorrat an Taschentüchern verschmierte, erkannte sie das Rot. Es war ihr Yves St. Laurent-Lieblingslippenstift, einmalig in seinem leuchtend Rosablaurot, bei Blondinen bevorzugt. Sie rechnete nach. Sie vermißte ihn seit der Nacht, in der Jokos Hundehalsband verschwunden war. Und jetzt klebte er an ihrer Frontscheibe, wie beim Machturinieren von Hunden oder Wölfen. Pah. Und doch zitterten ihre Knie, als sie sich endlich hinters Steuer schwang und beschloß, sich nicht zu fürchten.

Kapitel 32

»Und wann, meinst du, ist die beste Zeit? Du bist so lange hinter der Alten her, du weißt, wie sie lebt.«

»Hm. Entweder am Morgen bis Mittag ungefähr, dann schläft sie, oder abends, wenn sie in den Club fährt. Aber abends wirst du nicht so viel Glück haben. Denn vorher bringt sie Lila neuen Stoff, und dann ist die auf keinen Fall ansprechbar. Am besten komme ich mit, dann wird sie vielleicht schneller Vertrauen fassen.«

»Du glaubst wohl, nur weil du sie jetzt ein paar Tage lang gesucht hast, hat sie ein persönliches Verhältnis zu dir. Nee, nee, bleib du mal hübsch hier. Wie komme ich rein?«

»Die Türen sind meistens offen. Ansonsten gibt es einen Code, ich weiß aber nicht, wie oft sie den ändern. Im Moment ist es 5-3-8-5-3. Wenn er nicht mehr stimmt, kannst du dich auch an irgendeinen ranhängen, der gerade reingeht. Du machst das schon, da habe ich keine Angst.«

»Ich auch nicht. Ach übrigens, leihst du mir dein Auto?«

»Nein!«

»Fünfundvierzig, wie soll ich denn sonst da hinkommen?«

»Das ist mir vollkommen egal!«

»Findste dich nicht so'n Tuck spießig?«

»Spießig?!« Fünfundvierzigs Stimme kippte in Hysterie. »Das letzte Mal, als ich dir das Auto geliehen habe, habe ich nur noch einen Schrotthaufen zurückbekommen!«

»Jetzt übertreib mal nicht. Ich hatte nur mal geparkt, das machst du schließlich auch.«

»Aber doch nicht unter einer Planierraupe! Nein, nein, niemals, nur über meine Leiche.«

»Jetzt stell dich nicht so an. Du hättest den Wagen doch eh nie durch den TÜV gekriegt. Ich habe dir eher noch einen Gefallen getan. So hat ihn die Versicherung bezahlt. Wann muß der denn jetzt zum TÜV?«

Fünfundvierzig blickte dumpf brütend in die Ecke. »Okay, du kannst ihn nehmen. Hier ist der Schlüssel. Aber wenn da was drankommt, dann bringe ich dich um!«

»Ist schon gut, mein Schatz. Willy, halt mich mal ab!«

Dora verließ, angenehm gestärkt von einigen kleineren Kölsch, den »Jägerhof« und ging noch einmal in ihre Wohnung. Sie fühlte sich wohl und genoß das zarte Ziehen, das die Nacht mit Gerritt hinterlassen hatte. Oben blinkte der Anrufbeantworter mit einer Nachricht von Repier, sie solle sich melden, hier sei der Rinderwahnsinn ausgebrochen mit ihren Weibergeschichten, sie solle bitte *sofort* zurückrufen. Das versuchte sie ein-, zweimal und beschloß dann, den Klang des Besetztzeichens noch im Ohr, den Weg zum Waidmarkt vor die nächste Unternehmung zu schieben. Bei Repier wußte man nie; aber es konnte sein, daß er ihr eine Menge Arbeit ersparte. Auf jeden Fall würde er nie anrufen, wenn nicht irgend etwas passiert wäre.

»Ah, da bist du ja«, begrüßte er sie, nachdem sie sich durch das Einkaufstreiben des Samstagvormittags zum Waidmarkt gekämpft hatte, »heute einen Kaffee? Hast du schon zu Mittag gegessen?«

»Ja, drei Gläser. Was gibt's denn so Wichtiges, du arbeitest an einem Samstag, ich probiere den ganzen Tag hier anzurufen, und es ist ständig besetzt.«

»Das glaube ich dir aufs Wort. Wir scheinen da in ein Wespennest gestochen zu haben. Ich habe im Zentralcomputer angefragt, und auf einmal rufen hier unglaublich wichtige Leute an. Oberfinanzdirektion, Bundesbank, Landeskriminalamt, Bundeskriminalamt, einer, der war glaube ich vom Verfassungsschutz, aber da bin ich mir nicht sicher. Hier ist die Hölle los, ich sachet dir.« Repier wurde zunehmend heiterer.

»Und was wollten die alle von dir?«

»Rana. R-A-N-A. Vier Buchstaben, unschuldig eingetippt, und die Hölle bricht los. Alle regen sich entsetzlich auf, wollen die Akten haben, mir die Zuständigkeit für den Fall entziehen, mir irgendwelche Geschichten erzählen, Bären aufbinden. Ich glaube, ich habe mich nicht mehr so amüsiert, seit du versucht hast, diesen Botschafter im Bordell zu verhaften. Paß auf, was jetzt kommt«, sagte er, als das Telefon klingelte. Er lauschte zufrieden grinsend in den Hörer und legte wortlos auf. »Mein Chef. Er ist vom Innenministerium und von Interpol angerufen worden und möchte gern wissen, was hier eigentlich los ist. Er sieht, glaube ich, seinen Kegelabend in Gefahr, weil einer seiner fleißigen Beamten die gesamte deutsche Kriminalistik aufscheucht. Ich gehe ihn mal vollends verunsichern. In der Zwischenzeit«, er legte einen Aktendeckel vor sie, »kannst du ja mal sehen, worüber die sich alle so aufregen.«

Dora grunzte zufrieden, machte es sich auf dem Stuhl so bequem, wie es nur irgendwie möglich war, und studierte, was denn die Obrigkeit so wußte.

Immerhin wohl den bürgerlichen Namen der Grauen. Sigrid Flethen. Saublöder Name. Da mußte man ja kriminell werden. Und das war sie. Mehrere Vorstrafen wegen Körperverletzung, Nötigung, Bedrohung, tralala, alles, was einschlägig genannt werden konnte. Ja, und schließlich als krönender Abschluß ihrer Karriere die Entführung des Kindes eines der oberen Chefs der Bundesbank. Dem Kind war nichts passiert, aber man hatte damals wohl zusammengelegt, um das Lösegeld zu bezahlen: immerhin schlappe sechs Millionen. Die Flethen wurde dann für zwölf Jahre in den Bau geschickt; inzwischen hatte man sie wegen guter Führung wieder auf die Weide gelassen. Das Geld war verschwunden. Man hatte zwar versucht, Sigrid Flethen im Auge zu behalten, das war aber offensichtlich nicht gelungen.

Als Repier zurückkam, saß Dora immer noch kopfschüttelnd in seinem Büro. »Daß ich davon nichts mitgekriegt habe.«

Repier strahlte zufrieden. Offensichtlich hatte er seinen Chef vollkommen durcheinandergebracht. »Du, ich auch nicht richtig. Der Prozeß war damals in Frankfurt. Kann natürlich sein, daß die hier nichts berichtet haben, oder jedenfalls nicht so viel.«

»Ja, und jetzt?«

»Fragen wir mal so: Was weißt du?«

»Nichts. Oder besser, nichts, was irgendeinen Sinn ergibt.«

»Wie kommst du überhaupt auf die Flethen?«

»Die Gerlach erwähnte sie. Sie sei von ihr bedroht worden. Im Agrippabad unter die heiße Dusche geschoben, gekratzt, gespickt und halb erwürgt. Vollkommen wirr, ich tappe noch völlig im dunkeln. Aber mal was anderes«, Dora starrte sinnend aus dem Fenster in das Wintergrau. Hatte Freddie nicht gesagt, der Geschäftsführer sei Lilas Bruder gewesen? Wahrscheinlich hatte Lila ja nicht nur Fritsch etwas über Hunde erzählt, sondern auch ihm. Repier an der Schuhfabrik in Ehrenfeld, mein Gott, war sie denn blind oder besoffen gewesen, könnte es sein, daß braun-weiße …

»Dieser Tote im Stadtwald, sag mal, was hatte der denn für Schuhe an?«

»So komische, braun-weiße, eigentlich recht auffällig.«

Dora hatte die Augen geschlossen und probierte, ganz ruhig zu bleiben und jetzt nicht laut aufzujaulen. »Du hast nicht vielleicht ein Foto da?«

»Von dem Mann?«

»Nein, von den Schuhen.«

»Hmhm.« Repier guckte suchend auf dem Chaos, das seinen Schreibtisch belegte, umher. »Irgendwo hatt' ich doch ...« Er sah hinter sich weitere Papierberge durch. »Aha, da!« Er griff einen schmalen Aktendeckel und warf ihn Dora rüber.

Dora vertiefte sich in die Akte und sagte: »Scheiße.« Sie hielt ein Foto von einem Paar Schuhen hoch. »Ich habe soeben einen Klienten verloren.«

»Wie bitte?« Repier war auf einmal ganz wach.

»Das ist der Typ, der neulich bei mir reinkam und wollte, daß ich für ihn einen Hund suche. Leider ist er nicht ins Detail gegangen, sondern lieber wieder abgehauen. Er hat sich nie wieder gemeldet. Ich weiß jetzt auch, warum: Er liegt im Leichenschauhaus.«

»Einen Hund?« Repier kratzte sich am Kopf. »Das verstehe ich nicht«, sagte er vor sich hin, »warum sucht der einen Hund und wird dann ermordet? Hat das was mit der Schildkröte zu tun, nach der du mich gefragt hast?«

Der Kerl vergaß auch nie etwas. »Ehrlich, Peter, ich wüßte es auch gern.«

»Oder mit deiner Galeristin?«

Sie zuckte die Schultern. »Die hat einen Hund, aber den hatte er doch den ganzen Tag vor der Nase. Er muß einen anderen gesucht haben.«

»Aber, liebe Dora, dann verrate mir doch noch eines: Wo ist diese Flethen jetzt, oder noch wichtiger, was hat sie als nächstes vor, und wo kann man sie sich schnappen, um ihr all diese wichtigen Fragen zu stellen?«

Kapitel 33

Der Engel, der das Kreuz Christi tragen half, war verwittert und trug eine Augenmaske aus dunkelgrünem Moos. Die Namensinschriften auf dem mit rostigen Platten und Schrauben verankerten

Sockel waren im Laufe der Jahre vollständig unleserlich verwittert. Auf der steinernen Schulter knabberte ein rotes Eichhörnchen an gekrossten Haferflocken, einem kostbaren Wintergeschenk.

Vor einer Dreiviertelstunde etwa hatte Yolanda einen Müsliriegel eigens für die kleine Freundin mitgebracht und hier plaziert. Jedes Mal, wenn sie nachzudenken hatte, fuhr sie auf den alten Friedhof in Deckstein, ihr ganz persönliches Ruhe- und Kulturdenkmal.

Während Joko mit großen Plätzchenfußabdrücken den hier liegengebliebenen Schnee bedächtig kreuz und quer stempelte, konnte sie auf ihrem dicken Regenmantel kauern und völlig ruhig denken. Der Melatenfriedhof war ebenfalls in vielen Bereichen meditationswürdig, aber eben in seinem noch funktionierenden Grabbetrieb unruhig. Im Sommer war es dort sowieso unerträglich, weil alle, die sich für schlau hielten, in den sonnigen Winkeln hinter den großen Grabsteinen kleine Marihuanaplantagen unterhielten.

Dieses friedliche Kleinod hier hatte sie vor einer Ewigkeit entdeckt, als sie in die Villa, die nebenan lag, bestellt worden war.

Niemals wollte sie vergessen, was sie gewesen war, um möglichst weit weg davon zu gelangen, auch wenn es ihre Tränen und ihr Lachen kostete. Lila, zarte, süße, kleine Lila, wie hatten sie beide sich gern gehabt und vertraut. Die Welt hatten sie erobern wollen. Diese kleine kluge Lila mit den guten Ideen und sie. Fehlende Körpergröße hatte Lila stets mit großen Taten wettgemacht. Immer die kleine Minderjährige, das heimliche Schulmädchen gespielt. Und so wonnig. Yolanda verzog spöttisch den Mund. Da waren die Herren so unvorsichtig gewesen. Bei dem vermeintlichen Kind quatschten sie hemmungslos drauflos, um sich wichtig zu machen. Sie spielten die Erzieher, die Lehrer, die Väter, und ihre Aktentaschen, Jacken, Brieftaschen, manchmal auch ihre Post, lagen allein in der schummrigen Garderobe, wie einzig für sie präpariert. Mit zwei, drei Handgriffen hatte sie alles durchsucht.

Das Eichhörnchen verschwand mit dem Rest seiner Beute hoch in dem dunklen Astgewirr. So war auch Lila verschwunden. Mit einem Mal so still, dann so euphorisch und so fahrig nervös. Schnell hatte sie die Einstiche bemerkt. Sehr langsam aber nur das Unvorstellbare: Sie arbeitete mit anderen. Dann war es aus. Lila war fort. Für immer, denn das Wesen, das sie am Zülpicher Platz ein paar Jahre später um eine Mark anhaute, war ihr kaum mehr ähnlich, nie mehr ähnlich geworden, auch wenn Yolanda gelegentlich mehr als ein paar Mark investiert hatte, ihr zu helfen.

Vieles hatte dazugehört, daß sie ihre Gefühle scheinbar völlig verloren hatte, nicht nur Lila. Manchmal aber war ihr, als könne Gerritt es wieder hervorzaubern, aber vielleicht gab sie sich da einer Illusion hin. Doch es sollte versucht sein. Auf der Rosa Sitzung würde sie Gerritt wieder lachen sehen, würde sich alles aufklären, bestimmt. Tanzen würden sie, Brust an Brust schunkeln und scherzen. Und sie würde Lila holen und mitnehmen, und Gerritt würde sofort wissen, daß da kein Grund zur Eifersucht bestand. Im Gegenteil, sie würde sie, Yolanda, zutiefst bemitleiden, wenn sie begreifen würde, was sich ihre Frau damit angetan hatte, ein solches Wrack zu pflegen. Und wenn Gerritt sie tatsächlich betrogen hatte, vielleicht würde sie sie quälen, aber irgendwann dann doch ein wenig verzeihen.

Yolanda war vorher im Club gewesen, aber Erkan hatte sie beruhigt, Lila war immer noch sicher versteckt, und Freddie würde Gerritt nicht mehr aus den Augen lassen. Der Laden lief gut, die Verkaufspläne dafür sahen vielversprechend aus. Dennoch gab es noch ein paar unangenehme Dinge zu klären.

Lila. Sie mußte gehegt und gepflegt werden, damit sie soweit klar wurde, um sich zu erinnern. Und dann? Yolanda kraulte Joko, der gekommen war, nach ihr zu sehen, zärtlich. Ihr Ausdruck glich dem des Grabengels über ihrem rotleuchtenden Haar. Für Lila gab es eigentlich nur eine Lösung. Die Familie mußte harmonisch aufgebaut sein, bis alles erledigt war. Man würde sie zutiefst bemitleiden, wenn Lila sich auf irgendeinem Klo den Goldenen Schuß setzte …

Und ihre Jungs mußten gleichzeitig die Wölfin hetzen und einkesseln. Eigentlich genügte der Knast für sie, aber zum einen war sie zu neugierig und zum anderen zu gierig.

Joko buddelte ein Loch zu ihren Füßen, und in der kleinen Episode milchiger Wintersonne spielte er Yolandas Glück. Das unsinnigste aller Probleme war leider die Galerie. Ein kulturelles Ablenkungsmanöver, sich selbst zu etablieren, vorzüglich geeignet, gewisse Geschäfte nicht über den Club laufen zu lassen, war sie zum Leuchtfinger ihrer kleinen Fehler geworden. Wegen dieser paar lächerlichen Mark, die sie aus den Grafiken herausgeschlagen hatten, war jetzt ständig die Polizei in ihrem Prestigeobjekt, mit dem sie Gerritt so gut beschäftigt gehalten hatte. Die Galerie mußte einfach verschwinden. Wie schwer aber war es, ein Feuer zu entfachen, das auch vor Versicherungsfachleuten und Brandsachverständigen zufällig erschien – Freddie hatte es ihr erklärt. Ein Verkauf war zur Zeit auch schlecht möglich. Und vor allem mußte sie Gerritt so klein kriegen, daß sie keine Schwierigkeiten mehr machte, wenn sie »ihre« Galerie verlor.

Es war nicht leicht, eine wirklich große Dame zu sein, dachte sie und beobachtete zärtlich, wie Joko einen länglichen braunen Knochen mit weißen Flecken durch den Matsch hervorzerrte. Und sie ging noch weiter, ihr war klar geworden, wie sehr sie Gerritts Stimmungen und Leidenschaften brauchte, weil sie selbst sich darin zu leben vermochte. Gerritt machte ihr das Fühlen vor, das Weinen, das alberne Kindergetue, das sie nie gelebt hatte. Ihr ewiger Teenager in seiner anhänglichen Arglosigkeit machte ihr Vertrauen vor.

Yolanda riß sich los und fuhr, versöhnlich einem Hinweis Freddies folgend, in die Innenstadt. Wurde auf der Apostelnstraße vom Schicksal für ihre gute Absicht mit einem Parkplatz belohnt und rannte direkt in Wanda Rumor hinein. Freute sich, sein liebes, echtes Lachen zu sehen, was so gut zu ihrer neuen Stimmung paßte. Ein Jubel stieg in ihr hoch.

»Shalömchen!« Wanda, die heute als Bernd vor ihr stand, kuschelte sie herzlich in seinen Arm. Über Yolanda glühte eine Zigarre. Ihre Strumpfhose wurde dabei von einem hölzernen Riesenkoffer perforiert. Er hob ihn an: »Stell dir vor, nach jeder Sitzung hängen die Locken der Perücke wie Lauchpasta und müssen völlig neu gemacht werden. Aber ist der neue Koffer nicht toll? Von Künstlerhand gefertigt, wenigstens der Streß in der Straßenbahn ist weg. Aber nun sag mal, liebe Yolli, wie is et dir denn? Liebelein, du machst ja Sachen!«

Yolanda wand sich aus Wolle und Tabakduft und sah fragend zu Bernd-Wanda hoch.

»Du siehst gut aus«, sagte er sachlich und faßte unter ihr Kinn. »Bist du schon drüber weg? Ach, wir Frauen nehmen es uns immer so zu Herzen, wenn wir von unattraktiven Nachfolgern geschlagen werden, nicht wahr? Und dann Dora, dieses Monster!«

Yolandas Mund wurde trocken. Sie lächelte weltfräuisch. »Und, woher weißt du?«

»Ach, du weißt doch, wie die Familie ist: Haste schon gehört, haste schon gehört, und tschüs! Helmut hatte Dada beim Friseur, nein, Dada hatte Helmut vor dem Friseur getroffen, und dann kam der Rosa Funke, der immer die tolle Balletteinlage macht, und der hatte im ›Vampire‹ Lolita getroffen«, er stutzte, »oder war's im ›Janus?‹«

»Hör mal, lieber Bernd, ich will dich ja nicht stressen, aber ...«

»Ach Gott, ach Gott, ach Gott«, Bernd sah auf die Armbanduhr und fuchtelte wild in Richtung »Gloria«, gab eine pantomimische Einlage über verärgerte Maskenbildner, die Rosa Sitzung und sein ungestyltes Äußeres, während er in Richtung Bühneneingang entschwand und dort mit einem ebenso abgehetzten Ralph Morgenstern lachend aneinanderprallte.

Yolandas Lächeln war gefroren. Ganz langsam ging sie wie in Trance, bis sie vor St. Aposteln stand und mit leerem Blick auf das »Café Faßbender« sah. Yolanda stand immer noch dort, als wieder Graupelschauer und Eisregen einsetzten. Die Bürgersteige waren glatt, Passanten strauchelten.

Es dauerte eine Weile, dann erst wagte sie sich zu ihrem Parkplatz. In ihrer Limousine warteten beheizte Sitze und die Callas. Erstaunlich schnell regenerierte sich ihr Nervensystem. Yolanda hatte verstanden: Gerritt hatte die Wohnung nicht hergerichtet, als *habe* sie betrogen, sondern sie *hatte*. Und hat noch, knurrte sie innerlich. Bitter war, daß es Dora sein sollte, diese dicke, versoffene Detektivin, von der sie schon oft gehört hatte. Sie kannte sie nicht wirklich von früher, ja, sie hatte sie mal gesehen, aber die war damals schon selten in der Subkultur gewesen. Und tagsüber in gestärkten Hemden und Kappe – vor Spott verzog sie ihren Mund – bei den Bullen.

Aber die konnte das nicht sein, unmöglich, so was würde Gerritt niemals fertigbringen, oder? Sie erzählte zum zigsten Mal dem auf der Rückbank schnarchenden Hund, wie es angefangen hatte. Wie sie ihr Vermögen mit ihrem Körper aufgebaut und mit ihrer Seele bezahlt hatte. Dann, als sie gelernt hatte, ohne Skrupel zu arbeiten, hatte sie ihre Leere zu füllen begonnen, sich ein mitternachtsblaues Mosaik von Künstlerhand legen lassen und marmorverkleidete Kamine in jeden Raum, die Wagen, diesen herrlichen Giacometti mit der Haltung einer Gottesanbeterin, die sie so sehr an sich selbst erinnerte, daß es schmerzte. Die Galerie hatte sie einem ihrer Kunden abgepreßt, als der sowieso am Ende und das Geschäft in den roten Zahlen war.

Ein paar Aquarelle von Hann Trier, ein paar Drucke von Jannsen und Zeichnungen von Käthe Kollwitz. Mehr gab es nicht. Dafür aber eine Existenz fürs Tages- und Rampenlicht.

Wunderbar, daß sie die Iserlohner hatte. Thomas hatte mit der Beschaffung der alten Druckstöcke und Jacques, der sie überhaupt auf die Idee gebracht hatte, mit der Fälschung der Signaturen ganze Arbeit geleistet. Wen interessierte es auch? Der Name, der darunter stand, nicht die Echtheit zählten letztlich. Und wenn irgendwelche Idioten Unsummen dafür bezahlen wollten, daß auf einem Papier ein bestimmter Name stand, dann wollte sie denen nicht im Weg stehen. Jeder kriegte, was ich verdiene. Daß Lila schon früh ausfiel, war schade, aber später kam ja die gescheiterte Kunststudentin Gerritt. Die tobte in den oberen Etagen öffentlich ihre Träume aus, während die Schubladen, in die sie nie sah, ihrer beiden Leben finanzierten.

Zu Hause angekommen herrschte sie im altgewohnten, rauhen Ton und ordnete an, daß man Frau Gerlachs Sachen packen und den Sperrmüll bestellen möge. Ließ den Jungs ausrichten, ihr Auftrag für Frau Gerlach sei erledigt. Ach, und man möge Lila herschaffen, auf die Rosa Sitzung bitte.

Yolanda kratzte ihr Kinn. Als Lila wieder angefangen hatte zu fixen und nur noch von Hunden und Geld und der Wölfin faselte, hatte sie es ja nicht so ernst genommen. Sie hatte sie vorsichtshalber aus dem Verkehr gezogen, um abzuwarten, bis sie sich erinnerte. Danach war sie überflüssig.

Wo mochte dieses Geld sein? Yolanda hatte sich die Geschichte so zusammengereimt: Lila hatte mit der Wölfin ein Verhältnis, als die die Entführung in Frankfurt inszenierte, die Yolanda so viel Ärger mit ihrer Stammkundschaft verursachte, daß sie sich von Lila als offensichtlicher Tipgeberin trennte. Nun vermutete sie, daß Lila das Geld aus dem gemeinsamen Coup aufbewahrte. Aber wo war es? Wo war der Schlüssel?

Sie kuschelte sich an Joko und kraulte seine entspannten Öhrchen. Genau, sagte sie in sich hinein, warum kann sich ein Junkie denn nicht auch im »Gloria« den Goldenen Schuß setzen, paßt doch her-vor-ra-gend. Ich habe die ganze Zeit versucht, sie auszuquetschen, und nichts, nicht, nichts herausgefunden. Was also soll's?

Intermezzo

Das Glatteis auf den Straßen, die zu den freistehenden Kurven der Schneeifel führen, läßt kaum Verkehr zu. Der Vogelpark Kasselberg ist leer. Keine blökenden Touristen mit lauten Kindern oder lärmende Schulklassen, sondern feuchte Winde über gefrorenen Böden. Die graue Wölfin riecht das Blut. Sie kennt den Geruch gut. Leckt sich die Lippen. Ein Tierpfleger kommt den Weg herunter, schiebt eine Schubkarre voller dampfender Fleischstücke durch die Kälte. Die Graue tritt in den Schatten der Sträucher am Wildschweingehege zurück. Wenn keine Zuschauer zu erwarten sind, liegt schon mal ein totgeborenes Kalb mit auf der Karre, dann sind sie nicht so pingelig beim Füttern.

Die Graue tritt vor. Auf dem gefrorenen Weg ein Rinnsal von frischem Tierblut, schwere dunkle Tropfen und eine helle Fährte. Sie zieht die Luft ein und denkt zurück. An dieses winzige Stück Mann, das sie schon bei Lila gesehen hatte und das auch von dem Grundstück in der Parkstraße kam. Zuviel Neugier, das konnte sie nicht brauchen. Und außerdem hatte sie sowieso Lust auf Blut gehabt. Sie schnupperte – ja, Lust!

Der Tierpfleger steht hinter den Zäunen und lädt große Fleischstücke ab, auch das Kalb. Zuerst sind sie noch zaghaft und leise und zeigen sich nur, dann greift der helle Leitwolf mit dem graugelben Behang den größten Brocken, und die anderen nähern sich in der Reihenfolge ihres Rudelplatzes.

Die Graue sieht die gewaltigen Zähne ins Fleisch schlagen und lächelt daneben wie lustvoll. »Nur zu …«

Sie hatte nur zweimal zugestoßen, und es war vorbei. Mit dem Messer zu töten ist hart, man muß stark sein. Durch die im Entsetzen angespannten Muskelstränge, durch die Lederjacke, vorbei an Rippenknochen lautlos ins Herz zu dringen, ist ein Kraftakt der Geschicklichkeit. Das Messer nicht sehen lassen, viele schreien dann laut los, sondern schnell und sicher, nicht die Brieftasche aufspießen, sondern durch das Leben jagen.

Jetzt lecken die Wölfinnen am Kalb, blecken die Zähne nach allen Seiten, die Ruten halb gesenkt, die Augen wachsam.

Daß diese alberne Figur ihr in die Quere gekommen war, war sein Todesurteil gewesen. Die grausame graue Frau läßt ihr langes Haar nach vorn fallen, schließt die Augen und träumt, während die Wölfe im Wildpark ihr junges Mahl zerreißen.

Dunkle Schatten und jaulende Winde, keine Pistole, nur ihr Stilett im Stiefel. Sie hatte sich gebückt, wie um den Schuh zu schließen. Der Mann, der Trottel, hatte ritterlich ihren Ellbogen genommen, hilflos hilfreiche Geste, halb sie festhaltend, halb beschützend, und sie war herumgefahren, mit einer Halbdrehung aus der Hocke von unten herauf unter die Rippenbögen ins Herz. Fauchend hatte sie ausgeatmet, die Kraft, die den Tod bringen mußte, ungebremst in ihn hineingerissen, und ein kleiner, jammernder Pfeifton war die Antwort gewesen, ein Schnappen nach der letzten Atemluft, so, wie ein Säugling um die erste ringt.

Der zweite, der Gnadenstoß, war freundliche Nachsorge ihrerseits, aber schwerer gewesen, da er, in die Knie gesunken, zu bluten begann.

Wieder leckt sich die Frau die rauhen Lippen, während vor ihr im Rauhreif die letzten des Wolfsrudels um die Knochenreste geifern. Der Pfleger kommt mit seiner leeren Schubkarre auf einem Seitenpfad zurück und schreckt kurz hoch beim unerwarteten Anblick einer ungewöhnlichen Frau zu dieser Zeit.

»Ganz schön kalt, nich?« brummt er ihr im Vorübergehen freundlich zu.

Rana nickt ruhig. »Ich friere nicht, ich bringe die Kälte.«

Der Mann verschwindet in Richtung Greifvögel, murmelnd. Rana lächelt.

Kapitel 34

Wie im Traum schienen Doras zwei Zentner über das Pflaster zu schweben. Sie beachtete kaum die Fahrradfahrer, die normalerweise nicht an ihr vorbei über die Bürgersteige sausen konnten, ohne von ihr angepflaumt zu werden. Sie haßte Fahrradfahrer und liebte sie dafür, daß sie ihren Adrenalinpegel immer zuverlässig auf einem annehmbaren Niveau hielten. Einer persönlichen Statistik folgend, hatten ziemlich genau einhundert Prozent der Radler keine Manieren, keine Ahnung von Verkehrsregeln und vor allem sie und ihre körperliche Unversehrtheit als Zielobjekt im Visier. So pflegte sie ihnen üblicherweise kräftig zurückzugeben, was sie als absolut gerechtfertigte Notwehr erachtete, aber heute sah sie einfach durch sie durch.

Sie fühlte sich wohl und zufrieden, den ganzen Tag schon, spürte immer noch den anderen Körper in Erinnerung an ihrer Haut. Das späte Essen und ein ungewöhnlich reichhaltiges Frühstück hatten Dora strahlende Laune verpaßt, die auch Repier nicht vertreiben konnte. Ganz im Gegensatz zu Gerritt, die, sehr verschlossen und mürrisch, anscheinend die post-koitale Depression zu haben schien, die ansonsten Dora kultivierte. Dora hatte das gönnerhaft übergangen und probiert, sie mit kleinen Anekdoten aus ihrem Berufsleben aufzuheitern, sie umsorgt und umpflegt, aber nur schwache Begeisterung geerntet. Vielleicht kämpfte Gerritt ja auch nur mit der Nachwirkung der vier Sherrys, die sie zur Dämpfung der größten Erregung noch in sich hineingekippt hatte.

Das sollte also jetzt nicht ihr Problem sein. Zum Glück hatte sie das viel größere, wie sie zu diesem Hotel kommen sollte, das Fünfundvierzig ihr als Aufenthaltsort von Lila bezeichnete, ja schon gelöst. Frechen, meine Güte, das ging ja fast noch. Normalerweise waren die ganzen Vororte Kölns, Pulheim, Troisdorf, Bonn, Düsseldorf, so lächerlich schlecht angebunden, daß es schon einen Tagesausflug bedeutete, dort einen Lolli zu kaufen. Nach Frechen fuhr zwar die Straßenbahn, aber nach Fünfundvierzigs Beschreibung lag dieser Laden mitten im Autobahnkreuz.

Sie seufzte. Autos mochte sie nicht. Früher war sie ja gern und viel gefahren, aber heute … Sicher, der Verkehr war immer stärker geworden, man fand nie Parkplätze, aber ihr eigentliches Problem war, daß kein Mensch es für nötig befand, Autos zu konstruieren, in denen gut gebaute Privatdetektivinnen auch eine Position finden konnten, die es ihnen ermöglichte, mit den Beinen das Gaspedal zu erreichen und nicht die Brust vom Lenkrad zerquetscht zu bekommen.

Doch besondere Situationen fordern Opfer. Entweder sie würde stundenlang durch die nasse Kälte gehen müssen, oder sie fuhr mit Fünfundvierzigs, nun ja, nennen wir es – Auto. Es machte ihn besonders wertvoll als Mitarbeiter, daß er über einen fahrbaren Untersatz verfügte, obwohl dieser für ausgedehnte Verfolgungsjagden nicht wirklich geeignet war. Fünfundvierzig liebte und fuhr alte Kasten-R4s. Die einzige Aufmerksamkeit, die er ihnen zukommen ließ, war, daß er sie im Zebramuster anmalte – sehr unauffällig für eine Überwachung – und sie mit allem vollud, was man eventuell einmal brauchen könnte. In Fünfundvierzigs Auto fanden sich Zelte, Reitstiefel, Bohrmaschinen, Dübel, drei nicht ganz vollständige Abschleppstangen, Stahlseile, Gummiringe, alte Zeitungen, Bücher über Radioastronomie, mehrere hundert Kassetten mit merkwürdiger Musik, Matratzen, Decken, ein Teleskop, Sternkarten, Schraubenschlüssel und -zieher, die Schrauben zum Schlüsseln und Ziehen, und, und, und. Nicht, daß Fünfundvierzig jemals etwas davon gebraucht hätte, nein, aber er fand, es sei unerläßlich, denn man könne ja nie wissen. Es betrübte ihn schon, daß niemals der Fall eintrat, an dem man die Reithose nebst kaputter Trense ihrer Bestimmung gemäß einsetzen konnte, aber es würde ihn vollends fertigmachen, wenn ihm auf einmal auf der Nord-Süd-Fahrt ein Pferd begegnete, und er hätte nicht die standesgemäße Ausrüstung dabei.

Auch sonst waren Fünfundvierzigs R4s immer für eine Überraschung gut. Dora erinnerte sich noch lebhaft an das Gefährt, in dem es bei Regen immer von unten durch die Gummimatten spritzte, bis sie entdeckte, daß das Auto über keinerlei Bodenbleche verfügte. Auch konnte es passieren, daß statt der Blinker die Tankanzeige wackelte oder daß man den Aschenbecher neu festklemmen mußte, sollte der Scheibenwischer funktionieren. Aber Fünfundvierzig war eisern in seiner Zuneigung, und herannahende TÜV-Termine erfüllten ihn immer mit großer Aufregung.

Dora klimperte mit den Schlüsseln. Fünfundvierzig war auffällig schnell dazu bereit gewesen, sein Auto zur Verfügung zu stellen, so daß sie davon ausgehen konnte, daß der Tank leer war. Glücklicherweise hatte sie Geld dabei. Mißtrauisch umwanderte sie den Wagen. Er sah noch nicht so verwrackt aus wie der letzte, aber das war auch nicht zu erwarten gewesen, schließlich war dieser hier relativ neu. Bei dem letzten hatten die Bremsen nur andeutungsweise funktioniert, und Doras Vertrauen in die französische Autobaukunst war auf dem Nullpunkt angelangt, als Fünfundvierzig ihr erklärt hatte, das eigentümliche Geräusch von hinten sei die Hinterradschwinge, die abgebrochen sei, das sei bei R4s völlig normal und kein Grund zur Sorge.

Sie kämpfte mit dem hakeligen Schloß und schaffte es tatsächlich, die Tür aufzuschließen. Mit einem ersterbenden Seufzer ließ sie sich auf den dünnen Stoffsitz fallen. Sie versuchte sich mühsam mit Spiegeln und Pedalen einzurichten, startete mit minutenlangem Orgeln das Auto und schaltete beim Versuch zu blinken den Scheibenwischer an. Scheiß-Franzosen, wann würden sie es endlich lernen.

Der Stadtverkehr trieb sie langsam, aber sicher an den Ortsrand. Köln produzierte sich seinen eigenen Ausnahmezustand. Man hatte wohl gemunkelt, es könne in der Eifel schneien, und daraufhin schlich alles mit angezogener Handbremse durch die Gegend. Dora tat, was sie konnte. Sie kämpfte mit linksblinkenden Rechtsabbiegern, tollwütigen BMW-Fahrern, übermüdeten Werktätigen, ängstlichen Hausfrauen, besonders eiligen Bergheimern und vor allem mit einer ständig beschlagenen Windschutzscheibe, einer Lüftung, die großen Lärm, aber sonst nichts produzierte, und einer Heizung, die, wie sie sich erinnern konnte, im Sommer ausgezeichnet und nicht widerrufbar funktioniert hatte, jetzt aber schmählich den Dienst verweigerte. So vertrieb sie sich die Zeit mit Wischen und Fluchen, bis sie auf der Dürener Straße die letzte Ampel hinter sich gelassen hatte und sich in den Stau Richtung Autobahn einreihte.

Es gab ihr Zeit zu denken. Yolanda hatte also tatsächlich Lila versteckt. Warum? Oder auch: Wieso? Was wollte die Graue von Lila? Wenn sie früher mal was miteinander gehabt hatten, wußte Lila vielleicht, wo das Lösegeld war? Was sollte das Gefasel über Hunde, und warum suchte die ganze Welt auf einmal welche? Welche oder einen bestimmten? Wer hatte diesen Schmachtenberg umgebracht, Yolanda oder die Graue? Wer blieb denn sonst noch?

Sie hatte auch diese Fälschungen aus den Augen verloren, die Gerritt so viele Probleme machten, aber Dora war sich sicher, hinter einer viel größeren Geschichte her zu sein. Sie hatte nur die Hoffnung, daß diese Lila irgend etwas Sinnvolles von sich geben würde. Doras Erfahrungen mit Junkies standen dagegen, aber einen Versuch war es immer wert.

Die Schlange setzte sich in Bewegung, und Dora jagte den kleinen Motor in eine rasselnde Beschleunigung. Sie fuhr vor das Gebäude, das laut und grell die Zimmerpreise verkündete, stellte den Wagen ab, dessen Motor noch eine Weile einfach weiterlief, und betrat die Lobby.

Alle Türen offen, preiswerte Sauberkeit um sie herum. Ohne sich großartig an der kleinen Rezeption aufzuhalten, ging sie zu den Fahrstühlen und fuhr in den dritten Stock, auf dem Fünfundvierzig Lila gefunden hatte. Zielstrebig walzte sie den schmalen Flur entlang und blieb lauschend vor dem Zimmer stehen.

Kein Laut war zu hören. Sie klopfte.

Stille. Dann Schritte. Von der anderen Seite der Tür eine Stimme: »Yolanda?«

Warum eigentlich nicht? »Ja!«

Das Schloß klickte. »Du kommst aber früh …«

Ohne zu zögern betrat Dora, jeden Widerstand beiseiteschiebend, den Raum. »Ja, ich hatte gerade etwas Zeit.« Sie schloß die Tür und lehnte sich dagegen.

Lila ging erschrocken rückwärts. Weswegen man ihr auch einmal diesen Namen gegeben haben mochte, jetzt war sie es. Dünn wie ein Strich, ausgemergelt, lange, schwarze Haare, die kraftlos über die Schultern hingen, Augen, die den täglichen Tod in sich trugen, und knallbunt lila Arme, verfärbt vom jahrelangen Spritzen, von Stoff und giftigen Träumen. Langsam stieg die Angst in ihr hoch, die sie dank ihrer reichen Gönnerin wohl nie kennengelernt hatte.

»Was soll das, was willst du hier? Geh weg, los, geh weg.«

»Hat Yolanda nicht gesagt, daß ich komme? Sie hat gesagt, ich soll dich mal besuchen. Du brauchst keine Angst zu haben, es ist alles in Ordnung.«

»Sie hat nichts gesagt. Sie hätte mir das gesagt. Yolanda macht so was nicht.«

»Vielleicht hast du es einfach nicht gehört. Das kann doch passieren. Beruhige dich und setz dich hin.« Dora mußte sie beschwichtigen und ihr die Angst nehmen, sonst würde das nie etwas geben.

»Hat sie dir den Stoff mitgegeben?«

»Du hast hier doch noch.« Dora zeigte auf den Nachtisch, belegt von Spritzen, Tüten mit weißem Pulver, Kerzen, Löffeln. Die Luft, stickig und schwer, trug Spuren von Unsauberkeit, Kot, Urin und Schweiß. Nicht so schlimm wie sonst bei Junkies, Yolanda schien darauf zu achten, aber wer den Geruch kannte, der würde ihn auch hier finden.

»Sie wollte mir aber neuen bringen, du hast nichts dabei?«

Dora mochte Junkies nicht, hatte aber in ihrer Alkoholsucht beinahe Verständnis für ihren Versuch der Selbstzerstörung. Einzeln waren Junkies so verläßlich wie ein hungriges Nilkrokodil. Nur Lila – Dora verstand, was Yolanda an ihr fand. Selbst in ihr wurden fast mütterliche Gefühle wach. Irgendwie machte sie den Eindruck, als müsse man sie unbedingt beschützen. Dora hatte keine Probleme dabei, einen freundlichen, einschmeichelnden Ton anzuschlagen. Er war ehrlich. »Nein, sie hat deinen Stoff noch nicht. Sie bringt ihn nachher selbst. Yolanda hat aber gesagt, daß du mir bis dahin eine Geschichte erzählen sollst. Du weißt doch?«

Lila sah sie irritiert an. »Welche Geschichte? Ich wollte mir gerade einen Schuß setzen, ich kann jetzt nicht.« Sie ließ sich auf das Bett fallen und griff nach den Utensilien, die sie wohl bei Doras Klopfen hatte fallenlassen.

»Warte, Lila.« Fast zärtlich nahm Dora die gefüllte Spritze an sich. Eindringlich flüsternd redete sie auf Lila ein. »Yolanda hat gesagt, daß du mir erst die Geschichte erzählen sollst, dann darfst du dir einen besonders schönen Schuß setzen.« Sie wehrte Lilas schwachen Versuch ab, nach der Spritze zu greifen, lächelte sie lieb an und sagte noch einmal: »Keine Angst, es ist gleich vorbei, erzähle mir nur die Geschichte.«

Lila heulte fast. »Was denn für eine Geschichte, ich weiß nicht, was du willst, gib mir die Spritze wieder!«

»Die Geschichte von der Wölfin, von Rana. Yolanda will, daß du mir von Rana erzählst.«

Lila sank verzweifelt und verwirrt in sich zusammen. »Aber ich hab ihr schon alles erzählt, sie weiß doch alles. Damals die Geschichte, als der Junge entführt wurde, da war der Direktor doch bei uns gewesen, und der hat mir doch alles erzählt. Deshalb hat der doch so'n Aufruhr gemacht, weil er mir das doch alles erzählt hat, und der wußte doch nichts, hat aber so einen Terror gemacht, da mußte ich dann verschwinden. Und Rana hat gesagt, ich soll das Geld verstecken, und das habe ich getan, aber das ist doch alles weg, weil der Hund doch weg ist, und der Hund wußte doch, wo das alles ist, und die haben noch versucht, den Hund zu finden, aber die wollten mir den nicht wiedergeben, und ich weiß doch nicht mehr, wie der aussieht. Und dann war er weg, und alles war weg. Das ist alles, gib mir jetzt die Spritze, mehr weiß ich nicht.«

Dora gab sie ihr. In großen Zügen paßte das zu dem, was sie von Repier erfahren hatte. Da war er also, dieser Hund. Er weiß alles. Scheißköter! Und die Wölfin, wie kam die wieder ins Spiel?

»Und Rana?«

»Rana war immer gut zu mir. Die hat mich auch besucht, damals. Sie war lieb und hat mir endlich wieder Stoff gebracht.« Lila band sich wie in Trance den Arm ab. Plötzlich stutzte sie und sah Dora für einen Augenblick wach an. »Wenn Yolanda dich geschickt hat, dann kennst du auch Thomas. Er kommt nicht mehr. Weißt du was von ihm?« Dora nickte traurig. »Wo ist er? Wie geht es ihm? Warum kommt er nicht? Er wollte doch kommen, hat er gesagt!«

Das Mitleid mit dieser armen Kreatur, das sie die ganze Zeit gehabt hatte, wurde übermächtig, und sie wünschte Lila nur, daß sie niemals richtig aus ihren Träumen wach werden würde, damit sie das Trümmerfeld um sie herum nicht erkennen mußte. »Thomas geht es gut.« Wo immer er jetzt sein mag, fügte sie im Stillen hinzu. »Er läßt dich ganz lieb grüßen. Er kann im Moment nicht kommen, aber er wird, sobald er Zeit hat. Mach dir keine Sorgen.«

Lila machte sich keine Sorgen. Sie sank, die geleerte Spritze noch im Arm, aufs Bett zurück und schloß die Augen.

»Ich geh dann jetzt. Du brauchst Yolanda nichts von mir zu erzählen, ich treffe sie gleich. Alles wird gut.« Sie bekam keine Antwort mehr, drehte sich um und ging.

Kapitel 35

Die Kälte fror den Atem an die Scheibe. Der Tag war vergangen, und die Samstagnacht fand Dora umkränzt von den wunderschönsten Eisblumen im sicheren Gefühl, in den Gulag deportiert zu sein. Die Lampen der Parkstraße ließen die Gläser prächtig-bunt schillern, doch die schlotternde Detektivin hatte kein Auge dafür. Wie konnte man nur derartige Blechautos bauen, da fror man ja schon am Zündschlüssel fest! Sie würde nie wieder eine Sardinenbüchse in den Kühlschrank stellen, das war ja unmenschlich! Wie lange würde sie wohl noch warten müssen, bis der Verkehr sich hier gelegt hatte. Oder besser gefragt – würde sie es noch erleben dürfen?

Sie mußte bei Gelegenheit Gerritt unbedingt von Lila erzählen. Diese Sorge konnte sie ihr wenigstens nehmen. Lila war ein Pflegefall, keine Rivalin in einer Liebesbeziehung. Was immer sie auf dem Kerbholz hatte, sie verdiente eher Mitgefühl als Eifersucht.

So, und jetzt reichte es ihr. Der Kältetod sollte zwar einer der angenehmsten sein, doch sie hegte keine Ambitionen, gefriergetrocknet in einer rollenden Blechbüchse aufgefunden zu werden.

Der Garten lag in zufriedenstellender Düsternis, als sie durch die Hecke brach. Kein Bewegungsmelder reagierte auf die in der Februarkälte umhertollenden Katzen oder auf die massige Gestalt, die vorsichtig über den gefrorenen Rasen schlich. Sie tastete sich an den Rabatten und Terracottatöpfen vorbei, wich kleinen Ziermäuerchen aus und ging bis zu der allzu bekannten Terrassentür.

»Gute Gewohnheiten sollte man nie ablegen«, murmelte Dora, blickte konzentriert auf das Schloß und schüttelte den Kopf. Wer immer hier Alarmanlagen installiert hatte, war ein völliger Versager. Sie vermutete Freddie dahinter und beschloß, ihm beim nächsten Zusammentreffen zünftig die Alufolie einzudellen. Dann schob sie eine kleine Plastikkarte zwischen die Türflügel und trat einmal kräftig dagegen. Mit einem protestierenden Krachen flog die Tür auf, Holzsplitter rieselten auf die Auslegware. »Hm, der Tritt hätte wohl auch gereicht«, stellte Dora fest und hob die überflüssige Karte wieder auf.

Kein Hund. Scheiße, dabei hatte sie sich das alles so toll ausgedacht, um sich vielleicht einmal in Ruhe den hauseigenen Rottweiler angucken zu können. Nicht nur, weil Gerritt ihn gern haben wollte, nein, auch sonst gewann Dora immer mehr den Eindruck, daß Joko nicht nur als nutzloser Fresser in dieser Geschichte auftauchte, sondern das seinige zur Dynamik beitrug. Als Wachhund schien er ja nicht viel zu taugen, dachte sie, die Ming-Vasen abschätzend, oder Yolanda hatte ihn mit in ihren Pferdestall genommen. Weit effektiver waren da schon die Katzen, die, begeistert über die menschliche Spielwiese, die sich ihnen da so unverhofft darbot, ihr unentwegt zwischen die Füße rannten und Dora zwangen, wie ein Storch durch den Salat durch das stockdunkle Wohnzimmer zu staksen. An der Tür war sie es leid. Sie bückte sich, griff nach unten, hob die beiden Quälgeister hoch und sah sie ernst an.

»Hört mal, ihr Lieben. Ich glaube euch ja, daß ihr euch entsetzlich langweilt, aber Muttern hat zu tun. Würdet ihr also die Güte haben und euch verpissen?« Sie schob die Kätzchen in das offenstehende Vertiko und schloß die Tür. »Keine Angst, ich vergesse euch nicht. Macht nicht zuviel Unfug!«

Vorsichtig öffnete sie die Tür und lugte in den Flur. Diesen Teil des Hauses hatte sie noch nie betreten. Bei ihrem letzten Besuch war Gerritt so damit beschäftigt gewesen, ihr die Hirse aus dem Hirn zu ficken, daß sie keine Gelegenheit für Hausführungen gehabt hatte. Und Dora hatte auch im weiteren Verlauf des Abends darauf verzichtet – wenig weitsichtig, wie sie sich jetzt eingestehen mußte. Aber irgendwo mußte es doch irgendwohin gehen, das war in den meisten Häusern der Welt so und wurde dann auch selten sogar von den höchstbezahlten Innenarchitekten geändert.

Sie stand in einer weitläufigen Halle. Große Fenster beleuchteten eine riesige, weiße Treppe, die sich in einem eleganten Bogen einen Stock höher schwang. Mauerdurchbrüche zeigten kleine Gänge, weitere Flure, die das Innere des Hauses wie einen Irrgarten aussehen ließen.

Das Problem war – wo wollte sie jetzt eigentlich hin? Wenn sie Gerritts rührseliges Gesäusel über Joko ernst nahm, war es möglich, daß er irgendwo im Weg lag und schlief, und zwar beliebig im ganzen Haus. Dora versuchte sich in die Seele eines schlafsüchtigen Rottweilers hineinzudenken, was ihr erstaunlich gut gelang. Wenn sie Joko wäre und allein zu Hause bleiben müßte, würde sie sich in die Seidenbettwäsche ihres Frauchens kuscheln. Vollkommen logisch, nur das Schlafzimmer müßte sich jetzt noch auftreiben lassen. Üblicherweise fand sich das aus unerfindlichen Gründen im ersten Stock; hier würde es nicht viel anders sein.

Und wenn Joko tatsächlich nicht hier sein sollte, dann würde sie sich sonst ein wenig umsehen, einen Blick in die Büros werfen und mal nachgucken, ob sich nicht das ein oder andere finden ließe, was Yolandas heimliche Geschäfte bewies.

Vorsichtig setzte sie einen Fuß auf die Treppe und zog sich lautlos vorwärts – von einem leichten Knarzen des Holzes unter sich einmal abgesehen. Sicher erschien es sinnlos, leise zu sein, nachdem man eine Tür eingetreten hatte, aber immerhin gab es Leute, die beim ersten Krach noch denken, sie hätten sich geirrt, und erst beim zweiten aufmerksam werden. Ihnen würde Dora keinen Grund geben, jedenfalls nicht, wenn es nicht nötig war.

Auf dem oberen Treppenabsatz blieb sie sichernd stehen. Jeder ihrer Sinne war gespannt. War sie jetzt wahnsinnig, oder hatte sie da gerade etwas gehört, ein Huschen, ein Rascheln, eine Hand, die sich auf Holz legt und dort einen Zentimeter rutscht?

Dora runzelte die Stirn. Was immer dort war, wenn dort etwas war, stand jetzt genau so starr wie sie. Für eine kleine Weile geschah gar nichts. Wie in einem schlechten Krimi, dachte Dora, das ist doch wirklich zu lächerlich. Wer bin ich denn, der Ameisen-Ferdie? Im Lävve nit! Ich werde jetzt diese Etage durchsuchen. Sie machte zwei Schritte nach vorne und fing sich irgend etwas ein, daß sie rückwärts in den Einbauschrank flog. Ein tierischer Schrei erscholl, und ein undefinierbares Etwas warf sich auf Dora, landete aber nur auf ihren blitzschnell hochgerissenen Cowboystiefeln und verschwand in hohem Bogen unter gräßlichem Geheul außer Sichtweite. Dora hatte größte Mühe, sich hochzurappeln, da mehrere Lamellentürensplitter sich in ihrem Trenchcoat verkeilt hatten. Sie schüttelte die Überreste des Interieurs auf die Auslegware, wählte sich daraus eine besonders stabil erscheinende Leiste und machte sich bereit für den nächsten Angriff.

Stille. Was zum Teufel war das gewesen? Hielt Yolanda sich einen Neandertaler als Hauswache? War das Freddie gewesen, der was ganz, ganz Böses geschluckt hatte? Dora machte vorsichtig zwei Schritte nach vorne, lugte um die nächste Ecke und konnte so eben noch dem Stuhl ausweichen, der, in einem kraftvollen Bogen geschwungen, auf ihre Schädeldecke zuhielt. Sie versuchte ihre Behelfswaffe in den feindlichen Körper zu dreschen, doch der sprang so elegant weg, daß sie nur eine Glasvase vom Schrank fegte. Der eigene Schwung brachte Dora ins Stolpern, und sie fiel fast über ein Glastischchen, während ein Irgendwas sie in ihrer Leibesmitte zu spalten schien. Sie griff zu, bekam ein Bein zu fassen und riß daran, so fest sie nur konnte. Ihr Gegenüber verlor mit einem Schrei den Boden unter den Füßen und landete vor ihr. Jetzt war es an ihr, zuzutreten, einmal, zweimal, um beim dritten Mal im Leeren zu landen. Der Körper war in den Schatten gerollt.

»Ich bring dich um, du Hundsfott!« Wo war der Arsch? Geduckt sah sie sich um, pirschend wie ein Tiger. Vom Fenster weg, das wäre nicht schlau, hinten in die Ecke, vorsichtig, vorsichtig, als hinter dem Bett ein Schatten aufsprang, umweht von einer Wolke im Gegenlicht aufleuchtenden silbergrauen Haares, und der sich schützend wegdrehenden Dora derart einen über die Rübe zog, daß bei ihr das Licht ausging.

Das Erwachen war schmerzhaft. Auch ein nasser Lappen konnte in dem mühevoll gefundenen Badezimmer nicht das ekelhafte Pochen vertreiben, das unter Doras Schädeldecke wütete. Da war sie gewesen, die Graue, schattenhaft kämpfend. Wirklich, der Beiname »Wölfin« war gut gewählt. Sie war eine würdige Gegnerin, aber jetzt war genug. Diese Rana war seit langem die erste, die sie, Dora Langmann, auf die Bretter geschickt hatte, und das sollte sie büßen. Bisher war Dora ja noch lieb und nett gewesen, aber damit war jetzt Schluß.

Sie verließ die Trümmerlandschaft, ohne sich weiter umzusehen. Sicher wäre das interessant gewesen. Die Graue hatte etwas gesucht und war dabei gestört worden, oder sie wollte jemandem auflauern, aber jetzt war sie weg, und Dora wollte sie haben. Sie öffnete das Vertiko, nahm die beiden Katzen auf den Arm und erklärte es ihnen: »Ihr seid meine Zeugen. Ich finde sie, und dann werde nicht ich es sein, die am Boden liegt!«

Kapitel 36

Die schmalen Reifen quietschten empört, als Dora mit deutlich überhöhter Geschwindigkeit in die Hofeinfahrt raste, sich mit der einen Hand an der Tür abstützend, die andere wild am Lenkrad sägend. Sie bearbeitete das Gaspedal, daß die wenigen PS einzeln aufjaulten, und trat schließlich die Bremse bis zum Bodenblech durch, um den malträtierten Belägen eine Wirkung zu entlocken. Wenige Zentimeter vor einem einmal um sich selbst gewickelten Alfa kam sie zum stehen. Der einzige Ort, an dem sie eine Frau mit grauen Haaren gesehen hatte und der irgend etwas mit den Ereignissen der letzten Tage zu tun gehabt hatte, war das Auto von Kätelhön gewesen, und der sollte jetzt reden oder sterben.

Der Motor blubberte noch verwirrt vor sich hin, als sie schon die Tür aufgerissen hatte und herausgesprungen war. Hinter den Fenstern in der Werkstatt war noch Licht. Sie riß die blaue Metalltür auf und blieb wild schnaubend in der Öffnung stehen. Kätelhön saß inmitten seiner riesigen Halle auf einem Holzstühlchen vor einem laufenden Fernseher, drehte sich eine Zigarette und sah sie mit gütigem Mitleid an.

»Wo ist sie?«

»Wer?« fragte er mit echter Verwunderung. »Inge? Sie ist hier.«

»Quatsch Inge, welche Inge denn jetzt!« Doras Ungeduld polterte durch die Werkstatt. »Die Wölfin, Rana!«

»Die Wölfin, Rana, hmm, soso.«

Kätelhöns westfälisches Temperament wirkte äußerst zermürbend auf Doras Jähzorn. »Jung, jetzt maach vüraan! Klar, die Wölfin, jetzt tu doch nicht so, als wüßtest du nicht Bescheid!«

Er schmunzelte verlegen und verteilte mit größter Sorgfalt den Tabak im Papier. »Ob Sie mir das glauben oder nicht, ich habe tatsächlich nicht die geringste Ahnung, wovon Sie reden.« Die werdende Zigarette wurde gemustert, dann an der einen Seite die Verteilung des Inhalts für nicht ausreichend befunden und bedächtig nachgelegt.

Dora kam drohend näher. »Liebelein, du bist am Donnerstag mit einer grauhaarigen Frau hier rausgekommen, und ich will jetzt sofort wissen, wo die ist.«

Die Finger vollführten eine rollende Bewegung, die Zunge leckte über das Papier, dann wurde die fertige Zigarette im Mundwinkel plaziert, angezündet und darauf das Gesicht nachdenklich zur Decke gedreht. Dora hatte das Gefühl, sie müsse augenblicklich wahnsinnig werden.

»Ja, Donnerstag, hmm, genau. Wollen Sie sich nicht vielleicht setzen, ein Glas Wein?« Kätelhön deutete einladend umher.

Dora atmete tief durch. »Ich bin hierher gekommen, um zu töten. Und das will ich immer noch. Jetzt. Irgend jemand. Ganz egal!«

»Ja, das verstehe ich«, sagte er milde, stand auf, holte noch ein Glas Wein und rief: »Inge, kommst du?«

»Nein«, erscholl es gedämpft unter der Bettdecke her, »ich habe nichts an!«

»Haha, sie hat nichts an!« rief Kätelhön und stellte ein gefülltes Glas neben zwei andere auf einen Tisch am anderen Ende der Halle. »Genau! Nehmen Sie sich einen Stuhl. Also, wie war es denn noch am Donnerstag?«

Nein, Dora, du wirst jetzt nicht wahnsinnig, befahl sie sich. Vielleicht kriegst du jetzt Neurodermitis, es beginnt schon am ganzen Körper zu jucken. Du willst töten, alle grauhaarigen Menschen dieser Erde, und dann sitzt da dieser ... dieser ... Westfale und macht gemütlich Konversation. Wie es am Donnerstag gewesen sei! Wie schon! Beschissen wie immer. Aber das sagst du jetzt nicht. Wer weiß, wen er sonst noch alles unter der Bettdecke oder in den Schubladen hat! Sei jetzt langsam und bestimmt, vielleicht hilft das.

»Inge, willst du auch noch ein Glas?« fragte er jetzt die Bettdecke, die leise: »Nein« rief.

»Die Grauhaarige, die am Donnerstag in Ihrem Auto saß«, sagte Dora sehr beherrscht und sehr deutlich.

»Ach, die Grauhaarige, die am Donnerstag in meinem Auto saß!« rief er, als hätte sie ihm gerade die wesentlichen Elemente der Relativitätstheorie nahegebracht, »die Grauhaarige, die am Donnerstag in meinem Auto saß. Es tut mir ja sehr leid, aber wovon reden Sie überhaupt?« Er schien die Situation zu genießen. »Inge, geht's dir da gut?«

»Nein«, rief die Bettdecke, »sie soll gehen! Mir ist das peinlich!«

»Aber ihr *kennt* euch doch gar nicht!«

»Eben deshalb.«

»Am Donnerstag«, mischte Dora sich wieder in den Dialog, »saß eine Frau in Ihrem Auto und ist mit Ihnen vom Hof gefahren. Wo ist die?«

»Ach soo! Katharina. Die ist in ihrer Wohnung oben. Warum sagen Sie das denn nicht gleich!«

Erstens habe ich das gesagt, und zweitens, wieso Katharina? »Wieso Katharina?«

»Katharina Riedel. Die wohnt hier auf dem Hof. Ich habe sie am Donnerstag mit in die Stadt genommen.«

»Und die hat graue Haare? Lang?«

»Ja, genau. Das ist Katharina, haha!« Kätelhön lachte begeistert. »Da müssen Sie aber dann den nächsten Eingang nehmen.«

Dora fühlte Unwohlsein in sich hoch kriechen. »Und wer ist da unter der Bettdecke?«

»Inge. Inge Schulte.«

»Wer, bitte, ist Inge Schulte?«

»Ach, vielleicht kennen Sie sich ja doch. Sie ist die Haushälterin von Frau Gerlach!«

Oh, wenn sich doch nur die Erde unter ihr auftun würde. Es durfte nicht wahr sein. Sie war sicher gewesen, die Graue hier zu finden, und nun diese Blamage. Es konnte doch überhaupt nicht sein, überlegt und kontrolliert, wie sie war, daß sie voreiligen Schlüssen erlegen war. Dora wollte sofort vor Ärger über ihr Unvermögen grauenhafte Untaten begehen. Sie wollte ihr Leid zum Himmel hochschreien, laut aufjaulen, allen Wölfen und Koyoten dieser Welt zum Hohn, ihre ganze Unfähigkeit, den Ärger, den Frust herausrufen, der ganzen Welt zueignen. Doch sie murmelte nur: »Danke, hat sich erledigt, war 'ne Verwechslung«, und wandte sich zum Gehen.

»Was wollten Sie eigentlich?« hörte sie Kätelhön noch fragen, und die Bettdecke quiekte erstickt: »Ist sie jetzt weg?«

*

Dora saß in ihrem Wohnungsbüro und starrte aus dem Fenster. Seit sie in der Nacht gekommen war, hatte sie nicht geschlafen, nicht geredet, nur aus dem Fenster gesehen, geraucht, ab und zu einen Schluck Wasser getrunken und vor sich hin gemurmelt.

Dora Langmann, du wirst alt. Da läßt du dich von so einer abgetakelten Schabracke überrumpeln. Ich bin enttäuscht, schwer enttäuscht. Und dann redest du dir noch ein, du hättest sie in Bickendorf aufgetrieben! Blind! Du bist blind und blöd! Aber jetzt ist Schluß mit lustig! Schnapp sie dir! Das soll sie büßen, so wahr sie sich mit Dora Langmann angelegt hat. Doch wie kann man sie kriegen, wo ist sie hin?

Man kann Wölfe nicht jagen. Sie müssen von selbst kommen. Man muß sie kennen. Der Wolf ist scheu, sehr scheu. Sieht er dich, oder hat er deinen Geruch in der Nase, dann ist es schon zu spät, dann hast du ihn schon verloren. Hat er das Gefühl, daß er gejagt oder verfolgt wird, dann ist er weg. Er duckt sich ins Gebüsch, verschwindet, der Wald ist sein Freund, nimmt ihn in seine Arme, bietet ihm Schutz und Hilfe. Der Wolf flieht, wenn er angegriffen wird, aber er jagt, wenn er etwas braucht.

Eigentlich mochte Dora Wölfe. So ein bißchen, dachte sie immer, wäre sie auch einer. Einsam, immer unterwegs, durch die Kälte, gewitzt, gejagt, aber immer schlauer als die anderen und ihnen ein Stück voraus.

Das ist natürlich Quatsch. Der Wolf hat seine Höhle, sein Versteck. Dort verschläft er den meisten Teil des Tages, und wenn du ihm nicht versehentlich auf den Schwanz trittst, wirst du nie erfahren, wie nahe du ihm warst. Du brauchst also eigentlich nur seine Höhle zu finden, dann hast du ihn.

Seine Höhle zu finden, ist wiederum ganz einfach. Wenn du ihm hinterhergehst, dann wird er dich arglos zu seinem Versteck führen.

Und was tut frau, wenn sie keine Wölfin zum Hinterhergehen hat und auch nicht weiß, wie sie die Wölfin finden soll?

Dann bauen wir eben eine Falle.

Die Kunst besteht darin, genauso zu denken wie ein Wolf. Es nützt nichts, dem Wolf hinterherzurennen. Du mußt da sein, wenn der Wolf kommt. Du mußt wissen, was er vorhat. Du mußt denken wie er. Wenn er aus dem Wald tritt und sich der Ziege nähert, die du als Köder auf der Wiese angebunden hast, dann mußt du schon da sein. Du mußt dich gegen den Wind gestellt haben, denn sonst riecht er dich, und dann ist es aus. Stell dich also gegen den Wind, und du hast ihn schon so gut wie gefangen. Obwohl ... Wenn man es sich recht überlegt, müßte das ja logischerweise auch genau die Richtung sein, aus der der Wolf kommt, denn er braucht ja die Witterung der Ziege, sonst weiß er nicht, wo die Falle steht. Wahrscheinlich also kommt er dann von hinten und stößt auf die dicke Detektivin, die angestrengt die Ziege anstarrt. Wie lustig!

Hmm.

Vielleicht muß man mit der Ziege durch den Wald gehen. Aber dann vertreibt man den Wolf, denn er hat Angst und rennt immer weg, wenn er auch nur auf die Idee kommt, einer könne was von ihm wollen.

Wahrscheinlich müßte man die Ziege allein durch den Wald gehen lassen, sich hinterherschleichen und dann da sein, wenn der Wolf die Ziege fangen will. Aber wie bekommt man eine Ziege dazu, genau in der richtigen Richtung durch den Wald zu gehen, und warum sollte sie es überhaupt tun, wenn sie nur einen kleinen Funken Ziegenverstand besitzt? Jede vernünftige Ziege würde genau in die entgegengesetzte Richtung gehen, also in die, in der auf keinen Fall ein Wolf ist, der Wolf als besonders schlaues Tier würde das aber auch wissen, und deshalb schon mal dahin gehen, wovon er denkt, daß die Ziege denkt, daß er nicht da ist.

Aber wo ist das?

Und wie denken Ziegen?

Wer hat sich eigentlich den ganzen Quatsch ausgedacht?

Also noch einmal von vorne. Die Wölfin will die Ziege und geht dafür auch jedes Risiko ein. Sie wird die Ziege entweder verfolgen und beobachten, oder sie wird sie dort erwarten, wo die Ziege ganz bestimmt hinkommen wird.

Ziegenstall?

Marienburg? Die kleine Stunteinlage von heute abend zeigt, daß die Wölfin genau so denkt. Sie war da. Gerritt ist aber nicht mehr in Marienburg; die Wölfin wird sie aus den Augen verloren haben. Sie wird sie dort suchen, wo sie sie sicher weiß, wo sie ihr ausgeliefert sein wird. Wo wird das sein?

Wohin mit Gerritt? Zum Friseur, das ist vielleicht ungefährlich. Heteras suchen einander beim Friseur, Lesben aber nicht. Die verheimlichen eher, daß sie überhaupt zu einem gehen. Was würde eine Wölfin tun? Denk nach, denk nach …

Die Rosa Sitzung! Natürlich! Die Wölfin wird die Ziege beim Ziegenkarneval im »Gloria« suchen! Das ist es, das ist die Idee! Die ganze verfickte Blase wollte doch auf diese Rosa Sitzung gehen! Mit Yolanda, mit Gerritt, mit allen, die auch nur irgendwann einmal mit den beiden zu tun gehabt haben.

Und es ist auch die ideale Waldlichtung für eine hungrige Wölfin: Sechshundert kreischige Tunten, Lesben und sonstiges Kroppzeug, da fällt eine kleine Wölfin überhaupt nicht auf.

Rana, du stinkende Nervensäge einer Wolfsmißgeburt, du wirst dich sicher fühlen inmitten all dieser Menschen. Aber Dora wird da sein, mitsamt ihrer kleinen, bösen Wolfsfalle, und du wirst keine Ahnung davon haben, und dann kriegt sie dich. Ganz egal, wie viele Leute da sein werden, dich erkennt sie überall.

Vielleicht.

Hoffentlich.

Außerdem wird Gerritt auch da sein. Schön!

Dora sah erschreckt hoch: Draußen war es schon wieder dunkel geworden. Wie lange hatte sie so dagesessen? Es wurde allmählich höchste Zeit.

»Maria Petronella, ich brauche ein Kostüm.«

»Dora«, erwiderte Maria Petronella, »mit wem redest du eigentlich die ganze Zeit?«

»Mit niemandem, mit mir selbst.«

»*Che strano*, sie wird immer seltsamer«, grummelte Maria Petronella vor sich hin, »ich glaube, sie trinkt zuviel. Wenn das so weitergeht, dann hört sie eines Tages noch Stimmen!«

Kapitel 37

Es war, als prickelten kleine Eisnadeln auf das Pflaster in der Apostelnstraße. Über Wind und kalter Nässe prustete verkicherte Vorfreude. Von überallher trafen Gruppen und Grüppchen ein. Eine Horde Miß Piggys, ein Schwung Barbiepuppen, schlotternd vor Kälte. Willi und Biene Maja mit zwei Mickymäusen, allesamt klassische Heteros, bazig geschminkt und mit vernünftigen Wollmänteln an. Ein Taxi entließ zwei Rokokodamen, und ein paar Jungs kamen als sie selbst. Verwegene Piratinnen, Jungamazonen und Lamettadekolletés gegenüber der ehemals so kniggefesten Tanzschule Schulerecki. Im Schubsen und Kreischen, Kichern und Quieken ging die dröhnend laute Musik zur Straße hin einfach unter. Eine Wolke Parfüm-, Schminke- und Zigarettenduft im Schneeregen, der von winzigen Handtäschchen knapp davon abgehalten wurde, kunstvolle Frisuren zu ruinieren. Große Toiletten und schüchterne Flegel drängten in den Lärm, Leiber, die sich berührten, Augenpaare, die sich musterten und taxierten, und anschwellende Voyeurtrupps, die sich schüchtern aneinanderdrängten. Routiniert trieben rosa Kassenbunnys die Schlange in den Saal. Der tiefrote Schlund spuckte jede mögliche menschliche Gestaltungsform herein, Tüll und Rüschen quetschten sich auf Bierhausbänke. Mann machte sich bekannt, trank sich zu, und alsbald begann der Saal zu kochen, zu schwofen, als sei ein Bühnenprogramm nun gar nicht mehr erforderlich. Gleich unter der Bühne links kam es zu handgreiflichen Auseinandersetzungen, als eine ganze Besetzung prominenter Soapies nicht an dem einzigen Tisch sitzen durfte, der noch völlig leer war. »Reserviert Dame Yolanda«, gebot ein rosa Aufkleber.

Helmut Sohnle löste die Debatte diplomatisch mit noch *viel* besseren Plätzen, einem Einzeltischchen weiter hinten, und einer Lage Sekt für alle. Rosa Bunnies schleppten Kölschkränze mit einem Gewicht, das die Oktoberfestdirndln beeindruckt hätte, durch die tobende Menge in rotem Licht. Hella von Sinnen brüllte als Metro-Goldwyn-Mayer-Löwe im Bühnenbild. Martin Augenstein, Frau Schulte als strenge Hausdame Rebecca, Schenk Birkel und Lydia Lummerland ließen sich unauffällig an den leeren Tisch gleiten. Eine Frau, von der niemand wußte, wer sie war, schlank und schlicht elegant, nahm Platz. Kaum jemand erkannte in ihr Hanne Kremin, so ausgesprochen zierlich und zäh, ohne Hut. In ihrem Schlepptau, ziemlich verwegenen Gefühls und extrem verlegenen Ausdrucks, die Herren Schmidt und Tönnies in einer Art Al-Capone-Outfit, wobei die Menjou-Bärtchen wohl eher als Tarnung dienen sollten.

Das Licht erlosch, ein Scheinwerfer glomm auf, huschende Gestalten mit Head-sets murmelten gewichtig und verschwanden wieder hinter Vorhängen und Türen. Im Scheinwerferlicht erschien – Hermann Götting mit seinem weißen Akita-Rüden Amor. Tosender Applaus begrüßte den stets zu spät auf den Punkt inszenierten Vorstellungsbesucher.

Schenk Birkel zischte: »Nicht hersetzen, hier ist reserviert. Mit Hund, das gibt Ärger!« Götting, in Hut, Schleife und Riesencape, ließ sich unbeeindruckt nieder und nahm damit der Kremin für immer die Sicht, und sein gottlob tauber Hund verschwand unterm Tisch.

»Laß ihn«, flüsterte Lydia Schenk zu, »er wird schon sehen, was er davon hat.«

In den Scheinwerferkegel traten Wanda Rumor und Annette Küppersbusch und begrüßten als alte »Kulturschocker« das Publikum mit einer Melange aus Prominentenbeleidigungen, Kabarett und Witz. Vor niemandem machte ihr Spott halt, nicht einmal vor sich selbst. Annette mit Hinterkopftoupage und Schmetterlingsbrille ein Kobrababy von Dame Edna und die leuchtturmhohe Blondine mit dem Scheunentor-Make-up. Ihrer Spontaneität und Frechheit verfiel die anarchistische Saalstimmung in vorgehorsamer neugieriger Artigkeit. Hackenschuh und Lästermaul, die Mischung, die das Leben sucht. Gehöht von einem weiteren Verfolgerscheinwerfer betrat die Band die Bühne. Und als Marion Radtke, inzwischen heiserer und mehr sexy denn je, die ersten Takte von »Schön, geil und liebenswert«, röhrte, ließ sich Dame Yolanda auf die Bank sinken. Joko, der eigentlich Ruhezeit hatte, ließ sich unter sie fallen und schlief weiter.

Allen Nächstsitzenden verschlug es den Atem. Yolanda hatte sich ein Hera-Gewand auf den Leib schneidern lassen, das Marion Radtke wie Twiggy und Hermann Götting wie das Sandmännchen aussehen ließ. Martin Augenstein, als Maler selbst hart im Sehen, bemerkte nicht, daß er zwei Camel ohne gleichzeitig rauchte.

In eine blonde Turmfrisur von der Größe einer Minibar war ein gewaltiges Nudelholz eingearbeitet, die Schläfenpartie in Fuchsienrot und weiß gezackt, ergab oberhalb des Teigrollers Blitzformen. Die Lamettawimpern waren so lang, daß sie Gesicht und Ausdruck völlig im Schatten verbargen. Die Schulterspangen, deren Aufgabe es war, das gewaltige Gewand zu halten, bildeten einen olympartigen Tempelaufbau, der sich als Stehkragen zur anderen Schulter fortsetzte. Das schlichte weiße Glitzerkleid, mit silbernen Waffen aus Salzteig geschmückt und mit viel Schaumgummi gefüttert, endete im gesamten Plumeaubedarf einer mittelgroßen Familie, als blaßrosablaue Wolke umnäht. Der Beinausschnitt war so winzig, daß Yolanda sich nur hüpfend bewegen konnte, weshalb ihre Jungs sie auch durch den Hintereingang bis fast an den Tisch getragen hatten. Haltung und Würde, die ihr dieses Kostüm abrangen, waren genau das, was ihr gut tat. Distanz zur Welt wollte sie, dies Kostüm garantierte es ihr. Ihre Füße kochten in den Plateauschnallenschuhen, weil Joko, wohl ahnend, welche Durchzugsmöglichkeiten das Etablissement in sich barg, in ihre Bein-Plumeaus gekuschelt schnarchte.

Die Musik wehte ihr schwül ins Dekolleté, die Radtke lächelte ihr von der Bühne zu ... Schön, geil und liebenswert ... neben ihr hatte niemand das kleine, blasse Mädchen wahrgenommen. Das lange, leblose Haar zu dünnen Pippi-Langstrumpf-Zöpfchen geflochten, die Flecken im Gesicht mit Sommersprossen kaschiert. Zusammengesunken und ängstlich an die himmlische Wolke neben ihr gekuschelt, als friere sie in ihrem Kittelchen. Yolanda hielt wie schützend den Arm um sie gelegt. »... Athletisch, und für immer blutjung ...«

Abermals hob sich der Vorhang des Bühnenseiteneingangs, und von dem sichtbar fassungslosen Staunen eines hektischen Bühnenmanagers eingelassen, stand sie direkt vor Yolandas Tisch, zitternd vor Wut und Erregung, unsäglich anzusehen: Gerritt.

Wolfgang und Ingo hatten ihren künstlerischen Meisterbrief auf ihren Körper geschrieben und lehnten, selbst staunend, mit den Hasis an der Bar. Müde, erschöpft und stolz hörten sie die Hasis, in prunkvollste Uniformen gewandete Kostümbildner der Rosa Funken, nach Luft ringen. Gerritt war das Meisterwerk geworden. »Schön, geil und liebenswert ...«

Graubraun, bläulich abgesetzt und schleimig aufgedunsen, mit Mastix neu geformt, mit angefressenen Ohren und Nasenspitze, die

Augen verklebt mit fremden Substanzen, doch betont, um zu starren, Wimpern aus Lehmschlickimitat und Müllpartikeln.

»Der Körper fast natur-iden-tisch ...«, sang die Radtke und verschluckte sich beinahe bei Gerritts Anblick.

Die Algenfrisur mit eingelegten Coladosen- und Spülmittelflaschenfragmenten leuchtete phosphorgrün und rostorange unter übernatürlich großen, glänzenden Plastiknacktschnecken und ebensolchen Egeln an Rückenausschnitt und Wange. Glibber und verblichen grelle Plastikeislöffelchenreste bildeten den letzten Schmuck der Figur, die halb in einen vermoderten Plastiksack eingenäht war, die Füße in Styroporblöcken, ganz als Zement bemalt mit einer hängenden rostigen Kette.

Gerritt hob den Kopf und sah gerade und stolz in die Runde und gab den Blick frei auf einen glibberigen Aal, der sich in ihr Dekolleté hineinwand, und die Fischgrätenepauletten.

»Meine Güte«, stammelte Lydia und klammerte sich an Schenk, der an die strenge Rebecca, die an den Augenstein, der – nicht an Yolanda, aber an die Kremin, »eine Wasserleiche!«

In die allgemeine Schrecksekunde hinein brach der große Auftritt Hella von Sinnens: »Die erste – weibliche – schwarze – lesbische Oscarpreisträgerin aus dem Film ›Vom Winde verweht‹ ... Hattie – Mäck – Daniels!« Das Publikum tobte, raste, während Hella auf die Bühne wirbelte, die Rüschenröcke geschürzt, als habe Tante Käthe, der Kostümbildner der Rosa Sitzung, nicht einen Viertelzentner Schaumgummi mit hineingenäht.

Gerritt und Yolanda sahen sich unverwandt an. Schwarzzuckende Blitze aus düsteren Pupillen blitzscharf funkelnd. Augenstein kicherte: »Wenn Schwule Frauen anziehen ...!« und zeigte auf die überdimensionierte Frauenriege; schließlich war auch Marion Radtke als Shirley Temple, inmitten der Band als Spielzeugladen, um ein Vielfaches aufgerüscht.

Hella, die von der Bühne aus, geblendet von Scheinwerfern im Zigarettennebel, kaum sehen konnte, was im Saal vor sich ging, erfaßte mit routiniertem Instinkt sofort eine unerfreuliche Spannung zu ihren Füßen. Während sie fröhlich die Rituale erklärte, hieß sie die Verfolgerscheinwerfer ins Publikum strahlen und den Saal diese unglaublichen Kostüme mit einem dreifachen »Kölle Aloha« feiern.

Die Kontrahentinnen sahen sich inmitten ihres persönlichsten Lebensdramas plötzlich gezwungen, ein albernes »Aloha« zu rufen. Fürs spektakuläre Motiv immer dankbar, richteten sich Kameras auf sie und zwangen beide unter bröckelnden Gesichtern großflächig zu lächeln. Und während Sister George mit Inbrunst »In dir leuchtet ein Stern« sang, fanden sie sich schunkelnd umschlungen mit einem Kameramann in Ekstase, einer von den vielen Mireille Matthieus, zwei Nana Mouskouris, einem besoffenen Lederkerl und einer zickigen Drag Queen: Lila, Yolanda und Gerritt.

*

In der Subbelrather Straße hatte Maria Petronella derweil andere Probleme: »Dora, ich fange mir mittlerweile ernsthaft an, Sorgen um dich zu machen. Wozu brauchst du denn ein Kostüm, eh? Aber egal, ich habe eine tolle Idee! Wasch dir doch einfach mal die Haare, ich schwöre dir, es wird dich keiner erkennen! Nebenbei, *cazzo*, sieht dir das mal wieder ähnlich, daß du, anstatt dich um deinen Fall zu kümmern, dich jetzt amüsieren gehst. Das wundert mich ja gar nicht. Auf diese Weise hat auch dein Vater sein ganzes Leben …«

»Was hast du gerade gesagt, ich habe dich nicht verstanden.«

»Ich sagte, guck doch mal in den Schrank da, ich glaube, dort sind noch einige alte Sachen, vielleicht ist ja etwas dabei.«

Dora öffnete die Schranktüren und spähte in die Abteilung, wo alte Erinnerungsstücke von Maria Petronella verstaut waren. Sie steckte ihren Arm tief hinein und zog eine alte, steife Melone heraus.

»*Allora*, was hältst du davon?«

Dora zuckte die Achseln. »Es ist besser als nichts.« Sie ging zum Spiegel. »Dann noch ein bißchen Gel in die Haare, und dann könnte es gehen.« Mißtrauisch betrachtete sie das alte Stück. »Wo ist der denn her? Ich kann mich nicht daran erinnern, daß bei uns jemals einer einen Hut getragen hat.«

»Eh beh, der ist noch von diesem verrückten Maler vom Hildeboldplatz. Er hatte den immer auf und hat ihn dann mal bei uns vergessen.«

Maria Petronella fing in ihrer komplizierten Art an, eine äußerst verschlungene Geschichte von diesem Maler zu erzählen, und Dora war sofort mit ihren Gedanken woanders. Wie zum Donner sollte sie eigentlich reinkommen? Die Karten waren seit Wochen ausverkauft, und wenn, dann würden sie zu irrwitzigen Preisen vor der Tür angeboten werden. Ein Anruf bei Hella hätte sicher das Problem aus der Welt schaffen können, aber jetzt lief die Sitzung schon. Sie ging im Geiste die Reihe der Darsteller durch, die ihr aus alter Freundschaft noch einen Gefallen schuldeten, doch die allermeisten müßten längst in der Maske sein. Sie überlegte alle Tricks der Einschmuggelkunst, die auch versagen mußten, weil sie im »Gloria« ja doch eher bekannt war. »Ach, weißt du, das wirst du schon machen, irgendwie schaffst du das schon«, sagte sie zu sich und machte sich auf den Weg.

*

Auf der Bühne tupfte sich Hella verstohlen den Schweiß von der schwarzen Schminke und wechselte fragende Blicke mit Conny, die inmitten der schwullesbischen Prominenz mit den anderen nach Fassung rang. So was hatten selbst die Kostümerprobtesten unter ihnen noch nie erlebt. Ralph Morgenstern konnte das Kichern nicht mehr lassen, und Georg Uecker philosophierte über Realsatire. Unschwer waren die ungeheuerlichen Silhouetten im Gegennebellicht auszumachen, deren Körpersprache selbst in den erzwungenen Versöhnungsgesten Konfrontation und Zweikampf signalisierte. Dada Stievermann, als wackelige Katherine Hepburn, fing unkontrolliert grell zu lachen an, laut und dreckig. Uecker als John Travolta trat in den Eiskübel, dessen geschmolzener Inhalt sich in Charlie Chaplins Riesenschuhe ergoß. Unruhe im Sixpack. Rasende Wut unter der Bühne, die von absurden Rosa Karnevalsritualen permanent ausgebremst wurde.

An der Bar weit hinten lehnten zwei ölige Seeräuber. Der eine, Erkan, trug ein Fixerbesteck in seiner weiten Hosentasche und behielt Lila unablässig im Auge. Der andere mit dem schiefen Gesicht blickte unablässig auf Yolanda, um auch ja keinen ihrer Winke zu verpassen. Der Saal geriet in Bewegung – alle spielten heute nacht im Karussell hemmungsloser Lebensfreude ihre Rolle. Selbst die

Kunstermittler wechselten vom Staunen zu stillen Schaudern der Faszination.

*

Dora schlenderte Richtung Hintereingang auf die Kleine Brinkgasse. Der Parkplatz war mit einem riesigen Eisentor verschlossen. Sie konnte hinter den Scheiben der Garderoben Schatten sich bewegen sehen, aber niemanden, den sie hätte rufen und bequasseln können, damit er sie reinließe. Sie beschloß, ein paarmal zwischen den beiden Eingängen hin- und herzugehen; irgendwann würde sie schon jemanden finden, der sie mit reinnahm.

Nach dem fünften Pendeln war sie es dann leid. Der einzige warme Fleck an ihrem Körper war ihr Scheitel, der wohlig unter der Melone briet. Gerade wollte sie aufgeben, da kam ein Trupp Männer in Mänteln und kurzen Hosen an ihr vorbei, in denen sie die Pink Poms erkannte. Während sie noch überlegte, welches unschlagbare Argument sie anbringen könnte, warum sie da jetzt mitmüsse, sah sie aus dem Sack, den der letzte schleppte, ein Paar Puschel herausfallen.

»Wir basteln uns ein Puschelmonster«, sagte sie halblaut, nahm eines in jede Hand und schloß sich mit der allergrößten Selbstverständlichkeit dem Trupp an.

Die ersten rannten schon mit einem »Huch, ist das kalt!« über den Parkplatz und hämmerten gegen die Bühnentür. Von innen wurde geöffnet, und alle gingen hinein, als letzte Dora.

»Tag Jungs«, sagte sie, gab artig die Puscheln ab, strahlte die verdutzten Poms, überflüssige Fragen im Keim erstickend, kameradschaftlich an und ging mit einem »Toi, toi, toi, Zählen nicht vergessen!« einfach weiter.

Sie war jetzt im Garderobengang. Hinter ihr probierten die Pink Poms noch ein letztes Mal eine Pyramide, was auch unter »Hau Ruck« und »Hussa« gut gelang. Aus dem Saal hörte sie Musik, Tuschs, Lachen. Jetzt mußte sie nur noch unauffällig in den Saal gelangen, was bei dem vielen Bühnenpersonal und sonstigen Aufpassern sicher nicht ganz einfach sein würde. Sie fühlte sich zwar in der Lage, mit so ziemlich jedem heute fertig zu werden, doch eines wollte sie auf keinen Fall – Aufsehen. Sie wollte die Graue überraschen. Hier würde ihr das allerdings schwerfallen, was machte sie bloß hier?

»Huch, was machst *du* denn hier?« sagte eine Stimme hinter ihr. Wanda Rumor, mit Höchsttoupage, griff sich entsetzt ans Dekolleté. »Dora, ich habe mich *so* erschreckt! Kann ich dir helfen, suchst du jemand?«

Dora hauchte ein Begrüßungsküßchen neben das Bühnen-Makeup und nickte. »Ich muß in den Saal. Es geht um Leben und Tod. Ehrlich. Sonst muß ich dir leider mal eben einen Arm brechen.«

»Dora, wenn du mich so lieb bittest, nichts leichter als das!« Er hakte sie unter und ging mit ihr durch verwinkelte Gänge, durch mehrere Türen, bis das Bühnengeräusch lauter wurde. Sie blieben stehen und lauschten, als wären sie Akteure, die nicht gerade auf der Bühne sein mußten, dem Tun der Kollegen, nickten freundlich dem irritiert guckenden Bühnenmanager zu, tauschten Küßchen mit Samy Orfgen, die mit Mexikanerhut auf ihren nächsten Aufgang fieberte, drehten sich dann weiter, schoben den Vorhang beiseite und waren im Saal, unbehelligt vom Türsteher.

»Du hast was bei mir gut!« brüllte Dora gegen den infernalischen Lautsprecherlärm Wanda zu, klopfte ihm noch einmal dankend auf die Schulter und machte sich auf die Suche nach Rana und Gerritt.

*

»Sie bringt dieses Flittchen hierher«, fauchte Gerritt in ihren Seetangbehang. Sie sah nicht viel, die Spezialschminke verwandelte ihr Augenwasser in ein beißendes Säurebad, ein Pony aus Froschschenkeln verhüllte ihr oberes Gesichtsfeld. Blind vor Eifersucht und Verkleidung erkannte sie in der an Yolanda schunkelnden Frau nicht die Kremin, und Lila erschien ihr wie ein blasses Kind.

Als Georg Roth seinen Schunkelwalzer mit Klatschmarsch und Alohas beendet hatte und eine zaubernde Putzfrau das Publikum betörte, versuchte Gerritt einen Ausfall. Sie wollte der Kremin ins Gesicht schlagen, verhedderte sich in ihrer Fußkette und stürzte polternd über die Bank, als sie ein gleißendes Licht in die Augen traf. Sie stöhnte, künstlich grinsend, auf. Hoch über ihr beugte sich eine dicke, schwarze Frau herunter und kündigte an, ihr und Yolanda einen Orden für das witzigste Kostüm verleihen zu wollen, sie sollten mal eben hoch auf die Bühne kommen.

Hella wäre nicht sie selbst gewesen, wenn sie nicht die gute Gelegenheit ergriffen hätte, in Gerritts Ohr, schon schmerzend von einem Gedärmohrring, zu dröhnen: »... und benehmt euch bloß!« Das Drama geriet völlig zum Slapstick, als Yolanda zur Ordensüberreichung eigens von vier kräftigen Rosa Funken zum Bühnenrand getragen werden mußte. Das Publikum tobte vor Lachen, die Schauspieler im Sixpack tupften verstohlen die Lachtränen ab und sorgten sich um die Schminke.

Yolanda aber lachte nicht. Der Scheinwerfer drehte sich eben von ihr weg zu Hella von Sinnen, und ein Fernsehspot fuhr durchs jubelnde Publikum. Es war der Bruchteil einer Sekunde nur, als sie eine hohe Gestalt mit Kappe und Spiegelbrille aus lauernder Stellung losziehen sah, die beschatteten Augen nur auf ein einziges Objekt im Saal geheftet: Lila! Es gelang Yolanda, einen Wink an Freddie auszusenden. Hoffentlich hatte sein richtiges Auge zu ihr geschaut. Lila mußte sofort weg. *Sofort*!

In Hella war wieder die temperamentvoll tanzende Hattie McDaniels eingefahren, wozu die Pink Poms einmarschierten. Ein Wirbel in Rosa, »Nutbush City Limits ...«, der Saal tobte. Stolpernd und taumelnd brachte Claus Janzen Yolanda von der Bühne. Yolanda sah und hörte kaum mehr etwas. Wie im Wahnsinn stürzte sie zu Lila. Sie durfte niemals lebend in die Hände der Wölfin geraten, niemals. Hüpfend und humpelnd kämpfte sie sich zwischen die Bänke und warf sich fast auf Lila, wollte sie zum Klo schicken. Aus dem Augenwinkel sah sie Erkan auf sich zukommen. Gut so.

*

Gerritt rappelte sich schwerfällig hoch. Das war zuviel. Sie wurde also schlecht behandelt, weil eine Jüngere ihren Platz bekam! Sie tobte, raste innerlich, die Musik der Poms dröhnte in ihren heißen Schläfen. Der Schmerz brach sich Bahn, und sie schleuderte ihr Kölsch nach der verlogenen Visage ihrer Geliebten, der alten Nutte, und traf den rosa Puschel eines Linksaußen Poms, der nun schlaff und tropfend in seinem rhythmisch zuckenden Arm hing. Ihr Racheauftritt war verdorben. Sie sank auf die Sitzbank, während über ihr auf der Bühne die Poms dröhnten und stampften und Yolanda nicht einmal hersah, sondern immerzu auf einen rosaroten tropfnassen Papiermatsch in der Hand eines der Jungen starrte, der ebenso aus dem Konzept gebracht schien.

Die Poms wurden mit Raketen und Klatschmärschen verabschiedet, und Kara Pientka betrat die Bühne. Yolanda ließ Lila aus dem Arm, die sich folgsam erhob; Erkan hielt ihren Ellenbogen in Andeutung von Höflichkeit fest.

*

Dora hatte es inzwischen aufgegeben, irgend jemanden in diesem Hexenkessel finden zu wollen. Leider hatte sie nicht ins Kalkül gezogen, daß die Verkleidungen der Zuschauer doch auch aufwendiger sein konnten als ihre. Sie war mehrere Male durch den Saal gegangen, ohne sich von dem Geschehen auf der Bühne allzusehr ablenken zu lassen, hatte aber dabei weder Gerritt noch irgendeine wolfsartige Person entdeckt. Schließlich war sie es leid gewesen, hatte sich an die obere Theke gesetzt, sich von Peter Giffels Bier ausgeben lassen und sich damit beruhigt, daß sie von hier aus alles perfekt im Blick hätte. Erwartungsvoll sah sie Pelle Pershing im Heinz-Schenk-Kostüm auf die Bühne kommen.

*

Gerritt war nur noch Rache, Zorn und Angst. Sah das gemeinsame Haus, Luxus, Galerie und Lebensinhalt in akuter Gefahr, und das Übel saß da und knutschte vor ihren Mitarbeitern und Kunden mit dieser Lila. Ob Laskowskis auf die Rosa Sitzung gingen? Heinz Schenk als Pelle Pershing sang von den Schwulen, die gar nicht so dumm seien, und das gab ihr den Anstoß. Sie war nicht dumm. Gerritt sah nicht die lila Arme, sah nicht die Schatten des Todes im Gesicht der verschwindend mageren Gestalt.

Sie hechtet über den Tisch und landet mit Bier, Brezeln und Luftschlangen dort, wo ihr Leben früher so süß gewesen war: auf Yolandas Schoß. Sie brüllt geradezu in ihren Sprung hinein: »Nein, Lesben sind gar nicht so dumm!«, und schlägt von unten her hart in Yolandas Gesicht.

Die ist hilflos eingeklemmt, weil hinter und vor ihr feste Schunkelketten schaukeln, Joko ihren Saum mit seinem Gewicht festnagelt, und Lila eben mit Erkan loszieht, sie wollte doch noch – aber egal, sie haut zurück, sehr fest, so hat sie es gelernt. Der Tisch schwankt. Schmidt und Tönnies stoßen bescheidene »Hohoho«-Beruhigungslaute aus, die untergehen, zum einen, weil eben krachend der Tisch umstürzt, mit Gläsern, Sektkübeln, Aschenbechern, Konfetti und Salzstangen, und zum anderen, weil die heterosexuelle Katherine Hepburn mit zwei Sätzen von der Bühne springt, die beiden Polizisten stellt und ein hollywoodwürdiges Gebrüll abläßt: »Das ist eine fröhliche Solidaritätsveranstaltung! Sie sind Gäste, benehmen Sie sich gefälligst! Von wegen hier, Lesben anpöbeln!«, daß die Presse herbeieilt, eine sehnige Frau in Baseballkappe und Spiegelbrille einkeilend.

Hella beruhigt sich mit Ingwertee, beschließt, alles laufen zu lassen, und Pelle Pershing steigt ermunternd zur großen Polonaise in den tobenden Saal hinunter. Das Publikum formiert sich zum Mitmarschieren, und unter der Bühne stolpern Betrunkene und Begeisterte über den Sondertisch der »Dame Yolanda«, die sich aufkreischend auf Gerritt stürzen will, statt dessen aber in ihrer verkeilten Wolke unelegant auf- und abhüpfen muß, bis Gerritt sich vor sie gerobbt hat.

Grölend und wiehernd zieht die Polonaise vorüber. Joko ist ernsthaft erwacht und sieht die Ursache von Übel und Chaos in dem Akita-Rüden. Die großen Hunde gehen über die sich am Boden windenden Frauen hinweg aufeinander los. Ohne jedes Gebell, jede Vorwarnung erheben sie sich auf die Hinterbeine und drücken ihre schweren Brustkörbe aneinander. Einer würde zur Seite kippen, den würde der Sieger dann am Nacken packen. Yolandas Fußbodenwolken geben aus Rissen Federn frei. Nach lautem Geknurr hat erst der Akita, dann Joko die Oberhand, und die weißen Federn färben sich rot. Gerritt tritt Yolanda in den Bauch, die boxt Gerritt ins Gesicht; Blut dringt aus Nase und einem Riß in der Lippe, und die Frauen bleiben sich gegenseitig würgend unter der Band liegen. Vom Nachbartisch springen zwei Blues Brothers sehr unterschiedlicher Größe schlichtend hinzu, Götting wedelt klagend mit seinem Umhang. Während der Rest der Gruppe sich unter dem Tisch hervorarbeitet, kommt mit schweren Stiefeln und aufgeregt zischendem Sprechgerät der Bühnenmanager angelaufen. Blitzschnell hebt er jeden der beiden schweren Hunde am Nacken wie Handköfferchen beiseite. Reicht mit wildem Gesichtsausdruck den Akita in Göttings Arm und übergibt Joko der herbeigekrochenen Lydia Lummerland. Der ganze Saal tobt auf die Gruppe zu, die Polonaise kehrt mit einem fröhlich winkenden Pelle an der Spitze zurück, und alle singen: »Schawuhle sind gaaaar nicht so dumm!«

*

Dora hielt sich mit Peter im Schunkelclinch. »Schwule sind gaaar nicht so dumm!« Sie lachten, prosteten sich zu, als plötzlich eine Gestalt ihre Aufmerksamkeit von der aufkeimenden Karnevalseuphorie ablenkte, die nicht zur Polonaise zu gehören schien, sondern mit einer unheimlichen Zielstrebigkeit durch die Menge glitt wie ein Fisch durch das Wasser. Diese sehnigen Bewegungen, diese Proportionen weckten ungute Erinnerungen in Dora.

»Dat kenn ich doch«, murmelte sie und schob sich durch Menschen, blindwütig vorbei an Vampiren und Rauschgoldengeln, an dem Seeräuber und der Pippi Langstrumpf. Hoch aufgerichtet standen die ersten tanzend auf den Bänken. Dora erreichte den Mittelgang und wollte gerade Gas geben, als sie sich plötzlich im Polonaisenclinch mit Georg Uecker wiederfand, der ihr ein begeistertes »Schwule sind gaaar nicht so dumm!« ins Ohr grölte und sie hinter sich herziehen wollte. Dora rutschte in einer Bierlache aus und landete krachend in einer Reihe Stühle, deren Be-Sitzer panisch auseinandersprangen. Mühsam arbeitete sie sich wieder hoch und drängte sich mit zunehmend brutaler werdenden Schwimmbewegungen durch die Polonaise.

»Ich krieg dich!« schnaubte sie vor sich hin. Aber wen? Wo war sie? Dora blieb fassungslos stehen: Weg! Verschwunden! Das durfte doch nicht wahr sein.

Statt dessen bemerkte Dora nun einen Tumult vorne an der Bühne, während die Polonaise immer noch feiernd durch den Saal zog. Wenn sie das zwischen den Leuten richtig sehen konnte, prügelte sich dort gerade ein Ding aus einer anderen Welt mit einer Schaumstoffmatratze.

»Dunlopillo immer dabei!« Schenk, neben den sie sich interessiert stellte, schien das auch so zu sehen. Jetzt waren auch noch Hunde mit im Spiel – welcher Hirnlose nahm denn Hunde mit auf eine Karnevalssitzung?

»Der Götting natürlich!« stellte Schenk fest, der mysteriöserweise ihren Gedankengängen zu folgen schien. »Und Joko«, fuhr er fort.

Joko. Das war ja fast eine Familienfeier. Sie sah ihn an, und irgendwas in ihrem Unterbewußtsein setzte sich zusammen. Joko. Rottweiler. Hund. Joko.

*

Gerritt kniete heulend auf Yolanda: »Ich wollte das nicht – es tut mir so leid. Ich ...« Das Schluchzen verschnürte ihre Beteuerungen.

Hanne Kremin setzte sich kerzengerade auf eine andere Bank und räusperte sich vernehmlich. Schmidt und Tönnies rieben sich fassungslos die Augen und staunten über die sich haßerfüllt in Bierlachen wälzenden Ungeheuer, die sich gleichzeitig Versöhnungsfloskeln, Zorn und ewige Liebe an den Kopf warfen.

Weinend würgten sich Yolanda und Gerritt halbherzig. Der ganz kleine der Blues Brothers nahm Hut und Sonnenbrille ab und war auf einmal Gerritts alte Freundin Bine. Sie zerrte einen riesigen Doktorkoffer unter der gegenüberliegenden Bank hervor und zog mit einer langen Pinzette fast wortlos, ernst und selbstverständlich Glasscherbe für Glasscherbe aus den Frauen.

Ebenso unspektakulär näherte sich der andere Blues Brother, ein besonders großer, lüpfte Hut und Brille, sah besorgt hinunter und schüttelte Schmidt und Tönnies westfälisch herzhaft ihre Hände, die in seinen riesigen Pranken zu verschwinden schienen.

Gerritt und Yolanda unterbrachen eine weitere versöhnliche Umarmung: »Sie hier?«

»Entschuldigung, darf ich vorstellen, unser Sachverständiger, Professor Kätelhön!«

Gerritt und Yolanda verschlug es für einen Augenblick die Sprache und den Streit.

Hella, die inzwischen äußerst angestrengt und böse hersah, bemerkte dröhnend laut: »Liebe Schwulen und Lesben, habt ihr euch denn mal sortiert da vorne, danke für die Sondereinlage, aber jetzt reicht es. Wir machen mal eine kleine Pause, ich hoffe, wir sehen uns hinterher alle gesund wieder. In diesem Zusammenhang möchte ich Frau Doktor zu Nieden bitten, sich einmal zur Damentoilette zu begeben, da is et einer nit jut.«

Shirley Temple und ihr Spielzeugladen spielten zur Pause »Zigeunerjunge, Zigeunerjunge, wo warst du, wo bist du gewesen«, und die Wasserleiche heulte in Heras Plumeaus.

Bine nahm Pinzette und Koffer und eilte davon. Den Tisch hatten die Jungs schnell aufgestellt, und das illustre Publikum kroch darunter herum und suchte seine Sachen zusammen.

Schenk und Lydia hatten zuerst Amor untersucht, der nun nach Hause geführt wurde. Jetzt kämpften sie sich durch die Verwüstungen, die von verbissenen Rosa Bunnies beseitigt wurden, zu Joko herüber.

*

Die Pause fand Publikum und Veranstalter in bester Stimmung. Anläßlich Hellas Geburtstages gab es Saalrunden, und obendrein war die letzte Sitzung immer die der Abonnenten, der Freunde, Familie und Fans und besonders locker und entspannt. Später würde zusammen mit Akteuren und Veranstaltern eine Party stattfinden. Die Nacht war Rosa.

Dora fühlte sich, als wäre alle Kraft aus ihr geflohen. Sie traute ihren Augen nicht. Da war Gerritt, ihre Gerritt, in den Armen von Yolanda, heulte bitterlich, und beide greinten lauthals, daß sie sich doch sooo lieb hätten. Sie glaubte es nicht. Abgesehen davon, daß beide aussahen, als wären sie jahrelang Hauptversuchspersonen einer fehlgeschlagenen Medikamententestreihe gewesen und jetzt leider wahnsinnig geworden, war hier wohl sonst auch noch der Irrsinn ausgebrochen. Warum tat sie das? Sie hatte doch gesagt, daß sie Dora und immer nur Dora lieben würde und nichts mehr von der anderen wissen wollte. In Dora brach eine Welt zusammen. Sie stand wie erstarrt. Sie wollte etwas sagen, doch was, was nur?

*

Inmitten des feierlichen Chaos saßen die derangierten Gestalten vom Bühnenbild ummalt und beleuchtet wie auf einem der berühmten Lumpenbälle in den zwanziger Jahren. Weh war alles. Gerritts Kopf und Nase, Zahn und Ohr, dessen Gedärmclip schmerzhaft ausgerissen war. Schöne Schwule sahen pikiert auf Yolanda herab, die ihre gewaltige Perücke verloren hatte und nun, in weißem Gewand mit dem geschneckelt verschwitzten roten Haar zu den blutig gekratzten Wangen, einfach nur noch scheiße aussah. Gerritt riß mit aller Kraft am Wolkensaum. Biß in die Fäden und zerrte die Bettenwülste ab. Neben sich ein dunkler Schatten. Dora Langmann. Schweigen. Die Tierschützer untersuchten immer noch liebevoll streichelnd, aber bestimmt den Rottweiler.

*

Dora zitterte beinahe vor Wut und Hilflosigkeit. Da stand ihre Freundin, Gerritt, und war verletzt. Und Dora wollte zu ihr. Doch der Platz, der ihr gehörte, war besetzt, von einer anderen, der eben dieser Freundin gerade ewige Liebe schwor. Dora haßte und liebte gleichzeitig fast alle, die sie hier sah, aber besonders diese beiden Frauen, die so viel Leid bedeuteten. Sie hätte schreien können, so schmerzte diese Ungerechtigkeit!

*

»Du, schau mal …« Mit einem unkarnevalistischen, sehr kompetenten Gesichtsausdruck präsentierte Schenk Birkel den zerrauften Hund. »Das ist alles nur Speichel, bis auf die Kratzer an Brust und Hals, nur harmlose Schrammen, die ihr aber gut auswaschen solltet, damit sie schnell heilen. Die zwei kleinen Löcher am Bein kann Joko selbst lecken, auch nichts Schlimmes.«

»Die hören schon auf zu bluten.« Lydia kraulte den hechelnden Hund. »Ich hab euch ein Taxi bestellt, der braucht jetzt Ruhe.«

Schenk fuhr fort. »Die Bißwunde am Hals sollte sich dein Tierarzt dringend noch einmal ansehen. Aber schaut mal hier.«

»Er hat ja das Ohr eingerissen«, heulte Gerritt dazwischen.

»Nein, ein kleiner Riß, der heilt gut, aber guck mal!« Er wies auf das andere Ohr. »Das ist niemals eine Hundeohrtätowierung.«

»Wieso?« Yolanda beugte sich, fast gleichzeitig mit Gerritt, über den japsenden Hund.

»Tja, normalerweise stehen da das Tierarztkürzel, Jahr und Stadtkennzeichen, aber das hier sieht aus wie, nein, eine Telefonnummer ist kürzer«, er hob das andere Ohr und lachte, »da geht es ja noch weiter, der ganze Hund sieht ja bald aus wie ein Telefonbuch oder eine Matheprüfung oder, hihi, ein Schweizer Nummernkonto!«

Yolanda richtete sich auf. Ihr wurde heiß und kalt. Konnte es sein, daß Joko …? Natürlich, die Fixerin, die ihn in Dellbrück abgeliefert hatte, mußte Lila gewesen sein. War es möglich? Was für ein lächerlicher, geradezu unglaublicher Zufall. Aber wieso hatte Lila ihn nie erkannt? Hatte sie ihn überhaupt einmal zu Gesicht bekommen? Yolanda erinnerte sich nur daran, ihn meist schlafend im Auto gelassen zu haben.

Die Verletzungen an den Ohren damals, die waren also von Lila gewesen, die die Nummer des Kontos hatte eintätowieren lassen, auf dem sie für die Wölfin das Geld versteckt hatte. Und dann war sie tiefer und tiefer abgestürzt und hatte alles vergessen. Zeitlich kam es hin, es mußte einfach so sein: Joko war der Schlüssel zu der Beute! Und sie allein wußte davon, denn inzwischen mußte Erkan schon seine Arbeit verrichtet haben. Doch dann fanden ihre Augen den Blick der dicken Frau, die hinter allen stand, und der brannte lichterloh, als wollte er sagen: »Nein, Yolanda, du bist nicht allein, ich weiß es auch!«

»Hihi, ein Schweizer Nummernkonto!« Dora hatte das Zucken von Yolanda bemerkt und fixierte sie. Aha, deshalb hattest du Lila versteckt. Dir hat sie auch von dem Geld erzählt, und auch du wußtest nicht, wo es ist. Doch jetzt weißt du es. Ich aber auch. Der Hund und eine Kontonummer im Ohr. Und der Rest ist tot. Jetzt gibt's nur noch uns – und die Graue.

Yolanda fuhr erschreckt hoch. Helmut Sohnle, leicht verstimmt, tippte auf ihre Tempelbauten: »Euer Taxi wartet am Bühnenausgang. Aber Kinder, das nächste Mal benehmt ihr euch wieder!«

»There's no business like showbusiness ...« Mit Prunk und Komik begann der Aufmarsch nach der Pause. Die Bühnenleute, Guido und der Türschützer aus Bergheim hebelten die kleine Gruppe aus dem Saal. Die Soapies, inzwischen recht beschwipst, drängten nach vorn zum verwaisten Tisch und zankten mit Tunten. Dada griff wieder mit tosend lautem Bühnenorgan ein und schaffte Ruhe. Im Gang neben der Bühne zählten stampfend die Pink Poms ihre Probe zur zweiten Runde ein, während Samy mit großen Kölschtragen und liebem Augenzwinkern das erregte Lampenfieber kühlte.

Der Taxifahrer mokierte sich auf dem Hinterhof sehr kölsch über den Transport eines sabbernden, blutenden Hundes. Helmut mußte, wie Mary Poppins gütigst lächelnd, die Gemüter beruhigen und Yolanda dem Fahrer Hunderter versprechen. Sohnle wischte sich die verschwitzte Stirn und sah zu imaginären Schutzengeln auf. Dann verschwand er in dem grellhellen Tunnel aus Reifröcken, Straßfunkeln, Jubel und Musik und schloß leise die große Eisentür hinter sich, die noch, wie es schien, seinen Seufzer auf den Parkplatz nachhauchte.

*

Dora ging wie in Trance durch den Aufmarsch der Rosa Funken. »Uff ta ta, uff ta ta« – mit festlich hohem Gesang marschierten sie an ihr vorbei. Hoch auf ihren Schultern ihr Singmariechen mit den Gardemaßen 95 – 95 – 95. Dahinter strahlend das gesamte Korps, gefolgt von einer eiligen Gestalt mit Spiegelbrille.

Mit einem Mal wieder wach, machte Dora einen entscheidenden wohlkalkulierten Schritt nach vorne und bremste den Elan der Grauen an ihrem Ellenbogen aus. Zufrieden hörte sie deren Atemluft, von der Wucht des Aufpralls aus den Lungen gepreßt, an ihrer Schulter vorbeizischen. Der perfekt inszenierte Funkenauftritt in Rosa Lack geriet ins Wackeln, als die Wölfin zu Boden ging, aber im selben Augenblick wieder hochsprang. Die Spiegelbrille war verrutscht und hatte graue Augen voller Wut und Zorn preisgegeben. Sie japste ein-, zweimal, stieß hervor: »Sie haben Lila umgebracht!«

und knallte Dora ihre Handkante unters Ohr. Für einen Augenblick wurde es ihr schwarz vor Augen, sie sackte in die Knie. Durch die vor ihr wabernden Schleier sah sie die Graue den Gang zum Bühneneingang herunterlaufen.

»Nein, du entkommst mir nicht noch mal«, zischte sie ihr hinterher und kämpfte sich wieder hoch, um hinter der sehnigen Frau an dem verdutzten Bühnenpersonal vorbei aus dem Saal zu rennen.

*

Es war vollkommen dunkel, und ein fröhlicher Klangteppich bedeckte sich leise mit den Nachtnebeln. Gerritt sah verschwommen in der Ausfahrt verschiedene Frauengestalten auf dem Parkplatz verschwinden. Ach, Dora, sie hatte vergessen, sich zu verabschieden, egal, man würde gelegentlich telefonieren ... O mein Gott, ihr tat alles, einfach alles weh.

»Weshalb hast du mir *das* angetan?« Yolanda wies andeutungsweise mit dem Kopf in Richtung eines voluminösen, verschwindenden Schattens. Gerritt überging dies. Der Taxifahrer rangierte endlos kompliziert und leise wetternd aus der Einfahrt in die schmale, von Autos verstellte Straße.

»Und du, du warst jeden Abend bei ihr?« Die Stimme der Wasserleiche geriet in hysterische Höhen. Endlich war der Wagen in der Großen Brinkgasse, ein zweiter Wagen hinter ihnen hatte das Rangiermanöver sofort geschafft und fuhr auf. Es eisregnete wieder. Die Straßen waren spiegelglatt.

»Bitte, sei jetzt ruhig.«

In der ganzen Kölner Innenstadt sammelten sich Taxis, um dem Ansturm der Sitzungsbesucher nach den Vorstellungen gerecht zu werden. Sie hingen vor dem Ring fest, wo ein Trupp Taxis stadtauswärts unterwegs war, um dort das Ende der »Schnieke Prunz«-Sitzung abzuwarten.

*

Dora eilte zu Fünfundvierzigs Auto. Warum hatte man ihr auch keinen guten Parkplatz in der Nähe freihalten können? Die Graue war sicher hinter den beiden her nach Marienburg gefahren, wo sie ihre wiedergefundene Liebe feiern wollten. Sollten sie doch. Aber Dora würde es sich nicht nehmen lassen, Gerritt noch in ein paar freundlichen Worten mitzuteilen, was sie von ihr hielt. Im Moment jedoch gab es Wichtigeres. Mit der Grauen hatte sie eine persönliche Rechnung offen. Zweimal von derselben Person auf die Bretter geschickt: So etwas würde sie nicht auf sich sitzen lassen. Sie riß die Autotür auf und warf sich in den Wagen. Mühsam orgelte der Anlasser den Motor aus der Froststarre ins Leben.

*

Gerritt redete ganz leise. »Warum glaubst du, habe ich eine Detektivin engagiert? Sie hat *deine* Lila gesucht, weil ich mich gesorgt habe, verdammt noch mal!«

»Da hat sie erst mal bei dir angefangen, in unserem Haus, unserem Bett! Mensch, ich frage mich echt, *wer* von uns hier die Nutte ist!«

»Oh, lenk jetzt bloß nicht mit deiner Doppelmoral ab, da ist ja jeder Kerl noch sauber neben deinem ganzen Dreck! Was glaubst du eigentlich, wie das ist, jede Nacht in verkauften Armen Alpträume zu haben *und* nebenbei noch belogen und hintergangen zu sein, in einem dreckigen, kleinen Liebesnest über *meiner* Galerie!«

»In *deiner* Galerie? Du weißt doch nicht, was du redest, wenn ich mir nicht etwas hätte einfallen lassen, wäre die schon lange zu!«

Gerritt versteifte sich: »Was, du hast ...?!«

Yolanda lachte böse. »Deine Naivität mochte ich ja irgendwie, aber Dummheit? Was glaubst du, wie sich dein Riesenspielzeug finanziert hat, mit dem du mit der Kölner Prominenz spielen durftest?«

»Du hast es gewußt?« schrie Gerritt auf

»Gewußt?« Yolanda lachte höhnisch. »Du bist doch zu blöd. Es war meine Idee. Schabrack hatte prima Kontakte, und dann hat er für uns die Unterschriften gefälscht. Schmachtenberg hat dann die Blätter verkauft, alles lief hervorragend. Find ich völlig in Ordnung übrigens. Wenn den Leuten Signaturen mehr als die Bilder bedeuten, ein toter Name unter irgendeinem Druck mehr als das Original eines lebenden Genies, dann müssen wir ihnen erlauben, dafür zu bezahlen.«

»Yolanda, nein!«

»Sei nicht albern. Manche Kunden wußten es sogar, und weißt du was? Es war ihnen lästig, davon zu erfahren. Sie brauchten das Zeug fürs Renommee, sonst nichts. Im übrigen ist das eh vorbei. Die Galerie wird jetzt verkauft, und Ende. Ich brauche sie nicht mehr.«

»Und ich?«

»Dich brauche ich auch nicht mehr!«

Gerritt schrie vor Wut auf, der Taxifahrer murmelte kleine, kölsche Bitten an den leeven Jott nochemol und gab jetzt Gas. Yolanda zerrte am Tempelaufbau, Gerritt an den Betonklötzen um ihre Füße.

»Liebe ist Verantwortung, das lernst du nie«, versuchte Yolanda noch einmal, als eine harte Ohrfeige von Gerritt sie ins Gesicht traf. Die Wasserrattenringe der Wasserleiche rissen ihre Wange auf, die Lamettawimpern hingen herab und klebten an Blut und Schminke. Einer Anwandlung von reuiger Liebe folgend, reinigte Gerritt das Gesicht der Freundin zart und liebevoll, während sich ein neuer Wutanfall Bahn zu brechen drohte, als sie Yolandas eiskalt bösen Blick und ihren steifen Rücken bemerkte. Das »Aber meine Damen ...« des Taxifahrers ging unter, unter Schreien, Schnauben, Streiten, und, ja, leider auch Keifen.

Die Kampfhennen unterbrachen sich plötzlich. Tatsächlich fühlte Gerritt eine alles umfassende Angst um ihr Leben und ihre Zukunft in sich aufsteigen, und da hielt das Taxi in der Parkstraße. Aus ihrer hohlen Streitaxt zog Yolanda die Fernbedienung, und das große Außentor öffnete sich.

Das leere, beleuchtete Haus hieß sie willkommen. Sie waren müde, so müde, und hatten genügend Prügel für ein ganzes Leben hinter sich. So dachte Yol. Niemand würde ihr mehr weh tun. Sie drückte dem Taximann ein kleines Geldbündel in die Hand.

»Schaffen Sie mir die vom Hals und machen Sie Feierabend, der Rest ist für die Reinigung.« Barfuß, in zerrissenem weißen Kleid, die Schminke verwischt, der rote Schopf regennaß, half sie Joko aus dem Wagen. »Komm.« Unendlich müde ging sie auf ihr warmzwinkerndes Zuhause zu.

In drei Sätzen war Gerritt neben ihr. »So lasse ich mich nicht abservieren, hörst du!« Sie stellte sich der Frau in den Weg. Joko, froh daheim zu sein, ließ die Mädels nach Hundeart das unter sich abmachen, und ging, ein paarmal das Bein hebend und noch einmal sein Revier bestätigend, davon. Um das Haus, die Treppe hinunter, wo die Klappe zur Waschküche war. Wo Wasser und Futter und sein Schlafkorb auf ihn warteten, bis er gestärkt genug war, nach oben auf das große Bett zu klettern. Der Taxifahrer hupte noch einmal kurz und fuhr langsam los, ein anderes Auto fuhr in die Parkstraße ein. Das große Eisentor blieb offen stehen, das Frauenpaar stritt sich zur Haustür durch.

»Okay, dann laß uns reden, aber diesmal will ich *alles* wissen.«

»Es ist zu spät.«

»Nein, Yolanda, für die Wahrheit ist es nie zu spät.«

Mit großer Geste stieß Yolanda Gerritt zurück. Aber der linke Fuß der Wasserleiche steckte in genügend Styroporresten, daß ein Schließen der Haustür unmöglich war.

»Geh weg, hier ist mein Zuhause, ich will, daß du gehst, für immer gehst, verstanden? Ich will niemals mehr geschlagen werden, und du sollst mir nicht weh tun!« Die Dame Yolanda stammelte, Schmerz und Vergangenheit holten sie ein in ihrem nachtblauen Mosaik aus Wolken und Maaren.

Die Kirche in der Leyboldstraße schlug ein klares Mitternachtsläuten an, Yolanda schloß für einen Augenblick die Lider. Prügelnde Kerle in Masken und Fratzen und ihr Onkel, die Mutter vor so langer Zeit, und der erste Kuß von Gerritt, Lilas Sucht, und der jahrelange Kampf, die endlose Suche nach dem Geld dagegen waren das wirkliche Leben.

Mit dem letzten Glockenschlag knallte ein Schuß. Die Lautstärke zerriß allen nahezu das Trommelfell; der Schlag, mit dem Yolanda getroffen wurde, riß sie zurück und stieß sie mit explosiver Heftigkeit in die Giacomettifigur. Ein grauenvoller Schrei, schrecklicher als der Schuß, ließ in der totenstillen Nachbarschaft Lichter angehen und Joko erscheinen. Beide Frauen hatten geschrien. Die Graue stand da, wie ein Mahnmal, die rauchende Pistole in der Hand, die Augen in lustvoller Befriedigung aufgerissen, dann wandte sie sich ab. Draußen waren schnelle, fliehende Schritte zu hören. Zum ersten Mal hob Joko zu einem lauten Gebell an, das in schauerliches Jaulen überging.

Gerritt hielt halb hockend, halb stehend Yolanda umschlungen. Durch die Schulter ragte der klagende Finger des Giacometti, auf der anderen Seite, neben dem Schlüsselbein, klaffte eine monströse Wunde, aus der sich Blutströme ergossen, mehr und mehr über das weiße Kleid ins Mitternachtsblau hinein, rubinrot dunkles Blut spiegelte sein Leben ins Blau so verzweifelt ausschließlich, wie es überallhin zerrinnend sich aus Yolanda zu verlieren schien. Sie stöhnte von irgendwoher ihre Lebenskraft davon, reglos aufgespießt in ihrem Schmerz. Gerritt küßte ihr Gesicht, zart und kühl und tröstend, und schmeckte das Bewußtsein ihrer selbst. Ungläubig hob sie den Kopf; draußen wurden Martinshörner laut. Yolanda weinte. Über ihr Gesicht liefen Tränen, viele lautlos alte, neue ungeweinte Tränen, und benetzten den heißfrierenden Nacken, Hals und selbst den Boden. Gerritts Herz schien vor Kummer und Entsetzen zu verstehen, sie murmelte zärtliche, tröstende Beschwörungen, und als die ersten Menschen hereinströmten, brach sie leise und unspektakulär neben der Geliebten zusammen und verlor wie diese gnädigerweise das Bewußtsein, während tiefrotes Blut wie die Tränen von der Gottesanbeterin tropften.

*

Dora war gerade vor dem Haus in der Parkstraße angekommen, als sie den Schuß hörte. In der Einfahrt stand ein Wagen mit laufendem Motor, und sie gestand sich nicht allzuviel Phantasie zu, um zu erraten, was passiert war. Sie trat hinter den Torpfeiler, lauschte den eilig sich nähernden Schritten und stellte der Flüchtenden ein Bein. Die Graue setzte zum Tiefflug an, der sehr abrupt an ihrer Autotür endete. Dora beugte sich über sie, musterte ihr Gesicht, murmelte: »Siehst du, da habe ich dich doch noch gefunden«, griff ihr in die Haare und schlug ihren Kopf mehrfach kräftig gegen das Japanerblech. »Und der ist für Gerritt, und der ist für heute abend, der für vorhin, und einen letzten, damit du noch ein bißchen schläfst.« Dann ließ sie das schlaffe Bündel Fleisch los und ging zur offenen Haustür.

Yolanda hing in einer dunklen, sehr filigranen Statue und blutete wie ein abgeschlachtetes Schwein. Gerritt hielt sie in ihrem Arm und weinte und klagte. Dora stand stumm. Hier war nichts mehr zu tun. Yolanda hatte es hinter sich, ihr Geistesblitz von vorhin würde ihr nichts mehr nutzen. Und Gerritt hatte sich entschieden, sehr eindeutig, und zum Trostspenden war Dora sich schon immer zu schade gewesen. Plötzlich spürte sie einen Druck an ihrem Bein. Ein riesiger Rottweiler rieb sich brummend an ihr.

»Na, mein Dicker, bist du Joko?«

Er brummte lauter, die kraulende Hand am Nacken.

»Du armer Kerl, alles wegen dir, dabei kannst du doch gar nichts dafür.« Und als sie sich umwandte und ihre massige Gestalt in der Dunkelheit verschwand, folgte ihr ein kaum weniger massiger Schatten, ohne sich noch einmal umzudrehen.

Kapitel 38

»Dora, das kostet dich eine Runde!«

»Ich glaube das nicht! Diese Frau bringt mich noch ins Grab! Schlagen sollte man dich!«

Geschrei, Gebrüll, Dora duckte sich gespielt furchtsam unter den Vorwürfen, die Fünfundvierzig und Repier in äußerster Lautstärke abließen.

»Ich konnte das doch nicht wissen, Hilfe, bitte laßt mich leben, wir haben es doch auch so herausgefunden!«

Repier fuchtelte mit einem dicken, braunen Umschlag. »Wenn wir das alles vorher gewußt hätten, dann würde Yolanda vielleicht noch leben!«

Dora zuckte die Schultern. »Glaube ich nicht. Keiner wußte, wo sich die Wölfin versteckt hatte. Außerdem habe ich manchmal so den Eindruck, daß jeder das bekommt, was er verdient. Von einem Lamborghini ...«

»Giacometti«, verbesserte Fünfundvierzig.

»Auch gut, Giacometti aufgespießt zu werden, das riecht schon verdammt nach der rächenden Hand des Schicksals. Von einem Zeigefinger aufgespießt sich ins Blaue zu verbluten, Mann, das hätte man nicht besser erfinden können.«

Niemand widersprach ihr, alle tranken in dem Gedanken an die gewaltige Blutlache im Entree der Marienburger Villa versonnen an ihren Gläsern. Dora tätschelte Jokos dicken Kopf, der gemütlich schnaufend auf ihren Füßen lag. »Und was den Umschlag angeht, den hätten wir immer noch nicht, wenn Agnes mich nicht darauf aufmerksam gemacht hätte.«

»Was ist mit mir?« erscholl es aus dem Hintergrund.

»Nichts! Du sollst uns noch 'ne Runde bringen.«

»Aber ich glaube das wirklich nicht!« wiederholte Fünfundvierzig jetzt schon zum vierten Mal. »Entschuldigt, aber ich komme da nicht drüber weg. Wir laufen uns die Hacken ab nach deinem mysteriösen Auftraggeber, und der tut alles gemütlich in einen Umschlag, gibt es auf die Post und läßt sich dann umbringen. Und alles, alles, was wir uns zusammengeschustert haben, steht da drin, und du bist zu faul, es abzuholen? Dora, sag, daß das nicht wahr ist.«

»Es ist.«

Fünfundvierzig schüttelte immer noch ungläubig den Kopf. Dann wurde sein Blick versonnen. »Hast du eigentlich mal was von Gerritt gehört?«

»Nee, die schreibt nicht, sie ruft nicht an. Sie fragt nicht einmal nach Joko. Das muß ja eine tolle Tierliebe sein. Der ist es doch wirklich scheißegal, was mit ihrem Hund ist.«

»Behältst du ihn denn jetzt?«

Dora sah prüfend unter den Tisch. »Also, wenn ich ganz ehrlich bin, dann habe ich eher den Eindruck, als würde er mich behalten. Seit er mit mir mitgekommen ist, ist er nicht weiter als zwei Meter von mir weggegangen. Und das ist ein Problem. Geh du mal mit einem Sechzig-Kilo-Rottweiler aufs Klo!«

Fünfundvierzig dachte an Doras knapp taschentuchgroßes Badezimmer und erlag fasziniert der Vorstellung, wie die beiden nicht gerade schmächtig Gebauten gleichzeitig versuchten, sich in die Naßzelle zu quetschen. Hoffentlich durfte er einmal Zeuge dieses

Vorganges werden. »Und sag mal, was ich dich die ganze Zeit noch fragen wollte, wann eigentlich hast du mir das Leben gerettet?«

Dora wandte sich an Repier: »Konntet ihr eigentlich etwas mit der Grauen anfangen?«

Er lachte verschmitzt. »Ja, das war ein tolles Geschenk von dir. Der Revolver, den sie bei sich hatte, ist auch die Waffe, mit der Schmachtenberg umgebracht worden ist. Wir wissen allerdings immer noch nicht, warum. Du könntest uns nicht zufällig etwas aufklären? Meine Vorgesetzten sind immer noch sehr interessiert zu wissen, wo die das Geld versteckt haben könnte.« Er sah fragend zu Dora, die uninteressiert mit den Schultern zuckte.

»Ich weiß nur, daß Joko jetzt mal raus muß. Trink nicht zuviel, ich bin gleich wieder da.«

Ehrenfeld atmete durch in den letzten Stunden vor dem Straßenkarneval. Auf dem Geisselmarkt standen schon die ersten Barrieren und Gerüstteile, die für das hiesige Kultereignis, den Biwak der Bürgergarde Blau-Gold, gebraucht werden würden, eine Sitzung unter freiem Himmel, die zwischen Groteske und ihrer eigenen Parodie hin- und herpendelte. Dora ging gemütlich auf eine Bank zu, während der unwillige Joko, verstimmt, weil er gerade aus den süßesten Träumen gerissen worden war, unentschlossen die Umgebung musterte. Als Dora sich setzte, schlurfte er auf sie zu und rieb sich mit einem urigen Brummen an ihrem Bein. Sie kniff ihn in seinen fleischigen Nacken.

»Das war eine gute Idee von dir. Ich freue mich sehr darüber, daß du mir das vorgeschlagen hast. Ich glaube, wir sind so ziemlich aus demselben Holz geschnitzt.«

Joko brummte wieder. Offensichtlich fand er das auch.

»Ja, ich denke auch, das Geld aus dem Verkehr zu ziehen, war das einzig Machbare. Nachher kommen nur noch irgendwelche Bankheinis, sagen, es würde ihnen gehören, und schieben es sich in ihre dicken Ärsche. Und mir selbst ist es auch völlig egal. Das Geld ist eh schmutzig, da klebt zuviel Blut dran. Da würde keiner mit glücklich werden. Nein, nein, das war schon richtig. Schenk wird sich vielleicht etwas darüber wundern, warum da regelmäßig Geld auf sein Tierheimkonto kommt, aber er wird sich schon nicht wehren und garantiert eine gute Idee haben, was er mit der Kohle anfängt.«

Joko schubberte seine Stirn hingebungsvoll an Doras Hand.

»Aber weißt du, was ich nicht verstehe? Wo zum Kuckuck ist diese verfickte Schildkröte geblieben!«

Epilog

Die Sonne hat mich aus der Dunkelheit heraufgewärmt. Jetzt schaukelt mich ein Weidenzweig, an den ich mich gehängt habe, leise durch das Wasser. Und die Wärme des Frühlings streichelt pulsierend meinen Panzer heiß. Mein altes Leben ist noch jung, so jung. Ich weiß noch um meine Geschwister und den langen, bösen Sand, über den wir Spießruten liefen. Ich weiß um viele schlimme Dinge und um Menschen, die größte Krankheit des Planeten, die, wie alle anderen, vorübergehen wird. Wir werden überleben – Echsen, Reptilien, Lurche, und mit uns die Insekten, aber Menschen taugen nicht zu großen Dimensionen.

Sie nennen mich Graptemys pseudogeographica, nun, warum auch nicht. Der mich in einem kleinen Beutel hergebracht hat nach meiner furchtbaren Reise, sagte Falsche Landkartenschildkröte. Ich wäre fast verhungert, erfroren und erstickt in der Plastiktüte, aber am schlimmsten war die Angst. Und nun strecke ich meine Glieder und lasse die Sonne sie trocknen und beleben.

Ich rieche alles. Die, die da in umgekippten Panzern umherrudern und eingewickeltes Rollfleisch fressen. Und das weiße Panzerheim am See, wo sie meist herkommen. Kein Meer, der Teich hier, aber schön krautig, das mag ich gern. Und wie ich aus Nordamerika in den Stadtwaldweiher gekommen bin, ist schnell erzählt: Einer von denen hat mich aus einem Becken mit Freunden herausgenommen, die fast alle krank waren. Dann hat mich so einer, ein dicker Bock, einen ganzen Tag herumgeschaukelt. Dann kamen wir her. Ich konnte die Menge faulen Wassers riechen, aber auch die sich bildende Eisschicht. Dann schrie er: »Wir werden frei sein, du bist mein Zeuge!« und warf mich da vorn an die Uferböschung. Eine tödliche Kälte ließ mich sofort erstarren, aber ich hörte ihn murmelnd davonstapfen und bald drauf einen Knall; mit einem Schrecksprung gelangte ich zufällig so nahe ans Wasser, daß ich mich schnell hineinfallenlassen konnte. Es war dunkel und todeskalt. Ich sank in bewußtlos schwacher Verfassung immer tiefer und tiefer in den faulen Schlamm. Die Geister meiner uralten Ahnen begaben sich zur Ruhe, und langsam schien ich zu Tode zu erstarren.

Im Windschatten des großen Hauses war das Wasser nicht gefroren. Einmal, es muß bald gewesen sein, bewegte das Wasser sich, und eine massige Gestalt brach herein. Sie sank herunter und regte sich nicht. Von ihr aus strömte bald wohlige Wärme ab, und ich näherte mich. Zuerst nährte ich mich von anderen neugierigen Kleintieren, und mir wurde wohl. Über uns bildeten sich stille Schatten von Eisdecken. Da im Schlamm wurde es warm. Den ganzen, kalten Winter lang. Ich besann mich dessen, wozu meine starken Kiefer gemacht sind, und überlebte, dösend an Verwesungswärme.

Jetzt bin ich doch recht stattlich geworden und werde mich auf die Suche nach Artgenossen machen. Wenn sie uns herschaffen, um uns hier in Tümpel zu setzen, uns mit sich selbst zu füttern, sind die Menschen wohl doch nicht so schlimm, sondern nur dumm.

Von meinem köstlichen Unterwasserwirt ist eine hellbraune Lederjacke heraufgetaucht, weil in den Taschen die Plastiktüten mit weißem Pulver blähen. Aber eines ist gewiß, von Plastiktüten habe ich genug, die sind kalt und gefährlich. Und – sie verwesen nicht.

Die Mücken setzen mir ihre Larven direkt vor die Nase. Wie ich den Frühling mag. Und die Sonne, die über die Gebirge meines Rückenkammes wandert, daß es aufzischt, wenn ich zurück ins kühle dunkle Wasser gleite ...

Ende